Editora Charme

The Law of Opposites Attract #2

AS REGRAS *para* NAMORAR

A irmã do meu melhor amigo

AUTORAS BESTSELLERS DO *NEW YORK TIMES*

VI KEELAND
PENELOPE WARD

1ª Impressão 2023

Produção Editorial - Editora Charme
Modelo - Giorgos Mavrogiannis
Fotografo - Ashraf El Bahrawi
Adaptação de capa e Produção Gráfica - Verônica Góes
Tradução - Alline Salles
Preparação e revisão - Equipe Editora Charme

Esta obra foi negociada por Brower Literary & Management, Inc.

CIP-BRASIL. CATALOGAÇÃO NA PUBLICAÇÃO
SINDICATO NACIONAL DOS EDITORES DE LIVROS, RJ

K34r

Keeland, Vi
As regras para namorar a irmã do meu melhor amigo / Vi Keeland, Penelope Ward ; [tradução Alline Salles]. - 1. ed. - Campinas [SP] : Charme, 2023.
448 p. ; 22cm.

Tradução de: The rules of dating my best friend's sister
ISBN 978-65-5933-138-3

1. Romance americano. I. Ward, Penelope. II. Salles, Alline. III. Título.

23-85282 CDD: 813
CDU: 82-31(73)

Gabriela Faray Ferreira Lopes - Bibliotecária - CRB-7/6643

Editora Charme
www.editoracharme.com.br

Editora Charme

Tradução: Alline Salles

The Law of Opposites Attract #2

AS REGRAS *para* NAMORAR

A irmã do meu melhor amigo

AUTORAS BESTSELLERS DO *NEW YORK TIMES*

VI KEELAND
PENELOPE WARD

CAPÍTULO I

Holden

O que é isto?

Peguei o envelope que meus pais tinham me enviado e olhei de novo para o envelope menor que encontrara dentro. O maior tinha, com certeza, sido enviado pela minha mãe. Mas a letra do outro parecia muito com a minha, só que mais feia. No entanto, eu não tinha enviado nada para mim mesmo e, com certeza, não para a casa dos meus pais na Filadélfia. E por que alguém me enviaria uma correspondência para a casa dos meus pais e também colocaria meu nome como endereço de devolução?

Então me lembrei.

Puta merda!

Não pode ser!

Eu *tinha* enviado o envelope, há um tempão!

Lá no segundo ano do ensino médio, meu professor de escrita criativa, o sr. Wolf, tinha feito todos os alunos escreverem uma carta para nossos eus de trinta anos sobre o que era importante para nós na época. Tínhamos as entregado, lacrado e colocado selo, e ele prometera enviar todas no ano em que fizéssemos trinta anos. Claro que eu morava na casa dos meus pais na época, então foi para lá que eu havia enviado o envelope.

Puta merda. Eu não me lembrava de absolutamente nada do que tinha escrito, mas estava bem curioso para descobrir. Meu eu de quinze anos não tinha se comportado muito bem. Então rasguei o envelope e abri uma folha única amassada.

Cara,

Caso tenha se esquecido — porque quando receber esta carta, você será um ancião —, o sr. Wolf nos fez escrever cartas para nós mesmos. Era para escrevermos sobre o que é importante para nós, porque ele acha que nossas prioridades serão diferentes quando tivermos trinta anos. Este deve ser o único trabalho de que realmente gostei este ano, principalmente porque é sobre mim, e eu sou incrível pra caramba. Então aí vai...

O que é importante para Holden Catalano hoje? Bem, essa é uma pergunta muito fácil de responder. BOQUETE. É do caralho. Laurie Rexler me apresentou a isso no mês passado e, basicamente, é só nisso que consigo pensar desde então. Ela está no terceiro ano e falou que foi sua primeira vez fazendo. Mas acho que está mentindo, já que não engasgou nem nada. Enfim, BOQUETE é glorioso. Deve ser por isso que tem tantos nomes para ele — chupeta, mamada, chupar o pepino, felação, oral, garganta profunda, engolir a maçaneta, chupar rola, jingle bob, chupada, polir a cabeça, tocar flauta... Veja bem, só existe UMA palavra para tarefa. Por quê? Porque tarefa é um saco e BOQUETE é O MÁXIMO.

Observação: sr. Wolf, o senhor disse que não iria abrir as cartas. Mas, caso abra, espero que esteja recebendo muitos BOQUETES. Principalmente da sra. Damarco, do outro lado do corredor. Porque ela é gostosa pra caramba e parece que daria um bom B. Aposto que ela até engole. Laurie Rexler não... ainda. Mas estou trabalhando nisso. Se escrevermos outra carta para nós mesmos, vou te atualizar de como isso acaba.

Enfim... de volta a mim e o que é importante

ultimamente... Bateria está bem no topo com BOQUETE. Eu não conseguiria viver sem música. E, claro, meus parças — Colby, Ryan, Owen e Brayden. Eles também estão bem no topo da lista. Mas não vamos contar isso a eles, porque eu seria zoado por um mês por falar que são importantes para mim. Outras coisas...

Liberdade

Meu cabelo (que espero ainda ter quando tiver trinta anos)

Meus pais

Por último, bateria. (Sei que já falei, mas tudo começa e termina com bateria. Lembrete: tocar bateria enquanto recebe um BOQUETE acabou de passar para o topo da minha lista do que quero fazer. Como demorei tanto para pensar nisso?

O que mais é importante? Tenho quase medo de escrever isto no caso de deixar cair esta carta e Ryan, de alguma forma, pegá-la. Mas o sr. Wolf disse que, se não podíamos ser sinceros conosco mesmos em uma carta, nunca seríamos. Então preciso mencionar Lala. Mais conhecida como Laney Ellison, a irmã mais nova do meu melhor amigo Ryan. Ela é a única garota com quem realmente consigo conversar sobre a vida. Tenho uma queda por ela desde que consigo me lembrar. Mas ela é um ano e meio mais nova, e Ryan ACABARIA COM A MINHA RAÇA se eu tentasse alguma coisa. E não posso culpá-lo por isso. Porque Lala Ellison consegue coisa muito melhor do que eu. Ela é crânio, um gênio de verdade. Provavelmente, vai acabar encontrando a cura do câncer ou algo assim um dia. Mas, embora ela esteja fora dos limites, ainda faz parte da lista de coisas que são importantes para mim. Na verdade, gosto tanto dela que, se fosse colocar as coisas em ordem, Lala Ellison viria antes de BOQUETE. Isso é importante, não é?

Acho que é isso. Não tem muito mais coisa que dou importância. Além do mais, estou ficando entediado. Escrevi mais aqui do que nos últimos dois anos.

Até mais,

Holden

P.S.: Se você não tiver aparecido na capa da Rolling Stone até agora, por favor, se bata.

P.P.S.: Se Lala estiver solteira quando você receber isto e, mesmo assim, você não tentar algo, você é muito frouxo.

— Já era hora. — Colby balançou a cabeça. — Íamos começar nossa reunião sem você. Sabe que a carrasca só me deixa sair uma vez por mês, e preciso me aproveitar disso e começar logo minha bebedeira pós-reunião.

Balancei a cabeça. Esse cara era um fanfarrão. *Carrasca o caramba...* Ele era o homem mais feliz do mundo, casado com uma das mulheres mais legais que eu já tinha conhecido. Mas, como eu estava atrasado, não o repreendi, em vez disso, cumprimentei Owen e Brayden antes de me sentar à mesa. Meus três melhores amigos e eu tínhamos um prédio de apartamentos juntos. Uma vez por mês, nos encontrávamos no bar local para conversar sobre negócios do prédio. Nossas reuniões, normalmente, duravam uma meia hora. Depois seguíamos para uma noite de bebedeira.

— Desculpe o atraso — eu disse. — A van da banda quebrou de novo.

Uma das garçonetes de sempre passou e me trouxe uma cerveja, sem nem ter que perguntar.

Dei uma piscadinha para ela.

— Valeu, querida. — Me inclinando para a frente, segurei a garrafa no ar e nós quatro brindamos... nossa versão de um martelo batendo para colocar ordem na reunião.

— Antes de começarmos — Owen falou. — Vocês receberam as cartas que o sr. Wolf nos fez escrever para nós mesmos no segundo ano do ensino médio?

Colby assentiu e deu risada.

— Vocês receberam? Eu recebi a minha no ano passado, já que sou um ano mais velho que vocês, bebês. Mas escrevi *muito* sobre meu cabelo e a importância de bater uma.

Demos risada.

— Eu não deveria contar a vocês, porque é um convite aberto a me zoarem — Owen revelou. — Mas escrevi que minha pontuação no vestibular era importante para mim. Então dediquei metade de uma página aos peitos da sra. Wagner. Esqueci que tinha uma queda grande por ela.

Meu rosto se franziu.

— Sra. Wagner? A professora de matemática? Ela tinha, tipo, cinquenta anos, cara.

Owen amassou o guardanapo debaixo de sua cerveja e riu para mim.

— Ela não tinha cinquenta, seu idiota. Tinha, tipo, trinta, e uma bela comissão de frente.

— Foi mal. — Dei de ombros. — Acho que eu estava ocupado demais olhando para garotas com idade parecida com a nossa. Você sabe, porque eu realmente conseguia *ficar com garotas da nossa idade*, diferente de você.

— Foda-se. — Owen bebeu metade da sua cerveja e ergueu o queixo para mim. — O que a sua dizia? Seu sonho era ter um carro que funcionasse. — Ele cutucou Brayden, que estava sentado ao seu lado. — Algumas coisas nunca mudam.

Nem pensar que eu ia mencionar que havia escrito sobre a irmãzinha do nosso amigo Ryan, Lala. Ou eu apanharia ou tomaria um sermão, provavelmente ambos. E, definitivamente, não ia contar que tinha bebido um pouco demais na noite anterior e ligado para ela. *Graças a Deus ela não atendeu*. O que eu teria dito, ligando para ela assim, do nada?

— A minha foi sobre as coisas verdadeiramente importantes da vida, senhores — eu disse a eles. — Aparentemente, eu era maduro para a minha idade, porque minhas prioridades não mudaram.

Brayden assentiu e sorriu.

— Você escreveu sobre se masturbar, hein?

— Não, otário. Escrevi sobre tocar bateria e receber oral.

Todos riram.

— Muito bem — Owen falou.

Apontei para Brayden.

— O que a sua dizia?

Ele sorriu.

— Escrevi duas frases: *Para mim, é importante fazer menos tarefa. Portanto, este é o fim da minha carta.*

Balancei a cabeça.

— Imaginei.

Pedimos outra rodada de cervejas e fomos aos negócios. Colby falou sobre substituir alguns dos aparelhos de ar-condicionado no prédio por outros novos e econômicos. Ele achava que conseguiríamos cobrir os custos economizando na eletricidade em apenas dois anos. Owen nos contou sobre um prédio perto dali que tinha sido vendido por muito mais do que pensávamos que valia, e apresentei as estimativas de custo que tinha recebido do novo terraço do qual precisávamos desesperadamente.

Tínhamos acabado de começar a falar sobre o inquilino alugar para reformar e em quanto iríamos aumentar os aluguéis, quando o celular vibrou no meu bolso. Eu o peguei, e meu coração subiu para a garganta. O nome de Lala apareceu na tela. Meu primeiro instinto foi deixar cair na caixa postal, mas então eu ficaria acordado a noite toda me perguntando se estava tudo bem com ela. Foi bem ruim eu ter que ficar bêbado na noite anterior para parar de pensar nela o bastante para dormir. Então pedi licença e saí do bar para atender a ligação.

— Alô?

— Holden?

— Sim?

— É Laney... Lala.

Tentei fingir tranquilidade.

— Oh, ei, Lala. Há quanto tempo não nos falamos. E aí?

— Acabei de ver seu nome nas minhas chamadas perdidas de ontem à noite. Queria saber se está tudo bem.

Merda.

— Ãhh... desculpe. Devo ter apertado sem querer no bolso. — Menti na cara dura. — Nem sabia que eu tinha ligado.

— Ah, que engraçado. Porque, na verdade, eu ia te ligar nesse fim de semana.

— Ia?

— Sim, vou ficar uma noite na cidade na próxima semana. Tenho uma entrevista no City para uma bolsa de pesquisa que estou tentando conseguir. Pensei que, talvez, pudesse passar no prédio de apartamentos que vocês compraram, ver como é e dar oi para todo mundo enquanto estiver aí. Vocês todos moram no mesmo prédio, certo?

— Moramos. Em que noite você vem?

— Na quarta. Minha entrevista é na quinta cedo.

— Onde vai ficar?

— Ainda não reservei hotel. Recebi a ligação sobre a entrevista ontem à tarde.

— Fique comigo. — Balancei a cabeça. — Quero dizer, pode ficar com a gente. Usamos uma das unidades do prédio para aluguéis de curto prazo.

Estamos experimentando alugá-la como Airbnb. As taxas são mais altas e, até agora, parece existir demanda.

— Oh, uau. Acha que está vago para a próxima quarta à noite?

Se não estiver, vou cancelar a reserva.

— Tenho quase certeza de que sim.

— Certo. Seria ótimo. Aí posso ver vocês e não vou precisar correr para encontrar um hotel. Fico tão perdida em Manhattan.

— Virá de carro ou de metrô?

— Acho que vou de carro.

— Vou te mandar por mensagem um lugar bom para estacionar perto do prédio que não é tão caro.

— Perfeito. Muito obrigada, Holden. Estou ansiosa para ver vocês.

Depois que desliguei, encarei o celular por um tempo. Quando eu era menor, a frase preferida da minha mãe era *Não existe coincidência.* Nunca prestei muita atenção nela, mas, nesse momento, meio que torcia para ela estar certa...

Acho que não entrava no Facebook há uns dois anos. Mas foi exatamente lá que entrei depois de chegar em casa meio bêbado à meia-noite e reler a carta que tinha escrito para mim mesmo por três vezes.

Se Lala estiver solteira quando você receber isto e, mesmo assim, você não tentar algo, você é muito frouxo.

Digitei *Laney Ellison* na barra de pesquisa e estranhei a foto de perfil que apareceu. Era dela e do dr. Babaca, então peguei outra cerveja. A foto deve ter sido tirada no dia em que ela ficou noiva, porque o cientista de cardigã estava com um braço em volta do seu ombro, e ela estava com a mão estendida para a câmera, exibindo um anel. Dei zoom no dedo dela enquanto bebia metade da cerveja. *Isso é uma pedrinha. Lala merece uma rocha.*

Me fez não gostar ainda mais do dr. Babaca o fato de ele não ter comprado um anel decente para ela.

— Desgraçado mão de vaca — murmurei e cliquei para ver o resto das fotos.

A foto seguinte era dela se formando na Brown com seu PhD. Seus pais estavam orgulhosos ao lado dela. Dei zoom e vi a pequena cruz no seu pescoço. Tinha sido de Ryan, um presente dos pais quando ele fizera a primeira comunhão — no mesmo dia que eu. Ele costumava usá-la o tempo todo. Depois que morreu, Lala a colocou, mas eu não tinha percebido que ela ainda a usava. Não fiquei surpreso. Aqueles dois não eram como a maioria dos irmãos. Ryan e Lala realmente se davam bem, mesmo quando eram mais novos, antes do diagnóstico dele. Ele era superprotetor com ela. Por esse motivo, em um dos seus últimos dias, ele tinha me pedido para ficar de olho na irmãzinha dele... mas não "*tão de olho*". Meu amigo, provavelmente, estava olhando para baixo agora, me xingando só por olhar.

Cliquei na foto seguinte, e arregalei os olhos. *Puta merda.* Bully ainda está vivo! Ryan tinha adotado aquele bulldog gordo quando estávamos no ensino médio, então ele deveria ter, no mínimo, quinze anos. Não conseguia acreditar que ele ainda estava vivo. A foto mostrava Lala ajoelhada diante da árvore de Natal com um braço em volta de Bully, e o cachorro estava usando um suéter de Natal. Se Ryan já não estivesse bravo por eu estar stalkeando sua irmã mais nova, aquela foto do seu cachorro usando um *suéter*, com certeza, o deixaria bravo. Ergui a lata de cerveja ao céu.

— Foi mal, cara. Eu não sabia.

Passei os próximos quinze minutos olhando o resto das fotos de Lala, embora talvez tenha me demorado em uma em particular na maior parte do tempo. Era uma foto de Lala de biquíni. Ela sempre fora linda, com um corpo bonito, mas os anos que tinham passado desde que eu a vira de biquíni no quintal de Ryan haviam transformado a menina magrela em uma mulher com curvas perigosas. Curvas que, *definitivamente*, me trariam problemas se eu chegasse perto demais.

Quando cliquei na última foto, pareceu que o ar tinha sumido dos meus pulmões. Era de Ryan e Lala sentados em um pedaço de tronco na praia, e fui eu que a tirara. Ryan estava sem cabelo por causa da terceira rodada de tratamentos. Me lembro de que não era para ele sair do hospital por mais alguns dias, mas ele tinha convencido todo mundo a deixar que saísse mais cedo para poder passar seu aniversário de vinte e dois anos com sua turma. Eu, Owen, Brayden, Colby, Ryan e Lala tínhamos dirigido para Ocean City — o lugar para onde todos fomos depois da formatura que tinha tantas boas lembranças. Havíamos passado o dia todo na praia e, então, feito uma fogueira, que só se apagou quando o sol nasceu. Era um dia do qual nunca me esqueceria, principalmente porque foi o último dia bom que todos teríamos por um tempo, já que Ryan faleceu na noite seguinte.

Me lembrando disso, fechei o notebook. Acho que o lado bom de ver a foto foi que me fez parar de stalkear Lala. Se a foto dela de biquíni tinha me deixado excitado, essa última havia jogado um balde de água fria em mim. E era exatamente do que eu precisava. Lala Ellison era fora dos limites, a única mulher no mundo da qual eu não podia chegar nem perto. Bem, pelo menos até que ela chegasse na semana seguinte... e passasse a noite no apartamento bem ao lado do meu.

Toc. Toc. Toc.

Jesus Cristo, minhas mãos começaram a suar. Quantos anos eu tinha? Doze?

Lala havia enviado mensagem algumas horas antes para dizer que, provavelmente, chegaria lá pelas cinco, e a hora no micro-ondas dizia 17h01. A última vez que me senti tão nervoso foi quando minha banda tocou em um festival diante de dez mil pessoas. Precisei secar as mãos na calça.

— Oi. — Sorri ao abrir a porta. Mas meu sorriso sumiu quando percebi que Lala não estava sozinha. Havia alguém parado ao seu lado.

Lala olhou para a ruiva voluptuosa e fez um gesto entre as duas com um sorriso hesitante.

— Pegamos o elevador juntas e saímos no mesmo andar. Acabou que iríamos para o mesmo lugar.

Fiona — a mulher que eu conhecera em um bar no fim de semana anterior — deu de ombros.

— Desculpe vir sem avisar, mas eu estava por aqui e pensei que você poderia estar em casa. Esqueci uma coisa no seu apartamento quando vim.

— Esqueceu?

Ela deu uma piscadinha e apontou para dentro.

— Acredito que ainda deva estar na sua cabeceira. — Fiona olhou para Lala e de volta para mim. — Posso só entrar e pegar, e já caio fora?

Sem saber mais o que fazer, me afastei para o lado para Fiona entrar. Enquanto isso, Lala permaneceu do lado de fora da minha porta com sua mala.

Balancei a cabeça e segurei na maçaneta.

— Desculpe por isso. Entre.

Antes de eu colocar a mala de Lala para dentro e fechar a porta, Fiona saiu desfilando do meu quarto. Ela ergueu um par de algemas.

— Encontrei.

Fechei os olhos.

Ótimo. Simplesmente ótimo.

CAPÍTULO 2

Lala

A ruiva fechou a porta ao sair. Quando olhei de volta para Holden, dava para ouvir um alfinete caindo.

— Posso explicar... — ele disse finalmente.

Ergui as mãos com a palma para a frente e dei risada.

— Tenho certeza de que pode, mas acho que não quero saber.

Holden passou a mão no cabelo grosso e desgrenhado.

— Justo.

Então seu rosto ficou vermelho. Holden pareceu ficar com vergonha. Considerando que seu histórico com mulheres não era um segredo para qualquer um de nós, isso me surpreendeu.

— Bom, foi um jeito bizarro de te receber. — Ele abriu os braços. — Enfim, bem-vinda ao prédio, Lala.

— Obrigada. — Entrei em seu abraço quente. — Estou tão empolgada em estar aqui. — Meu corpo vibrou com o contato do seu peito contra o meu.

Pude sentir o coração dele batendo rápido, o que foi interessante. Ele tinha aquele cheiro delicioso de fresco-e-recém-saído-do-banho — de sabonete e perfume — misturado com um cheiro inebriante que era próprio dele; me lembrava da última vez em que estivemos tão perto — quando dançamos no casamento de Colby e Billie.

Olhei em volta.

— Sua casa é exatamente como eu poderia ter imaginado, Catalano.

Ele ergueu uma sobrancelha.

— Por quê?

— Bateria montada no canto. Mobília preta...

— Por favor, não diga algemas na cabeceira.

Suspirei.

— Isso também.

Ele fechou os olhos de novo, parecendo envergonhado, então abriu o sorriso mais lindo.

Eu sempre tive uma queda por Holden. Mas, acredite ou não, não era puramente físico. Quando éramos mais novos, costumávamos conversar bastante. Ryan nunca soube de todas aquelas conversas particulares. Acho que tive miniquedas por todos os amigos de Ryan em um ou outro momento, mas nenhuma chegou perto da que eu tinha por Holden, e ela nunca desapareceu. Dito isso, de todos os amigos do meu irmão, Holden era o último que Ryan aprovaria para mim. Holden não era do tipo namorado, mesmo que as mulheres – inclusive eu – não conseguissem tirar os olhos dele. Na verdade, Ryan havia percebido minha admiração por Holden uma vez. Ele me flagrara encarando enquanto Holden saía da nossa piscina e secava o corpo seminu em um verão quando éramos todos adolescentes. Meu irmão tinha me alertado a "*nem pensar nisso*". Ryan amava Holden, mas a ideia de Holden e eu juntos, provavelmente, o teria matado – se ele já não estivesse morto.

— Então... — Holden uniu as mãos. — Vamos para o apartamento do lado?

— Sim. Estou empolgada para vê-lo. Obrigada, de novo, por me deixar ficar aqui.

— Claro. Qualquer coisa para a irmãzinha do Ryan.

— Valeu, apesar de não ser *inha* mais.

— Percebi. — Ele sorriu.

Um calafrio percorreu minha espinha conforme segui Holden para o corredor e o observei abrir a porta do apartamento vizinho para mim.

Olhei em volta. *Uau*. O lugar era incrível.

A sala de estar tinha mobília de couro na cor creme que parecia novinha em folha. Duas colchas de tricô grossas jogadas na poltrona e na namoradeira davam ao espaço uma sensação moderna, mas aconchegante. Tudo cheirava a novo. Era uma planta de conceito aberto entre a cozinha e a sala de estar, e o balcão de granito claro complementava os tons terrosos do resto do apartamento.

— Vocês fizeram um ótimo trabalho arrumando tudo. É lindo.

— Sim, obrigado. Como falei, estamos experimentando alugar como Airbnb. Você deu sorte que estava disponível.

— É mesmo! — Andei até a cozinha. — Ah, graças a Deus. Tem uma cafeteira e cápsulas. Estava pensando se teria tempo de tomar café de manhã.

— Se precisar de alguma coisa, estou na porta ao lado — ele me lembrou.

Como poderia esquecer?

— Obrigada.

O fato de o apartamento ser *bem ao lado* do de Holden me deixava nervosa e confortável ao mesmo tempo.

— Então, me conte sobre as aventuras nerds que te trouxeram até aqui.

Cruzei os braços.

— Você quer dizer a entrevista de projeto e pesquisa.

— Estou brincando. Mas você é esperta demais para o seu próprio bem. Sempre fez o resto de nós parecer mais burros do que somos de verdade. — Ele suspirou. — Enfim, sério, me conte sobre ela.

— É uma entrevista para uma bolsa de pesquisa sobre os efeitos da dopamina em relação ao Alzheimer.

— Interessante. — Ele coçou a barba por fazer no queixo. — Dopamina é tipo um hormônio do sexo, certo?

Claro que a mente dele iria direto para isso.

— É um tipo de neurotransmissor que o corpo produz. Impacta em como sentimos o prazer. Demais ou pouquíssimo dela pode nos afetar negativamente. Mas, sim, é produzida em resposta ao estímulo sexual, dentre outras coisas.

— Então, espere, dopamina demais pode ser ruim? Pode fazer alguém enlouquecer?

— Bem, qualquer coisa em excesso é ruim, certo? Mas este estudo em particular vai focar mais em níveis *baixos* de dopamina e no risco aumentado do Alzheimer.

Ele assentiu.

— Ah. Então quanto mais sexo alguém faz... é menos provável ter Alzheimer.

Pigarreei.

— A pesquisa parece seguir nessa direção, sim.

— Caramba. Estou bem, então. Meu cérebro será afiado como uma faca. — Holden deu uma piscadinha.

Revirei os olhos.

— Sexo tem muitos benefícios mesmo. E pouquíssimas desvantagens... contanto que seja cuidadoso.

— Sempre sou cuidadoso — ele disse, sua expressão sincera.

— Que bom.

— Principalmente com Colby como exemplo — ele adicionou.

Colby havia engravidado a mãe da filha dele durante uma transa de uma noite uns cinco anos antes de ele conhecer a esposa, Billie. Saylor foi um presente, mas, certamente, tinha sido uma dura lição para todos os caras: um erro de julgamento poderia mudar toda a sua vida.

Ele inclinou a cabeça para o lado.

— Então, me conte mais sobre os benefícios do sexo.

— Está falando sério?

— Mais ou menos. Estou, principalmente, curtindo ver seu rosto ficar vermelho.

Coloquei a mão na bochecha.

— Está?

— Um pouco. Mas, sério, fiquei intrigado. Nunca penso nos hormônios e tal e em como tudo isso pode impactar alguém a longo prazo. Porém, é bom saber que o sexo tem benefícios saudáveis.

— O aumento tanto da ocitocina quanto da dopamina durante o orgasmo acaba com o cortisol, que é o hormônio do estresse.

Ele assentiu.

— É por isso que as pessoas se sentem tão relaxadas depois.

— Isso mesmo.

— Mas eu nunca soube que esses hormônios poderiam, tipo, proteger seu cérebro. Isso é importante.

— Quase toda decisão que tomamos, do que colocamos em nossos corpos, de comida ou *outra coisa*, tem um impacto em nossa saúde geral. — Sorri. — Sabe o que mais eleva os níveis de dopamina?

— O quê?

— Música.

— Ah. Legal. Outra vitória para mim.

— Sabe os arrepios que aposto que você sente no meio de uma ótima música? Muito disso é dopamina.

— Mas, como você falou, demais também pode ser ruim, certo?

— Há *alguns* efeitos colaterais negativos de muita dopamina, como ansiedade, insônia, compulsão por sexo.

— Então minha memória será perfeita, mas vou continuar vivendo louco de tesão com ansiedade de vez em quando. — Ele assentiu. — Entendi. Parece tranquilo.

Dei risada.

— Obrigado pela informação, Lala. Você é muito inteligente. — Holden sorriu. — É bom te ver. Pareceu uma eternidade.

Será que eu falo?

— É, acho que a última vez foi no casamento de Colby, né?

— Sim. — Ele assentiu devagar. — Um ano. Longo demais.

Os olhos dele travaram nos meus e, imediatamente, pensei na dança que tivemos no casamento. Warren havia desaparecido para o banheiro. Eu olhara para cima e, de repente, Holden estava parado ali no lugar dele. Me lembro de torcer para Warren não voltar e me encontrar dançando com Holden. Tinha sido uma música mais lenta, e eu não queria que ele pensasse que nada inapropriado estivesse acontecendo. No entanto, talvez, fosse porque era *eu* que estava pensando coisas inapropriadas. Como um relógio, a música tinha terminado, e Holden saiu da pista de dança logo antes de Warren reaparecer. Meu noivo, portanto, não fazia ideia de que eu tinha acabado de dançar com meu *crush* de infância.

Foi como se nunca tivesse acontecido — exceto pelo fato de que continuei a pensar nisso a noite toda. Lançava olhares para Holden e me sentia culpada porque não conseguia identificar, mas existira algo especial naquela dança. Eu achava que Holden gostava de mim *desse jeito*? Não. Mas a aparição dele quando Warren saiu pareceu bastante intencional. Casamentos são um grande marco. Eles têm um jeito de fazer você perceber que a vida está passando. E me perguntei se a música o deixou emotivo quanto a sentir falta de Ryan. Como eu era a mais próxima de Ryan ali, talvez fosse por isso que ele se agarrara a *mim* naquele instante.

— Enfim… — Holden interrompeu meus pensamentos. — Sei que há muitas pessoas ansiosas para te ver esta noite. Colby e Billie vão fazer o jantar. Querem que eu te leve à casa deles quando você terminar de se ajeitar. Na verdade, acho que já estamos atrasados.

Esfreguei minha barriga.

— Ah, meu Deus. Parece ótimo. Estou morrendo de fome. Só me dê um segundo.

Fui usar o banheiro, depois encontrei Holden na sala, e fomos para o apartamento de Colby.

A filha de Colby, Saylor, atendeu a porta e deu pulinhos.

— Lala!

— Oi, querida! Fico muito feliz que se lembre de mim. — Me abaixei para abraçá-la. — Está ficando tão grande. Não acredito.

Ela e eu tínhamos nos encontrado algumas vezes, mas havíamos passado um tempo juntas no casamento. A mãe de Saylor nunca estivera na vida dela. Quando Colby se casou, sua esposa, Billie, havia assumido o papel de sua mãe. Parecia estar funcionando bem.

Saylor esticou a mão para encostar no meu cabelo.

— Seu cabelo está tão enrolado!

Afofei meu cabelo loiro.

— Eu sei! Está uma bagunça.

— Está selvagem! Eu gostei — Holden disse de detrás de mim.

— Obrigada. — Me senti meio corada.

Billie se aproximou para me abraçar.

— Pensamos que você nunca fosse aparecer, Lala! Por que demorou tanto?

Billie era uma pessoa superlegal que eu estava ansiosa para conhecer melhor. Ela era dona do estúdio de tatuagem do prédio; foi assim que ela e Colby tinham se conhecido.

— Desculpe! — pedi. — Havia muito trânsito. E depois Holden me mostrou o apartamento.

— Eu a prendi um pouco. Foi culpa minha.

Espere, o quê? A imagem fugaz que me veio foi bem vívida. Pigarreei.

— O apartamento é lindo. Não sei como agradecer por me deixarem ficar aqui.

Ainda de paletó, Owen se aproximou para me abraçar.

— Está brincando? Este prédio é do Ryan. Sempre haverá um lugar para você aqui. Mesmo que tenhamos que expulsar Holden para abrir espaço.

— Vou me voluntariar para expulsá-lo eu mesmo — Brayden falou ao me abraçar.

Eu tinha sentido muita falta de estar perto deles. Me lembravam tanto do meu irmão, e também conseguia sentir Ryan ali.

Colby foi o último a aparecer. Ele estivera na cozinha e saiu segurando um prato de alguma coisa, que colocou na mesa de jantar.

— Ei, Lala! — Ele secou as mãos e se aproximou para me abraçar.

Pouco depois, todos nos sentamos para jantar massa, almôndegas, salada e pão de alho. Orgulhosamente, Saylor anunciou que tinha arrumado a salada sozinha.

Durante a refeição, Colby brincou um pouco comigo.

— Então, Lala... — ele disse. — Já que Ryan não está aqui, espero que entenda que temos que fazer o papel dos irmãos mais velhos protetores. Infelizmente, você ganha quatro pelo preço de um.

— Quatro irmãos, hein? Parece... bastante. — Dei risada.

— Tenho quatro tios! — Saylor se empolgou. — Três aqui e um no céu.

Eu sorri.

— É verdade.

— Então, tenho algumas perguntas — Colby continuou. — Primeiro, não sei muita coisa sobre Warren. Ele pareceu um ótimo cara quando o vi no casamento, mas não o *conheço* de verdade. Me conte mais. Por que *ele*, de todos os homens do mundo?

— Ah, deixe-a em paz. — Billie deu um tapa no braço dele. — Ela não precisa explicar os sentimentos para ninguém. Nem sempre dá para explicar o que tem em alguém que o faz amá-lo. Quando você sabe, simplesmente sabe. — Ela sorriu para mim.

— Desculpe. — Colby deu de ombros. — Acho que é uma pergunta justa.

Olhei para Holden, que me encarou de volta. Ele, como todo o resto, parecia estar esperando uma resposta.

Limpei a boca, olhando para Billie.

— Tudo bem. Ele tem razão. Ryan teria me feito essa pergunta há um tempo. Ele teria insistido em conviver com Warren e interrogá-lo.

Brayden cruzou os braços.

— Certo, então por que deveríamos aprová-lo?

— Bem... — Pausei. — Ele é superinteligente. Engraçado. Gosta de mim de verdade. Ele me faz sentir segura. É sincero, o que é *muito* importante para mim... — Olhei em volta na mesa.

— É isso? — Colby deu risada.

Billie bateu no braço dele de novo.

— O que mais você quer?

— Ele vai curar o câncer ou algo assim, certo? — Owen perguntou.

— Ele é pesquisador de câncer, sim.

Holden brincou com sua massa.

— Não quero soar burro, mas o que faz um pesquisador de câncer *exatamente*? Tipo, ele vai trabalhar e faz... o quê?

Me endireitei na cadeira.

— Bem, um dia típico para Warren pode ser colocar células cancerígenas em um microscópio e ver como elas interagem com um organismo em particular. Precisa de muitas horas de trabalho, tentativa e erro, para ter pequenos ganhos ao descobrir o que funciona e o que não funciona em termos de diminuir o crescimento celular e, portanto, reduzir a carga da doença.

— É um trabalho muito honroso — Billie disse.

— Ele é um nerd honroso, sim — Holden adicionou.

Ergui uma sobrancelha.

— Bem, acho que somos perfeitos um para o outro, então, já que era assim que você costumava me chamar... de nerd.

— É, mas você sabe que digo isso com carinho. — Holden deu uma piscadinha.

Colby olhou entre nós. Torci para que ele não sentisse meus sentimentos estranhos por Holden. Me lembrava de Colby observando Holden e eu dançarmos no casamento. Parecia que ele tinha sido o único a perceber.

Depois da sobremesa, me levantei da mesa.

— Bem, tenho certeza de que vocês precisam colocar Saylor na cama, e eu preciso me preparar para a entrevista amanhã, então é melhor eu ir.

Billie se levantou.

— Temos que fazer isso sempre, se você acabar conseguindo a vaga. Talvez seja uma coisa semanal.

Assenti.

— Eu adoraria.

Holden se levantou e me acompanhou até a porta.

Quando ele a abriu e saiu, olhei para ele.

— Você também vai embora?

— Sim. O jantar acabou, certo?

Dei um tchau rápido para todo mundo e segui Holden pelo corredor. Voltamos juntos até os apartamentos vizinhos.

Holden parou na minha porta e me entregou a chave. Nossos dedos se tocaram quando a peguei.

Ele ficou parado por um instante, depois perguntou de repente:

— Gostaria de entrar e beber um drinque comigo?

Senti um frio na barriga. Por que uma simples pergunta me fez reagir assim? Era só um drinque. Mas, de alguma forma, qualquer coisa relacionada a Holden parecia... perigosa. Não que eu não confiasse nele — ou em mim mesma. Só não achava uma boa ideia provocar as chamas do que quer que estivesse acontecendo na minha cabeça desde o segundo em que eu chegara.

— É melhor não. Tenho bastante coisa para arrumar. E preciso estar na minha melhor forma amanhã de manhã.

— Certo. Claro. — Ele olhou para seus sapatos. — Outra hora, então. — Ele suspirou. — *Quando* você conseguir o emprego. Você vai conseguir. Porque você é a Lala.

— Queria ser confiante assim.

— Vai se sair bem. — Ele sorriu, seus olhos se demorando nos meus por um instante.

É. Sem dúvida, havia uma tensão esquisita entre nós. Era a mesma tensão que eu tinha sentido no casamento de Colby e, intermitentemente, ao longo dos anos. Eu só não conseguia ter certeza se ele se sentia do mesmo jeito que eu. Ergui a mão.

— Bem... boa noite.

— Boa noite, Lala.

Holden esperou que eu entrasse no apartamento. Depois de a porta se fechar, inspirei fundo e tentei me recompor. O alívio me inundou. *Finalmente, estou sozinha.*

Tomei um banho quente, do qual estava muito necessitada, depois sequei o cabelo. Provavelmente, deveria ter ido direto para a cama, mas estava agitada. Me aventurei até a geladeira, presumindo que fosse estar vazia. No entanto, fiquei chocada ao encontrar creme para café e uma caixa com algo dentro. Meu peito se apertou quando a abri e encontrei uma dúzia de donuts Boston cream. O preferido de Ryan. Havia um recado grudado no topo da caixa.

Ryan diz: Você consegue, irmãzinha.
Acabe com eles amanhã.

Lágrimas se formaram nos meus olhos. Peguei meu celular.

Lala: Você que fez isso? Os donuts?

Holden: Imaginei que precisasse de café da manhã.

Lala: Você me fez chorar. Obrigada. Foi um gesto muito fofo.

Holden: Por nada, docinho.

Isso me fez arrepiar inteira. Eu estava uma bagunça arrepiada e chorona. *Jesus*. Eu tinha noivo. Precisava parar de reagir assim a Holden. Talvez fosse só a empolgação de estar ali. Se eu fosse contratada e fosse viver na cidade, minhas emoções se acalmariam. E, enfim, mesmo que eu não tivesse noivo, Holden Catalano não seria uma opção para mim. Ele era toda a dor de cabeça de que eu não precisava na minha vida. Aquele momento que tivemos no casamento, aparentemente, ainda estava mexendo com a minha cabeça.

Após devorar um dos donuts, escovei os dentes e me deitei, novamente impressionada com a qualidade do lugar ao sentir o colchão macio e confortável. Testei, rapidamente, o alarme do meu celular para me certificar de que tocaria pela manhã.

Assim que deitei a cabeça no travesseiro, ouvi uma batida na parede do quarto. Primeiro, pensei que fosse minha imaginação, mas depois aconteceu de novo.

Peguei meu celular novamente.

Lala: É você?

Os três pontos se mexeram conforme ele digitava.

Holden: Do que está falando?

Então veio outra batida.

Lala: A batida na minha parede!

Holden: Que batida?

Aconteceu de novo.

Lala: Ouviu isso?

Holden: Claro que ouvi. Eu que estou batendo.

Lala: Holden! Rs

Holden: Sabia que nossos quartos são colados?

Lala: Agora sei.

Holden: Rs

Lala: Ai, Deus. Não vou ter que ouvir você "entretendo" as pessoas, vou?

Holden: Vou tentar ser extra consciente do fato de que você está aqui.

Lala: Bom, obrigada desde já por concordar em ser discreto.

Holden: A única hora que fica alto demais é durante as festas de sexo. Mas elas só acontecem uma vez por mês.

Lala: Festas do sexo?

Holden: Chicote. Corrente. (Algemas.). A coisa toda. SOBRECARGA de dopamina.

Ele está falando sério?

Holden: Rs. Só estou brincando. Não tem festas de sexo.

Lala: Nunca sei com você.

Holden: Meio que desperdicei essa, já que não consegui ver o quanto seu rosto ficou vermelho.

Lala: Ufa. Preciso dormir.

Holden: Ok. Não vou te incomodar mais.

Lala: Boa noite, Holden.

Holden: Boa noite, Lala.

Me obriguei a fechar os olhos. Deveria estar praticando as respostas para minha entrevista enquanto adormecia. Em vez disso, me imaginei acorrentada à cama de Holden em uma festa de sexo.

CAPÍTULO 3

Holden

Sniff. Sniff.

Como um lençol ainda tem o cheiro de uma pessoa quando ela foi embora há quatro dias?

Que seja. Eu precisava ignorar isso porque tinha que preparar esse apartamento para o hóspede do Airbnb que entraria no dia seguinte. Dei a volta na cama, puxei o último canto do lençol de elástico e o amassei em uma bola.

Mas, ao erguê-lo nos braços, aquele cheiro flutuou pelo ar de novo.

Olhei em volta para o apartamento vazio, como se alguém além de mim pudesse estar lá dentro, depois coloquei o lençol no nariz.

Inspira fundo. Expira. Caramba. Ela tinha que cheirar tão bem quanto parecia ultimamente? *Porra, Lala Ellison.*

A mulher estava me deixando louco. Eu só conseguia pensar nela desde que chegou aquela carta de mim mesmo, e não tivera uma boa noite de sono desde o período que ela passara ali. Como se fosse a deixa, bocejei.

Poderia tirar uma soneca mesmo. Olhei para o lençol na minha mão.

Não. Não faça isso.

Mas por que não?, uma parte diferente da minha consciência perguntou. É só uma cama. E esta é muito nova e confortável — diferente da minha, que eu tivera que consertar duas vezes nos últimos meses. Só precisava de algumas boas horas de sono decente.

É, certo. Minta para si mesmo. Vá em frente, filho da puta.

Mas fazia sentido, não fazia? Eu estava cansado, parado em frente a uma cama nova e boa, e eu tinha um lençol praticamente limpo na mão. Eu poderia, simplesmente, colocá-lo de volta. Nem precisaria colocar os quatro cantos — dois seriam suficientes. Só Deus sabia que eu já tinha dormido assim. Ninguém saberia que eu havia tirado uma sonequinha.

Exceto você, seu cheirador barato de lençol.

— Cale a boca.

Agora eu não estava só pensando comigo mesmo, mas falando em voz alta. Ótimo, simplesmente ótimo. Eu *realmente* precisava dormir. Então abafei meus pensamentos ridículos, coloquei o lençol de elástico de volta e me deitei na cama.

Inspirei muito fundo...

Porque é isso que uma pessoa faz quando está exausta e tentando dormir, e não porque cheirava exatamente como, *ah, Lala Ellison.*

Para registro, o sorriso que permaneceu no meu rosto durante a soneca de três horas e meia *também* não tinha nada a ver com *Lala Ellison.*

— E aí, senhoras? — Sorri para os caras quando entrei no apartamento de Owen para o jogo de cartas mensal. Eles já estavam em seus lugares de sempre. Abaixei meu fardo de doze cervejas Coors Light e peguei uma para mim.

Owen estava com o baralho nas mãos, prestes a dar as cartas.

— Você está atrasado pra caramba, é isso que está acontecendo.

— Foi mal. — Tirei o boné e o joguei no centro da mesa como minha aposta. — Acabei de acordar de uma soneca gloriosa. O que significa que também não tive tempo de sair e sacar dinheiro, então vou ter que usar tampinhas de cerveja para os dólares.

Brayden balançou a cabeça.

— Você tem coragem, cara. Nunca tem dinheiro no bolso, e tira sonecas à tarde.

Sorri e apontei para o meu rosto.

— Precisava do meu sono da beleza. Do contrário, como vou fazer as mulheres comprarem bebidas para mim quando eu não tiver dinheiro?

Colby deu risada.

— Me passe essas cervejas, otário.

Peguei outra do fardo e a coloquei por cima de um braço como um maître exibiria uma garrafa de champagne.

— Espero que o ano seja do seu gosto.

Owen deu a volta na mesa, distribuindo as cartas.

— Você está com um humor estranhamente bom. Imagino que não estivesse sozinho na cama esta tarde.

Bebi um pouco de cerveja e me recostei com um grande *ahhh*.

— Completamente sozinho, meu amigo. Só estou feliz de estar aqui com meus camaradas mais queridos.

Colby colocou a tampinha da sua cerveja entre o polegar e o dedo do meio e a lançou. Ela voou pelo ar, quicou na minha testa e caiu no meio da mesa.

Eu sorri.

— Acho que minha aposta são dois dólares.

Owen terminou de dar cinco cartas para cada e soltou o baralho.

— Algum de vocês sabe até quando temos reservas na unidade do Airbnb?

— Acho que temos uma no fim do mês, mas só. Abrimos o calendário de reserva por apenas seis meses.

— Podemos cancelar essa reserva?

Dei de ombros.

— Provavelmente, a pessoa não vai ficar feliz com isso. Mas, sim, temos a possibilidade de cancelar. Por quê?

Owen olhou em volta para todos.

— Porque Lala conseguiu a vaga para a qual se inscreveu.

Congelei.

— Como você sabe?

— Ela me ligou hoje. Eles querem que ela comece na segunda-feira. É uma bolsa do governo, então se não começarem a gastar o dinheiro até o fim do mês, eles o perdem no orçamento do ano seguinte. Ela queria saber se alugaríamos o apartamento para ela. Falei que retornaria depois de ver se estava disponível, mas queria ver o que vocês acham de oferecer para ela morar de graça. A bolsa dela é de seis meses, então adiaríamos o aluguel por meio ano. No entanto, não teríamos este prédio se Ryan não tivesse nos tornado os beneficiários do seu seguro de vida. Parece ser a coisa certa a fazer.

Todos começaram a assentir.

— Totalmente — alguém adicionou.

Entretanto, eu ainda estava preso na primeira frase de Owen.

— Por que ela ligou para você e não para mim?

Ele deu de ombros.

— Provavelmente, porque sou mais legal e mais bonito. Ah, e sou um adulto *que não tira sonecas.*

Fiquei ofendido por Lala ter escolhido ligar para Owen, porém, quando Colby fixou em mim um olhar sábio, disfarcei o máximo que consegui.

— Sim, claro. Tudo bem.

— Então todos concordamos em deixá-la ficar de graça? — Owen perguntou.

Todos assentiram.

— Está certo, então — ele disse. — Vou ligar de volta para ela mais tarde e avisá-la de que tem um lugar para ficar por quanto tempo precisar.

— Ei, que bom que está em casa.

Abri a porta do meu apartamento e encontrei Owen do outro lado.

— E aí?

— É para Lala chegar lá pelas duas hoje, e acabei de receber uma ligação de um cliente que quer que eu mostre um apartamento agora porque está bem interessado, e já tenho uma proposta entrando de outra agência. Era para eu ajudar Lala e Warren com a mudança. Há alguma chance de você conseguir ajudá-los no meu lugar?

Me sentia mal por falar não. Mas o dr. Babaca deveria conseguir carregar as caixas sozinho. O apartamento era totalmente mobiliado, então não era como se ele tivesse que carregar algo grande.

— Desculpe. — Dei de ombros. — Tenho planos.

— Merda. Ok. Vou tentar Brayden e Colby.

— Certo. Boa sorte hoje.

— Valeu, cara.

Owen começou a se afastar, mas se virou de volta.

— Aliás, flagrei Frick e Frack[1], os adolescentes infernais do 410, lá no terraço de novo ontem à noite. Eles estavam com baldes de água e tentavam jogá-los em pedestres desavisados desta vez.

— Sério? A sra. Martin do 408 ligou para mim para reclamar, há dois dias, que eles estavam escutando música alta a noite toda. Quando subi para falar para pararem, eles estavam em casa sozinhos. Pensei que os tivesse assustado um pouco. Acho que não. Viu a mãe deles recentemente?

— Não. E não recebemos o aluguel deste mês deles.

1 Gíria usada para denominar dois indivíduos que são tão grudados que se tornam indistinguíveis. (N.E.)

Balancei a cabeça.

— Eles são velhos o suficiente para não precisarem de babá, mas não são velhos o suficiente para viverem sozinhos. Verei se a mãe aparece mais tarde e vou conversar com ela.

— Obrigado.

Fechei a porta, me sentindo um merda completo por falar que não poderia ajudar Lala. Mas a última coisa de que eu precisava era ficar perto dela e do seu noivo. Como ela estava se mudando para o apartamento vizinho, eu iria escutar quando chegassem, e isso me faria ainda mais idiota por me esconder no meu apartamento. Precisava sair dali, então rolei a tela por meus contatos para procurar alguém com quem fazer planos. Não precisei procurar muito.

Eu tinha ficado com Anna algumas vezes e, bem na semana anterior, havia cruzado com ela no metrô. Ela tinha me falado para enviar uma mensagem. Então mandei. Eu a chamei para ver um filme durante o dia, embora não tivesse interesse em ver um. Ela respondeu rapidamente, parecendo empolgada para ficar comigo, o que me fez sentir um merda de novo.

Eu queria estar fora quando Lala chegasse. Então, depois de tomar um banho, pensei em caminhar devagar até o cinema onde falara para Anna que a encontraria em uma hora. Mas, quando saí para a frente do prédio, havia uma movimentação. Um cara estava gritando e balançando os braços, parado ao lado de um carro pela metade na vaga, de frente. Enquanto isso, outro carro estava pela metade de costas. Só quando uma mulher saiu do outro carro e bateu a porta foi que percebi que ele estava gritando com Lala. *Merda.* Corri até lá assim que o outro motorista começou a andar na direção dela.

— Ei. — Parei diante dela e coloquei as mãos para cima. — Calma aí, amigo. O que está havendo aqui?

Lala apontou para o cara.

— Eu estava tentando dar ré, e ele chegou correndo do nada e está tentando pegar a vaga. Com certeza ele não estava atrás de mim quando comecei a estacionar.

Olhei para o cara. Ele era careca, com uma barriga grande e o rosto corado.

— Olha, cara, a moça está se mudando para este prédio aqui hoje.

— Não dou a mínima para onde ela está indo — ele bradou. — Vi a vaga primeiro.

Lala colocou as mãos na cintura.

— Não viu, não!

— Vai, cara. Mesmo que estivesse aqui primeiro, não pode ser um cavalheiro e deixá-la ficar com a vaga? — Apontei para o banco de trás do carro dela, que estava cheio de caixas. — Ela tem muita coisa para carregar.

Ele cruzou os braços à frente do peito.

— Chupa essa.

— Muito bem. — Balancei a cabeça. — Estou vendo que você é bem agradável.

Lala abriu a porta de trás do seu carro.

— Certo. Se não vai se mexer, vou deixar meu carro parado assim e carregar minhas caixas para cima. Tenho muitas, então, se está pensando em esperar eu terminar, vai demorar um pouco.

— Humm, Lala — me inclinei e sussurrei. — Não sei se é bom deixar seu carro parado assim.

Ela apertou os lábios, esticou-se para dentro do carro e pegou uma caixa mesmo assim.

— Oh, que pena.

Olhei para o cara e dei de ombros.

— Você ouviu a moça. — Então coloquei algumas caixas em meus braços, e Lala e eu fomos para a porta da frente do prédio. O cara gritou alguma coisa sobre o carro dela ser guinchado.

Lala parou à porta e gritou:

— Vá chupar um ovo, careca!

Dentro do elevador, eu sorri.

— Isso foi bem ousado.

Ela colocou a caixa no chão e me mostrou sua mão trêmula.

— Acho que foi a adrenalina porque estou tremendo agora. Sou muito medrosa.

Dei risada.

— Poderia ter me enganado.

O elevador chegou ao nosso andar, e apontei com o queixo para Lala sair primeiro. Na metade do corredor, a parte de baixo das três caixas que eu tinha colocado nos braços se abriu, e caiu tudo no chão.

— Merda.

Lala e eu colocamos as caixas no chão, e tentei fechá-la de novo onde a fita tinha saído. Balancei a cabeça.

— Isto não vai segurar. Preciso colocar esta caixa no meio das outras duas, para que haja apoio embaixo, depois podemos jogar tudo de volta para dentro só para levar as coisas para o apartamento.

— Boa ideia.

Colocamos tudo de volta dentro da caixa e empilhamos a terceira em cima. Lala pegou a que estivera carregando, e nós demos mais uns cinco ou seis passos... até a caixa nas mãos dela ceder, e o conteúdo se espalhar no chão.

— Oh, não! — Lala se abaixou. — Fita tem vencimento?

— Se ficar bem velha, a cola seca. Por quê? Quanto tempo tinha a fita que você usou para fechar estas caixas?

Ela fez uma careta.

— Eu a encontrei no armário de Ryan. Tenho praticamente certeza de que é de quando colocamos as roupas dele para doação alguns meses depois que ele morreu.

Oh, merda.

— Você usou essa fita para *todas* as caixas?

Ela assentiu e mordeu o lábio inferior.

Dei risada.

— Tenho fita adesiva para embalagem no meu apartamento. Vamos levar lá para baixo e reforçar o resto das caixas antes de carregá-las para cima.

Juntos, refizemos a outra caixa desmontada e conseguimos colocar toda a primeira leva no apartamento antes de mais alguma coisa cair. Fui para o meu apartamento pegar a fita e voltei um minuto depois.

— Pensei que Warren viesse para te ajudar com a mudança.

— Ele está ocupado trabalhando com um projeto com prazo, e pensei que conseguiria sozinha.

Esse é o terceiro ponto contra o dr. Babaca. O segundo foi aquela pedrinha no anel de noivado que ele comprou para ela, e o primeiro... bem, esse era porque ele existia.

Franzi o cenho.

— É melhor voltarmos lá para baixo.

— Você se importa se eu usar o banheiro primeiro?

Apontei na direção dele.

— Fique à vontade.

Enquanto ela cuidava do que precisava, voltei para o meu apartamento e peguei duas garrafas de água. Ofereci uma quando ela saiu.

— Oh, obrigada. Realmente, estou com bastante sede. Não bebi nada antes de sair porque não queria ter que deixar todas as minhas coisas sozinhas em uma parada de restaurante.

— Boa ideia. — Virei o boné e bebi um pouco de água. — Está pronta para a próxima viagem? O sr. Feliz lá fora, provavelmente, está batendo o pé.

Mas, quando saímos, o sr. Feliz não estava fazendo beicinho. O otário estava só sorrisos. Seu bom humor repentino, provavelmente, era por causa de um *guincho* erguendo a parte da frente do carro de Lala no ar. Corri até o cara fazendo o serviço.

— Ei, vamos, cara. A dona do carro está bem aqui. — Apontei para o homem que tinha começado isso. — Esse cara tentou roubar a vaga dela e começou uma briga. Só ficamos fora por dez minutos, no máximo. Ela está se mudando para aquele prédio bem ali, e tem todas estas caixas para carregar. Pode dar essa folga para ela, por favor? Juro que vamos tirar o carro logo depois de você soltá-lo.

O motorista do guincho ergueu um pé no para-choque do seu caminhão e falou para o outro motorista.

— Não sei, policial Agostino, o que acha? Deveria deixar a moça em paz?

O imbecil abriu um sorriso diabólico.

— Definitivamente, *não*. Tire essa merda daqui, Johnny.

Oh, merda. Baixei a cabeça. *O idiota é policial...*

Dei um suspiro de derrota e falei com Johnny.

— Podemos, pelo menos, pagar você pelo guincho, aí você a solta bem aqui e nós movemos o carro? Pelo menos nos poupe de ter que ir até o pátio de veículos apreendidos para pegá-lo.

O motorista do guincho olhou para o policial de novo. O imbecil balançou a cabeça com um sorriso tão grande que me fez pensar que essa era a maior diversão que ele tinha em um bom tempo.

O motorista do guincho terminou de erguer o carro de Lala e me entregou um cartão.

— Provavelmente, vou parar para almoçar, então pode demorar um pouco.

— Podemos, pelo menos, tirar as caixas antes de você ir? As coisas vão se espalhar de todos os buracos e ser jogadas para a frente no ar.

— Desculpe. Não dá. — Ele andou na direção do seu caminhão.

Olhei para Lala.

— Desculpe.

— Não foi culpa sua. — Ela apontou para o policial. — Foi dele.

O oficial abriu um último sorriso presunçoso e entrou em seu carro.

— Vocês dois tenham um ótimo dia.

As coisas não melhoraram depois disso. Lala e eu pegamos um Uber supercaro para o Brooklyn a fim de tirar o carro dela do pátio. No entanto, quando chegamos, o carro ainda não estava lá. O desgraçado do motorista do guincho chegou uma hora mais tarde. Então fomos pagar e descobrimos que eles não aceitavam cartões de crédito, e nenhum de nós tinha dinheiro suficiente em espécie. Assim, tivemos que andar seis quadras até o caixa eletrônico mais próximo. Quando voltamos com os trezentos e cinquenta em dinheiro que eles tiveram a coragem de cobrar, a recepcionista do pátio não queria liberar porque Lala não estava com o documento do carro. Então, finalmente, nós os convencemos de que Lala não era uma ladra de carros tentando roubar a porcaria do seu carro de onze anos do pátio, mas seu carro não ligava.

— Eles estragaram seu carro. Vou matar aquele motorista do guincho.

Comecei a sair, mas Lala me segurou.

— Não. Acho que eles não fizeram nada, Holden. — Ela balançou a cabeça. — Precisei pedir para o meu vizinho me ajudar a dar uma carga antes de sair esta manhã. Ele falou que, provavelmente, é o alternador.

— Oh. Certo. — Olhei em volta, mas o pátio de veículos apreendidos estava vazio, exceto pelos carros. — Vou voltar para o escritório e ver se a recepcionista pode conseguir alguém para dar a partida. Já volto.

Mas nossa maré de azar não parou aí. O carro nem ligava, mesmo depois de meia hora tentando dar carga e deixando a bateria carregar.

Enfim, fechei o capô do carro de Lala e limpei as mãos na calça antes de estender uma mão para a mulher que tinha nos ajudado.

— Agradeço mesmo por tentar. Há uma mecânica por perto que não vá arrancar as tripas dela por um alternador se vocês o guincharem até lá?

Ela assentiu.

— Banner Auto Repair é a um quilômetro e meio à direita. Ele é honesto.

— Pode guinchar o carro até lá?

Ela olhou a hora em seu celular.

— São quase seis de um domingo. Agora ele já está fechado. Posso guinchar o carro bem cedo amanhã, mas vou ter que cobrar de você.

Soprei com as bochechas infladas e olhei para Lala.

Ela deu de ombros.

— Que opção nós temos? Mas e todas as minhas caixas? Não tenho escova de dentes nem roupa para usar para trabalhar amanhã sem elas.

— Vou ligar para Dylan, meu baixista, e ver se ele pode vir nos pegar e levar as caixas. Ele mora no Brooklyn e guarda a van da banda em sua garagem.

Dylan pôde ajudar, contudo, só voltamos ao apartamento e terminamos de descarregar tudo quando eram quase oito e meia.

Lala olhou em volta na sala de estar, entulhada de caixas.

— Pode ligar para o meu celular, por favor? Não faço ideia de onde o coloquei. Espero muito que não tenha deixado cair na van, já que Dylan acabou de ir embora.

Ergui meu celular.

— Eu ligaria, mas acabou a bateria do meu há horas.

Lala cobriu a boca e riu.

— Ai, meu Deus, Holden. Se eu não der risada pelo dia que tivemos, pode ser que tenha que chorar.

Sorri.

— Hoje foi um show de horrores, não foi?

— Falei para o policial *chupar um ovo* e o chamei de careca!

Nós dois gargalhamos, e assenti na direção da porta.

— Venha. Vamos para a minha casa. Vou pegar um carregador para podermos encontrar seu celular, e você vai pegar cervejas geladas na geladeira para a gente.

— Parece o paraíso. Obrigada.

Mas, assim que saímos do apartamento de Lala e fomos para o corredor, percebi que o *paraíso* ainda estava a uma lombada de chegar. Havia uma mulher parada diante da minha porta – uma mulher da qual eu havia *me esquecido totalmente* que era para encontrar no cinema horas antes.

Anna olhou para mim, depois para Lala, e seus lábios se franziram.

Droga. Isso não seria bonito.

— Você é *tão babaca.* Não acredito que vim até aqui porque estava preocupada que algo tivesse acontecido com você, já que me deu um bolo e não atendeu o celular o dia todo. — Ela olhou para Lala. — Aproveite sua noite de diversão porque é só isso que vai ter. — Ela saiu pisando duro.

— Anna, espere! Desculpe! Aconteceu uma coisa e acabou a bateria do meu celular e...

Sua resposta foi me mostrar o dedo do meio por cima do ombro e continuar andando.

— Sinto muito — Lala disse. — Não sabia que você tinha planos.

Balancei a cabeça.

— É minha culpa. Me esqueci totalmente de que era para encontrá-la no cinema.

— Bem, acho que está sendo gentil. Por favor, deixe-me pagar o jantar para você? É o mínimo que posso fazer depois da confusão em que transformei seu dia e de estragar seu encontro.

— Só se eu puder providenciar a cerveja e o vinho.

Ela sorriu.

— Combinado.

Lala e eu pedimos comida chinesa, e comemos nas caixinhas mesmo enquanto ela arrumava suas coisas e eu desmontava as caixas. Apesar de todo o problema, o dia tinha me deixado sentir mais próximo dela do jeito que éramos anos antes.

— Posso te perguntar uma coisa?

— Claro. Se eu puder te perguntar uma também. — Ela estendeu sua caixinha de frango com brócolis. — Quer o resto? Estou cheia.

Semicerrei os olhos para ela.

— Você cuspiu nisso?

Ela pareceu chocada.

— O quê? Não!

Dei risada e peguei a caixinha da sua mão.

— Estou brincando.

Lala revirou os olhos, mas sorriu ao usar um estilete para abrir a última caixa.

— O que queria me perguntar?

— Por que ligou para Owen para ver se o apartamento estava disponível, e não para mim?

Lala congelou.

— Hummm... Não sei. Acho que ele só apareceu primeiro nos meus contatos.

Não fazia sentido, já que meu primeiro e último nomes vinham antes dos de Owen. Mas, de repente, ela estava evitando contato visual, e eu não queria que as coisas ficassem estranhas entre nós de novo, então deixei para lá.

— Sua vez... — eu disse.

— Hummm? — O nariz de Lala se franziu. — Minha vez do quê?

— Você falou que eu poderia te perguntar uma coisa, se você pudesse me perguntar algo. Agora é a sua vez.

— Ah. — Ela tirou um monte de toalhas da caixa e foi para o banheiro. — Ok, estou curiosa sobre uma coisa — ela falou quando voltou.

— Mande. — Coloquei um pedaço de frango na boca.

— Com quantas mulheres você dorme por mês? Quero dizer, essa já é a segunda que vejo no seu apartamento.

Comecei a engasgar com o frango.

Lala arregalou os olhos. Ela correu para me dar uma garrafa de água e a segurou em frente ao meu rosto.

— Beba. Ou precisa que eu faça a manobra de Heimlich?

Tossi mais algumas vezes, porém consegui engolir o pedaço de frango. Meus olhos lacrimejaram.

— Entrou pelo lugar errado — falei, pegando a garrafa.

Lala me observou beber.

— Graças a Deus! Não faço a manobra de Heimlich desde a aula de ginástica da oitava série. Não sei se me lembro de como fazer.

Demorou mais um minuto para parar a queimação na minha garganta, mas, pelo menos, eu conseguia respirar.

— Desculpe — ela pediu. — Eu não deveria ter feito uma pergunta tão pessoal.

— Não, tudo bem. Nunca quero que sinta que não pode me perguntar algo. — Apesar de eu não fazer ideia de qual era a resposta. Com quantas mulheres eu *dormia* por mês? Não que eu ficasse contando, mas qualquer que fosse o número que desse para ela a faria pensar que eu era um puto.

— Acho que o número varia. Às vezes, nenhuma, e outras vezes, saio alguns dias.

— Você... traz alguém para casa *toda* vez que sai?

Porra. Eu estava piorando isso.

— Sempre, não. — *Porque houve aquela única vez, quatro meses atrás, em que eu não estava me sentindo muito bem e fui embora do bar cedo e sozinho.*

Ela balançou a cabeça e ergueu as mãos.

— Não quis ser intrometida nem te ofender.

Dei de ombros.

— Tudo bem.

Ela me encarou por alguns segundos.

— Aposto que você é muito bom nisso, então...

Ergui as sobrancelhas.

Lala cobriu a boca. Suas bochechas ficaram rosadas.

— Ai, meu Deus. Não acredito que acabei de falar isso. É só que... você sabe, prática leva à perfeição.

Eu sorri.

— Adoro como você ainda fica vermelha quando está com vergonha, assim como fazia quando era criança. Não amadureceu nisso.

— É, bem, obviamente, também não amadureci em falar coisas vergonhosas. Desculpe por ser tão inapropriada. Não sei o que deu em mim.

— Tudo bem.

Lala terminou de tirar as coisas da última caixa, então a desmontei. Tínhamos acabado, mas eu não estava pronto para fechar a noite.

— Está a fim de uma taça de vinho? Tenho branco e tinto em casa.

Lala hesitou, mas depois sorriu.

— Claro. Seria ótimo.

— Tinto ou branco?

— Branco.

Assenti.

— Só vou descer estas caixas até o lixo, depois volto.

— Ok.

Depois de descer correndo, voltei para o meu apartamento e peguei uma garrafa de pinot grigio e duas taças. Mas, em vez de ir para a porta ao lado, abri a janela da minha cozinha e saí para a escada da saída de incêndio.

— Ei, Lala! — Me inclinei na direção da janela do seu apartamento a alguns metros de distância e gritei. Quando ela não veio, coloquei as mãos em forma de concha na boca. — *Ei, Ellison! Abra a janela!*

Alguns segundos mais tarde, ela ergueu a janela do seu apartamento e colocou a cabeça para fora.

— Não conseguia identificar de onde você estava gritando.

Acenei para ela.

— Suba na sua escada de incêndio.

Ela olhou para baixo.

— É seguro?

— Mais seguro do que sentar no telhado da casa dos seus pais quando todo o resto das pessoas estava dormindo como fazíamos quando éramos pequenos.

Lala sorriu e saiu. Só havia uns trinta centímetros entre nossas escadas de incêndio. Servi duas taças de vinho e lhe entreguei uma por entre os balaústres de metal.

Ela a pegou e olhou para o céu.

— Deus, eu costumava subir naquele telhado o tempo todo para estudar as estrelas.

— Eu sei. Eu costumava ir com você quando dormia na sua casa e Ryan adormecia antes de mim. Você sempre estava com seu livro de astronomia e um monte de canetas coloridas.

Ela bebeu o vinho.

— Eu gostava de anotar as estrelas que conseguia identificar e pintá-las em código com base nas constelações a que pertenciam.

— Ursa Maior, Cassiopeia, Orion, Cão Maior, Centaurus, Cruzeiro do Sul e Carina — eu disse. — Sua preferida era Carina. Um dia, você quis mudar seu nome para Carina.

Lala olhou para mim.

— Não acredito que ainda se lembra disso.

— Me lembro de bastante coisa daquelas noites em que ficávamos conversando… — Provavelmente, eu deveria ter parado aí, porque já tinha levado essa conversa além do que deveria, mas sempre tive problemas com limites. — Sabe, você foi a primeira garota com quem senti que poderia ser eu mesmo quando estávamos lá fora no telhado. Tipo, eu te contava as merdas que sonhava fazer um dia, e você nunca me fez sentir idiota. Sempre ouviu e me fez sentir como se qualquer coisa fosse possível.

Lala assentiu.

— Acha que Ryan sabia que costumávamos sair escondido e conversar assim?

— Definitivamente, não — respondi. — Ele teria me dado uma surra por isso.

— Por quê? Éramos apenas dois amigos conversando.

— Primeiro de tudo, eu estava deixando a irmãzinha dele se sentar no telhado, quando deveria ter te arrastado de volta para dentro da casa, onde era seguro. Segundo, Ryan me conhecia bem. Minha intenção sempre começava bem com uma garota bonita, mas nem sempre acabava muito bem.

— Você… me achava bonita?

— Claro que achava. Qualquer cara com olhos achava.

Lala olhou para sua taça de vinho com um sorriso tímido.

— Também te achava lindo.

Sorri.

— Eu sei.

Ela arregalou os olhos.

— Como assim, você sabe?

— Eu percebia o jeito que me olhava, tipo quando eu saía da sua piscina e tal. Às vezes, você fazia isso da janela do seu quarto quando achava que não tinha ninguém vendo.

Lala cobriu o rosto com as mãos.

— Ai, meu Deus. — Ela deu risada. — E eu pensava que era muito astuta.

Me inclinei um pouco mais perto, contra o corrimão da minha escada de incêndio.

— Vou te contar um segredo.

— Qual?

— Sabe quando Ryan e eu íamos para a garagem levantar os pesos do seu pai antes de irmos para a piscina?

— Sim. Vocês iam para a piscina se refrescar depois.

Balancei a cabeça devagar.

— Errado. Eu fazia Ryan puxar ferro comigo antes de irmos para a piscina, assim eu ficava mais definido quando tirava a roupa, só no caso de você estar assistindo.

— Oh, uau. — Lala bebeu o resto do vinho. — Eu não fazia ideia disso.

Ergui a garrafa.

— Quer mais?

Lala mordeu o lábio. Parecia que ela estava considerando beber mais... pelo menos, até seu celular tocar. Ela olhou para baixo, e seu rosto lindo murchou.

— Obrigada pela oferta, mas é melhor eu atender. É Warren, e preciso trabalhar amanhã cedo, de qualquer forma.

Meu coração afundou, mas forcei um sorriso.

— Sim, claro.

Ela se levantou, e eu fiz igual.

— Obrigada, de novo, por tudo que fez por mim hoje — ela disse. — E pelo vinho e pela conversa. — Ela estendeu sua taça vazia por cima do corrimão para mim. — Boa noite, Holden.

— Boa noite, Lala.

De volta ao meu apartamento, coloquei a garrafa de vinho no balcão da cozinha e minha taça na pia. Mas, quando fui colocar a de Lala, vi marcas de batom na beirada.

Não faça isso, seu otário.

Por que não? Você já dormiu nos lençóis dela, palhaço.

Cerrei a mandíbula e tentei me afastar — tentei, de verdade. Mas ficaria bravo comigo mesmo no dia seguinte por falar coisas inapropriadas para Lala, de qualquer forma. O que era um pouco mais de autocrítica? Então peguei a garrafa de vinho de volta e enchi a taça de Lala, alinhando minha boca onde a dela tinha bebido.

Quando terminei, já tinha começado a me repreender.

Que porra é essa, Holden? O que vem a seguir... roubar a calcinha dela e cheirar?

CAPÍTULO 4

Lala

No fim da minha primeira semana em Nova York, minha assistente nova, Tia, e eu estávamos almoçando do lado de fora da sede do Departamento de Saúde, onde eu conduziria minha pesquisa nos próximos meses. Eu tinha acabado de atualizá-la sobre minha situação de moradia grátis.

— Não acredito que estão deixando você ficar de graça. É tão legal da parte deles.

— É. Eles são tipo irmãos para mim. — *Bem, exceto um*. Holden estava, talvez, mais para um meio-irmão gostoso e malvado. Mas não havia nada de irmandade no jeito que meu corpo reagia àquele homem.

— Então... *tipo* irmãos, mas três deles são solteiros?

Pigarreei.

— Sim.

— Nunca ficou com nenhum deles?

Estreitei os olhos.

— Sou noiva. — Ela sabia sobre Warren, então eu não tinha certeza do porquê havia me feito essa pergunta.

— Eu sei, mas, digo, no passado?

Balancei a cabeça.

— Não.

— Algum deles é bonito?

— Na verdade, todos são bonitos.

— Sério... — Ela limpou um pouco da maionese no canto da boca. — Bem, é melhor eu passar lá e, sabe, te encontrar para um drinque em algum fim de semana. — Ela deu uma piscadinha.

Eu sorri de volta, mas, conforme uma brisa soprou meus cachos, detestei para onde meus pensamentos tinham ido. Não me importaria de apresentar Brayden ou Owen a Tia, mas queria esconder Holden. E isso era ridículo. Holden Catalano não poderia ser escondido. Holden pertencia ao mundo; ele ficava com uma mulher diferente toda semana, pelo amor de Deus.

A tarde voou depois do almoço. Ainda bem que era sexta-feira, porque minha primeira semana no novo projeto tinha sido bem cansativa. Após um pouco de confusão quanto a qual espaço o Departamento de Saúde forneceria para eu conduzir meu projeto, finalmente, pude me acomodar em um canto do prédio. E tinham me prometido mais de uma assistente, mas, até então, era apenas Tia. Pois é, as coisas estavam começando devagar.

Cheguei em casa do trabalho naquela tarde lá pelas quatro horas. Mal podia esperar para colocar os pés para cima e beber uma taça de vinho para começar o fim de semana. Ou talvez abrir um pote de sorvete e comer a sobremesa antes do jantar. Quem eu queria enganar? Vinho *e* sorvete antes de comer sushi de delivery era perfeito.

Mas, após tomar banho, meu plano de começar logo a noite de relaxamento foi frustrado por um apito alto vindo de algum lugar no apartamento. Andei pela casa até descobrir que estava vindo de um detector no teto do corredor. Arrastei uma cadeira até lá para verificar, mas não havia como apertar para parar. Provavelmente, a bateria precisava ser trocada, porém eu não tinha uma chave de fenda para abrir.

Não queria mesmo ter que incomodar Holden. De alguma forma, eu tinha conseguido evitar contatá-lo para qualquer coisa a semana inteira. Fiquei surpresa por não encontrá-lo sem querer, já que ele estava logo ao lado, ou por ele não ter passado na minha casa. Após nossa conversa na escada de incêndio — quando nós dois admitimos a atração um pelo outro no passado —, eu não queria falar com ele por nenhum motivo. E talvez ele também se sentisse assim. Quase todo encontro com ele me fazia sentir culpada, mesmo que nada nunca acontecesse. Era tudo culpa devido aos meus pensamentos, os quais parecia que eu era incapaz de controlar.

Após quase uma hora aguentando o som agudo, procurei e peguei o celular.

Holden atendeu no terceiro toque.

— Lala Ellison... e aí?

— Oi.

— Estava pensando em você — ele disse. — Como foi sua primeira semana?

Respirei fundo.

— Foi difícil, na verdade. Algumas coisas não saíram conforme o planejado. Mas, felizmente, serão melhores na semana que vem.

— Droga. Ok. Bem, ainda bem que é sexta, então.

— É. Sério. Eu estava torcendo para relaxar esta noite, mas há um som agudo vindo de um dos detectores que está me deixando louca. Não consigo abri-lo sem uma chave de fenda, que não tenho. Estava esperando que você...

— Ah. Então esta ligação não foi só para falar oi — ele zombou.

Isso me fez sentir meio mal.

— Não exatamente.

— O Faz-tudo Holden vai ao resgate. — Ele deu risada. — Chego em cinco minutos.

Passaram uns três minutos, na verdade, até ele bater ritmicamente na porta.

Minha pele se arrepiou quando abri.

— Estou surpresa por não ter usado sua chave.

Eu sabia que Holden tinha uma chave-mestra de todos os apartamentos.

— Quer que eu entre aqui sem bater? Podemos fazer isso acontecer, mas pensei em ser respeitoso.

— Sim. Pensando bem, é melhor bater.

— Imaginei. — Ele deu uma piscadinha. — Exceto na parede do seu quarto à uma da manhã, certo?

Balancei a cabeça. Holden usava um gorro cinza no cabelo castanho bagunçado. Sempre amei quando ele estava assim – até demais, talvez.

Bip. Bip. Bip.

— Aí está! — Olhei em volta. — Não é irritante?

— Não escutei — Holden disse com a expressão neutra.

— Não?

Ele balançou a cabeça.

Então apitou de novo. *Bip. Bip. Bip.* O barulho parecia estar acelerando.

Ergui meu dedo indicador.

— Ouviu isso, certo?

Holden deu risada.

— Sério? Não ouvi nada.

Cocei a cabeça.

Ele caiu na gargalhada.

— Só estou te zoando. A bateria precisa ser trocada.

Dei um tapa no braço dele.

— Muito obrigada. Você me fez pensar que eu estava perdendo a cabeça.

— Você perdendo essa cabeça brilhante, Lala, seria um golpe gigante para o mundo. — Ele se virou de volta na direção da porta. — Já volto. Vou pegar uma bateria no armário de ferramentas.

Logo depois, Holden voltou com uma bateria de nove volts. Seu abdome apareceu quando ele se esticou para o detector de monóxido de carbono e a substituiu. Tive um vislumbre de uma tatuagem que era particularmente baixa na barriga, mas não consegui identificar o que era. Algo me dizia que muitas mulheres tinham dado uma olhada de-perto-e-em-particular naquela quando estavam de joelhos. Me encolhi.

O detector apitou alto conforme ele o testou.

— Está funcionando bem agora. Não vai mais escutar aquele som de alarme.

— Obrigada.

Nossos olhos se fixaram por um instante.

— Você falou que sua semana foi louca. O que aconteceu?

— Bem... — Suspirei. — Era para eu ter mais de uma assistente. Por enquanto, só tenho uma. Uma garota chamada Tia.

— O que há de errado com ela? — Ele se apoiou no balcão.

— Nada, além do fato de ela não ter um clone. As coisas só estão indo mais devagar do que eu esperava. Preciso de ajuda para configurar um banco de dados, verificar os arquivos médicos para potenciais participantes do estudo e marcar entrevistas e tal. Como somos só eu e ela no momento, estou atolada com o trabalho administrativo em vez de começar o estudo.

Ele assentiu.

— Deve ser frustrante não conseguir fazer a bola rolar.

— É, porque sou bem ansiosa.

Holden inclinou a cabeça para o lado e sorriu.

— Você realmente ama o que faz, não é?

Dei de ombros.

— O que posso dizer? Não há emoção maior do que a descoberta... do que contribuir para nosso crescimento como humanos ao tocar um conhecimento que não tinha sido descoberto antes.

— Caramba. Estou tocando as coisas erradas. — Ele sorriu maliciosamente.

Arqueei uma sobrancelha.

— As baquetas e as mulheres?

Ele deu risada.

— Isso é uma coisa que sempre admirei em você, Lala. Sua sede por conhecimento. É como se nunca tivesse o suficiente. — Ele suspirou. — Na maioria dos dias, me sinto um gato correndo atrás do rabo. Mesma coisa de sempre. Dia diferente. Nada novo.

— Bem, não somos todos iguais. Eu não conseguiria fazer duas batidas com suas baquetas. Somos destinados a ter talentos e propósitos diferentes na vida. Talvez o meu seja pesquisar e o seu seja entreter.

— Bom, hoje de manhã meu propósito foi comer Cheetos Picante e cobrir o que eu tenho praticamente certeza de que era um buraco para masturbação em um dos apartamentos do qual o inquilino acabou de sair.

Dei risada.

— Alguém precisa fazer isso.

— Acho que sim.

Passou um momento de silêncio antes de eu falar:

— Você deve ter tido uma semana ocupada.

— Não muito. Por que diz isso?

— Bem, não te vi nem te ouvi. Não que eu esperasse, mas... — Ãh, eu não deveria ter falado nada.

— Imaginei que tivesse me visto o suficiente quando se mudou. Estava tentando te dar espaço. Não quero que sinta que eu não acho que você é adulta que sabe se cuidar na cidade.

— Ah, que interessante. Nunca teria pensado que você estava me dando espaço especificamente.

— O que *pensou*?

— Como falei, pensei que estivesse ocupado.

— Ocupado fazendo o quê?

Dei de ombros.

— Ocupado fazendo... o que Holden faz?

— Ocupado me divertindo com mulheres aleatórias quando não estou sendo o sr. Conserta-tudo? É isso que quer dizer? — Ele ergueu uma sobrancelha.

— Não falei isso. Você que falou.

— Bem, vou te informar que não houve encontros esta semana.

— Nenhum *esta semana*... está praticamente na seca — zombei.

— Apesar de estar me zoando, é verdade mesmo. — Ele fungou.

— Tenho certeza de que isso vai mudar esta noite.

— Por que esta noite?

— É sexta-feira. Você deve ter grandes planos.

Ele passou a língua no lábio inferior.

— Na verdade, tenho um show em Connecticut.

Arregalei os olhos.

— Oh, uau. Sério?

— Sim, é em um club em Danbury. Vamos abrir para outra banda. — Seus olhos encontraram os meus. — Você deveria ir.

Meu estômago saltou. Pensar em vê-lo se apresentar me deixava empolgada, mas também nervosa, e eu não sabia muito bem por quê.

— Parece que acabei de te pedir para ir a um maldito funeral.

— Não é que eu não queira ir. — *Tradução: Tenho um noivo na Filadélfia e sair com você à noite parece perigoso.* — Só não sei se deveria. Preciso organizar as coisas que tiramos das caixas. — Deus, essa era a desculpa mais esfarrapada possível.

— Ah, é — ele zombou. — Porque todas essas coisas não estarão aqui amanhã. — O sorriso de Holden desapareceu. — Só estou mexendo com você. Não é grande coisa se não estiver a fim. Só pensei em perguntar. — A decepção passou por seu rosto.

Será que eu o tinha insultado? Não foi a intenção. Nossa, eu queria *muito* ir. Só me sentia... culpada? Nervosa? Fora da zona de conforto? Não conseguia identificar. Mas *queria vê-lo tocar. Dane-se.*

— Sabe de uma coisa? Claro. Seria incrível. — Expirei. — Mas como vou chegar lá?

— Vem um carro me buscar antes de pegarmos um ou dois dos caras. Vai ter bastante lugar. Se não tiver, eu faço ter.

Minha pulsação acelerou.

— Certo... É melhor eu começar a me arrumar, então. Qual é a vestimenta lá?

— A vestimenta é usar o que você quiser. Jeans rasgado, chapéu e uma camiseta preta e lisa para mim.

Holden poderia vestir um saco de papel e ainda ficaria gostoso.

— Você é de muita ajuda — eu disse a ele.

— Não há vestimenta, até onde sei. Mas sinta-se à vontade para usar algo sexy para que eu possa arrancar a cabeça de um cara por mexer com você. Estou a fim de uma briga. Faz um tempo.

Um calafrio me percorreu quando me lembrei de novo do que Holden tinha admitido durante nossa conversa na escada de incêndio. Mas eu era tola por enxergar isso como um tipo de elogio especial único para mim. Provavelmente, com frequência, ele dizia a muitas mulheres que eram lindas.

Holden voltou para seu apartamento e me deixou sozinha para me arrumar. Escolhi uma saia curta preta e uma camiseta da banda Blondie que mostrava os ombros. O rosto de Debbie Harry estava deliberadamente embaçado na frente. Botas de couro finalizavam o look. Meio que sentia que estava canalizando os anos 1980. Como estava garoando, não me esforcei demais para tentar domar meus cachos loiros selvagens. Meu cabelo poderia começar parecendo com o da Carrie Bradshaw, de *Sex and the City*, mas eu acabava parecendo que tinha colocado a mão na tomada no fim da noite.

Holden bateu à minha porta alguns minutos antes das oito. Ele olhou para mim de cima a baixo quando atendi.

— Caramba. Visual roqueira, *Blondie*. Gostei.

— Obrigada. Mas não sei se meu cabelo vai segurar neste clima.

— Sem querer ofender, Lala, mas teve algum dia que segurou? Ele é selvagem pra caralho. Seu cabelo tem toda uma *vibe*.

— Tem uma personalidade própria, e também é muito bom em prever o tempo. — Dei risada.

Ele fez careta.

— Mas lembra quando você teve que cortá-lo?

Lancei a ele um olhar afiado. Como ele ousava falar disso?

— Sim. Como poderia esquecer? Você e Ryan fizeram uma competição para ver quem conseguia enfiar mais chiclete na boca. Me sentei para assistir a *Jon & Kate Plus 8* na sala e, quando tentei me levantar para comer algo, meu cabelo estava grudado em um monte de chiclete que Ryan havia grudado temporariamente atrás da minha cadeira. — Balancei a cabeça. — Tive que cortar doze centímetros com a tesoura da minha mãe depois de tentarmos removê-los, sem sucesso.

Holden bufou.

— Você ficou muito puta. Acho que deve ter sido a primeira vez que te vi brigar com Ryan.

Desviei o olhar, sentindo meus olhos lacrimejarem inesperadamente. O luto era estranho. Eu conseguia passar seis meses sem derramar uma lágrima pelo meu irmão, aí uma lembrança irritante sobre chiclete aciona o gatilho em questão de segundos.

A expressão de Holden esmoreceu.

— Desculpe. Não foi minha intenção fazer...

— Não. Não foi culpa sua. Chega em ondas, sabe? — Funguei.

— Sei, Lala — ele murmurou. — Sei.

— Vamos. — Sequei os olhos e me apressei para a porta.

O clima estava silencioso quando pegamos o elevador para descer e saímos para entrar em um SUV preto que aguardava.

Já havia um homem no banco traseiro. Apesar de ser um SUV, era bem apertado atrás. E, aparentemente, precisávamos buscar mais um integrante da banda.

Holden me apresentou logo de cara.

— Este é Monroe, nosso cantor.

— É um prazer te conhecer — Monroe disse ao estender a mão, que estava cheia de anéis prateados e tatuagens nos dedos. Ele tinha um cabelo escuro meio comprido e uma tatuagem no pescoço.

— Antes de falar alguma coisa idiota — Holden interveio. — Esta é Lala.

— Ah. — Monroe sorriu. — A irmã do seu amigo. Que bom que me disse.

— Cuidado com a porra da boca e mantenha as mãos longe dela — Holden alertou.

Monroe pareceu não se perturbar.

— Você está noiva, certo?

— Estou.

— Cara sortudo.

O olhar de Holden lançou adagas para Monroe, porém não falou nada.

Dirigimos pelas ruas de Nova York na direção da rodovia em um trajeto tortuoso com muitas paradinhas. Meu joelho ficava batendo no de Holden, e eu só conseguia sentir o cheiro dele. Fiquei frustrada por sentir tanta coisa sentada perto dele. Além da dança no casamento de Colby e do abraço amigável rápido e ocasional, eu não podia dizer que já tinha ficado pressionada em Holden desse jeito por um tempo longo. Uma coisa é controlar seus pensamentos, mas como alguém controla a reação do corpo a uma pessoa por quem sente atração? Acho que a resposta é... não dá. Você simplesmente lida com isso e finge que não está acontecendo.

Devemos ter chegado no local em Danbury bem em cima da hora, porque Holden se desculpou por ter que sair correndo. Os caras mal tiveram cinco minutos para descansar antes de subirem no palco. O ar era denso, saturado com o cheiro de álcool e várias colônias e perfumes. Eu tinha acabado de me acomodar em um canto quando a banda, After Friday, começou a tocar.

Nada se comparava a ver Holden em seu ambiente. Me enchia de adrenalina — a velocidade com que ele movimentava as baquetas, a intensidade da sua concentração, a forma como jogava as baquetas no ar de vez em quando e as pegava. Monroe tinha uma voz bem suave também, mas eu não conseguia tirar os olhos de Holden.

Quando acabou a apresentação, muitas mulheres foram até eles. Essa abordagem parecia bastante metódica. Me deu a impressão de que elas estavam esperando na coxia e, talvez, fossem groupies regulares. Uma em particular, com cabelo comprido, liso e castanho, estava se pendurando em Holden antes sequer de ele ter a chance de sair do palco. Me perguntei se eu teria que me sentar ao lado dela a caminho de casa — ou se voltaria sozinha enquanto Holden ia para a casa dela.

Antes de eu poder pensar mais, meu celular vibrou.

Meu coração quase parou quando vi que era Warren, mas apertei o botão para atender.

— Oi.

— Oi.

— O que está fazendo? — perguntei, apertando minha outra orelha para ouvir melhor.

— Parece que você está em um bar.

Hesitei. Não poderia mentir para ele, por mais que não quisesse admitir com quem estava.

— A banda de Holden fez um show. Então vim assistir em um club em Connecticut.

Ele hesitou.

— Ah. Entendi. Foi bom?

— Sim. — Respirei. — Foi muito bom, na verdade. Bem, exceto por agora estar sozinha, já que não conheço ninguém aqui. Holden ainda está com a banda.

— Lala! O que está bebendo? — de repente, ele gritou de detrás de mim, me assustando.

Ergui o dedo, pedindo para ele esperar. Mas, em vez de ficar quieto, ele disse:

— Um dedo de uísque? É isso que você quer?

— Quem é? — Warren perguntou.

— Holden. Ele só veio pegar meu pedido de bebida.

— Bem, certifique-se de que saiba de onde vêm suas bebidas, por favor. Não deixe nada fora de vista. A última coisa de que preciso é que você seja drogada por aí.

Eu sabia que ele ficaria preocupado, mas, Jesus.

— É uma coisa meio estranha de se dizer... Mas, claro, ficarei atenta.

— Só... tome cuidado, ok?

Me senti mal por deixá-lo ansioso porque estava ali. Não poderia culpá-lo. Eu não teria ficado animada se descobrisse que ele estava em um bar com um monte de musicistas. Na verdade, pensar em Warren com seus óculos e cardigã naquele cenário me fez rir. Ele era um cara muito bom, mas, definitivamente, aquele não era seu ambiente – nem o meu, na verdade.

— Ok. — Ele suspirou. — Divirta-se.

— Obrigada. Te ligo de manhã.

— Certo. Boa noite. — Ele pausou. — Amo você.

— Também te amo.

Gotas de suor se formaram na minha testa depois que desliguei. Olhei em volta e vi Holden sorrindo ao andar na minha direção, erguendo duas bebidas.

Ele falou no meu ouvido:

— Imaginei que não quisesse realmente um dedo de uísque, então peguei uma vodca com cranberry. Me lembro de você pedindo uma no casamento de Colby.

O calor da sua respiração no meu ouvido me arrepiou. Era esquisito como um pouquinho de contato poderia fazer meu corpo sentir que estava incendiando.

— Bastante observador — eu disse, ao pegar a bebida.

— Imagino que fosse Warren no telefone. Você parecia meio agitada.

— É. Não queria que ele pensasse... — Hesitei.

Holden terminou minha frase.

— Que você estava se divertindo?

— Acho que só me senti culpada... por estar me divertindo aqui sem ele, sim.

— Bem, você pode. — Ele deu um gole na bebida. — Não deve ser fácil ter relacionamento à distância.

Mudei de assunto.

— Enfim, vocês arrasaram.

— Obrigado. Me senti bem. — Ele sorriu orgulhosamente. — E foi legal poder tocar para você.

Para mim.

— Ryan também amava ver você tocar.

Ele assentiu.

— Sinto bastante o espírito dele comigo quando estou me apresentando.

A morena que tinha corrido até ele depois da apresentação apareceu.

— Ei! Aí está você — ela disse antes de se virar para mim. — Quem é esta?

— Esta é Lala, a irmãzinha do meu melhor amigo.

— Oh... — Ela olhou para Debbie Harry. — Que fofa.

Holden deu risada, de alguma forma, consciente de que o fato de a garota ter usado *fofa* me irritava.

— Lala, esta é Carmen.

Assenti.

— É um prazer te conhecer.

— Você também.

Ela se virou para Holden.

— Quer ir para a minha casa esta noite? É mais perto daqui do que a sua.

É. Exatamente como pensei.

— Não posso, na verdade — ele respondeu. — Vou voltar com Lala para garantir que ela chegue em casa em segurança.

Carmen franziu o cenho, obviamente irritada por Debbie Harry e eu estarmos atrapalhando a transa dela daquela noite.

Ela desapareceu logo depois disso, e comemorei dando um gole grande na minha bebida.

Então as coisas ficaram meio nebulosas. Holden continuou voltando para o bar para pegar vodca com cranberry para mim. Em certo momento, o lugar começou a girar.

Quando vi, eu estava de volta no carro com Holden, Monroe e o guitarrista, Kevin. De novo, minha perna estava encostada na de Holden. Só que, desta vez, meu estado embriagado amplificou a excitação. Meus mamilos estavam rígidos, esses traidores. E minha mente bêbada estava indo a lugares a que não tinha direito, imaginando como seria ser groupie de Holden por uma noite – como seria essa experiência no apartamento dele para *ela*. Os músculos entre minhas pernas se contraíram conforme fiquei ansiosa para chegar em casa e me aliviar em um banho quente.

Holden parecia bêbado, mas não como eu. Quando ele se esticou e falou no meu ouvido, meus alarmes internos soaram.

— Você pode estar cansada, mas não acho que seu cabelo esteja pronto para parar de se divertir.

— Isso se chama frizz.

— Nunca o alise.

— Não tenho paciência para isso, de qualquer forma. — Solucei.

Por algum motivo, os caras decidiram começar a zoar Holden, fazê-lo a base das piadas deles na última meia hora do trajeto. Holden explicou que eles adoravam fazer "piadas de baterista" com ele, e essa era uma tradição comum depois de um show.

— Como se chama um baterista sem namorada? — Kevin perguntou.

— Sem teto — Monroe respondeu.

Eles deram risada, e Holden revirou os olhos.

— Como se chama um baterista com cérebro? — Kevin pausou e sorriu para mim. — Guitarrista.

— Tenho outra! — Monroe gritou. — O que um solo de bateria e um espirro têm em comum?

— O quê? — Holden revirou os olhos de novo.

— Você sabe quando está chegando, mas não consegue fazer parar, mesmo que queira!

Kevin o cumprimentou.

— Boa.

Resolvi lhes dar um pouco do seu veneno.

— Como se chamam um cantor e um guitarrista que gostam de fazer piadas idiotas sobre bateristas?

— Como? — eles perguntaram em uníssono.

— Invejosos porque parece que todas as mulheres querem transar com o baterista. — Solucei e olhei para Holden. — Você deve estar fazendo algo certo.

Todos ficaram em silêncio.

Eu não teria dito isso se estivesse sóbria, mas me deu prazer calar a boca de Kevin e Monroe, assim como o sorriso presunçoso de Holden.

CAPÍTULO 5

Holden

Holden: Como a baladeira está nesta manhã?

Era quase meio-dia, e eu não tinha ouvido qualquer som da vizinha. Tinha praticamente certeza de que Lala não costumava beber, então desconfiei que as quadro vodcas com cranberry que ela tinha bebido na noite anterior poderiam estar cobrando caro dela hoje. Demorou uns dez minutos, mas meu celular finalmente vibrou com uma resposta.

Lala: No caso de eu ter me esquecido de mencionar, adoro o fato de o chão do banheiro deste apartamento ser bem limpo. E como é gelado...

Vixe. Isso não parecia bom.

Holden: Manhã difícil?

Lala: Oito horas difíceis. Assim que me deitei e fechei os olhos, o quarto começou a girar. Então vim para o banheiro, só no caso de ficar enjoada. Estou aqui no chão desde então.

Ah, cara. Sei como é. Isso era horrível.

Holden: Vou sair para comprar vitamina. Quer uma?

Lala: Se vier com ibuprofeno, com certeza.

Dei risada.

Holden: Estarei aí em quinze minutos com sua cura. Aguente firme.

Lala: Ok. Mas pode, por favor, entrar direto? Acho que não consigo levantar a cabeça nem andar até a porta para abri-la.

Holden: Claro.

Um pouco depois, usei minha chave-mestra para levar para Lala o que eu tinha apelidado de vitamina *ame seu fígado*. Seu apartamento estava silencioso, então bati levemente na porta do banheiro.

— Entre.

Abri a porta e encontrei Lala exatamente na posição que ela tinha descrito: deitada no chão do banheiro. Estava com uma toalha cobrindo-a como um cobertor, e a maquiagem nos olhos da noite anterior estava borrada em suas bochechas.

Me sentei ao lado dela, abri o canudinho e o coloquei no topo da vitamina.

— Erga a cabeça, docinho. Isto vai ajudar. Eu juro. É cheia de vitamina C, grama de trigo, gengibre e equinácea. Mas não vai sentir o gosto de nada disso porque a pasta de amendoim e a banana escondem tudo.

Ela ergueu a cabeça com um gemido e usou as duas mãos para se empurrar para cima.

Sorri.

— Você é bem fraca, hein?

Ela estreitou os olhos e sugou do canudinho.

— Fui superservida.

— As últimas duas bebidas eram apenas cranberry e limão. Você só bebeu duas com álcool.

— Aparentemente, foi o suficiente. E, por favor, me diga que não fiz nada vergonhoso. A noite de ontem está meio confusa.

— Não, sua voz não é *tão* ruim.

Ela começou a engasgar com a vitamina.

— O q... o quê?

— Não se lembra de subir no palco?

Ela arregalou os olhos. Pareceu bem horrorizada, e senti uma pontada de culpa por zombar dela enquanto estava naquela situação, mesmo assim, deixei que ficasse preocupada.

— *Call me*, de Blondie. Você segurou seu celular no ouvido enquanto cantava e interpretava. Foi bem engraçado.

— *Holden, como pôde me deixar fazer isso?* Sou uma cantora terrível!

Assenti.

— Foi isso que a morena disse, a que você socou no banheiro feminino.

— Ai, meu Deus. *Por favor, me diga que está brincando!*

Eu sorri.

— Estou brincando.

— Está mesmo?

Dei risada.

— Claro. Eu não deixaria você subir no palco. Já te ouvi cantar. O objetivo de um show é trazer pessoas para *dentro* do club, não espantá-las para fora.

Ela deu um tapa no meu braço.

— Você é um idiota.

— Mas um idiota gostoso que você quer ver pelado... você mesma me contou isso ontem à noite.

Lala ficou vermelha igual a uma beterraba.

— Sério?

— Não. — Dei risada e apontei para o rosto dela. — Mas, Jesus, você está vermelha como uma maçã. Combina bastante com as manchas pretas nas suas bochechas.

Lala ergueu a mão e tocou seu rosto.

— Devo estar um desastre.

Seu cabelo cacheado estava bagunçado, ela tinha maquiagem borrada por todo o rosto e tinha dormido com as roupas da noite anterior, ainda assim, para mim, estava linda.

— Talvez. Mas está um lindo desastre, Laney Ellison. — Me levantei e estendi a mão. — Venha. Vamos tirar você deste banheiro.

Vinte minutos mais tarde, ela bebeu a última gota da vitamina.

— Sentindo-se melhor? — perguntei.

Ela assentiu.

— Na verdade, sim.

— Parece que está pronta para a fase dois, então.

— Que fase dois?

Tirei o copo vazio de vitamina da sua mão e o encostei no topo da sua cabeça.

— Café. Para nós dois.

Enquanto eu fazia duas xícaras de café para nós na cozinha, Lala foi para o quarto. Quando voltou, seu rosto estava lavado, seu cabelo, amarrado em um coque grande e bagunçado no topo da cabeça e ela estava vestindo outras roupas.

— Olhe para você — eu disse, passando-lhe uma xícara fumegante. — Nova em folha.

Ela colocou os pés debaixo de si no sofá e bebeu o café.

— Estou te atrapalhando de fazer alguma coisa? Parece ter tomado banho e se arrumado para ir a algum lugar.

— Tenho um compromisso com Billie em meia hora. Fico bastante suado tocando bateria, então imaginei que ela iria gostar se eu tomasse banho depois do show de ontem à noite.

— Billie, esposa de Colby?

Assenti.

— A própria. Ela está finalizando uma tatuagem minha. O contorno está pronto. Hoje ela vai colorir.

— O que é?

— Uma coruja.

— Posso ver?

— Com certeza. — Me levantei e segurei meu zíper. — É na minha bunda.

Lala arregalou os olhos.

Dei risada e me sentei de volta, erguendo a bainha da minha camiseta.

— Estou brincando. Para uma espertinha, você acredita bastante em mim. É na minha costela, bem aqui.

Lala olhou o contorno da coruja, mas então seus olhos fizeram um pequeno passeio. Desceram para o meu abdome e se demoraram alguns segundos para voltar para o contorno. Três segundos depois, a mesma coisa aconteceu, só que dessa vez ela colocou a língua para fora e passou pelo lábio inferior.

Porra. Ela está me secando.

Eu sabia que deveria fazer a coisa certa e baixar a camiseta, mas não me cansava do jeito que ela estava olhando para mim.

— Quer ver as outras?

Ela assentiu e engoliu em seco.

E porque eu era um otário gigante, tirei totalmente a camiseta.

— Essa foi minha primeira — falei, apontando para duas baquetas. — Acho que o significado é autoexplicativo. — Em seguida, apontei para a que tinha sobre meu coração, um monte de números em linha reta. —

Na noite antes de me mudar, minha mãe ficou bem chateada. Ela chorou e me falou que era melhor eu não me esquecer de onde ela mora e visitá-la bastante. No dia seguinte, peguei as coordenadas da casa dos meus pais e as tatuei aqui para que ela soubesse que eu nunca poderia me esquecer de como ir para casa.

— Own... Que fofo.

Nos dez minutos seguintes, dei um tour para Lala sobre as tatuagens no meu corpo. Quando cheguei à cruz com a data tatuada abaixo dela, não precisei dizer nada. Era a data que Ryan morreu. Lala esticou o braço e traçou o dedo no contorno da cruz. Minha pele se arrepiou inteira.

— Sempre quis fazer alguma coisa para ele — ela disse. — Mas sou medrosa. Dói fazer tatuagem?

— Um pouco no começo, mas adormece depois de um tempo. Então é mais a sensibilidade do que a dor.

— A pele fica mais sensível com a tatuagem?

— Logo depois, mas não após algumas semanas, se é isso que quer dizer.

— Então não dói mais do que dói na pele normal?

Ela raspou uma unha pela beirada da cruz, e minha mente imaginou imediatamente como seria sentir suas unhas nas minhas costas.

Minha voz estava rouca.

— Não sei. Faça de novo. Mais forte.

Ela cravou a unha um pouco mais fundo, e meu pau se animou.

Caralho. O que eu estava fazendo? Precisava cortar essa merda pela raiz antes de me envergonhar. De repente, peguei minha camiseta, coloquei-a de novo e me levantei.

— É melhor eu ir. Não quero me atrasar para meu compromisso com Billie. Sabe, no caso de ela estar pronta antes.

Suave, Catalano. Bem suave.

— Oh, certo. — Lala soltou seu café e me acompanhou até a porta.

— Se estiver a fim, desça lá para ver Billie trabalhar. Talvez ajude você a se sentir mais confortável em fazer a que quer para Ryan.

— Certo. Talvez. Obrigada, de novo, pela vitamina, Holden.

Dei uma piscadinha.

— Estou aqui para servir.

Como era mesmo quase hora do meu compromisso, desci direto para o estúdio de Billie. Após uma espera de cinco minutos, eu estava deitado na cadeira dela.

— O que tem de novo com você, bonitão? — ela perguntou. — Ficou em casa ontem à noite ou algo assim? Você está muito bem para essa hora de um sábado.

Balancei a cabeça.

— Na verdade, tive um show.

— Hummm... Da última vez que esteve aqui depois de um show, tive que espirrar colônia em você porque não conseguia suportar o cheiro de álcool saindo dos seus poros.

— Só bebi um drinque ontem à noite. Pensei que era uma boa ideia ficar sóbrio.

— Estava dirigindo?

— Não.

— Então por que era uma boa ideia ficar sóbrio?

— Lala saiu com a gente. Ela foi ver a banda tocar.

— E não pode beber perto dela por algum motivo?

Definitivamente, não podia beber perto dela na noite anterior, não com o quanto ela estava gostosa. Estava com muito medo de falar alguma coisa... ou pior, *fazer* alguma coisa... idiota. Mas não falaria sobre isso com Billie. Então dei de ombros.

— Acho que só não estava a fim de beber muito.

Billie estreitou os olhos.

— O apartamento em que ela está ficando é ao lado do seu, certo?

— Sim.

— Você vai sempre lá?

— Às vezes. — Dei de ombros. — Se ela precisa de ajuda ou algo assim.

— De que tipo de ajuda ela precisa?

Droga, Billie era como um cachorro sentindo o cheiro de algo. Então resolvi redirecionar nossa conversa.

— Não sei, consertar coisas pelo apartamento e sei lá. Isso me lembrou: como está sua lava-louças? Colby falou que a porta abre no meio do ciclo às vezes.

— Abre, e está me deixando louca porque não consigo descobrir o motivo. Já a desmontei duas vezes.

— Vou tentar ir lá mais tarde quando Colby chegar em casa e dar uma olhada.

— Seria ótimo. Obrigada.

Bem quando eu, finalmente, tinha feito Billie esquecer o assunto Lala, a própria apareceu no estúdio. Billie soltou a agulha e deu um abraço nela.

— Oi, Lala — ela disse. — É tão bom ver você!

— Você também, Billie. Espero que não se importe de passar aqui. Holden sugeriu que eu viesse, já que gostaria de superar meu medo de fazer uma tatuagem. Nunca vi ninguém fazendo uma.

— Claro que não. Puxe uma cadeira. Vou me certificar de inserir a cor com mais profundidade, para que possamos ver o bonitão aqui se encolher.

Lala sorriu.

— Bonitão?

Billie deu de ombros.

— É um nome que combina, não é?

Os olhos de Lala observaram meu rosto.

— Acho que sim.

— Então, você quer fazer uma tatuagem? Tem algo específico em mente?

Lala assentiu.

— Gostaria de fazer uma em homenagem ao meu irmão.

— Tem alguma ideia?

— Acho que algo parecido com o que Holden tem... uma cruz, mas bem menor e um pouco mais feminina.

Os olhos de Billie se moveram para os meus.

— Tatuagens combinando, hein?

— Acho que Lala quis dizer uma cruz, não que tivesse que combinar com a minha — falei.

— Aham... — Billie sorriu. Ela pegou a agulha de tatuagem e pressionou o pedal com o pé. — Seu nome de verdade é Laney, certo?

Lala assentiu.

— Então como passou a ser Lala?

Lala sorriu e apontou para mim.

— O bonitão inventou. Quando eu tinha onze anos, meu irmão e todos os amigos dele tinham treze e catorze. Colby, Owen, Brayden e Holden praticamente moravam na nossa casa. E falavam sobre meninas sem parar... beijar, passar a mão nelas... Não tinham vergonha. Nem se importavam se eu estivesse junto. Dois anos fazem muita diferença nessa idade, então eu ainda achava tudo isso nojento. Algumas vezes, quando estavam se exibindo por suas conquistas, eu colocava os dedos no ouvido. Claro que isso só os fazia falar mais alto. Certa tarde, estavam particularmente absortos em suas histórias, e acabei saindo correndo com os dedos nos ouvidos, gritando *La La La La La.* Holden me chamou de Lala no dia seguinte, e o nome simplesmente pegou.

Billie riu, roncando.

— Que loucura.

— Aff, os cinco eram tarados. Era só *disso* que falavam.

— E você só falava de física e astronomia — rebati.

— Bem, esses assuntos eram muito mais fascinantes do que as conversas que vocês tinham. — Lala olhou para Billie. — Por isso não namorei muito quando era mais nova. Precisava ouvi-los falar sobre *peidar* sem querer enquanto recebiam um boquete.

— Ah, meu Deus. Por favor, me diga que não foi meu marido que fez isso.

— Não — Lala respondeu. — Foi Owen.

Durante a hora seguinte, Lala e eu contamos histórias de quando éramos crianças. Fizemos Billie rir o tempo inteiro. Em certo momento, o celular de Lala vibrou. Ela não atendeu, e não consegui ver quem era, mas sua expressão mudou, então desconfiei que eu soubesse. Logo depois disso, ela se levantou.

— É melhor eu ir trabalhar. Estou torcendo para passar algumas horas colocando tudo no lugar hoje enquanto está tranquilo, já que não consegui fazer tudo que precisava esta semana.

— Desça e me visite qualquer hora, Lala — Billie disse. — Estou sempre pronta para coletar nova munição para usar na hora certa.

Lala deu risada.

— Tenho bastante disso. — Ela olhou para mim. — Obrigada de novo por esta manhã, Holden.

Dei uma piscadinha.

— Sem problema. Tenha uma boa tarde.

Quando Lala foi embora, Billie atacou.

— Desembuche, bonitão. O que está rolando entre vocês dois?

— Como assim?

— Havia tanta química faiscando aqui dentro que eu poderia tê-la usado para fazer minha máquina de tatuar funcionar. Vocês tiveram um caso uma vez ou algo assim?

Suspirei.

— Não é o que está pensando.

— Então o que é?

— Eu era caidinho por ela quando era mais novo.

— E...

— E só. Ela é a irmãzinha de Ryan. Além do mais, é superinteligente e caras como eu não são o estilo dela.

— O que quer dizer com caras como você?

— Lala é pesquisadora, e seu noivo está tentando curar o câncer. Uma mulher dessa não quer namorar um músico, principalmente não um cuja conversa mais estimulante recentemente foi debater se cortava ou não um dedo por um milhão de dólares. Brayden e eu não concordamos, aliás.

Billie colocou a agulha na maquininha.

— Por mais que eu pense que é inteligente da sua parte se manter longe, porque ela está noiva e, claramente, há faísca entre vocês dois, você não deveria se colocar ou colocar Lala em caixas assim. Veja como Colby e eu somos diferentes. Ele desenha prédios, e eu costumava ser perseguida pela polícia por pichá-los. Só porque as pessoas são diferentes não significa que não possam dar certo. Por que iria querer alguém parecido com você, de qualquer forma? Você nunca aprenderia nada novo.

Ela tinha razão. Mas mesmo assim...

Em casa, naquela noite, eu ainda estava repassando a conversa com Billie. De um jeito ou de outro, eu não tinha pensado muito em outra coisa, exceto em Lala, desde que ela veio para a cidade para sua entrevista. Por mais zoado que fosse, coloquei a orelha na parede do meu quarto para ver se conseguia ouvir se ela já tinha chegado do trabalho. Não que eu fosse lá se ela tivesse chegado; só precisava saber. Mas a única coisa que ouvi foi silêncio, então fiquei feliz quando meu celular tocou com uma distração.

Sienna: Ei. Está por aí para nos encontrarmos?

Eu tinha saído com Sienna algumas vezes. Ela era muito legal, sem contar aventureira sexualmente e sem exigir compromisso. Algumas semanas antes, eu teria pulado para aceitar a proposta, mas não estava a fim naquela noite. Então menti.

Holden: Desculpe. Tenho planos com os caras esta noite.

A resposta dela foi rápida.

Sienna: Se mudar de ideia, estarei no bar em que nos encontramos da última vez, na esquina da sua casa. E, só no caso de precisar de um pouco de incentivo...

Ela enviou uma selfie com um decote sexy pra caralho. Baixei a cabeça, me detestando por ainda não querer ir. Não estava com vontade de uma transa por causa de uma certa Cachinhos Dourados *noiva* da porta ao lado.

Eu acabaria deitado no sofá zapeando pelos canais da TV, mas não conseguia parar de me repreender por ser tão merda e estar pensando em Lala.

Você mora em uma cidade com quatro milhões de mulheres... Por que está obcecado pela única que não pode ter?

Ela vai se casar.

Ela é a irmãzinha do Ryan, pelo amor de Deus.

Depois de um tempo, tirei a bunda do sofá e me vesti, me obrigando a ir até o bar. Minha intenção tinha sido encontrar Sienna, mas, depois de uma quadra, fiz um desvio e entrei em um bar local de velhos. Precisava de um minuto para clarear a cabeça.

Havia apenas três caras sentados no bar, todos sozinhos e parecendo tão miseráveis quanto eu me sentia no momento. O barman olhou para mim e apontou por cima do ombro.

— O banheiro é no fundo à direita.

Fui até um banquinho e me sentei.

— Não preciso ir ao banheiro. Entrei para uma bebida.

— Oh. Desculpe. Você não parece minha clientela habitual. — Ele jogou um porta-copos de papelão no balcão. — O que vai querer?

— Jack e Coca, por favor.

Ele bateu os nós dos dedos no balcão.

— É pra já.

Quando voltou com minha bebida, estendeu a mão.

— Evan.

— Holden. Prazer em conhecer você.

— É de fora da cidade?

Balancei a cabeça e bebi meu drinque.

— Não. Moro a uma quadra daqui.

— Vai encontrar uma mulher aqui às escondidas?

— Não.

Evan apoiou um cotovelo no bar.

— Certo, desisto. Por que está aqui neste buraco?

Dei risada.

— Quer mesmo saber?

Ele apontou para os outros clientes.

— Aqueles são Fred, Ken e Walt. Já ouvi a história deles quinhentas vezes. Então, sim, por que não? Não tenho opções melhores.

— O que acha de um shot primeiro? O seu é por minha conta também.

— Certo. O que gostaria?

— Você escolhe.

Evan voltou com uma garrafa de tequila e dois copos de shot. Ele os encheu até o topo.

— Não bebemos com sal, limão nem nada dessa merda chique aqui.

Peguei o shot e bebi tudo.

— Por mim, tudo bem.

— Então, qual é a sua história? Você parece que saiu de um daqueles comerciais da Abercrosley na Times Square. Então não pode ser uma mulher.

Sorri.

— É Abercrombie e, sim, trata-se de uma mulher. Não é sempre isso?

— Tem razão. Ela é casada ou algo assim?

— Noiva.

— Ah, cara. — O barman encheu de novo nossos copos de shot. — Essa é por minha conta. — Ele o ergueu para brindar, e bebemos a tequila.

Então contei ao meu novo amigo Evan sobre Lala – começando por minha queda por ela na idade escolar e terminando com ela atualmente vivendo no apartamento vizinho.

— Ah, e esqueci de mencionar que, no momento, estou me escondendo aqui em vez de encontrar uma mulher de espírito livre no bar a uma quadra daqui, uma mulher que só quer uma transa comigo.

Evan balançou a cabeça.

— Você é louco por essa Lala, hein?

Engoli o resto do meu Jack e Coca.

— O que devo fazer com isso?

— Só há uma coisa que pode fazer, meu amigo.

— Encontrar Sienna e esquecer que todas as outras pessoas existem por algumas horas?

— Não. Isso nunca funciona. Você só vai se odiar depois.

— Ficar sentado aqui e me embebedar, então?

— Não. Precisa tentar acabar com esse noivado, Abercrosley.

Balancei a cabeça, sem me incomodar em corrigi-lo dessa vez.

— Acho que isso não vai acontecer.

— Acredite em mim, você vai superar a culpa de roubar a mulher de outro cara. Mas nunca vai superar deixar a mulher que ama escapar por entre seus dedos.

Mas eu não estava apaixonado por Lala, estava? De novo, como eu iria saber se estava? A única pessoa com quem já fui capaz de ser comprometido fui eu mesmo.

— Deixe-me te contar uma historinha — o barman disse. — Quando eu tinha vinte anos, conheci uma mulher. O nome dela era Elizabeth e, por mais idiota que pareça, eu soube, à primeira vista, que ela era a mulher com quem eu deveria me casar. Só havia um problema.

— Qual era?

— Ela era a garota do meu melhor amigo.

— Ah, cara.

Evan assentiu.

— Eu tinha acabado de entrar para o exército. Meu amigo Phil conheceu Elizabeth enquanto eu estava em treinamento. Eles faziam faculdade juntos. Após mais ou menos um ano, fui visitar Phil enquanto estava de licença. Ele trabalhava e ia para a aula, então eu passava muito tempo com a mulher dele. Caí de quatro, e ela sentiu alguma coisa também. Mas era a mulher do meu amigo, então eu não iria fazer aquilo. Passe quatro anos para a frente. Me casei com Catherine, e Phil e Elizabeth se casaram no verão seguinte. Precisei de mais cinco anos em um casamento miserável para perceber que tinha me casado com uma mulher pela qual não estava apaixonado. Porque, quando seu coração pertence a outra pessoa, não está disponível para ninguém, mesmo que você queira.

— O que aconteceu com Phil e Elizabeth?

— Também estavam com problemas matrimoniais. Mas Phil e Liz se mudaram para Long Island, e perdemos contato. Eu não os via há alguns anos. Resumindo, eles se divorciaram e, seis anos depois, trombei com ela. A química nunca desapareceu, mesmo depois de todo esse tempo. Acabamos ficando juntos, e fui mais feliz do que nunca. Assim como minha Lizzy. Então, um dia, ela foi fazer exames de rotina, e encontraram um nódulo no seio dela. Seis meses depois, ela morreu. Câncer de mama em metástase. Ela só tinha trinta e três anos.

— Jesus, sinto muito.

— Eu também. Mas sabe o que mais sinto?

— O quê?

— Ter perdido os dez anos que poderíamos ter ficado juntos. A vida é mais curta do que você pensa.

Bebi mais dois Jack e Coca e resolvi não encontrar Sienna, afinal. Em vez disso, caminhei para casa meio bêbado e com muito a pensar, cortesia do meu novo amigo barman. Minha cabeça estava toda zoada da história que ele tinha me contado, mas eu sabia, com certeza, que precisava ficar longe das mulheres por um tempo — *de todas as mulheres.*

Mas, quando entrei no elevador e me virei para apertar o botão para o meu andar, esse voto voou pela janela mais rápido do que as roupas de Sienna teriam sido tiradas.

Lala.

Ela tinha acabado de entrar pela porta da frente. Coloquei a mão nas portas do elevador para impedir que fechassem enquanto meu coração galopava.

— Você não está acabando de chegar em casa do trabalho, não é?

Lala assentiu.

— Estou. Tinha muita coisa para fazer e perdi a noção do tempo. — Ela entrou no elevador. — E de onde você está vindo?

— Eu estava em um bar no fim do quarteirão.

— Como assim? — Ela abriu um sorriso atrevido e olhou em volta no elevador. — Você está sozinho.

— Que fofinha. — Apertei o botão para nosso andar. — Você sabe que não sou metade do puto que pensa que sou. — *Pelo menos, ultimamente, não.*

Quando as portas do elevador se abriram no três, estendi a mão para ela sair primeiro. Depois tentei ao máximo não olhar para sua bunda, mas fracassei miseravelmente.

— Vai ficar em casa pelo resto da noite? — ela perguntou ao pegar suas chaves.

— Sim. E você?

Ela assentiu.

— Uma noite selvagem no fim de semana é suficiente para mim.

Sorri.

— Quer que eu apareça para uma taça de vinho?

Lala mordeu aquele lábio inferior carnudo dela. Parecia que ela iria falar não, então lancei uma alternativa que soava menos sugestiva do que convidá-la para ir à minha casa.

— O que acha de uma noite na escada de incêndio? Você na sua, eu na minha, como na outra noite?

Ela sorriu.

— Ok. Parece bom. Só deixe eu me trocar.

Lá dentro, abri uma garrafa de vinho branco e peguei duas taças antes de subir na escada de incêndio. Lala se juntou a mim alguns minutos depois, usando camiseta e legging. Servi uma taça para cada e passei a dela por entre os balaústres.

— Então, me conte, como é um dia de trabalho para a dra. Lala Ellison?

Ela bebeu o vinho.

— Bem, hoje verifiquei o restante das inscrições para meu estudo e finalizei os candidatos que vão participar.

— Todos têm Alzheimer?

Ela assentiu.

— É um estudo controlado, então escolhi pessoas que moram em asilos em um raio de quarenta quilômetros. E todas têm a mesma pontuação ADAS-Cog... é uma escala que indica o nível de transtorno cognitivo.

Sorri.

— Sempre soube que você faria algo grande.

— Obrigada. Apesar de eu ainda não ter feito nada grande.

Uma brisa leve soprou, e Lala esfregou os braços.

— Está mais frio do que pensei — ela disse.

— O ar da noite fica mais gelado neste início de maio. Vou pegar um suéter para você.

— Está tudo bem.

Me levantei mesmo assim e entrei pela minha janela. Voltei com um suéter e o passei para ela por cima do corrimão.

— Obrigada. — Ela o vestiu. — Então, estive pensando o dia todo em fazer tatuagens.

— Pensando em fazer uma tatuagem ou pensando em todas as minhas?

— Ãh...

Dei risada.

— Estou brincando. Então você vai fazer uma mesmo?

— Eu quero. Acho que gostaria de uma pequena cruz no punho. A cruz ficaria no centro, e eu colocaria a data que Ryan morreu ao lado.

— Vai ficar incrível. Deveria marcar um horário com Billie.

— É... talvez. Só não tenho certeza ainda.

— O que está te contendo? A dor?

— Isso e, bem, já falei sobre isso com Warren, e ele meio que foi contra.

Minha mandíbula ficou cerrada.

— Ele tem um problema com tatuagens?

— Ele acha que não é uma boa ideia eu fazer uma onde todo mundo consegue ver. Acha que não é profissional e que vai prejudicar minha credibilidade.

— Acho que a visão dele é bem antiga, Lala.

Ela suspirou.

— É, foi isso que falei também.

— Ele vai te encher se você fizer uma, de qualquer forma?

— Não sei. Acho que não, mas... — Ela parou de falar quando seu celular começou a vibrar. Exatamente como da última vez em que estávamos sentados ali fora, seu rosto murchou.

O dr. Babaca é um otário julgador, mas, certamente, sabe a hora certa de ligar.

Só que Lala não falou que precisava ir desta vez. Em vez disso, apertou o botão da lateral do celular e o fez parar de vibrar.

— Falando no diabo. — Ela sorriu. — É o Warren. Eu ligo para ele mais tarde.

Por mais sem sentido que provavelmente fosse, vi isso como uma vitória. Lala tinha a escolha de conversar comigo ou com ele e, dessa vez, ela tinha me escolhido.

Progresso.

Conversamos por mais meia hora e, então, cometi o erro de perguntar a ela se queria que enchesse de novo sua taça.

— É melhor eu ir dormir. Não acredito que bebi uma taça considerando como estava me sentindo mais cedo hoje.

Teria ficado lá fora a noite toda com ela, mas assenti.

— É, é melhor eu ir dormir também.

Lala se levantou e me entregou sua taça vazia.

— Obrigada pelo vinho. Boa noite, Holden.

— Boa noite, Lala.

Ela se abaixou para entrar por sua janela, então parou e se endireitou.

— Espere um segundo. — Ela se esticou para a bainha do suéter e o tirou. — Obrigada pelo empréstimo.

— Imagine. — *Não teria nenhum problema se você ficasse com ele.*

De volta para dentro, coloquei as taças na pia. Fiquei bem orgulhoso de mim mesmo por colocar a que tinha marcas de batom ali com tanta facilidade naquela noite. Mas, depois, olhei para o que tinha jogado em cima do meu braço: *o suéter*.

Não, você não vai.

Definitivamente, não.

Nem pensar, Catalano.

Ouvindo minha consciência, para variar, joguei o suéter no sofá e saí correndo da sala como se tivesse algo contagioso. Mas, cinco minutos depois, me vi de volta na sala, encarando a maldita coisa.

Isto está ficando ridículo.

Preciso muito transar.

Peguei o suéter do sofá.

Ou bater uma enquanto uso isso...

CAPÍTULO 6

Lala

Após mais uma semana no meu novo cargo – um pouco mais produtiva do que a primeira –, voltei para a Pensilvânia para passar o fim de semana com meu noivo. Tinha chegado tarde na noite anterior, porém Warren havia feito um jantar delicioso para mim de estrogonofe de carne, e estávamos acabando quando ele pareceu perceber que eu estivera distraída.

— Você está bem? — ele indagou.

Assenti, me permitindo não ficar vermelha nem parecer culpada.

— Por que está perguntando?

— Você parece meio desligada.

Mexi o resto do macarrão pelo prato.

— Acho que o estresse no trabalho está me incomodando. E devo estar meio cansada da viagem.

Ou talvez fossem minhas muitas noites até tarde da semana anterior graças a um certo vizinho.

— Certo. — Warren usou o dedo indicador para ajustar seus óculos para cima. — Bem, estava meio que esperando ter sua atenção exclusiva esta noite. Preciso que esteja com a mente limpa porque tenho uma coisa importante para conversar.

Me endireitei no assento.

— O que houve?

Ele pigarreou.

— Descobri que há um cargo vago de pesquisador-líder na UCLA, no centro de câncer de lá. Gostaria de me inscrever. Acho que tenho uma boa chance porque meu antigo chefe da PENN está lá agora. Ele conseguiria me indicar.

Califórnia?

— Hum... Uau. Certo. Quando vai ficar sabendo?

— Ainda não me inscrevi. A vaga abre em seis meses, porque o ocupante atual vai mudar para a Europa a fim de conduzir um estudo enorme lá. Mas estão recebendo os currículos agora. Não sei quando vão tomar uma decisão, mas me inscrever significa que preciso estar preparado para me mudar, se conseguir.

— O que significa que *eu* preciso estar preparada para me mudar. — Bebi um pouco de água.

Ele assentiu.

— O que acha disso?

Encarando meu prato, balancei a cabeça.

— Não sei, Warren. Não é que eu não queira esta oportunidade para você, mas ficar tão longe da minha família? Seria muito difícil. Sou tudo que meus pais têm agora. Pelo menos, em Nova York, consigo vir dirigindo quando quiser.

Talvez fosse egoísmo, mas ele precisava saber como eu me sentia.

— Claro que seria difícil, meu amor. É por isso que eu nunca iria me inscrever para isso a menos que você concordasse. Precisaria ser uma decisão conjunta. — Ele se levantou e pegou um caderno de anotações. — Vamos ver os prós e contras juntos, ok?

Massageei as têmporas.

— Certo.

Warren adorava fazer listas e desenhar diagramas. Qualquer desculpa que conseguisse encontrar para fazer isso, ele usava.

Ele se sentou de volta.

— Um grande pró, que ainda não te contei, é que o salário seria quase o dobro do meu atual, Laney. — Ele escreveu um número e o sublinhou antes de virar o papel na minha direção, mostrando uma quantia ridiculamente enorme de dinheiro.

Puta merda.

Fiquei boquiaberta.

— Ai, meu Deus.

— É. É loucura, né? Sabe que não faço o que faço por dinheiro, mas *essa* quantidade de dinheiro mudaria nossa vida.

Como eu poderia impedir que ele fizesse isso? Soltei a respiração.

— Bom, esse é, obviamente, um pró muito grande.

— E o espaço de pesquisa é duas vezes maior e duas vezes mais moderno. Eles têm equipamentos com os quais eu só poderia sonhar em ter onde estou agora.

— Acho que isso é um pró ainda melhor do que o dinheiro.

— De fato. — Ele analisou minha expressão. — Mas vamos aos contras. Você, obviamente, ficaria mais longe da sua família. E eu da minha. — Ele escreveu a palavra *distância* no papel. — Mas, com o dinheiro extra que eu ganharia, poderíamos pagar passagens de avião para visitar quando sentíssemos saudade.

Ele tinha razão.

— Certo... — Olhei para o nada, imaginando eu me estressando e correndo pelos aeroportos. Poderia ser factível, mas não significava que eu quisesse ter que ir ao aeroporto toda vez que estivesse a fim de ver minha mãe. Deus, isso era uma droga.

— Há muitas oportunidades de pesquisa para você lá no oeste também — ele adicionou. — Já conversei com alguns contatos. Quando Nova York acabar, as coisas ficarão no ar para você, de qualquer forma, certo? Você não fez nenhum acordo para depois. Este momento poderia ser perfeito. Então é um pró.

Me sentindo extremamente inquieta, lambi os lábios.

— Talvez.

— Se estou contando corretamente, foram três prós e um contra. Consegue pensar em mais contras? — ele perguntou.

A única coisa que passava pela minha cabeça era Holden. E o que *ele* tinha a ver com isso? Eu não moraria mais em Nova York quando o projeto estivesse pronto, de qualquer forma. Mas eu estivera aproveitando a companhia de Holden em Nova York. E voltar para casa com Warren me fez perceber exatamente o quanto me sentia culpada por isso.

Warren interrompeu meus pensamentos.

— Então?

Que opção eu tenho?

— Não consigo pensar em outro ponto negativo — me rendi. — Acho que você deveria se inscrever, e pensamos no resto se você conseguir.

Ele soltou um suspiro enorme.

— Você não faz ideia de como isso me faz feliz. Desconfiei que fosse aprovar assim que descrevêssemos os prós e os contras, mas não queria me inscrever até termos a oportunidade de conversar.

— Obrigada por esperar para me perguntar.

Ele sorriu.

— O clima é incrível na Califórnia, Laney. Podemos nos divertir muito aos fins de semana, explorando a Costa Pacífica. Há diversas maravilhas geológicas lá. Sei que é do seu gosto. — Ele sorriu.

— É — murmurei.

Se ao menos geologia fosse do meu gosto ultimamente... Meu *gosto*, ultimamente, estava muito mais perigoso.

Como Warren e eu tínhamos passado a sexta-feira à noite juntos depois que cheguei e o dia todo hoje, fui ver meus pais depois de jantar com ele naquela noite. Minha mãe tinha feito uma sobremesa de limão especialmente para mim e, já que Warren tinha falado que estava atrasado com o trabalho, eu planejava passar a noite ali no meu quarto antigo, curtindo Bully, o cachorro idoso de Ryan. Mamãe e papai ficaram empolgados por ficarem comigo só para eles.

Minha mãe serviu água quente na minha caneca com Darjeeling tea.

— Fico com muita saudade de ter você por perto, Laney. Sei que não está tão longe, mas tem sido difícil não poder, simplesmente, aparecer no seu apartamento quando quero conversar e tomar café. Será bom ter você de volta daqui a uns meses.

Timing interessante para essa declaração. Suspirei.

— Eu sei.

Ao longo da sobremesa e do chá, eu os informei da bomba que Warren tinha jogado durante o jantar.

As rugas na testa da minha mãe ficaram proeminentemente mais fundas conforme ela absorvia tudo.

— Não é uma novidade bem-vinda. Posso ser egoísta e admitir que não quero que ele leve minha bebê para longe?

Meu pai se virou para ela.

— Jean, se eles vão se casar, ela precisa ir para onde ele vai. Não nos mataria ir até lá visitá-la, se ela tiver que se mudar. Não a faça se sentir culpada.

Minha mãe franziu o cenho.

— Esse é um jeito muito antigo de pensar, Bill. Laney também tem um trabalho importante. Ela não tem que ir para onde ele vai. Por que ele não pode ficar onde está o emprego dela?

— Na verdade… — Suspirei. — Minha bolsa só vale por seis meses para fazer a pesquisa inicial. Depois disso, preciso pensar no meu futuro ou fazer uma nova proposta. Então não estou muito presa. E o *timing* meio que funciona porque Warren só começaria nessa vaga daqui a seis meses.

— Claro que é uma decisão que eles precisam tomar juntos — meu pai interveio. — Não é isso que quero dizer. Você só está indo contra tudo que falo que possa apoiar a mudança de Laney porque não quer que ela se mude.

— Desculpe. Talvez seja isso, mas não consigo evitar me sentir assim. Sei que Laney é uma mulher forte e independente. Ela tem o direito de viver onde quiser. Mas é minha melhor amiga. Amo a companhia dela e detestaria não a ter perto de nós.

Coloquei minha mão na dela.

— Eu sei, mãe. Não há nenhuma parte de mim que queira se mudar para tão longe, mas não tive coragem de dizer não para ele. Warren trabalha muito e merece essa oportunidade.

— Bem... — Ela sorriu. — Acho que temos que fazer sacrifícios por aqueles que amamos. Mas tem problema se eu rezar secretamente para ele não conseguir a vaga?

— Tem total permissão. Farei a mesma coisa. — Enchi a boca com a sobremesa, apesar de não ter torta de limão suficiente no mundo para me fazer sentir melhor no momento.

A melancolia continuou me assombrando ao longo de todo nosso momento do chá. Talvez eu estivesse me antecipando, mas sentia que Warren ia conseguir essa vaga. Sua inteligência e seu trabalho duro não conheciam limites. E, com seus contatos, ele tinha esse emprego na mão. Eu estava enjoada.

Então meu celular vibrou, interrompendo meus pensamentos.

Olhei para baixo e vi uma mensagem de Holden. Incluía uma foto dele erguendo uma bebida em um bar.

Holden: Bebendo uma vodca com cranberry em sua homenagem. Está faltando sua figura bêbada aqui.

Lala: Imagino que essa seja a versão alcoólica de verdade, e não o Shirley Temple com o qual você me enganou.

Holden: Só sua fraqueza conseguiu ficar bêbada com um efeito placebo. E se chama proteção, não enganação. Mas nada de Shirley Temple para mim. Este é o verdadeiro.

Lala: Onde você está?

Holden: Vamos tocar daqui a pouco. É só um barzinho da cidade. Não é um show grande como o que você viu.

Lala: Ah. Bem, queria poder estar aí. Parece divertido mesmo assim.

Os três pontinhos se moveram conforme ele digitava.

Holden: Também queria que você estivesse aqui.

Meu coração flutuou. *Pare.*

— O que, neste mundo, está te fazendo sorrir assim? — minha mãe perguntou.

Minha mão pulou, e o celular escorregou dela. Eu o peguei e o virei para baixo. *Jesus.* Nem tinha percebido que estava sorrindo.

— Nada.

— Era Warren?

Droga. Eu *nunca* tinha conseguido mentir para minha mãe. Ela sempre conseguia perceber. Dessa vez, não seria diferente.

Engoli em seco.

— Na verdade, não. É... o Holden.

Meu pai arregalou os olhos.

— Holden Catalano?

— Sim, claro.

— Por que ele está mandando mensagem para você? — minha mãe indagou.

— Ele só me mandou uma foto engraçada.

— Uma foto de quê?

— De um drinque. Ele está em um show da banda dele na cidade.

— O que é tão engraçado em um drinque? — meu pai questionou.

— Ele sabe que gosto de vodca com cranberry.

A testa da minha mãe se franziu.

— Como ele sabe disso?

— Fui a um dos shows dele uma noite e bebi um.

Ou dois ou três. Não consigo me lembrar.

O olhar dela se intensificou.

— Você tem saído com ele?

— Não. Ele só me convidou para assistir à banda dele tocar uma vez.

— Warren sabe disso? — ela perguntou.

— Sim. — Engoli em seco.

Minha mãe continuou cutucando.

— Ele não se importa de você estar passeando com Holden Catalano?

Dei risada, nervosa.

— Mãe, não é assim. O apartamento dele é vizinho do meu. E ele é um bom amigo. Só isso.

— Tente dar crédito a Laney — meu pai interveio. — Ela é uma garota inteligente. Todos nós sabemos que Holden, por mais que o amemos e por mais que Ryan o amasse, seria só encrenca. Mas tenho certeza de que ele é bem divertido. Laney não faria nada para prejudicar o relacionamento dela com Warren.

Assenti, sentindo minha garganta se fechar.

Minha mãe cruzou os braços.

— Homens como Holden podem ser bastante cativantes, mas ele não é a melhor influência. Às vezes, na presença de alguém assim... particularmente quanto se tem álcool envolvido... nosso julgamento pode ficar comprometido. Principalmente se você está longe de casa.

Me sentindo com calor, eu disse:

— Gostaria que parássemos de falar sobre isso. Foi uma mensagem de amigo. Só isso.

Gotas de suor se formaram na minha testa. Se ao menos eu acreditasse em minhas próprias palavras... Parecia que minha mãe sabia mais do que meu pai.

Um pouco mais tarde, me sentindo extremamente inquieta, me retirei para o andar de cima para dormir.

Mas parei diante do quarto de Ryan em vez do meu. Quando meu irmão estava muito doente, ele voltou para casa com meus pais. Eles ainda mantinham o quarto dele do mesmo jeito que sempre foi. Quando me sentia triste ou confusa, entrava lá e deitava na cama para me sentir mais próxima dele.

Abri a porta, e a primeira coisa me encarando foi a colagem de fotos no quadro de avisos do outro lado da cama. Havia muitas fotos dos cinco garotos. Lembranças de todos os momentos divertidos juntos tinham mantido meu irmão vivo no fim.

Viagens para pescar no barco do pai de Owen.

Holden e Ryan jogando *beer pong*.

Ryan e Colby em um jogo de futebol.

Brayden e Ryan fantasiados no Dia das Bruxas.

Como meu irmão não tinha encontrado o amor antes de morrer, eu tinha certeza de que aqueles garotos foram as pessoas mais importantes da vida dele, além da família. Meu coração se apertou. Ryan teria sido o melhor marido para alguém.

Havia uma foto do meu irmão e de mim quando éramos pequenos também. Eu estava de vestido longo e usando os saltos enormes da minha mãe. Costumava implorar para Ryan brincar comigo de baile de formatura porque eu ficara encantada por nossa vizinha adolescente em seu vestido lindo tirando fotos do lado de fora, antes da sua grande noite. Eu vestia um vestido longo, que era a fantasia de princesa do Dia das Bruxas, e fazia meu irmão me entregar flores colhidas do jardim. Fingia ser a adolescente que ia para o baile, e o coitado tinha que entrar na minha brincadeira. Provavelmente, essa foi a coisa mais menininha que fiz antes de parar de me interessar por coisas com frufrus e me transformar em uma "nerd da ciência", como Holden falava.

Falando em Holden, quando olhei para o celular, vi que ele tinha enviado outra mensagem mais cedo.

Holden: Noite louca.

Tinha uma foto dele, em casa na cama, comento Cheetos apimentado. Estava sem camisa. Só Holden conseguia ficar sexy comendo Cheetos apimentado.

Lala: Já em casa?

Alguns minutos depois, ele respondeu.

Holden: Sim. Não estava a fim de badalar depois do show desta noite. Vim direto para casa. Tomei banho. E já estou na cama.

Lala: Quem é você?

Holden: Né?

Lala: Tem uma reputação a zelar, Catalano. Ir para casa sozinho vai contra isso.

Holden: Não falei que estava sozinho. Estou com uma garota.

Meu coração quase parou. *Como respondo a isso?*

Meu dedo pairou acima do teclado.

Então ele me enviou outra foto. Holden estava com um porquinho-da-índia sentado em seu peito nu. Ele estava dando vegetais para ele comer.

O quê?

Lala: Quem é esse?

Holden: A filha de Colby vai ter uma surpresa amanhã.

Lala: Meu Deus, como assim?

Holden: Colby me irritou outro dia. Então Saylor vai ganhar um presente.

Dei risada.

Lala: Ah, você é mau.

Holden: Ele falou que ela não poderia ter um cachorro no momento. Não mencionou, especificamente, nada sobre porquinhos-da-índia. Ela vai me amar. O prêmio de tio preferido é meu.

Lala: Fofura extrema.

Holden: Ela ou eu? ;-)

Revirei os olhos e dei risada.

Lala: *Suspiro* Obrigada por me animar.

Holden: Por quê? Está tudo bem por aí?

Eu ficava digitando e apagando as palavras, sem saber se queria falar sobre o assunto da Califórnia com ele.

Lala: Aconteceu uma coisa hoje, sim, mas não quero relembrar agora, se não se importa.

Holden: Converse comigo.

Lala: Vou te contar em breve. Não é nada ruim... só uma coisa que pode complicar um pouco minha vida. Estou exausta demais para falar disso esta noite.

Holden: Entendi. Não vou insistir.

Olhei de novo para outra foto de Holden e Ryan.

Lala: Estou olhando para você, na verdade.

Holden: Droga. Consegue ver que não estou de calça?

Lala: Não, na parede do quarto de Ryan.

Holden: Espere... está no quarto de Ryan?

Lala: Sim. Venho aqui às vezes.

Holden: É legal saber que seus pais ainda o mantém igual.

Lala: É. Foi a mesma coisa quando ele se mudou para a faculdade e quando voltou.

Holden: Eu adoraria ir aí alguma hora.

Lala: Deveria vir da próxima vez que vier visitar seus pais.

Embora meus pais te olhem de forma diferente agora.

Holden: Pode ser.

Então Warren apareceu no meu celular.

Warren: Boa noite, meu amor. Estou indo dormir. Te vejo amanhã antes de você voltar.

Laney: Eu também. Boa noite, amor. Beijos.

Eu estava prestes a largar o celular quando chegou outra mensagem.

Holden: A maldita porquinha-da-índia roubou um dos meus Cheetos. Eles podem comer isso?

Holden é maluco.

Lala: Acho... que não.

Holden: É melhor ela ficar bem.

Lala: Talvez fosse bom você largar o Cheetos.

Holden: Agora ela está com soluço! Que merda. Não foi isso que pedi.

Meus ombros chacoalharam com a risada.

Lala: Rs. Sinto muito.

Um minuto se passou até ele enviar mensagem de novo.

Holden: Acabei de dar um Google e um cara falou que deu Cheetos para seu porquinho-da-índia e ele MORREU. Puta merda!

Lala: Não pode acreditar em tudo que lê. Mas foi só um Cheetos que ela comeu, certo?

Holden: Cheetos APIMENTADO. Mas, sim.

Lala: Acho que ela vai ficar bem.

Holden: Eu deveria ter ficado fora de casa esta noite. Isso nunca teria acontecido. Porra! Estou com medo de dormir agora.

Não era para isso ser engraçado. Mas eu não conseguia parar de rir.

Lala: Precisa que eu fique acordada com você?

Passaram alguns minutos até ele responder.

Holden: Não. Parece que ela está bem.

Lala: É. Foi só um Cheetos.

Holden: Acho que ela vai viver.

Lala: Eu também.

Holden: Obrigado pelo apoio durante este momento difícil.

Sequei outra lágrima de riso.

Lala: Claro.

Holden: Está rindo de mim, não está?

Lala: Sim.

Ele enviou um áudio. Quando apertei play, era o som da porquinha-da-índia soluçando. Gargalhei de novo. Holden tinha conseguido me tirar do clima ruim de mais cedo.

Lala: Você não estava brincando.

Holden: Não. Não consigo inventar essas coisas.

Lala: Obrigada de novo pela risada.

Holden: Por nada, Lala.

Lala: É melhor eu ir dormir.

Holden: Bons sonhos.

Lala: Boa noite, Holden.

Dormi na cama do meu irmão, com pensamentos em Warren, Califórnia, Holden e porquinhos-da-índia soluçando girando na minha cabeça.

CAPÍTULO 7

Lala

Como assim?

Eu tinha pisado fundo para acelerar antes de trocar de faixa, mas meu carro diminuiu a velocidade, em vez de ir mais rápido. Apertei o pedal até o fim, ainda assim, continuou desacelerando. *Aff. Só pode estar de brincadeira comigo.*

Procurando o botão de pisca-alerta no painel, continuei dirigindo, mas fui para a faixa da direita, em vez de a da esquerda, na qual estivera tentando entrar. Menos de um minuto depois, o carro estava praticamente rastejando, e não tive escolha a não ser pegar a saída mais próxima. Felizmente, havia um posto de gasolina no primeiro cruzamento, então parei lá. Mas, quando saí do carro, vi que não havia oficina mecânica. Só tinha um daqueles minimercados.

Droga. O que vou fazer agora?

Meu primeiro instinto foi ligar para Holden, mas eu só estava a uma hora e quinze minutos das duas horas e meia da viagem da Filadélfia. Então entrei no minimercado para ver se havia algum lugar por perto para onde poderia levar meu carro.

— Oi. Estou tendo problema com o carro e estava pensando se você poderia me dizer onde é a oficina mais próxima.

A garota atrás da proteção de acrílico parecia não ter idade suficiente para dirigir. Ela deu de ombros.

— Desculpe. Não faço ideia. Meu pai que conserta todos os nossos carros.

— Obrigada, de qualquer forma.

De volta ao lado de fora, me apoiei na porcaria do meu carro e tirei o celular do bolso. Poderia ter ligado para Warren, mas ele não conseguira tirar uma fatia de pão da torradeira outro dia quando a pontinha ficou presa. Tive que impedi-lo de enfiar um garfo nela enquanto ainda estava ligada na tomada. Então tomei coragem e liguei para o único homem que eu sabia que conseguia consertar qualquer coisa, além do meu pai. *Não* era para o meu pai que eu queria ligar no momento.

— E aí, vizinha?

Sorri.

— Oi, Holden. Desculpe te incomodar, mas estou com um probleminha com o carro. Ãh, de novo.

— Onde você está?

Olhei em volta e suspirei.

— Na verdade, não faço ideia. Não sei bem qual saída peguei. Mas estou na metade do caminho, voltando da Filadélfia.

— O que está havendo com o carro?

— Estava funcionando normalmente, mas aí começou a diminuir a velocidade, apesar de eu não ter tirado o pé do acelerador. Mesmo quando o apertei, continuou desacelerando. Ao pegar a saída seguinte, eu estava indo a uns trinta quilômetros por hora.

— Pode ser o filtro de combustível entupido. Colocou gasolina em um lugar que não conhecia recentemente?

Me encolhi.

— Na verdade, enchi o tanque em um lugar bem suspeito ontem. Acho que se chamava Joey D ou algo assim. A placa na estrada era um pedaço de madeira compensada com o nome pintado torto. Mas estava acabando a gasolina, e era o único lugar que tinha.

— É, pode mesmo estar com o filtro entupido por causa do combustível ruim. Me envie sua localização, e chego aí o mais rápido possível.

— Não posso pedir para você fazer isso. Vou chamar um guincho. Acho que esperava que você soubesse algum truque para fazer o carro funcionar.

— Primeiro de tudo, você não pediu. Eu ofereci. Segundo, não deveria gastar dinheiro com um guincho que vai te levar a uma oficina que não conhecemos, pelo menos não sem eu dar uma olhada antes e ver se consigo consertar. Um filtro de combustível, normalmente, é uns vinte dólares. Só um guincho será cento e cinquenta ou mais.

— Tem certeza de que não se importa? Provavelmente ainda estou a uma hora daí.

— Nem um pouco, querida. É para isso que estou aqui. É para isso que eu e todos os outros estamos aqui quando se trata de você.

Para um cara tão espertinho, Holden conseguia mesmo fazer minhas entranhas virarem geleia.

— Obrigada, Holden.

— Me envie sua localização. E, se for aguardar no carro, deixe as portas trancadas. Postos de gasolina de beira da estrada não são os lugares mais seguros.

Quando desliguei, enviei minha localização para Holden e resolvi voltar ao minimercado para me presentear com alguma besteira gostosa. Eu gostava de comer algo doce no fim de um dia estressante, e esse fim de semana tinha sido cheio de estresse. Mas meu noivo tinha uma dieta ultra saudável, então sempre me sentia mal em comer as coisas de que gostava na frente dele.

Holden ia demorar um pouco para chegar, então resolvi fazer umas comprinhas, olhando os corredores e pegando coisas com bastante glúten, mais castanhas, mais leite e lotadas de açúcar. Quando cheguei no balcão, a caixa franziu o nariz.

— Você quer tudo isto?

Estreitei os olhos.

— Tenho seis filhos.

Pareceu que ela não acreditava em mim, mas me vendeu sem mais comentários, pelo menos.

— São 22,49.

Olhei para a pilha de doces. Talvez eu *tivesse* exagerado um pouco. Mas e daí? Passei meu cartão de crédito e me apressei até o carro para me deliciar com as guloseimas.

Holden chegou exatamente uma hora depois. Ele estacionou ao meu lado na van da banda e, assim que destranquei, abriu a porta do passageiro do meu carro. Infelizmente, eu não tinha limpado minha festa do açúcar, e os olhos dele se prenderam nas quatro — sim, quatro... não me julgue — embalagens.

Ele pegou o pacote de Reese.

— Tudo isto é de hoje?

Peguei as embalagens vazias de KitKat, SweeTARTS e Utz Cheese Balls.

— Estava morrendo de vontade de um doce, mas Warren não come glúten, castanhas, leite nem açúcar, então não comi muita coisa neste fim de semana porque ele estava por perto.

Holden ergueu as sobrancelhas.

— Sem glúten, castanhas, leite e açúcar? Parece que ele é *sem diversão* também. O que o cara come? Água?

— Basicamente...

Ele ergueu o queixo com uma risada.

— Abra o capô. Vou te falar quando precisar ligar.

— Certo.

Alguns minutos depois, ele colocou a cabeça para fora do capô aberto.

— Ok, ligue agora.

Virei a chave, mas nada aconteceu. O motor nem tentou ligar.

Holden fez um gesto de virar a chave com a mão.

— Vire a chave!

Abri a porta.

— Estou virando! Não está ligando!

— Merda.

Ele fechou o capô e bateu as mãos para tirar a sujeira.

— Ainda acho que é o filtro do combustível. — Ele pegou seu celular e olhou a hora. — Lojas de peças de automóvel fecham às cinco no domingo, então só temos uns vinte e cinco minutos. Acho que é melhor comprarmos um filtro antes de ser tarde demais. Podemos devolver se acabar sendo outra coisa.

— Sabe trocar o filtro se conseguirmos comprar um?

Holden assentiu.

— Preciso entrar debaixo do carro para alcançar, mas já fiz isso.

— Certo, vamos lá.

Depois de eu trancar meu carro e entrar na van, dei um Google nas lojas de peças mais próximas.

— Há duas — eu disse. — Uma é ao norte daqui, a uns dez minutos, e a outra é ao sul, praticamente na mesma distância.

— Escolha uma e me fale para onde ir.

Infelizmente, a que escolhi não tinha a peça em estoque. Então nos apressamos para tentar chegar à outra antes que fechasse, no entanto, quando chegamos, o estacionamento estava vazio e todas as luzes já estavam apagadas.

— Droga. O que fazemos agora?

Holden balançou a cabeça.

— É domingo, então, provavelmente, não vamos encontrar nada aberto agora. Acho que podemos chamar um guincho, ir para casa e voltar amanhã depois que a oficina o consertar. Mas, se vamos voltar, de qualquer forma, por que não simplesmente parar no caminho e comprar um filtro para que eu possa consertá-lo e não desperdiçar o dinheiro em guincho e mecânico?

— Preciso estar no trabalho amanhã à tarde. Tenho reunião com o gerente de uma das instalações de cuidados de idosos onde moram as pessoas que fazem parte do meu estudo. Mas posso vir amanhã cedo. Você tem alguma coisa de manhã?

— Vou fazer dar certo.

Suspirei.

— Deus, Holden. Você tem feito tanto por mim. Não sei o que eu teria feito sem você nas últimas semanas.

Ele deu uma piscadinha.

— Nunca vai ter que descobrir porque sempre estarei aqui para você, linda.

Eu precisava voltar para pegar os arquivos de trabalho no meu carro. Além do mais, pensei que devesse conversar com a atendente do posto de gasolina e avisá-la de que ia deixar meu carro lá durante a noite. Mas, em alguns minutos do trajeto, houve um barulho alto do lado de fora, seguido por um som de esvaziar.

— Que porcaria foi isso?

Holden estivera dirigindo casualmente com apenas uma mão, mas agora agarrava o volante com força com as duas.

— Isso foi o pneu. Acabou de estourar.

Graças a Deus não estávamos na rodovia porque a van começou a puxar com força para a direita. Holden manobrou para um estacionamento vazio, mas ainda foi bem assustador.

Balancei a cabeça.

— Não acredito que acabou de acontecer isso.

— Nem eu.

Saímos da van e demos a volta pela frente. O pneu já estava totalmente vazio, apesar de ainda estar fazendo um chiado alto.

— O que há conosco e com problemas em carro? — perguntei.

— Acho que tem a ver com o fato de nós dois dirigirmos latas-velhas.

— Primeiro, fui guinchada pela forma como estacionei, depois meu carro não ligava, agora estou com um filtro entupido e você, com um pneu furado. Tive mais problemas com o carro nas últimas semanas do que nos últimos dez anos.

Holden abriu as portas de trás da van.

— É assim que acontece com carros velhos. Aparece uma coisa atrás da outra. — Ele ergueu um painel oculto no piso da van e enfiou a cabeça. — Só pode estar de brincadeira comigo.

Me aproximei para ver o que ele estava olhando.

— O que houve?

— O macaco desapareceu. — Ele olhou pelo interior da van. — Merda. Assim como o step. Acho que os tiramos para dar espaço para os amplificadores novos em uma noite antes de um show. Acho que nunca os colocamos de volta. Ainda estão na garagem de Dylan.

— Nossa. O que fazemos agora?

Ele colocou as mãos na cintura.

— Acho que podemos chamar dois guinchos e pegar um Uber de duzentos dólares de volta para a cidade. Depois gastar mais duzentos para voltar de Uber amanhã de manhã para pegar os carros na oficina. Ou... — Ele apontou para o fim do quarteirão, para um prédio que eu não tinha visto. — Tem um Holiday Inn ali na frente. Podemos passar a noite, e compramos um filtro novo cedinho e consertamos seu carro, depois lidamos com a situação da van. Faz o maior sentido. Do contrário, entre Ubers e guinchos, serão três vezes o custo de passar a noite. Além do mais, podemos começar cedo e não ter que enfrentar o trânsito para voltar para cá. Lojas de peças de automóveis, normalmente, abrem às oito ou nove porque os mecânicos começam cedo. O que acha?

Mordi meu lábio.

— Não sei.

— Bom, você que sabe. Vou fazer o que você quiser.

Claro que fazia sentido ficar ali, tanto financeiramente como pelo tempo. Ainda assim, pensar em passar a noite com Holden me deixava nervosa. Mas, de novo, eu não *passaria a noite* com ele. Pegaríamos dois quartos. Mesmo que fossem um ao lado do outro, não seria mais inapropriado do que os apartamentos em que morávamos. Eu só estava pensando demais.

Assenti.

— Passar a noite faz mais sentido mesmo. Mas insisto em pagar pelo seu quarto e pelo meu. Você não estaria neste dilema se não fosse por mim.

— Que tal vermos se eles têm quartos antes de brigarmos para ver quem vai pagar?

— Certo. Mas eu vou pagar.

O lábio de Holden se curvou.

— Veremos.

Trancamos a van e descemos a rua até o Holiday Inn. O balcão da recepção estava livre, e os olhos da mulher bonita atrás dele se iluminaram quando ela deu uma olhada em Holden.

— Posso te ajudar? — Ela sorriu.

Sentindo que ela não havia me visto ainda, respondi.

— Sim, você tem dois quartos disponíveis para esta noite?

— Só para esta noite?

Assenti.

— Sim, por favor.

Ela começou a digitar no computador.

— Estamos bem lotados por causa da exposição de barcos no fim da rua amanhã, e somos o hotel patrocinador. Mas deixe-me ver. — Ela olhou para cima depois de um minuto. — Temos, sim, mas só um.

Holden e eu olhamos um para o outro.

— Tem duas camas? — ele perguntou.

A mulher balançou a cabeça.

— Desculpe, só uma king.

Holden apontou por cima do ombro na direção da porta.

— Tudo bem. Vou dormir na van.

— Nem pensar. Não posso deixar você fazer isso.

— Já fiz isso. Na verdade, seria ótimo dormir nela sozinho. Geralmente, fico com os caras da banda nela depois de um show porque não conseguimos quarto de hotel por um ou outro motivo.

— Não vou deixar você dormir na van, Holden. — Olhei para a atendente. — Tem outros hotéis aqui por perto?

— Na verdade, não. É por isso que estamos lotados. Há um Days Inn, mas é a uns vinte minutos de carro. Apesar de que ele também deve estar lotado, já que, normalmente, é mais barato.

Suspirei e olhei para Holden.

— Vou dormir no chão. Você pode ficar com a cama.

— *Eu* vou dormir no chão. *Você* fica com a cama.

— Não, Holden. É tudo culpa minha.

A recepcionista gesticulou entre nós.

— Imagino que vocês dois não sejam um casal.

— Somos velhos amigos — respondi.

Ela sorriu e falou para Holden:

— Saio à meia-noite, se quiser um lugar para dormir, e não vou fazer você dormir no chão.

Sério? Senti vontade de socar aquela mulher atrevida. Procurei na minha bolsa e tirei o cartão de crédito, abrindo para ela um sorriso grande e falso.

— Vamos querer o quarto e aí pensamos no que fazer.

— Qual é o problema?

— Nenhum — falei, depois de procurar na minha mala.

Holden pegara um Uber até meu carro para buscar algumas coisas de que eu precisava e conversar com a atendente do posto de gasolina. Então ele havia parado na Wendy's para comprar o jantar na volta.

— Tem alguma coisa faltando na sua mala? — ele perguntou.

— Não. Acabei de perceber que não tenho nada para vestir para dormir. — Dei de ombros. — Tudo bem. Vou dormir com o que estou vestindo.

— Não tem uma camiseta nem nada assim?

— Tenho. Mas não cobre minha bunda.

— Bom, normalmente, eu durmo nu, mas vou te poupar e ficar de cueca boxer. — Ele tirou a camiseta, jogando-a para mim. — Pode usar esta. Coloquei logo antes de sair de casa. Vai ficar uma camisola, porque você é muito pequena.

Engoli em seco ao ter uma visão completa do peito nu de Holden. Ele era alto e esguio, mas, caramba, ainda tinha aquele ótimo tanquinho que eu adorava ver quando era adolescente. Quando me flagrou o secando, corri para o banheiro para me trocar e coloquei uma distância entre nós. No entanto, quando vesti a camiseta dele, parecia que ele estava me envolvendo. A maldita coisa cheirava tão bem, *tão, tão Holden*, e não pude evitar de erguer o tecido até o nariz e inspirar fundo. Após isso, me repreendi silenciosamente no espelho pelo que tinha feito.

Você é noiva.

Você ama o seu noivo.

Não seja idiota.

Ajudou. Por uns dois segundos. Até eu sair e ver Holden arrumando sua cama no chão vestindo nada além de uma boxer preta justa. Congelei.

Deus, ele é lindo.

Sexy pra caramba.

Aposto que ele é beeeemmmm aventureiro na cama também.

— Você está bem? — Holden olhou engraçado para mim.

Pisquei algumas vezes antes de me lançar para a cama e me enterrar debaixo do cobertor para me cobrir.

— Sim, estou bem. Só não quis te interromper enquanto estava arrumando a cama.

Holden abriu um sorriso torto, e seus olhos brilharam.

— Claro.

Ele terminou de fazer sua cama e apontou para o abajur na mesa de cabeceira.

— Pode apagar essa luz ao seu lado? Eu faria isso, mas não quero que se sinta culpada por me olhar de novo...

Arregalei os olhos.

— Eu *não* estava te olhando.

Ele deu risada.

— Que seja. Só apague a luz, Lala.

Apaguei, e nós dois ficamos quietos por alguns minutos.

— Sabe — Holden disse. — Não tem problema olhar para outras pessoas. É natural apreciar o corpo humano.

— Eu não estava te olhando, seu egomaníaco. Não sou mais uma adolescente de catorze anos olhando pela janela do meu quarto.

— Não, você, com certeza, *não* tem mais catorze anos. Você está crescida. Não tem como eu ter me esquecido disso.

— O que isso significa?

— Significa que você é uma mulher linda, Lala. Qualquer homem que te diga que não vê isso está mentindo. Diferente de você, não me sinto culpado por isso.

— Talvez seja porque não está *noivo*.

— Talvez, mas acho que não. Acho que só não ligo de olhar. Tipo, o que você faz quando assiste a pornô? Não olha para o pau do cara?

— Não assisto a pornô.

Holden ficou quieto por um minuto.

— Tipo, nunca?

— Warren acha que é degradante para as mulheres.

— Degradante para as mulheres? — A voz dele foi abrupta. — Para homens, não? Talvez você não saiba, já que não assiste, mas *homens* e mulheres ficam pelados no pornô.

Ver o corpo seminu de Holden e falar sobre pornô estava me deixando tanto excitada quanto incomodada.

— Vamos mudar de assunto ou talvez só tentar dormir um pouco.

— Certo. Vamos dormir.

Mas estava impossível dormir. Pela meia hora seguinte, me virei e revirei, e ouvi Holden fazendo a mesma coisa no chão, e me senti mal. Então ouvi um barulho, seguido de Holden gemendo.

— Porra — ele grunhiu. — *Filho da puta*.

— O que aconteceu?

— Nada. Só rolei e bati a canela no canto da cômoda.

Só me ocorreu naquele momento que eu estava fazendo um dos meus amigos mais antigos dormir no chão. Quero dizer, eu sabia que ele estava lá embaixo, mas não tinha olhado por esse ponto de vista. Holden era como um irmão para mim, e eu estava sendo ridícula.

— Isto é idiotice, Holden. Estou dormindo em uma cama king-size, e você está no chão nojento de um quarto de hotel. Não há motivo para não podermos dividir. Somos amigos desde criança.

— Está tudo bem.

Me sentei.

— Não, não está tudo bem. E sabe de uma coisa? Olhei, sim, para você antes. Estou te fazendo dormir no chão porque te acho atraente e me sinto culpada por isso. Mas você é como meu irmão mais velho, e isso é ridículo. Então venha até aqui.

— Tem certeza?

— Total.

Eu estava toda corajosa e justa até Holden entrar debaixo da coberta. Então meu corpo ficou plenamente consciente do quanto ele estava próximo. Ele virou de lado para ficarmos de frente um para o outro e colocou as mãos sob a bochecha. Dava para ver seus olhos, embora estivesse escuro.

— Como foi seu fim de semana em casa? — Holden falou baixinho. — Fez alguma coisa especial?

— Não muito. Só fiquei com Warren e meus pais.

— Onde dorme quando vai para casa?

— Dormi na casa de Warren uma noite, mas fiquei nos meus pais depois.

— Verdade. Você estava no quarto de Ryan quando estávamos conversando por mensagem. Mas por que dormiu nos seus pais na sua última noite?

Dei de ombros.

— Acho que só queria ficar mais com minha mãe. E... Warren meio que lançou uma coisa em mim ontem à noite, e eu precisava de espaço para pensar.

— O que ele lançou em você?

— Ele vai se inscrever para um emprego na Califórnia. Quer que nos mudemos para lá.

— O quê? Você vai?

Suspirei.

— Não sei se tenho opção. É o emprego dos sonhos dele.

— Mas e quanto a você, Lala? Com o que *você* sempre sonhou?

— Não sei se tenho um sonho da vida toda como Warren tem. Ele é um pesquisador de câncer porque a mãe dele morreu de câncer quando ele tinha só sete anos. Não me entenda mal, amo meu trabalho, mas não é a mesma coisa. Quando eu tinha sete anos, só queria me casar com a Fera, de *A Bela e a Fera*.

— A Fera? Ele não se transforma em um cara muito bonito no fim?

— Não, eu realmente tinha uma queda pela Fera. Eu o achava fofo. — Dei risada.

— Não é surpreendente. Você também colocava seu vestido da primeira comunhão e fazia Ryan oficializar seu casamento com seu bicho-preguiça de pelúcia.

Dei risada.

— Não acredito que se lembra disso.

— Claro. E você roubou aquele colar de dente de tubarão que eu costumava colocar no seu bicho-preguiça para o casamento.

Mordi meu lábio.

— Sabe por que fiz isso?

— Por quê?

— Porque estava fingindo que você era o bicho-preguiça. Eu tinha a maior queda por você na época, e gostava de fingir que estávamos nos casando. — Dei risada, mas Holden não deu. Seus olhos estavam muito sérios.

— Eu também tinha a maior queda por você, Lala.

Ai, Deus. Tive o desejo mais louco de me inclinar e o beijar. Minha atração estava muito intensa, mais forte do que nunca. Minha respiração saiu em pequenas arfadas, e comecei a temer que, se não freasse as coisas, poderia fazer alguma burrice. Então fingi um bocejo enorme, esticando os braços acima da cabeça e tudo.

— Nossa, fiquei muito cansada de repente. É melhor eu dormir. — Sem esperar uma resposta, me virei, ficando de costas para ele. — Boa noite, Holden.

Ele esperou alguns segundos para responder.

— Boa noite, Lala.

Não tenho certeza de quanto tempo demorei para dormir, mas, com certeza, foram algumas horas. E, quando acordei na manhã seguinte, Holden estava... *me abraçando de conchinha.*

Dava para sentir seu pau na fenda da minha bunda.

Ai.

Meu.

Deus.

Seu ronco suave me disse que não era de propósito, mas isso não impediu meu corpo de reagir. Meus mamilos se enrijeceram, e me senti inchada e ficando molhada, como se estivesse me preparando para gozar.

E se eu empurrasse para trás? Me esfregasse no comprimento dele, só uma vez. Ele nem precisaria saber.

Mas *aí eu saberia.* E, provavelmente, acabaria com uma urticária todo dia pelo estresse pelo que tinha feito. Então, em vez disso, me obriguei a sair da cama. O sol da manhã já estava brilhando por entre as cortinas, e era bom tomar um banho frio, com certeza.

Dentro do banheiro, abri a água e me despi. Assim que coloquei um pé no box, algo vibrou alto do quarto.

Merda. Meu celular! Provavelmente, era meu alarme tocando.

Sem querer acordar Holden, peguei uma toalha da prateleira, me enrolei e corri para fora do banheiro. Mas, na pressa, trombei com Holden parado do lado de fora da porta do banheiro. E ele tinha uma ereção enorme aparecendo na cueca.

Me vendo arregalar os olhos, Holden olhou para baixo.

— Merda. Foi mal. Não percebi. Estava só levando seu celular para você. — Ele ergueu o celular, e o nome de Warren apareceu entre nós como um outdoor iluminado na Times Square.

Pronto, isso funcionou mais do que um banho frio...

CAPÍTULO 8

Holden

Lala desapareceu para dentro do banheiro para conversar com Warren em particular, logo depois de ter secado minha ereção matinal, o que não ajudou nada no meu dilema.

Por que eu estava irritado por ela estar conversando com o noivo?

Eu estava irritado ou culpado? Provavelmente ambos. Não me sentia culpado por causa dele. Me sentia culpado porque sabia que a tinha colocado em uma posição em que *ela* sentiria culpa.

Vesti a calça enquanto ouvia o som abafado da conversa, me esforçando para identificar o que ela estava falando acima do exaustor que tinha ligado no banheiro.

Fui até a janela e abri a cortina, deixando um pouco do sol da manhã entrar. Conforme olhei para baixo, para o estacionamento, pensei em como ela ficou de costas para mim na noite anterior.

Lala tinha dormido antes de mim. Eu havia ficado acordado por horas, brigando com meus pensamentos e o fato de o meu corpo estar aceso, apesar dos meus melhores esforços a fim de permanecer neutro enquanto estava deitado ao lado dela. Então, em certo momento, a bunda dela tinha recuado na minha direção, posicionando-se diretamente no meu pau. Eu queria explodir. Acho que ela não sabia o que tinha feito porque eu havia ouvido pequenos roncos quase no mesmo instante. Mas meu pau, que já estivera se erguendo, tinha se levantado ao máximo.

Desejando mais, eu tinha feito o oposto do que parecia natural — havia colocado o travesseiro para agir como barreira para o meu pau antes de recuar o quadril. Então estiquei os braços e os envolvi nela, porque não pude evitar. Isso era muito mais inocente do que roçar o pau na bunda dela, que era o que eu realmente queria fazer.

Tinha sido fisicamente doloroso recuar. Eu tinha acabado dormindo com os braços em volta dela. Não sei o que meu pau ou meu corpo haviam decidido fazer enquanto eu estava dormindo, mas imaginei que não poderia ser responsável por qualquer coisa se estivesse inconsciente.

O rosto de Lala estava vermelho quando ela saiu do banheiro. Ela também tinha uma vermelhidão que parecia urticária no pescoço.

Arregalei os olhos.

— Está tudo bem?

— Sim. — Ela suspirou. — Ele só estava vendo como eu estava, já que não teve notícias minhas.

— O que falou para ele?

Ela suspirou.

— Falei que você veio me ajudar, mas menti e disse que estávamos em quartos separados. E me sinto horrível por fazer isso. Sei que não fizemos nada errado, mas...

— Porra, não, não fizemos, e você não deveria se sentir culpada. — Me aproximei dela. — Mas entendo por que não conseguiu contar que compartilhamos a cama. — Olhei para o pescoço dela. — Está com alergia de estresse. Pare de se repreender por isso.

— Não tive coragem de contar que dormimos na mesma cama, mesmo que tenha sido inocente. Não teria feito sentido para ele. — Ela murmurou: — Não faz nem muito sentido para mim.

Não foi *exatamente* inocente. Nós dois sabíamos disso, mesmo que não estivéssemos dizendo isso. Esse era o problema.

— Entendo. Está tentando protegê-lo. Respeito isso. Mas nós não...

— Escolhi as palavras com cautela. — Passamos do limite. Então você não tem por que se sentir culpada.

— É, eu sei. Eu sei. — Os olhos dela desceram, momentaneamente, para o meu peito, antes de ela balançar a cabeça. — Enfim... deixe eu me trocar para poder devolver sua camiseta.

Ela voltou para o banheiro por uns minutos, então saiu e me entregou minha camiseta. Quando a vesti, inspirei fundo. Essa camiseta me deixaria doido pelo resto do dia; eu não iria conseguir pensar direito.

Fizemos checkout no hotel e fomos para a loja de peças de automóveis para comprar o que eu precisava para consertar o carro dela.

Quando terminei o serviço, Lala pegou a estrada, já que estava perdendo a primeira parte do seu dia de trabalho. Não houve tempo para conversar sobre qualquer bizarrice que restou da noite anterior ou daquela manhã.

Demorei um pouco para trocar o pneu da van, mas depois também voltei. O trajeto para Nova York foi péssimo, no mínimo. Não apenas eu conseguia sentir o cheiro dela em toda a minha maldita camiseta, como agora estava sentindo o cheiro dela *com* a lembrança de como foi abraçá-la, ter sua bunda pressionada em mim. Realmente tinha dormido com uma mulher nos meus braços. Sabe quantas vezes eu havia feito isso na vida? Nunca. Não de propósito, pelo menos. Parece loucura, mas não conseguia me lembrar de uma única vez em que havia especificamente abraçado alguém. Pode ter havido corpos entrelaçados aqui e acolá, mas nada tão íntimo como abraçar alguém.

Eu tinha falado para Lala que não fizemos nada de errado. E talvez *ela* não tivesse feito nada de errado, mas eu tinha passado do limite no instante em que tomei a decisão de me levantar do chão e me juntar a ela na cama. Eu sabia que era perigoso — principalmente depois de ela admitir que estava nervosa porque sentia atração por mim. Eu a tinha feito acreditar que poderia confiar em mim.

Mas ela não deveria.

Uma parte maldosa de mim *quis* tentá-la. Me odiei por isso porque sabia que uma garota como Lala nunca se perdoaria se traísse o noivo. Por que eu colocaria alguém que gostava nessa posição? Mas meus sentimentos por ela eram bastante complicados — e egoístas.

A viagem foi um borrão porque eu estava tão absorto na minha mente que pareceu que durou minutos até chegar em casa e parar a van em um estacionamento no fim da rua.

Se eu achava que meu dia iria melhorar quando voltasse, estava redondamente enganado. Owen percorreu, bravo, o corredor na minha direção conforme entrei no prédio.

— Aí está você! Onde esteve a manhã inteira, e por que não está atendendo o celular?

— Foi mal, cara. Acabou a bateria. — Não tinha levado carregador na minha viagem inesperada.

As orelhas dele estavam vermelhas, e uma veia parecia prestes a estourar na sua testa.

— Tive que perder um compromisso importante por causa de um vazamento que era para você estar aqui para consertar. O mínimo que pode fazer é carregar seu maldito celular.

Minha cabeça estava me matando.

— O que aconteceu? — perguntei quando abri a porta do meu apartamento.

Ele me seguiu para dentro.

— Vazamento de pia no 410 estava fazendo água passar pelo teto do apartamento de baixo.

— No 410? É onde moram Frick e Frack. Você consertou?

— Não! Pus um curativo lá, mas não está consertado. E aqueles dois merdinhas colocaram graxa debaixo da pia e na torneira para me foder. Estão fora de controle.

— Foi mal, cara.

— Você estava na casa de alguma mulher, imagino.

— Na verdade, não. — Hesitei, temendo ter que contar a ele. — Estava ajudando Lala.

Ele estreitou os olhos.

— Ajudando Lala com o quê?

— O carro dela parou na volta para casa da Filadélfia, e ela me ligou para ajudá-la a voltar.

Ele arqueou uma sobrancelha.

— Foi só com isso que você ajudou?

Queria socá-lo.

— Que tipo de pergunta é essa?

— Sua queda por Lala é o segredo mais mal guardado do mundo. E ainda pergunta por que te perguntei isso?

— Ela me ligou! — soltei. — O que queria que eu fizesse?

— Que tal chamar um de nós para fazer isso porque sabe que não dá para confiar em você?

— Desde quando você sabe consertar carros, idiota?

Owen não tinha resposta para isso, então continuou seu interrogatório.

— Onde passaram a noite?

Soltei a respiração e dei os detalhes a ele – sem mencionar que tínhamos dormido na mesma cama. Isso teria que permanecer em segredo.

— Vocês dormiram no mesmo quarto de hotel, e não acha que está brincando com fogo? — Ele balançou a cabeça. — Sabe muito bem que ela está com um cara bom que vai cuidar dela e tratá-la direito. Por que iria querer prejudicar isso? Se ela acabar traindo-o com você, porque não consegue parar de coagi-la, seria um dos maiores erros da vida dela.

As palavras dele foram como um soco. Principalmente porque eu acreditava nelas. Lala se apaixonar por mim seria um erro enorme. Ainda assim, me vi na defensiva.

— Obrigado pela confiança, babaca. Pensei que fosse um dos meus melhores amigos.

— Acha mesmo que, se ela cedesse aos seus malditos encantos, acabaria em um lugar melhor do que se casasse com ele? Você precisa pensar no que é melhor para ela, Holden. Sei o que está fazendo.

Ergui a voz.

— Que parte de eu ir lá consertar a porra do carro dela você não entendeu?

— Você poderia ter dormido na sua van como já fez. Não precisava passar a noite em um hotel com ela.

Se ele soubesse... Olhei para os meus sapatos.

— Conheço você, Holden. Sinto que sou o único que está percebendo esta situação ultimamente. Colby está muito ocupado e Brayden parece estar com a cabeça nas nuvens, como sempre. Mas *eu* vejo o jeito como olha para ela. E esta situação toda me preocupa. Ela é como a última parte de Ryan que nos restou. Você *não pode* foder com essa garota. — Ele relaxou o tom. — Ryan te mataria, cara. Ele te *mataria*.

Puxei meu cabelo.

— Olha, não precisa falar isso. Ok? Sei que não sou o certo para ela. Também sei que há *alguma coisa* entre nós... sempre houve. Coisas que você nem sabe... de quando ela e eu éramos mais novos. — Pausei. — E também sei que preciso fazer tudo que posso para garantir que nada aconteça. Mas gosto *mesmo* dela. É complicado pra caralho. Como meu amigo, queria que você me *ouvisse* em vez de me dar sermão. — Meu lábio tremeu conforme a raiva percorria minhas veias.

Talvez Owen, finalmente, tenha visto o tormento em meus olhos porque ficou mais sensível. Ele assentiu.

— Desculpe ter sido tão duro. Foi uma manhã difícil, e fiquei muito bravo por você não estar aqui. Mas agora que sei que a estava ajudando, não posso ficar bravo. — Ele esfregou o rosto com a mão. — Olha, preciso ir trabalhar. Já estou bem atrasado. É melhor você voltar para o 410 para consertar o trabalho porco que fiz remendando a situação. E, talvez, amarrar os irmãos Satã para controlá-los.

Depois que ele saiu, passei um tempinho no meu apartamento e subi para trabalhar no vazamento. No entanto, as palavras de Owen sobre eu ser o maior erro que Lala cometeria continuaram me assombrando por toda a tarde.

Fiz um juramento mental — de novo — de me distanciar por um tempo, por mais difícil que fosse.

Tinham se passado alguns dias, e eu havia mantido minha promessa de ficar longe de Lala. Não soubera dela e não tinha feito contato.

Eu tinha algumas horas para relaxar antes de sair para um show de noite e me vi refletindo de novo. Ficar longe dela era uma coisa, mas pensar nela era outra — que eu não tinha conseguido parar de fazer.

Ela não havia me enviado mensagem nem nada desde que voltamos na segunda-feira, o que me fez pensar que ela ainda estava se sentindo culpada pela outra noite e decidira se distanciar. Era justo e facilitava as coisas para mim, mas me incomodava o fato de ela poder estar chateada com isso.

Eu tinha feito tudo que podia para tentar seguir em frente sem pensar nela. Tinha até ido para o apartamento de uma garota chamada Cara após o show da noite anterior. Tínhamos nos beijado, entretanto, quando ela tentou fazer oral em mim, eu a impedi. Nunca tinha interrompido um boquete na vida. Um boquete empolgado de uma mulher atraente não era algo que se recusava. E não é que meu corpo não estivesse pronto para isso. Eu estivera com bastante tesão ultimamente. Só não estava no clima para *ela*.

Desde a outra noite, tudo que eu desejava era voltar para aquela cama quente com Lala, o que era além de fodido. Acabei deixando Cara brava comigo, enquanto também dava um tapinha nas minhas próprias costas por, pelo menos, avançar o bastante para beijá-la. Porque eu precisava muito seguir em frente. Beijar mulheres aleatórias costumava acontecer toda noite, e agora, aparentemente, eu achava que merecia uma medalha de ouro.

Uma batida na porta me tirou dos pensamentos. Quando abri, Lala estava ali parada segurando duas vitaminas.

Meu coração queria explodir. Seu cabelo estava especialmente bagunçado e soprado pelo vento. E seu cheiro, que tinha, infelizmente, começado a sumir de minha camiseta, voltou com força total ao flutuar na minha direção. Apesar de tudo, eu tinha sentido muita falta dela.

— Oi! — Sorri.

— Oi. — Ela ergueu um dos copos. — Eu, ãh, sei que você gosta daquele lugar de vitamina. Passei lá na volta para casa do trabalho e pensei em te trazer uma.

— Obrigado. Foi gentil da sua parte. — Dei um passo para o lado. — Entre.

— Está… tudo bem com você? — ela indagou.

— Sim. — Engoli em seco. — Por que pergunta?

— Sinto que, talvez, te deixei desconfortável na outra noite no hotel. E é por isso que está quieto.

Porra.

— Não, Lala. Você não fez nada que me deixou desconfortável. Acredite em mim.

— Certo. Bem… Posso sair do seu pé se estiver ocupado.

— Fique — insisti. — Não tenho nada para fazer. Só um show mais tarde.

— Oh. É na cidade?

— Sim. Em um bar. Tocamos lá ontem à noite também.

Ela se sentou no meu sofá.

— O que perdi do mundo de Holden?

— Nada de mais. — Me sentei, dei um gole e coloquei os pés para cima. — A banda tem estado ocupada, e eu consertei não um, mas dois vazamentos de pia nesta semana. Além disso, as coisas têm sido bem entediantes. E você?

— O projeto de pesquisa está correndo tranquilamente. Finalmente, tenho uma segunda assistente.

— Legal.

— Ei... — Ela sorriu. — Você nunca me contou o que aconteceu com a porquinha-da-índia. Deu para Saylor?

— Bom, depois da recuperação triunfante do incidente com o Cheetos apimentado, eu a levei para a casa de Colby na manhã seguinte. Logo antes de você me ligar e falar sobre o carro, na verdade. — Dei risada. — Colby ainda está puto comigo. Mas, sim, Saylor ficou doida.

— Ele vai deixar que ela fique com ela, certo?

— Sim. Ele e Billie, basicamente, não tiveram escolha. É por isso que ele está puto.

Lala deu risada. Era bom vê-la sorrir.

Passei o dedo pela lateral do meu copo.

— Há mais alguma novidade na situação da Califórnia?

Ela balançou a cabeça.

— Ele só vai descobrir daqui a um tempo. Mas está me incomodando. Fiquei meio mal com isso desde que voltei.

Não peça para ela sair esta noite para parar de se sentir mal.

— Você deveria ir ao show esta noite. Relaxar.

Ela não respondeu imediatamente.

— Não sei. — Ela mordeu o lábio inferior. — É dia de semana.

Boa garota, Lala. Fique longe de mim.

— Sem pressão.

O silêncio preencheu a sala. Então, do nada, ela pareceu se animar.

— Sabe de uma coisa? Os dias estão passando rápido. Não terei oportunidades infinitas de ver você tocar. Então, sim, eu vou. — Ela sorriu.

Animado internamente, também senti que tinha dado centenas de passos para trás em minha determinação de me distanciar. *Está indo bem.*

Não havia nada igual olhar para o público e ver Lala me assistindo tocar. Nem sempre era fácil identificar rostos, dependendo da luz. Contudo, me certifiquei de memorizar onde ela estava. Naquela noite, nesse evento menor, percebi que eu tinha uma visão mais clara do que o normal. Meu desempenho também estava perfeito.

Conforme saí do palco no fim e olhei para o rosto sorridente de Lala, tudo no mundo pareceu certo. Bom, exceto pelo fato de que Lala ainda estava com Warren, e eu ainda parecia incapaz de ficar longe dela.

Secando o suor da testa, perguntei:

— O que achou?

— Fui só eu que percebi ou você estava particularmente incrível esta noite?

— Não foi só você. Também senti. Obrigado por perceber. — Baixei a boca para o ouvido dela. — O que acha de uma vodca com cranberry para comemorar?

— Só uma. Tenho que estar alerta amanhã — ela gritou acima do barulho.

— Certo.

Fui para o bar e peguei duas vodcas com cranberry para nós. Só bebia isso quando estava com ela — ou quando estava usando esse drinque em particular como desculpa para enviar mensagem para ela.

Conversamos e bebemos por um tempo, então, como era dia de

semana e Lala precisava voltar em uma hora decente, optei por irmos com nosso próprio carro em vez de esperarmos para dividir o SUV com os caras.

Ao sairmos do bar, Cara — a garota que eu tinha beijado na noite anterior — me parou.

— Ei, Holden, você deixou isto no meu apartamento ontem à noite.

Merda. Quando ela me entregou meu gorro, meu estômago gelou.

— Valeu.

Continuei andando, colocando a mão na lombar de Lala para guiá-la para a frente e para longe de Cara. Eu nem conseguia olhar para Lala porque sabia a conclusão que ela devia ter tirado. Mas por que isso importava? Essa era a parte fodida.

O rosto de Lala estava vermelho da cor de beterraba quando nos encaramos na calçada do lado de fora.

— Acho que você mentiu quando falou que não estava acontecendo nada de mais, hein? Ou talvez dormir em uma casa aleatória não seja tão especial. Só parte da vida?

Olhei diretamente nos olhos dela e falei a verdade.

— Fui para o apartamento dela ontem à noite. Nos beijamos. Mas fui embora antes de mais alguma coisa acontecer. Não estava a fim dela.

Lala ficou em silêncio e balançou a cabeça, quase desacreditando.

— Jesus. O que há de errado comigo? — Ela piscou. — Você não me deve uma explicação, Holden. Desculpe ter reagido assim. — Ela soprou seu cabelo para cima. — Isto não pega bem para mim. Não tenho o direito de ficar com ciúme. Deveria cuidar da minha vida em vez de querer arrancar a cabeça daquela garota.

Caramba. Isso é meio excitante.

— Não sei o que dizer, Lala.

Era a verdade. Eu quase sempre tinha uma resposta para tudo, mas não sabia como responder. Tive vontade de arrancar a cabeça de *Warren* por ligar para sua própria noiva no outro dia, pelo amor de Deus.

O fato de ela ter admitido seu ciúme me fez ficar bem animado primeiro, mas desanimei rapidamente quando entramos no carro e fomos para casa em silêncio.

Porque percebi: não importava que ela tivesse ciúme; não mudava nada. Ela *ainda* tinha um noivo. *Ainda* escolheu ficar com ele. Ela *ainda* ia embora de Nova York depois que seu contrato acabasse e, provavelmente, se mudaria para a Califórnia. E *ainda* era para eu protegê-la de mim. Eu *ainda* não era o certo para ela.

Lala tinha uma queda por mim. Só isso. Ela gostava de mim porque eu era proibido — o melhor amigo do seu irmão mais velho. No segundo em que ela me tivesse de verdade, não iria mais me querer. A realidade se instalaria rapidamente. Logo, ela iria perceber que eu nunca poderia ser a rede de segurança de que ela precisava.

CAPÍTULO 9

Lala

— Ah, não...

Freneticamente, virei a maçaneta do banheiro para um lado e para o outro pela terceira vez. Mas ainda não adiantou. Era como se alguém tivesse me trancado por fora.

Sentindo um ataque de pânico se formando, agarrei a maçaneta com ambas as mãos e puxei o mais forte que consegui.

Ainda nada.

Alavanca... é de alavanca que eu preciso.

Então coloquei um pé na parede à esquerda da porta e segurei a maçaneta com ambas as mãos de novo. Desta vez, quando a puxei para trás, deixei meu peso fazer o trabalho enquanto eu empurrava da parede.

Funcionou! A maçaneta se mexeu...

Só que a porta não veio junto, e eu voei para trás pelo banheiro, caindo de bunda com a maçaneta na mão...

E a porta ainda fechada.

Merda.

Nem estava com meu celular ali dentro. Sem contar que, provavelmente, eram umas duas da manhã. Eu estivera acordada a noite toda trabalhando na apresentação que faria para o dia seguinte — ou hoje, no caso — para fazer ao comitê, e ainda tinha mais uma ou duas horas de trabalho antes de terminar. Precisava sair logo dali.

Mas mexer nos mecanismos no interior onde a maçaneta costumava estar foi inútil, e a maldita maçaneta não encaixava de volta no lugar. Depois de uns vinte minutos, não tive escolha a não ser tentar acordar Holden. Me senti péssima por fazer isso àquela hora em uma segunda-feira, mas não poderia ficar presa ali a noite inteira. Felizmente, as paredes do nosso banheiro eram adjacentes, embora eu não tivesse certeza de que ele me escutaria. Ou sequer se estava em casa. Porém, precisava tentar.

— Holden!

Bang, bang!

— Holden! É a Lala. Estou presa no banheiro e preciso de ajuda!

Bang, bang, bang!

Isso durou alguns minutos e, de repente, ouvi um barulho dentro do meu apartamento.

— *Lala!*

— Estou aqui dentro, Holden! No banheiro! Estou presa!

— Como assim? — Ele estava do outro lado da porta. — Cadê a maçaneta?

Me abaixei e falei pelo buraco onde era para estar a maçaneta.

— Está aqui dentro comigo. A fechadura emperrou, e a maçaneta saiu nas minhas mãos quando tentei puxar para abrir.

— Certo. Me dê um minuto. Preciso correr até meu apartamento para pegar uma chave de fenda.

— Eu tenho uma agora! Comprei depois do incidente do alarme, para não precisar te incomodar mais. Está na primeira gaveta da cozinha!

— Ok, ótimo. Espere.

Dois minutos depois, a porta se abriu. Só quando vi a expressão de Holden foi que me lembrei de que eu só estava vestindo uma blusinha e calcinha, sem sutiã.

Ele engoliu em seco e deu uma olhada demorada antes de virar a cabeça.

— Desculpe. Não sabia que não estava vestida.

Eu não era a única escassamente vestida. Holden só estava com uma cueca boxer, sua pele bronzeada linda e o tanquinho em exibição total para meus olhos ansiosos, *de novo*. Não consegui parar de encarar. O silêncio se instalou até Holden virar a cabeça de volta, provavelmente para ver por que eu tinha ficado quieta.

— Você est…

Meus olhos encontraram os dele, mas não antes de ele me flagrar secando-o.

Balancei a cabeça e ri de nervoso.

— Desculpe. Não foi minha intenção encarar. Acho que eu só não esperava que você também estivesse de roupa íntima. Me pegou desprevenida.

Holden passou a mão pelo cabelo.

— É, desculpe se olhei para você também.

Eu deveria simplesmente ter saído do banheiro e me coberto com um robe, mas algo em estar perto daquele homem me fazia dizer e fazer coisas que eram totalmente fora da minha personalidade.

— Você se importa se eu… olhar um pouco mais?

As sobrancelhas de Holden se ergueram até a raiz do cabelo.

— Você quer me olhar?

Meu rosto esquentou. Balancei a cabeça e olhei para baixo.

— Ai, nossa. Estou muito envergonhada. Acho que a falta de sono e o estresse de ficar trancada me deixaram meio maluca. É só que, talvez, nós dois tenhamos uma curiosidade reprimida quanto à nossa aparência como adultos. Quero dizer, só tive vislumbres de você sem camisa desde que éramos adolescentes na piscina da minha casa. E você, com certeza, não me vê de calcinha e sem sutiã desde então. Acho que eu estava pensando que, se déssemos uma boa e demorada olhada, de uma vez por todas, podia ser que esquecêssemos isso.

Holden me encarou. Dava para ver as engrenagens rodando em sua cabeça. Em certo momento, seus olhos baixaram para o meu peito.

— Você está sem sutiã...

Balancei a cabeça.

— Sem sutiã.

Ele engoliu em seco.

— Vamos fazer isso.

— Sério?

Ele assentiu.

— Claro que sim. Vou para o inferno, de qualquer forma. Posso, muito bem, aproveitar a descida. Mas você precisa ficar no banheiro, e eu vou ficar deste lado da porta.

— Certo. — Mordi o lábio inferior. — Você olha primeiro.

— Por que não olhamos ao mesmo tempo?

Assenti.

— Boa ideia. Por quanto tempo devemos fazer isso?

Holden deu de ombros.

— Um minuto?

— Está com seu celular?

— Não. Pensei que alguém tivesse invadido e você estivesse sendo atacada. Meu celular foi a última coisa em que pensei.

— O meu deve estar na mesa de centro. Quer pegar para podermos colocar o timer?

Holden se afastou e voltou dez segundos depois.

— Qual é o seu código?

— Zero, sete, um, três.

Ele começou a digitar e, então, congelou antes de olhar para o teto.

— Esse é o dia em que você vai se casar, não é?

Assenti.

Holden xingou quando voltou a digitar.

— Vou *muito* para o inferno.

Ele abriu o app do relógio e, então, virou o celular para me mostrar. A contagem regressiva foi inserida para um minuto. O dedo dele pairou acima do botão verde.

— Está pronta?

Assenti.

Holden apertou o botão, e começamos a nos secar abertamente. Sem ter que roubar olhares, vi coisas que não vira antes — tipo como suas coxas eram musculosas e o caminho sexy de pelo que corria da cintura até acima da cueca no umbigo. Nossa, eu queria traçar isso com minha língua. Depois de uns trinta segundos, Holden me olhou no olho. A voz dele era baixa e tensa quando falou.

— Vire-se.

Engoli em seco e assenti. Felizmente, eu estava com uma calcinha de renda e não com uma calcinha velha e feia. Quando minhas costas ficaram totalmente de frente para ele, Holden gemeu.

— Puta merda. Sua bunda é perfeita pra caralho.

Ele ficou quieto até o timer tocar. Já que eu tinha mantido minhas costas viradas para ele nos últimos trinta segundos, não o tinha olhado por um minuto. Estava prestes a sugerir que eu deveria ter um pouco mais de tempo, quando me virei e meus olhos ficaram presos na boxer de Holden. *Uma puta ereção!*

Holden estava duro ou, pelo menos, *ficando duro*. Ou talvez uma lata de cerveja estivesse tentando escapar da sua cueca...

Vendo meus olhos se arregalarem, Holden olhou para baixo e usou as mãos para cobrir sua virilha.

— *Merda*. Desculpe. Talvez não tenha sido uma boa ideia. Volto em dois minutos.

Ele desapareceu do meu apartamento por, no mínimo, quinze minutos depois disso. Eu tinha começado a pensar que ele não iria voltar quando houve uma batida suave à minha porta. Abri e encontrei Holden totalmente vestido – blusa, meias, calça, até um gorro e luvas. Era exatamente o momento que nós dois precisávamos, porque eu estava com uma roupa combinando, só que eu também tinha combinado meu gorro e as luvas com um cachecol. Nós dois começamos a gargalhar.

— Ai, meu Deus, Holden. — Ronquei, rindo. — Nós enlouquecemos?

Ele se curvou, rindo.

— Acho que sim.

Depois de secarmos as lágrimas dos olhos, Holden ergueu um rolo de fita adesiva.

— Só vou colocar fita adesiva na fechadura para você não ficar presa sem querer de novo. Amanhã vou comprar um kit de maçaneta novo.

Dei um passo para o lado para ele entrar.

— Obrigada.

Quando ele terminou de colar a porta, olhou em volta pela sala de estar. Pilhas de papéis espalhadas por todo o lugar.

— Explodiu uma bomba aqui?

Suspirei.

— Tenho que fazer uma apresentação amanhã... hoje... para o comitê. Ainda preciso finalizar a combinação dos resultados iniciais do laboratório dos participantes e, então, compilar a informação sobre os sujeitos do teste.

— Precisa de ajuda?

— O que eu *deveria ter feito* era ter aceitado a ajuda que minhas duas assistentes ofereceram, mas estava com muito medo da minha primeira apresentação não ficar perfeita. Mas tudo bem. É melhor você voltar a dormir. Desculpe te acordar.

Holden sorriu.

— Acredite em mim, querida. Depois do nosso showzinho, não vou voltar a dormir logo.

Sabia como ele se sentia. Mais cedo, tinha ido ao banheiro para fazer xixi e jogar uma água fria no rosto porque estava começando a dormir enquanto trabalhava. Mas não havia como eu conseguir dormir agora. Além do mais, seria muito boa a ajuda.

— Tem certeza?

— Absoluta. Me diga o que fazer.

Durante a hora seguinte, Holden e eu combinamos os resultados do laboratório e as informações dos arquivos de cadastro dos pacientes. Como era um estudo cego, todo mundo era identificado por número em vez de nome. Era bem ridículo que até agora o laboratório não tivesse me dado uma planilha para que eu pudesse cruzar os dados facilmente. Então, depois de combinarmos os resultados com pacientes, Holden leu os números enquanto eu digitava em uma base de dados.

— Como funciona este estudo? Sei que tem algo a ver com níveis de dopamina e Alzheimer.

— Bom, o sistema de neurônios dopaminérgicos já foi estudado e tem relação com a progressão do Alzheimer. Mas os resultados têm sido bem inconsistentes. Minha teoria é de que precisa ser analisado mais do que apenas a dopamina. Minha pesquisa inicial mostra que baixos níveis de três hormônios combinados, dopamina, ocitocina e noradrenalina, juntos, causam a doença neurodegenerativa. Então meu estudo eleva os níveis dos três hormônios em pacientes com início de Alzheimer para podermos estudar a taxa de progressão da doença.

— Você falou que o sexo eleva os níveis, certo? Então você dá Viagra e coloca um Marvin Gaye?

Dei risada.

— Quase. Dividimos os sujeitos-teste em dois grupos. Um recebe placebo para controle e o outro, os medicamentos verdadeiros que aumentam os níveis dos hormônios.

Holden ficou quieto depois disso. Esperava que minha risada ao comentário de Viagra-e-música dele não o tivesse feito se sentir mal.

— Está tudo bem? — questionei.

— Sim, claro. — Ele arrumou uma pilha de papéis que já estava arrumada. — Estava só me perguntando, você sempre namorou só com caras inteligentes?

— Bem, só namorei dois homens e, coincidentemente, ambos são inteligentes. Então, é, acho que sim.

— Dois homens? — As sobrancelhas de Holden se uniram. — Quer dizer que só teve dois relacionamentos sérios? Mas deve ter saído com outros caras, certo?

Balancei a cabeça.

— Não, só namorei dois homens no total.

— Uau. — Holden piscou algumas vezes. — Então você só... você sabe... com dois homens?

— Na verdade, só dormi com um deles. Saí com o outro por uns meses, mas era jovem, e nosso relacionamento nunca progrediu.

Holden arregalou os olhos.

— Então vai se casar com o único cara com quem já transou?

Quando comecei a corar, ele ergueu as mãos.

— Desculpe. Fui grosseiro. Não deveria ter falado assim.

— Tudo bem. — Apontei para minhas bochechas coradas. — Talvez, se eu tivesse tido mais escapadas sexuais, não ficaria vermelha toda vez que alguém mencionasse a palavra. Juro que, se quer que eu pareça uma maçã, é só falar em *sexo* ou me fazer contar uma mentira.

— Nunca se pergunta como seria? Quero dizer, como sabe se deveria pagar pelo produto se não pesquisou por aí?

— Na verdade, tenho me perguntado isso bastante ultimamente. — Nossos olhos se encontraram. — Na realidade, parece que *não consigo parar* de me perguntar isso.

Holden abriu a boca para falar alguma coisa, mas aí pareceu pensar melhor e assentiu.

Tirei uma mecha de cabelo de detrás da orelha.

— Posso te fazer uma pergunta pessoal?

— Vou te contar o que você quiser saber.

— Com que frequência você... cuida de si mesmo?

Os olhos de Holden foram para os meus lábios antes de voltarem a encontrar os meus.

— Está me perguntando com que frequência me masturbo?

Assenti.

Ele deu de ombros.

— Depende. Se estou sexualmente ativo, não com frequência. Mas, se estou passando por uma seca, talvez dia sim, dia não? Acho que também depende do quanto estou me sentindo frustrado e do quanto minha imaginação está fértil. — Ele se fixou nos meus olhos, e sua expressão ficou séria. — Tem dias que não consigo parar de imaginar como seria com uma pessoa em particular. Nesses dias, pode ser que eu tome uns três banhos.

Engoli em seco.

— Já se apaixonou, Holden?

Ele pensou na sua resposta em silêncio por um instante.

— Acho que sim. Uma vez.

— O que aconteceu?

— Nada. — Holden olhou para baixo. — Ela está com outra pessoa.

Assenti de novo.

— É minha vez de te perguntar uma coisa? — ele indagou.

— Claro.

— Se estivesse apaixonada por alguém, e essa pessoa estivesse com outra, você contaria a ela como se sente mesmo assim?

— Acho que depende. Se eu achasse que a pessoa pudesse me amar também... — Assenti. — É, talvez eu contasse. Acho que pode acabar pagando de bobo, mas o arrependimento dura para sempre.

Quando olhei para cima, Holden estava me encarando com tanta intensidade que parecia que todo o resto na sala tinha desaparecido. Nós dois estávamos em um corredor estreito em que a força magnética em direção a ele era superforte. Tive o desejo muito forte de me inclinar e pegar seu lábio inferior com meu dente e puxar. Forte.

Percebi que tinha começado a me inclinar para a frente, então pisquei e coloquei um pouco de senso de volta na minha cabeça e me endireitei.

— Eu, ãh, preciso mesmo terminar minha apresentação. Obrigada pela ajuda. Posso assumir a partir de agora.

Holden forçou um sorriso, mas vi tristeza dançando em seus olhos.

— Claro. Sem problema. Vou embora. Boa noite, Lala.

Na manhã seguinte, guardei tudo que precisava para a apresentação em três caixas. Centenas de páginas individuais tinham sido resumidas perfeitamente em doze slides, mas eu gostava de levar os materiais da fonte no caso de alguém ter dúvidas. Quando coloquei no topo a última caixa, vi algo saindo de debaixo do sofá, então o tirei.

A carteira de Holden.

Na noite anterior, ele ficara sentado no chão de costas para o sofá. Eu precisava devolvê-la antes de sair, mas não pude deixar de ser xereta e olhar dentro. Sem surpresa, encontrei duas camisinhas e telefones de algumas mulheres rascunhados em guardanapos, além de cartões de crédito, carteira de motorista e notas de vinte. Assim que estava prestes a fechá-la, um vinco de couro dentro se abriu, e percebi que havia um bolso escondido atrás de uma lateral. Como eu já estava sendo uma porcaria de amiga e violando sua privacidade, enfiei o dedo no bolso. A foto que tirei de lá fez meu coração doer.

Éramos eu, Ryan e Holden no dia da minha formatura de ensino médio. Me lembrava como se fosse ontem. Ryan tinha sido diagnosticado algumas semanas antes, mas ninguém havia me contado até a semana depois da formatura. Eles não quiseram arruinar meu grande dia, já que eu era oradora da turma.

Aproximando mais a foto para analisá-la, olhei o rosto do meu irmão, procurando qualquer sinal de que ele estivesse doente. Mas ainda não havia nenhum visível. Meus olhos foram para Holden. Ele estava bem do jeito que me lembrava dele na época, que não era tão diferente de agora — cabelo bagunçado, sorriso torto que fazia você pensar que ele estava tramando algo e olhos que te faziam sentir que era a única mulher do mundo.

Era estranho Holden ter guardado essa foto. Ele devia ter um milhão dele e de Ryan sozinhos ou, melhor ainda, dele e de todos os caras. Eu me atrasaria para a apresentação se não me apressasse, então teria que refletir sobre isso mais tarde. No momento, precisava deixar a carteira no vizinho e ir trabalhar.

Holden atendeu vestindo uma calça de moletom baixa e sem camisa.

Meus olhos, imediatamente, encontraram o caminho estreito de pelo que se erguia até sua barriga entre seus músculos V definidos. Aparentemente, aquela sessão de encarar de um minuto na noite anterior não tinha sido suficiente.

Holden ergueu uma sobrancelha com uma careta.

— Viu algo que gostou?

Revirei os olhos.

— Ai, meu Deus. Você é atraente. Eu olhei. Uau mesmo. Não tenho tempo para isso. — Peguei a carteira do topo das caixas que tinha colocado no chão e praticamente a lancei para ele. — Aqui está sua carteira. Eu a encontrei onde você estava sentado ontem à noite. Pensei que pudesse precisar dela. — Me abaixei, peguei as três caixas e comecei a andar na direção do elevador. — Tenha um bom dia — gritei sem me virar. — Preciso ir ou vou me atrasar.

— Espere aí. — Holden saiu do apartamento. — Como vai chegar no trabalho com toda essa droga? Normalmente, você vai de trem.

— Não tem estacionamento perto do meu escritório. Geralmente, ando menos se pegar o trem.

— Espere. Vou te levar. Estou com a van estacionada bem na esquina.

Eu ia discutir, mas Holden desapareceu dentro do apartamento e voltou com as chaves. Ele ainda estava puxando a camiseta por cima da cabeça quando as portas do elevador se abriram. Assim que entramos, ele pegou as caixas das minhas mãos.

— Sou perfeitamente capaz de carregá-las — eu disse.

— Sei que é. — Ele deu de ombros. — Mas seu irmão me mataria se visse você assim e eu de mãos vazias. Além do mais, pode não acreditar porque acha que sou um puto, mas, no fundo, sou um cavalheiro.

Sorri.

— Certo. Obrigada.

Fizemos três quartos do trajeto até meu escritório com conversas aleatórias, mas, então, paramos em um semáforo e Holden olhou para mim.

— Obrigado por me devolver minha carteira.

— Por nada.

— Você olhou dentro?

— Não — respondi, concisa. Só que meio concisa *demais* e *muito* rápido. Infelizmente, eu era uma péssima mentirosa e senti meu rosto começar a esquentar sob o olhar de Holden.

Vamos, semáforo... Vamos, semáforo... mude logo.

Mas não aconteceu rápido o suficiente. Um sorriso lento e presunçoso se abriu no rosto de Holden, e ele apontou para mim.

— Mentirosa!

— Ai, meu Deus! — Cobri o rosto com as mãos. — *Certo, olhei.* Xeretei, ok? Não consegui me conter, embora soubesse que era errado.

Ele balançou a cabeça conforme o semáforo ficou verde.

— A doce Lala Ellison, mais conhecida como a boazinha, acabou se mostrando uma criminosa.

Meu rosto estava vermelho brilhante quando afastei as mãos.

— Sinto muito mesmo, Holden. Pode me perdoar?

Ele olhou para mim com um sorriso malicioso.

— Claro que posso.

Respirei de alívio.

— Obrigada. Pensei que fosse dificultar para mim.

Holden deu a seta ao nos aproximarmos do meu escritório. Ele ergueu o dedo indicador.

— Não tão rápido. Não tinha terminado minha frase. O que eu ia dizer era, claro que posso te perdoar, assim que eu conseguir invadir *sua* privacidade.

— Invadir minha privacidade? O que isso envolve?

Holden parou em uma vaga em frente ao meu escritório e colocou a van em ponto-morto. Estendeu sua mão direita.

— Deixe-me ver sua bolsa. *Olho por olho.* Vou ver o que guarda aí dentro. Aí estaremos quites, e vou te perdoar.

— O quê? Não! — Nem pensar que eu ia deixar que ele olhasse dentro da minha bolsa, principalmente porque ainda não a tinha arrumado da viagem.

Mas Holden se esticou e pegou a bolsa do meu colo. Imediatamente, a trocou para a mão esquerda e a segurou fora do meu alcance. Avancei para pegá-la, mas o maldito cinto me fez recuar no assento.

— Holden, me devolva!

— Ah? Você tinha algo particular aqui dentro? Como *as coisas na minha carteira*?

Com meu pânico, demorei mais do que o normal para soltar o cinto.

Mas, quando o fiz, pulei do assento e peguei a bolsa. Holden estava rindo e sorrindo. Eu a arranquei das mãos dele, mas a alça ainda estava presa no braço dele, o que deu um puxão para trás inesperado, e minha bolsa caiu de cabeça para baixo, espalhando todo o conteúdo...

Inclusive meu vibrador.

Meu.

Vibrador!

Congelei.

Holden arregalou os olhos.

E claro que, Holden sendo Holden, ele se esticou para baixo e o pegou.

— O que temos aqui, adorável Lala? — Ele o balançou entre nós. — Estava usando esta varinha mágica enquanto assistia a pornô depois que fui embora ontem à noite?

Eu tinha praticamente certeza de que meu rosto estava brilhando com fogo. Arrancando-o das mãos dele, eu o enfiei de volta na bolsa e abri a porta da van.

— Eu não estava assistindo a pornô ontem à noite! *Você* estava assistindo a pornô enquanto se masturbava ontem à noite? Está projetando sua consciência culpada em mim agora?

— Não, senhora. Ultimamente, não tenho assistido a pornô. — Os olhos de Holden baixaram para os meus lábios. — Estou ocupado demais pensando na única mulher que nunca poderei ter enquanto bato uma.

Só havia um jeito de responder a esse comentário. Pulando para fora, segurei minhas caixas, depois a maçaneta da porta e... *pá*!

CAPÍTULO 10

Holden

Pensar no que Lala faz com aquele maldito vibrador era a única coisa que conseguia me fazer gozar ultimamente. Acredite em mim, eu *queria* que outra mulher captasse minha atenção. Essa fixação pelo fruto proibido de Lala não era saudável, e era hora de eu seguir em frente; só não sabia como. Quanto mais tentava não pensar nela, mais eu pensava.

Essa semana toda, tentei de novo dar um espaço entre nós. Mas, como sempre, a necessidade de vê-la, em certo momento, me vencia. Eu sempre me convencia de que, *desta vez*, seria inocente. Assim como essa noite, quando eu decidira bater à porta dela para ver o que estava fazendo e se, talvez, queria pedir alguma coisa para comer.

Para minha surpresa, quando ela abriu a porta, não estava sozinha. Havia uma mulher lá que eu nunca tinha visto.

Lala arregalou os olhos.

— Holden.

— Oi. — Me virei para a amiga dela. — Quem é essa?

A garota de cabelo escuro respondeu antes de Lala:

— Sou Tia. E, *claramente*, Laney esteve me escondendo algo.

Lala pigarreou.

— Tia é uma das minhas assistentes do trabalho e amiga.

— Ah, sim. Certo. — Assenti. — Prazer te conhecer.

Lala se virou para ela.

— Holden é um dos meus melhores amigos e meu vizinho de porta.

— E às vezes a resgato de veículos quebrados e portas emperradas. — Dei uma piscadinha.

— Talvez eu tenha que fingir um acidente para você poder *me* resgatar. — Tia deu risada.

Bom, está certo. Essa mulher era bem ousada. Ela também estava praticamente me fodendo com os olhos.

Enquanto isso, o rosto de Lala ficou vermelho como uma beterraba. Claro que eu poderia ter facilitado para ela e ido embora imediatamente. Mas estava meio que curtindo o fato de que eu estar lá a deixava toda encabulada.

Ela, finalmente, deu um passo para trás, me permitindo entrar no apartamento, e fiquei à vontade, apoiando o braço no sofá.

— O que estão fazendo nesta linda noite de sexta-feira?

— Na verdade — Lala respondeu —, estamos nos arrumando para sair para dançar.

— Ah, legal. — Assenti. — Vocês merecem se divertir. Você não saiu com amigos, além de mim, desde que chegou aqui, pelo que consigo me lembrar. Certo?

— Bom, não tenho muitas amigas aqui.

Lala estava muito bonita, vestida, de novo, com uma saia preta de couro e camisa de um ombro só da Debbie Harry. Seu cabelo também estava bastante selvagem – bem do jeito que eu gostava. Sua amiga usava um vestido justo verde com botas de couro de cano alto. Elas estavam vestidas para o club.

— Aonde vocês estão indo? — perguntei.

Lala olhou para a amiga em busca de ajuda. Não era ela que estava fazendo os planos.

— Zanzibar — Tia disse. — Conhece?

— Sim. Conheço praticamente todos os clubs.

— Você é o baterista, certo? — Tia sorriu.

— Correto. — Assenti.

— Deu para perceber.

— Porque pareço mendigo ou algo assim?

— Não, porque você é super gostoso. A maioria dos bateristas que conheço são.

Lala parecia pronta para derreter, então resolvi acabar com a vergonha dela.

— Enfim, moças. É melhor eu deixar vocês se arrumarem. Espero que se divirtam. Só queria ver como estava e falar oi, Lala, já que faz uns dias.

Lala se endireitou, parecendo aliviada por eu estar a meio caminho para fora.

— Ok.

Mas então sua amiga me chamou.

— Espere! Por que não vem com a gente? Quanto mais, melhor!

Me virei.

— Não, não quero atrapalhar a noite das garotas.

— Mas *não* é noite das garotas. — Ela se virou para Lala. — Você já convidou um dos outros garotos, não foi?

Paralisei. *Espere. Como assim?* Estreitei os olhos.

— É mesmo...

— Ãh... — Lala suspirou. — Brayden vai sair com a gente, sim.

Que porra era essa? Respirei lentamente para me acalmar. Antes de ficar bravo, me ocorreu que, talvez, ela estivesse tentando juntar Brayden com sua amiga; provavelmente, essa seria a única desculpa com a qual eu não ficaria completamente ofendido. Mas, mesmo assim, ela poderia ter me pedido para ir junto também. Ela havia escolhido não fazê-lo.

Tia recebeu uma ligação e foi para o canto do apartamento a fim de conversar em particular. Aproveitei a oportunidade para encher o saco de Lala.

— Então... — Cruzei os braços. — Brayden. Desde quando o convida para sair com você?

— Ok... — Ela suspirou. — Sei que parece estranho, principalmente porque não te contei. Mas Tia me pediu para apresentar a ela um dos meus amigos solteiros. E Brayden foi a primeira pessoa que me veio à mente.

Resolvi mexer com ela.

— Interessante. Porque *eu* estou solteiro. Por que você não iria querer apresentá-la a *mim*? — Estalei o dedo. — Ah, deixe-me adivinhar. Você acha que sou muito puto ou algo assim? Então escolheu Brayden? — Meus olhos queimaram os dela. — Ou... é outra coisa, Lala?

O que parecia uma leve alergia começou a se formar em seu pescoço conforme ela baixou a voz.

— Não sei por que escolhi Brayden. E eu sabia que ela iria querer você se te visse. Eu só...

Antes de avançarmos, Tia voltou da ligação. Agora que eu sabia que o porra do Brayden iria sair com elas, resolvi aceitar a oferta de Tia.

— Sabe de uma coisa? — Abri um sorriso maldoso. — Não tenho planos para esta noite. Se não é uma noite de garotas, acho que *vou* junto, afinal. — Me virei para Lala. — Se você não se importar.

Lala respirou fundo e deu de ombros.

Meia hora depois, estavam todos a bordo do Expresso Desastroso, também conhecido como um Uber SUV que Brayden tinha chamado para nos buscar. Acabou sendo um grupo maior do que eu previra, já que Brayden tinha resolvido convidar Owen, que, aparentemente, tinha uma rara noite de folga quando não estava atolado de trabalho. Mas tive que me perguntar, se Owen quis ir meramente para ficar de olho em mim quando se tratava de Lala. Tinha quase certeza de que era isso.

Brayden parecia meio interessado em Tia, fazendo perguntas a ela sobre seu emprego e abrindo aquele sorriso galanteador pelo qual ele era conhecido. Mas, infelizmente, Tia só parecia ter olhos para... mim. *Ops.* Além de ter pedido a Lala para trocar de lugar para se sentar ao meu lado, ela também ficava colocando a mão no meu joelho ao falar. Eu não era de ficar desconfortável com essas coisas, mas me sentia estranho porque vi que Brayden estava ficando irritado. Ele era competitivo às vezes — principalmente quando se tratava de eu roubar sua garota. Mas sabe quem era a pessoa que estava ficando ainda mais irritada? Dê um palpite. *Sim.* Lala estava ali sentada parecendo brava, e seus olhos ficavam pousando na mão de Tia quando ela me tocava.

Owen estava sendo Owen e parecia desinteressado na coisa toda depois de ter se obrigado a sair. Ele, com certeza, não estava expressando interesse em Tia. Provavelmente, era um dos caras mais exigentes que eu conhecia. Precisava ser tanto estimulado mentalmente quanto estar atraído fisicamente por alguém. No passado, eu fora o oposto: não me importava se uma garota gostosa fosse inteligente. Mas ultimamente? Entendia como Owen se sentia. Inteligência *e* beleza me conquistavam nos últimos tempos. Mais especificamente, cientistas com cabelo cacheado e bagunçado que usavam calcinhas sexy e carregavam vibradores na bolsa.

Quando chegamos ao club, a dinâmica foi esquisita, no mínimo. Tia continuou perto de mim, embora eu fizesse meu máximo para parecer desinteressado. Meus olhos vagueavam pelo club conforme ela não parava de falar, e eu olhava para qualquer lugar, exceto para ela. Essa garota simplesmente não entendia a deixa. Claramente, também não conseguia ver que estava irritando sua amiga. Lala tinha um olhar permanente de irritação.

Tia voltou do bar com uma bebida — eu havia recusado sua oferta de pegar uma para mim.

— Quer dançar, Holden?

— Não, estou bem — respondi a ela. — Mas obrigado por perguntar.

Finalmente, esse foi o início do fim. Tia começou a se afastar de mim — ainda bem —, passando mais tempo conversando com Lala enquanto caçava carne fresca. Brayden já tinha começado a conversar com uma garota que conhecera, então havia desistido de Tia há um tempo.

Quando Lala e Tia foram ao banheiro, Owen se sentou ao meu lado.

— Imagino que alguém vá transar esta noite — ele disse, erguendo uma sobrancelha. — Essa Tia não fez questão de esconder que quer você.

Tentei não fazer careta ao responder.

— É, bem, não estou interessado.

Ele arqueou uma sobrancelha.

— Ah, é? Por que não se interessaria por uma gostosa daquela?

— Não sei. Me diga você. Por que *você* não está interessado nela?

— Vamos, Holden. Pare com essa merda. Você sabe que, normalmente, não sai e *não* paquera com um bilhão de mulheres. Você não tem olhado para ninguém porque seus olhos têm ficado em Lala a noite inteira. De novo, você vai se meter em encrenca.

De repente, Brayden apareceu ao nosso lado, colocando a mão no ombro de Owen.

— Quem está encrencado?

Owen estava prestes a contar para Brayden quando Lala e Tia voltaram do banheiro, interrompendo a conversa. Fiquei emburrado pelos minutos seguintes. Mais uma vez, Owen tinha conseguido me irritar, então resolvi descontar nele chamando Lala para dançar. Isso matava dois coelhos com uma cajadada só: irritar Owen e ter uns minutos para conversar com ela em particular, algo que eu não tinha conseguido fazer a noite toda.

— Lala, vamos dançar. — Eu a puxei gentilmente pelo braço para a pista de dança. Mal conseguíamos nos mexer com a música no meio da multidão suada. — Desculpe — pedi a ela.

— Pelo quê? — ela gritou sobre o barulho.

— Desculpe estragar sua noite. Sei que minha vinda te deixou desconfortável. Foi uma babaquice. Fiquei bravo por você ter convidado Brayden e não eu. Mas deveria ter confiado no seu julgamento nisso. Você queria arrumá-lo para sua amiga e não precisava que eu estragasse isso. Eu não deveria ter agido como a porra de uma criança.

— Tenho praticamente certeza de que fui *eu* que agi como criança, porque ela quer você, e isso está me irritando. — Ela secou a testa. — Não tenho o direito de te prender, Holden, só porque você e eu ficamos estranhos ultimamente.

— Só para você saber, eu não ficaria interessado nela de qualquer forma... mesmo que não fosse sua amiga. Ela não faz meu tipo. E entendo por que você não tentou arrumá-la para mim. Eu, com certeza, não teria arrumado alguém para *você*. — Esclareci: — Você sabe, se já não estivesse noiva.

Lala estivera carregando sua bolsa junto a noite toda. No momento, ela agia como uma barreira entre nós conforme dançávamos.

Olhei para baixo.

— Tem um vibrador na sua bolsa ou você só está feliz em me ver?

Ela a apertou com mais força.

— Muito engraçado.

— Eu tento.

— Você é engraçado. — Ela revirou os olhos, mexendo um pouco os quadris. — Queria não te achar tão divertido.

Me inclinei e falei no seu ouvido:

— Acho que você pensa que sou um pouco *mais* do que divertido.

Ela balançou a cabeça lentamente.

— Admitir minha atração por você foi um erro enorme, sem contar que foi totalmente inapropriado.

— Não se preocupe. Vai voltar para a Filadélfia... ou pior, vai para a Califórnia... e toda esta tensão estranha entre nós será somente uma lembrança. Fora de vista, fora do pensamento.

Por mais que isso servisse para reconfortá-la, as palavras deixaram um gosto amargo na minha boca.

Porque eram a verdade.

Eu era só o puto que ela achava tentador, não o cara com quem acabaria ficando.

No fim da noite, Tia estava bêbada. Owen estava ainda mais entediado e não impressionado. Brayden havia trocado número de telefone com aquela garota com quem estivera conversando. E eu? Estava dolorosamente sóbrio. Não sei muito bem por quê, mas sentia que, se me embebedasse, poderia dizer ou fazer algo *ainda* mais idiota do que já tinha feito. Então, me limitara a uma cerveja. Lala bebeu uma vodca com cranberry, seguida de um Shirley Temple que ela não fazia ideia de que era Shirley Temple.

Deixamos Tia primeiro para garantir que ela chegasse em casa em segurança. Então nós quatro voltamos para o prédio.

Quando entramos, Brayden foi na frente do grupo para seu apartamento enquanto Owen parecia estar me seguindo de volta para o meu, então decidiu se demorar em frente ao meu. Eu sabia que ele estava fazendo isso porque queria garantir que eu fosse para a minha casa, e não para a de Lala, ou vice-versa. Deus, ele era tão otário às vezes.

Mas, mesmo quando Lala tinha dado boa-noite para nós dois e desaparecido em seu apartamento, Owen ainda permaneceu.

— Posso te ajudar em algo? — perguntei quando ele me seguiu para dentro.

— Só estou garantindo que você não faça nenhuma idiotice, meu amigo.

— Não precisa ficar de babá.

— Não estou sendo sua babá. Só estou cuidando da irmãzinha de Ryan.

Abri a geladeira para pegar água.

— O que te faz pensar que não aproveitei as inúmeras oportunidades que já tive de seduzi-la? Você parece pensar que não sou confiável quando só o que tenho feito é me comportar muito bem. Na verdade, me comportar bem está quase me matando.

— Não acredito que você deixaria passar uma oportunidade de atacar se ela cedesse aos seus encantos.

Ele não fazia a menor ideia. Bati a garrafa de água no balcão.

— Você tem alguma ideia do quanto já me contive, Owen? Deixe-me te contar! — Pausei, me dando uma última chance antes de dizer *foda-se.* — Dormi na mesma cama que ela naquela noite em que tivemos que ficar em um hotel juntos. Porque *ela* insistiu que eu não dormisse no chão. Então, um tempo depois de dormir, sem saber, ela empurrou a bunda bem no meu pau. Sabe o que fiz? Me mexi. Me distanciei dela. Foi a coisa mais difícil que já tive que fazer além de enterrar meu melhor amigo. Então me diga que não me contive — esbravejei. — Me diga!

Parei pouco antes de contar sobre a exibição mútua e com tempo limitado que ela e eu tínhamos feito. *Detalhes.* Que eu *levaria* para o túmulo.

Owen continuou piscando, como se tentasse processar.

— Vocês dormiram na mesma cama?

— Foi nessa parte que você prestou atenção? Não ouviu todo o resto que acabei de falar?

— Sim. Ouvi, e ainda não consigo acreditar. No fim, foi decisão sua deitar naquela cama, mesmo que tenha sido sugestão dela.

— Me processe por querer dormir em uma cama quente. — *Com Lala.*

Ele apontou para o teto.

— Você sabe que, provavelmente, Ryan consegue ver tudo que está fazendo de onde quer que ele esteja?

Por mais que essa ideia tenha me feito encolher, retruquei:

— Sabe de uma coisa, Owen? Se ele realmente *pudesse* ver dentro da minha cabeça, saberia o quanto estou tentando ao máximo fazer a coisa certa e controlar minhas ações. Sentimentos? Não são tão fáceis de controlar. Tomei uma decisão de não passar de um certo limite com ela porque está noiva. Por causa dos meus sentimentos por ela, andei na corda bamba... admito. Mas não *ultrapassei*, embora queira isso há muito tempo. Você tem que me dar crédito por isso.

Owen só ficou ali, balançando a cabeça. Então esfregou os olhos e murmurou:

— Sabe de uma coisa? Está tarde. Vou dormir.

Fiz careta.

— Adoro calar sua boca quase tanto quanto adoro provar que está errado. E quando consigo fazer as duas coisas ao mesmo tempo? Ainda melhor.

— Não fique confiante demais, idiota. — Ele apontou para seus olhos e depois para mim. — Ainda vou ficar de olho em você.

Mostrei o dedo do meio para ele.

— Aqui está uma ideia. Por que não encontra uma mulher para você para não se meter constantemente na minha vida?

— Encontre alguém que me interesse — ele disse ao abrir a porta para ir embora.

— Vou ter que ir para Marte — gritei conforme ele seguiu para o corredor. — Porque você é o imbecil mais exigente da face da Terra.

Me sentindo agitado depois de ele ir, tomei um banho antes de dormir. Mas ainda estava bem acordado quando me sentei e me recostei na cabeceira.

Então Lala me enviou uma mensagem.

Um flash de pânico me atingiu quando me preocupei de ela ter ouvido nossa conversa pela parede. Mas a mensagem era sobre outra coisa.

Lala: Por que você tem uma foto de mim, você e Ryan na carteira?

Ah. Quando ela tinha admitido ter xeretado na minha carteira, eu ficara mais preocupado com as camisinhas lá dentro e nem tinha pensado naquela foto. Eu poderia ter falado a verdade — que amava seu sorriso naquela foto e que me fazia feliz ter duas das minhas pessoas preferidas na mesma foto. Mas, então, me lembrei do meu juramento para Owen — que eu faria tudo que podia para não encorajar nada entre nós enquanto ela estivesse noiva. Eu precisava me manter na linha.

Então menti.

Holden: Acho que só gosto do jeito que estou nela.

Os pontos se moveram conforme ela digitava.

Lala: Convencido, hein?

Holden: É. Foi mal. Sou assim ;-)

Após um minuto, chegou outra mensagem.

Lala: Desculpe se tornei as coisas esquisitas esta noite.

Holden: Você sempre foi esquisita. É uma das coisas que amo em você.

"Amo" em você? *Sério, Holden?*

Lala: Falando em esquisito... Owen estava agindo esquisito esta noite.

Ótimo. Estava torcendo para que ela não tivesse percebido que ele estava me policiando.

Holden: Ele só está se certificando de que eu não te meta em encrenca.

Lala: Você tem sido um anjo, Holden. Eu sou o problema.

Era um saco ela se culpar quando era eu que estivera flertando com ela e a encorajando esse tempo todo. Era uma via de mão dupla — e eu direcionava o trânsito.

Holden: Não se repreenda por se divertir um pouco em uma cidade nova. Só se é jovem uma vez. E, por mais que pense que está sendo "má", não está, na verdade.

Não consegui deixar de adicionar mais uma coisa.

Holden: Acredite em mim, se um dia realmente passássemos do limite, você saberia.

CAPÍTULO II

Lala

— Mãe! Ai, meu Deus. O que está fazendo aqui?

Minha mãe era a última pessoa que eu tinha esperado ver do outro lado da minha porta logo cedo em uma manhã de sábado. Infelizmente, senti uma pontada de decepção, já que pensara que pudesse ser Holden.

Minha mãe ergueu os braços.

— Surpresa! Vim te levar às compras.

— Compras? — Franzi a testa. — Para quê?

Ela deu um passo à frente e me abraçou.

— Para vestidos de noiva!

Ah.

Aff. Vestidos de noiva.

Não era exatamente isso que eu estava a fim de fazer, mas não quis deixar minha mãe mal. Além do mais, *deveria* estar empolgada para comprar o vestido.

— Uau. Ok. Que... incrível. — Gesticulei para ela entrar. — Entre, entre.

Minha mãe uniu as mãos.

— Marquei um horário para você na Kleinman's para meio-dia hoje.

— Sério? — Pisquei algumas vezes. Quando eu tinha ficado noiva, havia encontrado uns vestidos de noiva de que gostei em revistas de noiva, e parecia que todos eram da Kleinman's, em Manhattan. Eu tinha tentado marcar um horário, mas estavam lotados por até três meses.

— Fez isso há muito tempo?

Minha mãe balançou a cabeça.

— Me cadastrei para ser notificada sobre qualquer cancelamento de última hora. Ontem à noite, recebi uma mensagem de que um horário havia ficado disponível para hoje, então aqui estou eu.

Ela era a melhor mãe do mundo, e eu estava feliz em vê-la, mesmo que pensar na compra do vestido me deixasse meio enjoada. Provavelmente, eu superaria isso assim que começasse a prová-los.

— Não acredito que está aqui. — Sorri. — Muito obrigada, mãe.

Duas horas depois, eu estava de pé em um pedestal redondo vestindo o Vera Wang com a parte inferior de tule que eu adorara em uma revista. Os olhos da minha mãe lacrimejaram.

— Ai, meu Deus, Laney. Você parece uma princesa.

Encarei meu reflexo no espelho. O vestido era lindo, e coube em mim como uma luva. Ainda assim, alguma coisa não parecia certa.

— É muito lindo, mas ainda não sei se é o certo, mãe.

— Sério? — Ela forçou um sorriso. — Bem, você precisa do *certo* quando se casa com o *certo*, então vamos ter que continuar procurando.

Provei mais uma dúzia de vestidos, e a cada um que passava era mais difícil de olhar no espelho. Estava me deixando tão estressada que a alergia que sempre tenho quando ficava ansiosa apareceu.

Minha mãe percebeu.

— Ah, querida, seu pescoço está todo vermelho.

Cobri a pele com a mão.

— Acho que o tecido desse último vestido pode ter irritado um pouco. Está tudo bem.

Mas, quando saímos da loja, a alergia cobria meu peito, meu pescoço e a parte superior das minhas costas. Tínhamos falado para a vendedora que eu iria pensar em alguns vestidos que tinha gostado bastante e que entraríamos em contato em breve. Então minha mãe e eu fomos almoçar em uma pequena cafeteria no fim do quarteirão. Nós duas pedimos saladas Caesar de frango e uma taça de vinho branco.

— Está tudo bem, querida? — Minha mãe inclinou a cabeça para o lado. Ela era muito boa em me interpretar. — Você parece meio preocupada hoje. Triste, até.

Balancei a cabeça.

— Desculpe. Não estou triste. Talvez meio cansada. Saí com minha amiga Tia ontem à noite. — Omiti que os garotos tinham ido junto. — E... as coisas têm sido corridas no trabalho. Acho que está me sobrecarregando mais do que percebi.

Minha mãe ficou quieta por bastante tempo.

— Tem certeza de que não está tendo dúvidas quanto ao casamento?

Encarei minha mãe, tendendo a dizer que ela estava louca e que *claro* que eu não estava com dúvidas. Mas quando tentei fazer meu maxilar se mexer para falar, começaram a escorrer lágrimas pelas minhas bochechas.

— Ah, não... — Minha mãe arrastou sua cadeira para mais perto e segurou minha mão. — Converse comigo. O que está havendo? Você está bem? Aconteceu alguma coisa com Warren? É a possível mudança para a Califórnia?

Comecei a balbuciar enquanto lágrimas grandes desciam pelo meu rosto.

— Eu juro, mãe... Não queria que acontecesse isso, mas não consigo parar de pensar em outro. Tenho umas fantasias... Warren é o único homem com quem estive. Então como posso ter certeza de que ele é o certo? Tipo, amo frango, e, se sempre comi somente frango, provavelmente ficaria feliz porque é bom, sabe? Mas carne é extremamente deliciosa, e se nunca provasse carne para saber de que gosto mais do que frango? Significa que frango é menos bom? Ou eu passaria o resto da minha vida entediada comendo frango? E se frango não for suficiente para eu comer pelo resto da minha vida? — Me senti meio em pânico. — Preciso comer carne, mãe? *Preciso?* Você me diria se precisasse, certo?

Minha mãe sorriu e deu um tapinha na minha mão.

— Acho que o que está perguntando é se é normal fantasiar sobre outro homem. Estou certa, querida? Porque gosto mais de carne de porco do que de frango ou carne vermelha, então, se não é isso que está perguntando, acho que posso estar ainda mais confusa do que você.

Dei risada e sequei minhas bochechas úmidas.

— Tenho tido uns sonhos com um cara daqui de Nova York. É normal?

— Bom, espero mesmo que seja, porque tive uma queda por George Clooney por anos. Seu pai pensa que gosto quando ele usa smoking porque significa que vamos sair para algum lugar chique, mas, na verdade, é porque me faz lembrar de George. — Minha mãe se inclinou mais para perto e baixou a voz. — Uma vez, o noticiário fez a cobertura da visita dele à Casa Branca durante um jantar. Gravei a matéria e assisti um monte de vezes.

Mas George Clooney não morava a uma parede fina da minha mãe...

E George Clooney não falava como a bunda dela era perfeita...

E eu tinha praticamente certeza de que ela não dormira na mesma cama que ele.

— Acho que um pouco de fantasia sobre outros homens é normal — minha mãe continuou.

Um *pouco*? Mas não uma obsessão vinte e quatro horas por dia, certo?

— Mas como sabe quando é demais?

— Acho que quando envolve sentimentos de verdade. Posso olhar para o sr. Clooney o dia todo, mas não sinto algo de verdade por ele. Há uma diferença entre fantasia de brincadeira em nossa cabeça e traição emocional. Não pode se sentir culpada porque tem um ou dois sonhos sensuais com um homem bonito. Pensamentos são apenas pensamentos, querida. A menos que esteja considerando tomar uma atitude quanto a eles, você não está fazendo nada errado.

Mas eu tinha agido, não tinha? Mesmo que não tivesse traído tecnicamente, eu havia passado um pouco do limite em mais de uma ocasião — dormindo em uma cama com Holden, olhando para ele praticamente nu —, deixando que *ele* olhasse para *mim*. Quando analisava bem, esse era o verdadeiro motivo pelo qual me sentia horrível provando um vestido de noiva. Era um lembrete gritante dos pensamentos *impuros* sobre Holden que pareciam não sair da minha cabeça ultimamente.

— É normal ficar nervosa antes do casamento, querida. É mesmo, sério. Não deveria ser tão dura consigo mesma por causa de umas fantasias inocentes.

O problema era que nada disso era inocente. Mas eu não queria decepcionar minha mãe ou fazê-la pensar menos de mim contando toda a verdade. Então assenti.

— Obrigada, mãe. Desculpe se estraguei nossa ida às compras ou se joguei um balde de água fria no almoço. Tem razão. Tenho certeza de que é só o nervosismo antes do casamento.

Felizmente, consegui não chorar nem ter mais alergia pelo resto do almoço. Mas, quando saímos do elevador, eu sabia que isso estava prestes a mudar.

Holden estava fechando a porta do seu apartamento.

Minha mãe me conhecia bem demais, e ela conseguiria enxergar o que estava acontecendo na minha cabeça só pelo jeito que eu *olhava* para Holden. Ainda assim, não havia como evitá-lo. Ele se virou, e o rosto da minha mãe se iluminou quando ela saiu do elevador.

— Holden Catalano! Como você está, querido? — Ela se aproximou e lhe deu um grande abraço. Ela segurou os ombros dele. — Você está maravilhoso. Mas sempre foi um menino bonito. Há quanto tempo não nos vemos?

O sorriso de Holden foi genuíno.

— Faz tempo demais, sra. E. Faz muito tempo mesmo.

— Deve fazer, no mínimo, cinco anos?

Ele balançou a cabeça.

— Não sei como isso é possível, já que a senhora parece mais jovem do que da última vez que a vi.

Minha mãe acenou para ele, mas pude ver que gostou do elogio. Holden tinha essa certa *vibe* indescritível que encantava mulheres dos oito aos oitenta.

— Para onde estava indo? — minha mãe perguntou. — Quero saber tudo sobre o que você está fazendo.

Holden sinalizou com os olhos para a caixa de ferramentas que eu não tinha notado em sua mão.

— Ia subir para o quarto andar para consertar um depósito de lixo. Há umas crianças de uma das unidades que estão me dando o gostinho de como, provavelmente, eu era aos treze anos. Aqueles pirralhinhos indisciplinados vivem para se divertir. Não ficaria surpreso se eu for lá em cima e um sapo pular do depósito.

— Oh, nossa. Bem, entre para uma taça de vinho primeiro. Eu insisto.

Holden olhou para mim para aprovação. Mas não importava que eu estivesse tentando manter distância dele se passar alguns minutos juntos fosse fazer minha mãe feliz. Então sorri e assenti, e nós três acabamos passando a meia hora seguinte conversando e acabando com uma garrafa de vinho. Holden contou à minha mãe sobre sua banda e como ele passava seus dias fazendo consertos no prédio em que agia como zelador, e minha mãe contou a ele tudo sobre um cruzeiro de um mês que ela estava planejando fazer quando meu pai se aposentasse no ano seguinte.

— Oh, isso me lembrou. — Minha mãe apontou na direção do banheiro. — Já que você é o homem da manutenção, há um vazamento no chuveiro de Laney. Está vindo do registro. Ouvi pingar quando estava lá dentro mais cedo, então dei uma olhada. Os azulejos abaixo estão começando a soltar também.

— Mãe, já atrasamos Holden para um conserto, e agora você quer dar um novo trabalho para ele? Ele já consertou tanta coisa por aqui, e estão me deixando ficar de graça.

Holden ergueu as mãos.

— Tudo bem. Na verdade, prefiro saber quando o problema começa, em vez de esperar que se torne algo maior. Um pequeno vazamento é mais fácil de consertar do que refazer o azulejo do box inteiro.

— Bom, não há pressa de consertar — eu disse.

— Tenho um tempinho amanhã. Você estará em casa?

Balancei a cabeça.

— Não, tenho muito trabalho a fazer, então, provavelmente, não estarei por aqui no domingo.

— Certo. Bem, se não se importar, vou trabalhar aqui, então. Assim, posso consertar os azulejos soltos depois de consertar o vazamento, e vão ter tempo de secar antes de você entrar lá de novo.

— Claro. Como for melhor para você.

Holden assentiu e bateu as mãos nas coxas.

— Então, amanhã. Mas, no momento, preciso subir antes que os inquilinos que *não são* muito fáceis queimem o lugar. — Ele se levantou. — Foi muito bom te ver, sra. E. Mande um oi para o sr. E.

Minha mãe se levantou.

— Vou mandar.

Acompanhei Holden até a porta, enquanto minha mãe foi ao banheiro.

— Foi muito bom ver sua mãe — ele disse. — Não me lembro de você ter mencionado que ela viria. Foi uma viagem de última hora?

Assenti.

— Ela me fez surpresa esta manhã. Eu não fazia ideia até ela bater à porta.

— Não é seu aniversário, né? É em dezembro, certo?

— Não é meu aniversário, não. — Hesitei, mas pareceu estranho não falar mais nada. — Ela marcou um horário para mim em uma loja de vestidos de noiva que é difícil de conseguir hora. É de lá que estávamos voltando.

A expressão de Holden desmoronou.

— Vestidos de noiva...

Assenti.

— Comprou um?

— Não. Não ficou bom.

Holden olhou de um lado a outro entre meus olhos. Por um segundo, pensei que ele fosse dizer algo, mas então desviou o olhar.

— Preciso ir. Até mais, Lala.

Fechei a porta me sentindo péssima, apesar de não ter motivo para isso. Após tentar organizar meus pensamentos por um instante, encontrei minha mãe na cozinha, abrindo outra garrafa de vinho.

— Mais? Quando começou a beber de dia, mãe? Não que eu esteja reclamando. Eu nunca faço isto.

— Imaginei que você pudesse precisar de outra taça enquanto conversamos.

Minhas sobrancelhas se uniram.

— Conversar sobre o quê?

Minha mãe estava de costas para mim ao puxar a rolha com um *pop* alto. Ela encheu de novo nossas taças de vinho antes de se virar e estender uma para mim.

Ela deu um gole.

— Enquanto conversamos sobre há quanto tempo seus sentimentos por Holden voltaram, e o que vai fazer sobre as fantasias que têm tido com ele.

Na manhã seguinte, me sentei rapidamente suando frio, totalmente sem fôlego.

Puta merda. Olhei para meu lado na cama. Claro que estava vazio, mas ainda demorei alguns segundos para aceitar que meu sonho tinha sido somente um sonho, e eu não estava realmente *cavalgando em Holden.*

Nossa. Esse foi o sonho mais vívido da minha vida.

A forma como ele tinha enrolado meu rabo de cavalo em seu punho e puxado minha cabeça para trás.

A forma como ele tinha me guiado de baixo, me dizendo para cavalgar mais forte. Mais rápido. *Tome meu pau.*

Me estiquei para trás e toquei no meu rabo de cavalo. Calafrios percorreram meus braços enquanto pensei em como fomos intensos. Certamente, as coisas não eram tão intensas com Warren — nem chegavam perto. Me assustou totalmente que minha *fantasia* de estar com Holden fosse melhor do que a realidade com meu noivo, então me levantei para jogar um pouco de água gelada no rosto. Quando isso não funcionou, resolvi tomar um banho demorado.

Ainda estava bastante agitada mesmo depois de secar meu cabelo e me vestir. No entanto, estava determinada a clarear minha mente. Então decidi focar nas coisas em que *deveria* estar me concentrando pelo resto do dia, especificamente, meu noivo e meu trabalho.

Primeiro, voltei para a loja de noivas a que minha mãe e eu tínhamos ido no dia anterior. Eu não tinha horário marcado, porém a vendedora que havia nos ajudado estava lá e me ajudou a fazer uma encomenda para o vestido que eu mais tinha gostado. Depois disso, precisava trabalhar um pouco, mas minha mente ainda não estava totalmente onde necessitava estar, então voltei para o apartamento para fazer uma coisa que eu nunca tinha feito. Durante o trajeto de trem, havia resolvido que o único jeito de tirar Holden da cabeça era *substituí-lo* por Warren. Não havia absolutamente nenhum motivo pelo qual eu não poderia gozar com meu noivo. Na verdade, talvez parte do problema fosse que estava tomando a iniciativa para passar tempo com Holden, mas não tinha tomado nenhuma iniciativa com Warren. Então fui direto para o quarto com o celular no ouvido, determinada a ser mais criativa.

— Oi.

— Olá, meu amor. Que surpresa boa. Esperava falar com você só à noite.

— Bom, estou meio que... necessitada... e pensei que talvez você pudesse me ajudar a cuidar do que preciso.

— Ah, é? Do que você precisa?

Suspirei. Deus, ele não entendeu a deixa.

— Preciso... de um orgasmo, Warren.

— Um orgasmo?

— Sim, estava pensando que talvez pudéssemos... você sabe, fazer sexo por telefone.

Ele ficou quieto por muitos segundos.

— Não sei se serei bom nisso. Nem sou muito bom em ligações por Zoom no trabalho, Laney. O que estava pensando em envolver nisso? Porque tenho um horário para cortar cabelo em quarenta e cinco minutos.

Ai, meu Deus. Estava tããooo frustrada.

— Warren, *foda-se seu corte de cabelo.* Eu *preciso* de você.

— Ok, ok. Não precisa ficar tão brava com isso. Só me diga o que quer que eu faça.

O que quero que faça é não precisar que eu te diga o que fazer.

— Não sei... talvez falar coisas sexy para mim? Vou tirar a calça e colocar a mão dentro da calcinha, e você me diz o que faria comigo se estivéssemos juntos.

— Preciso tirar minha calça também?

— Não sei! Faça o que achar melhor, Warren!

— Ok, ok. Vou ficar de calça.

— Ótimo. — Desabotoei a calça jeans, desci-a pelas pernas e a tirei. — Vou colocar você no viva-voz para eu poder usar as duas mãos.

— Ok.

Detestava como ele soava tão cauteloso. Mesmo assim, me deitei na cama, apertei o botão do viva-voz e fechei os olhos conforme deslizei a mão para dentro da calcinha.

— Estou pronta. Me diga o que faria comigo se estivesse aqui.

— Ok, bem, eu te beijaria primeiro.

Subi e desci os dedos por meu centro.

— Ok, e depois?

— Depois beijaria seus seios.

— Ok...

— Então acho que, provavelmente, colocaria a mão entre suas pernas. Te massagearia.

Finalmente.

— Continue...

— Em seguida, inseriria uma junta em você.

Meus olhos se abriram.

— Uma junta, Warren? Sério? Não pode usar uma palavra mais sexy?

— O que gostaria que eu usasse?

— Dedo, Warren. *Me foderia com o dedo.*

— Ok. Bom, enfiaria um dedo e o mexeria um pouco. Então adicionaria um segundo dedo. Mas, antes de avançarmos, qual palavra gostaria que eu usasse para a genitália masculina? Há tantas opções.

Grrrr. Isso foi uma má ideia.

— Sabe de uma coisa, Warren? Não estou muito no clima, afinal. Por que não se arruma para ir cortar o cabelo?

— Tem certeza?

— Sim. Só estava... tentando me divertir um pouco. Mas não deveria ter lançado isso em você desse jeito.

— Bem, se quiser, posso treinar umas coisas que poderia dizer para me preparar melhor para a próxima vez. Talvez possamos marcar uma ligação para uma noite desta semana, aí tenho tempo para me preparar.

Sorri com pesar.

— Sim, claro. Desculpe se isso foi estranho.

— Te ligo mais tarde?

— Sim. Tenha um bom dia.

Depois que desligamos, eu ainda tinha uma frustração reprimida. Então, em vez de me vestir, deslizei a mão de volta para dentro da calcinha, fechei os olhos e comecei a massagear meu clitóris. Infelizmente, o silêncio era melhor do que a versão de falar coisas sexy de Warren. Após alguns minutos, encontrei meu ritmo, e minha mente começou a deslizar de volta para o sonho quente que eu tivera com Holden na noite anterior. Em vez de lutar mais contra isso, empurrei os dedos dentro de mim e deixei minha imaginação assumir. Era bom. *Muito bom*, até. *Cavalgar em Holden*. Oh, isso. *Mais forte*. É isso... Eu estava muuuito perto. Até que...

Alguém bateu à porta.

Mas não na minha porta da frente.

Na porta do meu quarto!

— Lala? Está aí dentro?

Holden.

Meus olhos se arregalaram, e eu paralisei.

Ai, meu Deus!

Travada pelo medo, fiquei em silêncio.

— Lala? — *Toc. Toc.* — Está aí dentro?

Meu coração martelou e prendi a respiração, esperando que ele se afastasse.

Após trinta segundos de silêncio, pensei que ele pudesse ter ido... até a maçaneta começar a virar.

Ai, merda! Pulei da cama e corri para a porta quando ela se abriu. Funcionou. A porta se fechou. Só que os dedos de Holden ainda estavam dentro do quarto.

— Porra! — ele gritou.

— Ai, meu Deus! — Abri a porta de repente. — Holden, você está bem?

Sua outra mão segurou os dedos que tinham ficado presos na porta.

— O que foi isso, Lala?

— Desculpe! Eu não estava vestida e... e estraguei tudo.

Os dedos de Holden já estavam inchados e ficando roxos.

— Vá colocar gelo neles. Já estou indo.

Freneticamente, me vesti e encontrei Holden na cozinha, onde ele estava sentado com um saco de brócolis congelado na mão.

— Acha que estão quebrados? É melhor irmos ao hospital?

Holden flexionou os dedos, encolhendo-se.

— Vão ficar bem. Consigo mexê-los. Estão só latejando.

— Me sinto péssima. Não fazia ideia de que você estava no apartamento.

— Falei que iria consertar o chuveiro hoje. Não ouviu minha música?

— Ouvi, mas pensei que estivesse vindo do outro lado da parede. Ouço bastante sua música.

Meu coração continuou acelerado sem controle conforme os últimos minutos eram absorvidos – embora meu horror agora fosse menos sobre ser flagrada e mais sobre o que Holden podia ter ouvido.

— Há quanto tempo está aqui? — perguntei, hesitante.

Holden olhou para cima e nossos olhos se fixaram.

— Está me perguntando se ouvi sua conversa?

Meu rosto esquentou.

— Ai, Deus… Este deve ser o dia mais vergonhoso da minha vida.

— Desculpe por ter ouvido. Quando percebi o que estava acontecendo, não sabia o que fazer. Não queria sair no meio e fazer você me ver e piorar ainda mais. Quando ficou em silêncio, tentei sair de fininho, mas aí ouvi o que pensei que fosse choro vindo do seu quarto.

Fechei os olhos.

— Eu não estava chorando… Eu estava… você sabe.

Holden assentiu.

— É, agora entendi.

Balancei a cabeça e suspirei.

— Você deve me achar muito idiota.

— Não, Lala. Não te acho nada idiota. Acho que é uma das coisas mais sexy do mundo uma mulher que está a fim e fala para um homem o que ela quer. Warren, por outro lado, é o maior idiota que conheço. Para um cara que pode conseguir curar o câncer, ele não entende do básico. Tipo, se você não der à sua mulher o que ela precisa, tem sempre alguém disposto a dar.

Meus olhos se fixaram nos de Holden de novo. Os dele estavam tão cheios de intensidade que meus braços ficaram arrepiados por completo. Também não deixei de perceber que tinha sido assim que eu havia acordado do meu sonho. Parecia que minhas fantasias e a realidade estavam começando a desfocar. O desejo fez meus lábios se abrirem, apesar de, felizmente, também parecer me paralisar e me impedir de pular nos braços dele.

— Holden… — sussurrei.

Ele engoliu em seco, depois se levantou.

— Tranque a porta depois que eu sair. *A fechadura de cima.* Não dá para confiar em mim.

— Aonde você vai?

— Cuidar de uma coisa.

Antes de eu conseguir perguntar mais alguma coisa, Holden andou na direção da porta. Ele a bateu ao sair e me deixou sentada com um monte de sentimentos. Eu não fazia ideia do que fazer sozinha.

Então meu celular tocou no quarto. Me sentindo perdida, fui até ele e vi o nome de Holden brilhando.

— Alô?

— Trancou a porta? — A voz dele era grave e rouca.

— Ainda não.

— Vá trancar.

Não achava realmente necessário, ainda assim, fiz o que ele pediu. Deslizando a corrente no topo, assenti, embora ele claramente não conseguisse me ver.

— Está trancada.

— Agora coloque o celular no viva-voz e volte para o quarto.

— Por quê?

— Só faça isso, querida.

Voltei para o quarto no piloto automático.

— Ok, estou aqui dentro.

— Que bom. Agora tire a calça.

Congelei. Ele estava dizendo o que eu pensava que estava dizendo?

— Holden, eu... eu não tenho certeza...

— Deite-se na cama, Lala. Coloque sua bunda sexy na maldita cama agora, ou vou até aí e vamos fazer você gozar de um jeito bem diferente.

— Mas...

— Quieta. Não quero ouvir nem mais uma palavra. A menos que esteja me dizendo que sim ou gemendo meu nome, nem mais uma palavra, querida.

Ai, Deus. Por que eu gostava tanto do jeito que ele estava falando comigo?

— Agora deite, e me diga que está aí falando "sim".

Não acreditava que estava fazendo isso, nem quando deitei na cama. Minha voz mal foi um sussurro.

— Sim.

— Agora deslize a mão para dentro da calcinha linda que sei que está usando.

Obedeci.

— Coloque o dedo do meio nesse seu ponto inchado. — Holden gemeu. — Nossa, você é sexy pra caralho. Quero tanto lamber sua boceta. Você vai se massagear enquanto te conto tudo que faria com você se um dia tivesse oportunidade.

Fechei os olhos e comecei a massagear meu clitóris.

— Vou te amarrar e te lamber até você implorar pelo meu pau.

Um calafrio me percorreu. *Nossa, vou implorar agora se você quiser me dar.*

— Aposto que sua boceta é quente e apertada. Quero te lamber até você estar tremendo e fazer você gozar em todo o meu rosto. Vou engolir cada gota da sua umidade.

Eita, caralho. Me abri e comecei a me masturbar sem vergonha.

— Quando estiver bem molhada, vou continuar te mantendo amarrada. Vou subir pelo seu corpo e te alimentar com o meu pau. Vou segurar seu rosto entre minhas mãos e não vou te dar nenhuma escolha na forma como você vai pegá-lo, fodendo sua boca e sua garganta como se eu fosse dono delas. Vai ter um pouco de ânsia, mas vai amar cada minuto.

Meus dedos entraram e saíram mais rápido, e minha respiração pareceu perseguir a velocidade deles. Não falei uma palavra, mesmo assim, Holden parecia saber exatamente onde eu estava.

— Isso mesmo. *Mais rápido.* — Sua voz estava grave e tensa. — Finja que é o meu pau, linda. Estou dentro de você, e você está muito molhada e apertada. Está me apertando como um torno, e mal consigo me segurar.

Vou explodir e preencher essa boceta linda com meu gozo quente.

Meu orgasmo se formou como uma tempestade, tudo girando e me sugando para o centro, onde eu não tinha controle nenhum sobre nada.

— Goze, linda. Dê tudo para mim.

Gozei quase que violentamente, meu corpo tremendo na cama conforme eu gemia. Foi o melhor orgasmo que já tive, e arfei para recuperar o fôlego. Por um minuto, quase me esqueci de que não estava sozinha.

— Holden... — sussurrei.

Ele demorou alguns segundos para responder.

— Sim, linda?

— Obrigada.

Ouvi um sorriso em sua voz.

— Sem problemas. Vou desligar agora. Fique na cama e relaxe um pouco, ok?

— Ok.

Depois de desligarmos, eu esperava que a realidade do que eu tinha acabado de fazer viesse à tona. Havia deixado outro homem me fazer gozar, então, com certeza, a culpa consumiria meus pensamentos. Mesmo assim, a única coisa em que eu conseguia pensar era...

Se o sexo pelo telefone era tão bom assim com Holden, *puta merda*... como seria o verdadeiro?

CAPÍTULO 12

Lala

"Quando estiver bem molhada, vou continuar te mantendo amarrada. Vou subir pelo seu corpo e te alimentar com o meu pau."

As palavras de Holden tinham me assombrado por dois dias seguidos. Eu nem conseguia mais contar a quantidade de vezes que as repassei.

"Goze, linda. Dê tudo para mim."

Não tínhamos conversado desde então, e eu estava bem bagunçada por dentro, meu corpo em constante excitação.

Conforme fiquei parada no espelho do meu banheiro, secando meu cabelo com o secador, senti que estava enlouquecendo, repassando tudo de novo. Ia de estar horrorizada para sorrindo descontroladamente por isso.

Sabe como me sentia no momento? Como Diane Lane naquele filme *Infidelidade*. Ironicamente, eu havia assistido ao filme uma vez com Warren. Havia uma cena em que a personagem de Diane estava em um trem, voltando para casa, para sua família, no subúrbio depois de fazer um sexo incrível com o artista francês com quem estava tendo um caso em Nova York. Ela estava rindo louca e intensamente enquanto, de alguma forma, também ficava sobrecarregada com culpa e parecendo que estava prestes a chorar. Ela merecia um Oscar por aquela cena. Enquanto eu assistia, me lembro de pensar: "como ela pôde fazer isso com a família dela... independente de como foi bom o sexo com o artista?".

Nunca tinha imaginado que poderia haver uma época da minha vida em que eu conseguisse me identificar.

Você não transou com ele, Lala. Isso não tem nada a ver com o filme.

Você está bem.

Holden nunca nem encostou em você.

Esses eram os tipos de pensamentos neutralizadores que eu usava para tentar me sentir menos culpada, só para serem seguidos imediatamente por outros menos misericordiosos.

Quem está querendo enganar?

Você é uma pessoa horrível.

Eu precisava conversar com alguém racional antes que explodisse.

Felizmente, tinha planos de jantar com Billie Lennon naquela noite, e ela era a pessoa azarada para quem eu iria me abrir sobre isso. *Pobre e desavisada Billie.* A esposa tatuadora de Colby era bem tranquila e alguém com quem eu sentia que poderia conversar, apesar de ainda não ter certeza exatamente de como deveria abordar.

Ao andar até o restaurante, comecei a me sentir ansiosa, a palma das minhas mãos suando. Não queria que ela pensasse que eu era uma pessoa horrível — porque era exatamente isso que eu pensava de mim mesma.

Billie já tinha pegado uma mesa no restaurante mexicano a algumas quadras do nosso prédio. Ela acenou para mim de um canto do lugar à meia-luz, e música mariachi tocava baixinho no som ambiente. Billie estava esplêndida com seu cabelo longo escuro e as tatuagens vibrantes cascateando por seu braço. Era difícil não encará-la porque ela era muito linda.

— Desculpe pelo atraso — eu disse ao me sentar.

— Não se preocupe. Estou curtindo o silêncio. Não é todo dia que tenho uma noite das garotas.

— É — suspirei. — Também precisava muito desta noite. Você não faz ideia.

Ela inclinou a cabeça para o lado.

— Está tudo bem?

Lambi os lábios.

— Hum...

— Você parece meio exausta.

Balancei a cabeça.

— Não. Estou bem.

— Sério? Porque, por mais que esteja escuro aqui, consigo ver que seu pescoço está todo vermelho.

— Já vou te atualizar assim que eu beber algo.

— Ok. — Ela abriu um sorriso solidário.

Abri o cardápio.

— Enfim, estou muito feliz de podermos fazer isso. Demorou bastante.

Billie sorriu.

— Muitas vezes, as pessoas falam que vão almoçar junto ou fazer qualquer coisa e nunca fazem... é tudo conversa. Odeio isso. Gosto de uma garota que faz o que fala, então fiquei feliz quando me enviou mensagem.

Esperava que ela não ficasse decepcionada quando descobrisse que eu tinha segundas intenções e precisava desabafar com ela. Dei um longo gole na minha água enquanto olhava o cardápio.

— O que tem de bom aqui?

— Adoro os taquitos de frango. O preferido de Colby é o chimichanga.

— Ambos parecem ótimos — eu disse, apesar do meu nervosismo não ter me deixado sentir fome.

Uma garçonete apareceu.

— Olá, senhoritas. Posso trazer um drinque para vocês?

— Você tem vodca com cranberry? — perguntei.

— Claro, podemos fazer para você. — Ela se virou para Billie. — E você?

Billie ergueu a mão.

— Oh, só água para mim.

A garçonete assentiu.

— Pode deixar.

Quando ela saiu, falei:

— Bom, agora me sinto idiota por beber se você não vai beber nada.

— Acredite em mim. Eu te acompanharia se pudesse.

Demorei alguns segundos para perceber a expressão dela, como se estivesse esperando que eu descobrisse.

— Ai, meu Deus. — Cobri a boca. — Você está... grávida?

Billie assentiu, abrindo um sorriso enorme.

— Não acredito! — Me levantei e a puxei para um abraço. — Estou tão feliz por vocês!

— Obrigada!

Voltei ao meu assento e me inclinei.

— Me conte tudo. Quando descobriu?

Billie uniu as mãos.

— Então, primeiro de tudo, você é a única da turma que sabe no momento. Colby e eu estamos planejando uma reunião para anunciar para os meninos e Saylor ao mesmo tempo. Só estou te contando agora porque preciso contar para alguém. Vou enlouquecer por guardar o segredo.

Caramba, eu conseguia me identificar com esse sentimento.

— Uau. Estou super honrada por você confiar em mim com isso. De quanto tempo está?

— Dois meses. Então ainda não estamos liberados. Dizem que três meses é um tempo mais seguro para começar a anunciar.

— Tem ficado enjoada?

— Surpreendentemente, não. Não tive enjoo matinal. Seria péssimo se tivesse que trabalhar com clientes desse jeito, então me sinto grata. Mas a única decepção é que não estou suportando café, então não estou tomando. Costumava amar minha xícara de café pela manhã.

— É, fiquei sabendo que se pode criar aversões a certas coisas.

Billie sempre foi linda, mas ela estava brilhando totalmente no momento.

— Estou tão empolgada, Lala. Não esperava, sabe? Um filho biológico não era algo que eu precisava ter porque Saylor é realmente minha filha. E, acredite em mim, ela é mais do que suficiente. Por um tempo, eu nem tinha certeza se *conseguiria* engravidar porque não usávamos nenhum contraceptivo e nada acontecia. Mas então, um dia, simplesmente me senti diferente. Não mal... só diferente. E tive uma sensação. Então fiz um teste, e lá estava.

— Vai querer saber o sexo?

Até a palavra *sexo* saindo da minha boca trazia uma onda fugaz de culpa.

— Na verdade, estamos conversando sobre fazer surpresa.

— Sério? — Mexi o gelo com meu canudinho. — Nossa, não sei se eu conseguiria ser tão paciente.

— Acho que não saber me deixa muito mais empolgada.

— Bom, estou muito feliz por você e Colby.

— Um bebê pode não estar muito longe do seu futuro também — ela disse. — Você quer filhos?

Meu estômago se revirou.

— Ah, sim. Eu sempre quis filhos.

— É algo que você e Warren querem fazer logo depois de se casarem ou pensam em esperar?

Minha bebida chegou antes de eu conseguir responder. *Graças a Deus.* Dei um gole grande enquanto Billie me observava. Então comecei a ficar inquieta na cadeira.

— O que está havendo com você, Lala? Não parece normal hoje.

Essa era minha deixa.

— Não estou normal, Billie. Nem estou mais me reconhecendo.

Dei outro gole e, quando meu canudo fez um som de sugar, percebi que já tinha terminado o maldito drinque.

Ela olhou para o meu copo vazio.

— Eita. Ok. Respire fundo. E me conte tudo.

— Me sinto horrível por falar nisso depois da notícia que você acabou de me dar. Este jantar deveria ser sobre você.

— Foda-se isso, Lala. Este bebê ficará incubado dentro de mim por mais sete meses. Haverá bastante tempo para falar de mim. O que quer que esteja havendo com você está te destruindo. Precisa desabafar agora.

Assenti.

— Quando mencionou Warren agora mesmo, e o que quero no futuro, uma culpa esmagadora me engoliu. Eu deveria estar pensando no meu casamento que está chegando e em filhos. Deveria estar ansiando por tudo isso. E estou... Quero essa vida estável. Mas minha mente tem estado em um lugar totalmente diferente ultimamente. Tenho uns... — Pausei. — Desejos dos quais não consigo me desvencilhar.

Ela cruzou os braços e assentiu.

— É o Holden, não é?

Chocada por sua percepção, pisquei.

— Como sabia?

— Da última vez que estiveram no meu apartamento, senti um clima. A forma como ele voou para ir embora com você, a forma como dançaram no meu casamento. Não pense que não vi isso. Há um clima, com certeza. — Ela ergueu uma sobrancelha. — Mas não é exatamente novidade, é?

Desviei o olhar.

— Holden e eu temos uma conexão que vem desde muito tempo. Costumávamos ter umas conversas quando não tinha ninguém mais por perto... das quais Ryan nem sabia. Mas era tudo bem inocente. O que está acontecendo agora... não parece tão inocente.

— Do que estamos falando exatamente, Lala? Preciso que seja direta comigo. Sem rodeios. — Ela suspirou. — Se tudo isso for só paquera, eu não te repreenderia por isso. Quero dizer...

— Fizemos sexo por telefone — soltei antes de sugar os resquícios do meu copo basicamente vazio.

Suga. Suga. Suga.

Billie arregalou os olhos, e ergueu a mão para a garçonete.

— Ela vai precisar de outra bebida.

Soltei uma respiração trêmula e demorada.

— Não é tão inocente, né?

— Ok. Volte um pouco. Como isso aconteceu?

Comecei a contar tudo que tinha acontecido no mês desde que eu chegara em Nova York, desde ir a shows de Holden, à estadia no quarto de hotel, até o sexo por telefone. Ela ouviu intensamente com uma expressão de total não julgamento, o que gostei mais do que ela poderia imaginar.

— Ok... — ela disse. — Então, por mais que não tenha sido nada *inocente*, quando me falou que tinha feito sexo por telefone, presumi que tivesse sido um pouco mais interativo. Sem querer ofender, mas nem conseguia te imaginar fazendo isso, por algum motivo. — Ela deu risada. — Não que a coisa unilateral da qual participou tenha sido correta. Mas você literalmente só ouviu algo e gozou. Meio que igual pornô. Então não é tão ruim quanto poderia ser.

— Foi ruim o suficiente.

— Mas deixe-me te perguntar uma coisa. Essa atração por Holden é *mais* do que somente sexual?

A garçonete veio anotar nosso pedido, o que me deu um minuto para pensar na pergunta de Billie. Escolhi os tacos de carne enquanto Billie pediu taquitos.

Quando a garçonete saiu, voltei à pergunta de Billie.

— Então... como já falei, sempre tivemos uma conexão. Não acho que esses sentimentos estariam tão confusos se fossem puramente sexuais. Holden não é o que alguém em sã consciência consideraria bom para namorar, mas ele tem, sim, qualidades muito boas. Ele é incrivelmente pé no chão, usa o coração para tudo e faria absolutamente qualquer coisa por qualquer um. Nunca me sinto julgada por ele. Sinto que poderia contar qualquer coisa para ele.

Billie se inclinou.

— Vou ser direta com você, Lala. Não sei o que sentir quanto a isso. Por um lado, sei que a reputação e o histórico de Holden o fazem parecer um parceiro ruim. Por outro, acredito que todo mundo precisa crescer em algum momento. Talvez ele tenha a capacidade de mudar. Quero dizer, meu marido, aparentemente, foi um playboy exatamente como Holden em uma época. Ele não é mais... do contrário, estaria morto. — Ela deu risada. — Acho que o que estou dizendo é que, se você tem sentimentos verdadeiros por Holden, talvez precise considerar pausar seus planos com Warren.

Engoli em seco.

— Cancelar o casamento, você quer dizer?

— Detesto dizer isso, mas sim. Não estou falando para terminar com ele. Mas, pelo amor, resolva essa merda antes de acabar se casando com ele.

— Mas não sei como terminar nosso noivado e manter o relacionamento. Ou eu termino ou não termino.

— Você o ama?

— Quem?

A boca de Billie se abriu lentamente.

— Ai, meu Deus... você precisou pensar em *quem* eu estava me referindo? Pense *nisso*, Lala. — Ela balançou a cabeça. — Eu estava falando de Warren. Mas, na sua cabeça, você também estava pensando se amava Holden.

Jesus. Esfreguei os olhos.

— Eu amo Warren, sim. Mas não sei mais o que isso significa. Gosto profundamente dele. Isso é suficiente? Acho que a parte mais assustadora é que não sei se é uma fase. Meu maior medo é perder alguém que realmente será um ótimo parceiro por causa de um fogo dentro de mim que, eventualmente, pode se apagar. Ou pior, me destruir. Aí o que acontece?

— Você pode ficar sozinha. Essa é a verdade. Não vou passar pano para você. No entanto, a vida é sobre se arriscar, Lala. Nem sempre a rota segura é a melhor. E se você perdesse alguma coisa extraordinária porque não estava disposta a arriscar perder tudo? Entendo que Warren seja seguro e que você o ame em algum nível. Mas falando como alguém observando de fora, para mim, está claro que você está querendo mais.

Parecia que o restaurante estava girando.

— É — murmurei.

— Se esse *mais* vem de Holden ou não, não sei ao certo. Também não quero colocar toda a minha fé nele porque não sei se posso fazer isso. Mas eu *amaria* acreditar que ele pode mudar. — Ela deu um tapa na mesa. — Me faça um favor. Não perca mais tempo se repreendendo pelo que já aconteceu. Só jure fazer melhor. Tomar decisões sábias que não vão mais te deixar culpada. Isso também não significa pegar o caminho mais seguro, Lala. — Ela se inclinou e sussurrou. — Se quiser foder Holden, faça isso. Mas cuide das coisas com Warren primeiro. Diga a ele que precisa de espaço para resolver tudo. Tome uma decisão de um jeito ou de outro. Porque é essa merda de ficar em cima do muro que está te deixando doida.

— Tem razão — murmurei, sentindo lágrimas se formarem ao pensar em magoar Warren.

— Não estou te dizendo nada que já não saiba, querida.

Assenti.

— Sei que você e Colby, provavelmente, compartilham tudo. Mas, se puder não contar a ele sobre esta conversa, eu agradeço.

— Ele não precisa saber sobre isso. Não vou falar nada. Mas não fique surpresa se Holden falar com ele em certo momento. Holden tem uma boca bem grande.

Pensar em Colby descobrindo o que Holden e eu tínhamos feito na outra noite me deixava enjoada. Também não queria que os garotos enchessem o saco de Holden por qualquer coisa porque era minha culpa também.

Foi bom conversar tudo isso com Billie, mesmo que ela tivesse falado algumas duras verdades. Com certeza, eu tinha bastante coisa para pensar.

Assim que a comida chegou, conseguimos manter o resto da noite leve. Após comermos, Billie voltou antes de mim para o prédio porque precisei parar na farmácia para comprar algumas coisas.

Durante a caminhada de volta, meu celular acendeu com uma mensagem de Warren.

Warren: Está sozinha?

Laney: Estou voltando para casa de um restaurante.

Warren: Estou sem calça.

Laney: Quê?

Então percebi o que ele estava tentando fazer. Antes de eu conseguir responder, ele digitou de novo.

Warren: Estava torcendo para você querer traçar.

Warren: Traçar.

Warren: Traçar.

Warren: Maldito corretor!

Warren: Transar! Você sabe, fazer isso virtualmente. Pelo telefone. Esta noite. Me senti mal pela outra tentativa.

Meu namorado fofo. Tomada pela emoção, parei no meio da calçada e fechei os olhos. Não conseguia mais continuar assim. Isso precisava acabar.

Minha determinação renovada quanto a evitar Holden acabou na noite seguinte quando o alarme de fumaça começou a apitar aleatoriamente. Me lembrou do que tinha acontecido com o detector de monóxido de carbono quando eu tinha me mudado para lá. Provavelmente, a bateria precisava ser substituída, e eu não tinha uma. Não queria ter que ligar para ele, mas estava me deixando totalmente louca e me manteria acordada se não ligasse. Então, enfim, cedi e enviei a mensagem.

Meu coração martelou no peito quando soou a batida à porta.

Abri.

— Oi.

— Ei. — Ele sorriu. — Estou com a bateria. Vai demorar só um pouco.

— Ótimo. — Fui para o lado a fim de deixá-lo entrar, instantaneamente inebriada por seu cheiro almiscarado.

A tensão no ar era densa conforme fiquei lá parada observando-o tirar o detector do teto. Nenhum de nós falou uma palavra, o que era estranho, com certeza.

Quando ele terminou, virou-se para mim.

— Precisa de mais alguma coisa?

Pigarreei.

— Não. Obrigada.

Ele me encarou por alguns segundos.

— É assim que vai ser agora? Você não fala nada para mim enquanto fica vermelha?

Soltei o que pareceu ser todo o ar do meu corpo.

— Só de ouvir sua voz agora me faz pensar nisso, Holden.

— Não vou mentir, Lala. Também não consigo parar de pensar nisso.

— Levamos as coisas longe demais — eu disse.

Ele olhou para seus sapatos por um instante.

— Desculpe.

— Não se desculpe. Você não me obrigou a fazer nada. Eu quis.

Holden gemeu e passou a mão por seu cabelo grosso.

— Ninguém além de nós vai saber disso, ok? Escolha dar um tempo a si mesma. Eu estava te ajudando a se aliviar um pouco. Foi só isso. — Ele pausou. — Ainda somos amigos. Certo? Não quero te perder por causa de uma decisão impulsiva que tomei. — Ele suspirou. — Juro não fazer nada parecido de novo. — Ele fez careta. — Quero dizer, a menos que *você* acabe me ligando algum dia depois da meia-noite. — Ele deu uma piscadinha. Quando não dei risada, ele franziu o cenho. — Estou brincando, Lala. Olhe... minha intenção foi fazer você se sentir bem. Foi isso. Você merece.

Inclinei minha cabeça.

— E você?

— O que *tem* eu?

— Nessa dança toda que estamos fazendo, você age como se tudo se tratasse de mim. Mas também está mexendo com sua cabeça.

— Não vou negar.

— Você também gozou... na outra noite? — perguntei.

Seus olhos penetraram nos meus.

— Vai ter que ser mais específica.

— Não sei como estruturar melhor.

— Está perguntando se gozei *enquanto* estava te fazendo gozar?

Assenti.

— Conheço você, Lala. Está me perguntando isso para poder se sentir *mais* culpada se eu te disser que gozei ao mesmo tempo que você, certo? — Ele expirou. — Fiquei excitado. Sabe disso. Mas estava focado em você, não em mim. — Ele murmurou: — Quero dizer, bati uma, sim, depois que desligamos. Mas... — Balançou a cabeça. — De novo... *você* não fez nada de errado. Nem nos tocamos. É isso. E eu *levo* toda a culpa por isso. Apesar de você dizer que precisa de duas pessoas. Dessa vez, foi culpa minha. E estou te dizendo que *não vai* acontecer de novo.

— Ok — sussurrei, não me sentindo menos incomodada.

O silêncio preencheu o ar de novo.

— Vamos mudar de assunto — ele disse depois de um instante. — Como foi a visita da sua mãe? Quero dizer, além da parte em que eu estava junto.

— Quer saber a verdade?

— Sim.

— Foi meio estranha. Não apenas descobri que minha mãe bebe durante o dia às vezes, o que até que é legal, mas ela, definitivamente, sentiu o clima entre mim e você. Isso foi incômodo.

— Merda — ele murmurou e desviou o olhar. — Essa coisa toda de vestido de noiva. Tornou bem real o fato de você se casar.

— É, nem me fale.

— Sei que nem sempre pode parecer assim, mas quero o melhor para você, Lala. Juro, não estou tentando estragar sua vida. — Seus olhos eram sinceros.

— Sinto que você tem tanto controle quanto eu ultimamente, Holden. E isso não é muita coisa.

— Ficaria surpresa com quanto controle eu tenho, querida. Fica pendurado por um fio às vezes, mas tenho, sim. Tem bastante coisa que já quis dizer e fazer que não disse nem fiz. — Ele balançou a cabeça. — Escute, vou embora, ok? Esta é a sua vida. Não um jogo. E não vou mais complicá-la para você. — Ficamos em silêncio de novo antes de ele dizer: — É melhor eu ir.

Então Holden saiu.

Fiquei deitada na cama naquela noite me sentindo vazia, como se eu estivesse em um cruzamento. Poderia ir pelo caminho seguro com Warren. Na minha cabeça, a estrada Warren era perfeitamente pavimentada e com três faixas, com música clássica tocando e o som de risada de crianças ao longe. Era tranquila e segura. Então havia a estrada Holden: esburacada com pedrinhas e luzes chamativas, rock — e muito sexo. Essa estrada fazia meu coração acelerar. E havia uma placa grande na entrada escrito: *Entre por sua conta e risco.*

CAPÍTULO 13

Lala

Vinte e quatro longas horas se passaram, e eu não tinha visto nem ouvido Holden. Apesar de parecer não conseguir impedir minha mente de visitá-lo, eu tinha conseguido manter uma distância física. Como minha linha de bom comportamento precisava de toda a ajuda que conseguisse ultimamente, resolvi parar lá embaixo e pedir para Owen me dar a carona de que eu ia precisar mais tarde, em vez de bater à porta ao lado.

Ele abriu com a escova de dente na boca.

— E aí, Lala? Entre — ele murmurou por entre a espuma e foi para o lado para eu entrar, erguendo um dedo. — Só me dê um segundo para cuspir.

— Claro. Sem pressa. — Dei alguns passos para dentro do apartamento e congelei, descobrindo que Owen não estava sozinho. Ninguém menos do que Holden se apoiou no balcão da cozinha. — Ãh... o que está fazendo aqui? — perguntei.

Ele levou uma xícara de café à boca.

— Owen tem uma nova cafeteira chique. Ele precisava de uma carona nesta manhã, então troquei com ele por fazer *o que eu quisesse*, o que incluía fazer para mim esta deliciosa torrada com abacate.

Owen voltou para a sala.

— Desculpe por isso. O que está havendo, Lala?

Aff. Isso era ruim. Eu sabia que Holden não ficaria feliz por eu ter ido pedir a Owen uma carona em vez de pedir a ele. E também parecia que Owen não iria poder ajudar.

— Ãh, estava esperando que talvez você pudesse me buscar no trem PATH mais tarde.

Pela visão periférica, vi Holden franzir o cenho.

— O PATH? Vai para Jersey?

Assenti.

— Hoje é o primeiro dia de entrevistas em um dos lares de idosos onde moram os participantes do meu estudo. A luz do óleo do meu carro acendeu, então não quero dirigir para tão longe sem ver o que está acontecendo. Também estou atrasada para trocar o óleo. Tia vai me buscar para podermos ir juntas de carro, mas ela vai visitar a mãe que mora em Jersey depois. Então vou pegar o PATH de volta para casa. Mas vou trazer um monte de caixas, então vai ser meio difícil andar de metrô.

— Faz sentido você pedir para *Owen* te buscar — Holden disse sem alterar a voz. — Sabe, com seus braços cheios de caixas e tal.

— Certo. Bem, imaginei que o PATH não seja longe demais do escritório dele...

— Desculpe, Lala — Owen falou. — Na verdade, Holden vai me deixar no aeroporto daqui a pouco. Vou passar a noite em Boston a trabalho.

— Ah. — Forcei um sorriso. — Não tem problema. Tenho certeza de que posso pegar um Uber ou algo assim.

Holden levou sua caneca à boca.

— Ou eu posso te buscar.

— Não, tudo bem. — Acenei para ele. — Não quero dar mais trabalho do que já dou. Só estava pedindo para Owen porque é perto do escritório dele, e sei que, às vezes, ele vai de carro porque busca clientes.

— Onde é o lar de idosos em Jersey?

— Hoboken.

— Bom, você está com sorte. Tenho adiado ir para o The Heights, que é bem ao lado de Hoboken. Tenho um equipamento que a banda pegou emprestado de um amigo e que preciso devolver. Posso fazer isso esta tarde e, então, passar lá para te buscar no lar de idosos. Assim, não vai precisar pegar o PATH nem o metrô.

— Ah, não. Não quero dar trabalho.

A mandíbula de Holden se flexionou.

— Eu insisto. Me envie o endereço por mensagem, e estarei lá.

Droga. Era exatamente por esse motivo que eu tinha ido pedir para Owen e não para Holden. Agora eu já estava empolgada para o dia terminar, só porque ele que iria me buscar. O homem era como uma criptonita. Forcei um sorriso.

— Obrigada, Holden.

Owen colocou a xícara de café na pia e apontou com o polegar para o quarto.

— Preciso terminar de arrumar a mala. Desculpe não poder ajudar. — Ele estreitou os olhos para Holden. — Mas tenho certeza de que Holden se comportará muito bem quando for te buscar.

Holden olhou desafiadoramente para seu amigo.

— Não me comporto sempre?

Owen suspirou.

— Tenha um bom dia, Lala.

— Você também, Owen.

Deixada sozinha com Holden, fiz um gesto na direção da porta.

— É melhor eu correr também.

Ele assentiu.

— Não se esqueça de me enviar o endereço por mensagem.

— Pode deixar.

— Ah, e, Lala?

— Sim?

Holden sorriu.

— O escritório de Owen *não é nem um pouco perto* do ponto do PATH. Então, se vai fingir que está pedindo para um dos caras porque é mais conveniente para eles e *não* porque está tentando me evitar, talvez seja melhor olhar um mapa do trem primeiro.

— Não se preocupe com isso. — Theodore Mills acenou para mim conforme eu endireitava as cobertas da sua cama após ajudá-lo a se sentar. — Minha Clara faz isso. Ela esconde um pedaço de chocolate todos os dias enquanto arruma a cama e finge que não foi ela. Faz isso desde que tínhamos dezesseis anos.

Meu coração se aqueceu.

— Uau, desde que tinham dezesseis anos? — Dei a volta na cama e ofereci meu braço. — A enfermeira disse que sou eu ou o andador. Não quer que eu tenha problemas no meu primeiro dia aqui, quer?

Theo fez careta, mas pegou o braço que estendi. Andamos lado a lado, em passo de lesma, até um dos lounges e nos sentamos no sofá. O dia tinha sido para avaliar a memória dos pacientes, então eu havia organizado uns testes-padrão que o neurologista havia dado a cada paciente — coisas como perguntar se lembra de algumas palavras aleatórias, responder uma série de perguntas por cinco minutos e, então, ter que repetir as palavras iniciais no fim. Mas testes padronizados nem sempre contavam a história completa, então eu queria conhecê-los um pouco mais.

— Como o senhor e Clara se conheceram?

Theo sorriu.

— Nos conhecemos em uma festa de Dia das Bruxas. Ela estava vestida de Marilyn Monroe, e eu era Joe DiMaggio.

— Uau. Parece que estava destinado a ficar juntos desde o começo.

— Fui arrebatado no instante em que ela chegou. Fiquei de olho nela a noite inteira, mas ela estava conversando com um vampiro. Em certo momento, ela tirou os sapatos. Então, quando não estava olhando, peguei um e o segurei até ela estar se preparando para ir embora. Eu sabia que ela teria que encontrá-lo antes de ir para casa, e não queria perder uma oportunidade de conhecê-la, mesmo que fosse apenas para devolver seu sapato.

Dei risada.

— Ai, meu Deus. Que fofo.

— Quando ela veio procurar, me ajoelhei e coloquei o sapato em seu pé. Ela disse que se sentiu um pouco como a Cinderela, então sugeri que fosse assim que nos vestíssemos no ano seguinte... o Príncipe Encantado e a Cinderela... já que eles encontraram a felicidade eterna, e Marilyn e Joe se divorciaram.

— Quantos anos vocês tinham quando se casaram?

Essa foi a primeira vez no dia em que Theo não tivera a resposta na ponta da língua. Seu rosto franziu conforme ele tentou se lembrar. Em certo momento, simplesmente balançou a cabeça.

— Quando a acompanhei para casa naquela noite, contei que meu doce preferidos era Now and Later... eles eram feitos em uma fábrica no Brooklyn, não longe demais de onde cresci. No dia seguinte, quando coloquei a jaqueta que havia usado na noite anterior, encontrei alguns no meu bolso. Minha Clara os havia colocado ali sem eu saber. Gosto muito de doce, e ela os esconde desde então.

Esqueça Warren e Holden, Theodore Mills pode ser o cara que ganhou meu coração. Passei dez ou quinze minutos com cada paciente, mas me sentei e ouvi história atrás de história sobre a vida de Theo. Havia algo muito fofo em como ele nunca se referia à sua esposa como Clara — era sempre *minha* Clara. Em certo momento, nós dois estávamos rindo quando uma mulher se aproximou. Ela sorriu com carinho.

— É bom ver que meu homem ainda consegue encantar as jovens.

— Consegue, com certeza. — Sorri e me levantei. — Seu marido compartilhou tantas histórias incríveis. Estou feliz de tê-los conhecido hoje.

Sou Laney Ellison. Conduzo a pesquisa de que seu marido está participando. A senhora deve ser Clara.

O sorriso da mulher diminuiu.

— Mary, na verdade.

— Oh. Sinto muito. Pensei que fosse a sra. Mills, esposa de Theodore.

— Sou a esposa de Theo. Às vezes, ele confunde meu nome com outra pessoa do passado. — Ela pausou. — O primeiro amor dele foi Clara.

Ai, Jesus. Onde tinha um buraco enorme quando se precisava dele? Agora mesmo, eu queria que a Terra se abrisse e me engolisse. Me sentia uma idiota completa.

A enfermeira que havia tirado sangue de todo mundo chegou.

— Theodore, é hora do seu remédio. Quer que eu os traga aqui?

A sra. Mills, cujo nome, aparentemente, era *Mary*, olhou para seu marido.

— Quer descansar um pouco antes de jantar?

Ele assentiu.

— É, acho que é bom. Ok.

A enfermeira veio para ajudar Theodore a se levantar.

— Obrigada por hoje — eu disse. — Foi um prazer conhecer o senhor. Te vejo de novo em breve.

— Você cuida dele, Patti? — a sra. Mills perguntou. — Gostaria de ficar e conversar com a srta. Ellison por alguns minutos, se não tiver problema.

— Claro, fique o tempo que quiser.

Quando ficamos sozinhas, fechei os olhos.

— *Sinto muito mesmo* por chamá-la pelo nome errado.

Ela sorriu.

— Está tudo bem. Não é nada de mais. Ele me chama de Clara com bastante frequência ultimamente. — Ela gesticulou para o sofá. — Por que não nos sentamos por uns minutos? Posso te contar algumas das coisas que estão acontecendo com Theo.

— Claro, seria ótimo.

Assim que nos sentamos, Mary suspirou.

— Theo e Clara se conheceram há sessenta anos, quando tinham somente dezesseis anos. Ela foi o amor da vida dele na época, mas, com oito meses de namoro, o pai de Clara perdeu o emprego, e eles precisaram se mudar para um lugar a mais de três mil quilômetros. Eles se comunicaram por cartas por muitos anos após isso e tinham planejado fugir juntos quando tivessem vinte e um anos. Theo e eu nos conhecemos na faculdade e nos tornamos bons amigos. Bem, pelo menos ele me considerava uma boa amiga. Eu tinha uma queda enorme por ele. — Ela sorriu, refletindo. — Ele sempre foi encantador. Enfim, certa noite, estávamos em uma festa. Nós dois tínhamos bebido um pouco demais, e uma coisa levou à outra. Acabei grávida. Eu sabia que Theodore era apaixonado por Clara, mas ele insistia que também me amava, e que precisávamos nos casar. Ele é um bom homem. E tem sido um bom pai e marido pelos últimos cinquenta e cinco anos, mas a chama dele por Clara nunca se apagou realmente. A mente do meu marido está indo embora. Em alguns dias, ele não consegue se lembrar de mim, mas nunca se esquece da Clara dele.

Eu não fazia ideia do que dizer, mas detestava ter trazido tudo isso à tona para ela.

— Desculpe mesmo.

Ela apertou minha mão.

— Não precisa pedir desculpa. Não estou te contando para fazer você se sentir mal. Pensei que era importante para você saber como a mente dele funciona e em que estado ele está. É fácil pensar que muitas dessas pessoas que estão aqui têm a mente sã quando conversa com elas, e às vezes têm. Mas, com frequência, é difícil perceber quando a mente delas não está tão afiada quanto você pode pensar.

Assenti.

— Agradeço por me avisar. Tem razão. Eu não fazia ideia de que Theo e eu estávamos falando sobre alguém de tanto tempo em seu passado. E medir adequadamente o estágio da doença dele é a chave para obter os resultados certos no meu estudo.

Mary sorriu.

— Bem, da próxima vez que você visitar, se ele falar sobre Clara de novo, ele pode realmente querer dizer sobre o momento atual. Eu convidei Clara para vir visitar Theo. Quero que ele seja feliz enquanto ainda consegue se lembrar de como é, então pensei que os dois podem gostar de ficar juntos no tempo que resta.

— Uau. — Balancei a cabeça. — Isso é... bastante generoso da sua parte.

— É o mínimo que posso fazer depois dos muitos anos de generosidade que Theo me deu. — Seus olhos se encheram de lágrimas. — Às vezes, sinto que roubei dele algo insubstituível. Presumi que a conexão deles tivesse sido extinta há muito tempo. Mas essa doença me ensinou muito sobre o amor. Amor verdadeiro não desaparece quando as pessoas estão separadas. Amor verdadeiro é quando as pessoas estão separadas e seus sentimentos nunca somem. — Ela secou as bochechas e se levantou. — É melhor eu me certificar de que Theo não está dando trabalho para a enfermeira para tomar os remédios. Foi adorável conhecê-la, srta. Ellison, e desejo a melhor sorte na sua pesquisa. Deus sabe que precisamos da cura para essa doença horrível.

— Obrigada e, por favor, me chame de Laney. Foi muito bom conhecer a senhora e seu marido.

Depois disso, meu humor poderia ser melhor descrito como melancólico pelo resto do dia. Não conseguia parar de pensar se talvez Holden era minha Clara. Parecia que Theo e Mary haviam tido uma vida maravilhosa juntos, mas havia algo trágico na história deles também. Eu sabia que poderia ser feliz com Warren. Viveríamos uma vida agradável juntos. Mas será que isso era suficiente para apagar as perguntas pendentes sobre meus sentimentos em relação a Holden? Ou ainda ficaria pensando sobre *o que poderia ter acontecido* quando tivesse a idade de Theo? É bastante coisa a se pensar, e pesou bastante no meu coração pelo resto da tarde — pelo menos até Holden chegar. Ele entrou e sorriu, e meu coração pesado patético saiu a galope.

— Ei. Você não precisava entrar — eu disse. — Não queria fazer você estacionar.

Ele deu de ombros.

— Você falou que iria ter caixas, então pensei em ajudar a carregá-las.

— Obrigada.

Acabei tendo oito caixas cheias de arquivos e anotações dos pacientes. Então pegar o trem PATH teria sido mesmo difícil, que dirá o metrô. Holden e eu as colocamos na van da banda e nos acomodamos na frente.

— Obrigada, de novo, por me buscar.

— Sem problema. — Ele estava com a mão na chave na ignição, mas então parou e se virou no assento. — Converse comigo antes de pegarmos a estrada. Por que foi pedir carona para Owen em vez de para mim?

Olhei para baixo.

— É que estou pedindo muita coisa para você. Sou tipo a irmãzinha pé no saco que você nunca teve.

Quando não olhei para cima, Holden se esticou e colocou dois dedos sob meu queixo. Ele o ergueu até nossos olhos se encontrarem.

— Mentira. Olhe para mim e me diga que não está me evitando por causa do que aconteceu entre nós na outra noite no telefone.

Quando não consegui, Holden soltou uma respiração irregular. Ele jogou a cabeça para trás.

— Caralho. Estraguei tudo de verdade.

— Já conversamos sobre isso, Holden. Não é tudo culpa sua. Eu poderia ter desligado. Além do mais, é você quem está solteiro.

Ele massageou a nuca.

— Não quero te perder, Lala. Gosto de você. Bastante.

— Não vai.

Ele olhou para os meus olhos de novo.

— Parece que vou. Você nem consegue me pedir uma maldita carona para casa.

— Desculpe. Não pedir para você se trata mais das coisas que estão rondando minha cabeça. Não tem a ver com nossa amizade. As coisas vão voltar ao normal assim que eu não estiver tão confusa. Juro.

Os ombros de Holden caíram.

— Ok.

Ele ligou a van, e voltamos para a cidade, só conversando amenidades. Holden estava mais quieto do que nunca e parecia perdido em pensamentos. Me senti mal pela distância entre nós, mas resolvi que, provavelmente, era uma coisa boa naquele momento.

Quando chegamos no prédio, Holden estacionou e me ajudou a levar as caixas para cima. Depois disso, ele falou um tchau rápido, murmurando algo sobre como precisava tirar a van dali, mas tive a sensação de que era mais do que isso.

Horas depois, tentei dormir, mas minha mente não estava desligando. Então saí da cama, me servi uma taça de vinho e resolvi tomar um pouco de ar fresco na saída de incêndio. Mas, quando saí pela janela, percebi que não estava sozinha.

— Ah! — Congelei. — Desculpe. Não sabia que estava aqui fora. Não conseguia dormir, então pensei em tomar um ar e beber uma taça de vinho.

Holden ergueu uma garrafa.

— Também.

— Você está... simplesmente bebendo direto daí?

Ele deu um grande gole e olhou para a cidade.

— Sim.

Seu tom não estava exatamente convidativo.

— Então vou te deixar sozinho.

— Por que faria isso quando eu não deixei você sozinha desde o minuto em que *você* chegou na cidade, Lala... *Fa la la la la, la la la la.* — Ele cantou essa última parte no tom de *Deck the Halls.*

Franzi as sobrancelhas.

— Quanto dessa garrafa você já bebeu?

Ele ergueu o topo da garrafa até seu rosto e olhou dentro.

— Suficiente para achar que não dá para dividir.

Dei risada.

— Tudo bem. Servi minha própria taça. Mas tem certeza de que quer companhia?

— Eu adoraria sua companhia, Laney Jane Ellison.

Me sentei.

— Xiiii. Está me chamando pelo meu nome completo. Devo estar encrencada.

Holden balançou a cabeça.

— Acho que eu que estou encrencado. Tenho sido um menino mau. Um menino muito, muito mau.

— Do que está falando?

Ele balançou um dedo para mim.

— Sabe quanto tempo faz que estive com uma mulher?

Antes de eu sequer conseguir responder, ele apontou para mim.

— *Errado!* Mais tempo do que isso.

Dei risada.

— Está na seca, hein?

Ele apontou para sua virilha.

— Ele perdeu o interesse em outras mulheres.

Outras mulheres? Holden estava, no mínimo, um pouco bêbado, mas parecia que estava dizendo que a única mulher em que tinha interesse era eu.

— Como assim?

— Como meu pau perdeu o interesse? Porque ele é teimoso. Sempre foi. — Holden olhou para mim. — Ele te quer mais do que você pode imaginar. Mas não se preocupe... — Ele bateu a ponta do dedo indicador na têmpora. — Estou controlando-o agora. Por um tempo, era só tocar e ir sobre quem estava comandando o navio. Mas não mais.

— O que quer dizer?

— Marquei um rolo para ele.

Fiquei em pânico.

— O quê?

— Ele precisa de um relaxamento. Kayla Weathers é um com um R maiúsculo. — Ele riu e roncou. — E ela gosta de R, *bastante.*

Minhas entranhas estava se revirando. Parecia que eu tinha bebido leite azedo e não sabia como as coisas acabariam no futuro próximo. Pensar em Holden com outra mulher era esmagador, embora eu soubesse que não tinha direito de me sentir assim. Eu estava noiva, afinal de contas.

— Desculpe não ter sido um amigo melhor — Holden sussurrou em certo momento.

— Do que está falando? Você tem sido um amigo muito bom. Tem me levado para todo lugar, consertado tudo no meu apartamento, me ajudado com meu carro milhares de vezes...

Holden balançou a cabeça.

— Um amigo melhor teria mantido distância.

— Fui tão culpada quanto. Você falou que me queria mais do que eu poderia imaginar. Bem, você não é o único com desejos, Holden.

Ele sorriu com tristeza.

— Eu sei. Desejo pode ser uma coisa fodida. Mas o que quer que esteja acontecendo entre nós acaba esta noite. — Holden se levantou. — Gosto demais de você para ser seu maior arrependimento. Cuide-se, linda.

CAPÍTULO 14

Holden

Owen passou em casa no dia seguinte depois de voltar de sua viagem a Boston. Ele ainda estava com a roupa de trabalho; juro, esse cara vivia de terno. Ele me deu um olhar crítico conforme seguiu para meu sofá, e eu sabia o que viria. Mas, depois do jeito que eu deixara as coisas com Lala na noite anterior, estava com um humor péssimo e sem saco para suas conversas de sempre.

— Como foi tudo quando trouxe Lala de Nova Jersey? De novo, você manipulou seu caminho para passar mais tempo com ela, hein?

Cerrei minhas mãos em punhos.

— Cale a porra da boca, Owen.

— Não é essa a verdade?

— Quer a verdade? A verdade é... que vou te bater se não parar com essa merda e parar de meter o nariz onde não é chamado.

— Jesus. Acalme-se. — Ele franziu as sobrancelhas. — Você está bem?

— Você age como se esta coisa toda da Lala fosse uma porra de um jogo para mim. Não é. Está me matando. E me afastar é difícil.

Ele piscou.

— Espere... se afastar?

— Sim. Você não precisa mais me policiar.

— Do que está falando?

— Fiquei meio bêbado ontem à noite. Falei para ela que tinha acabado. Também falei que não queria ser o maior arrependimento dela. Então fui embora. E falei sério. Acabou.

Owen semicerrou os olhos.

— Não parece que acabou, meu amigo. — Ele colocou a mão no meu ombro. — Não parece nem um pouco que acabou. Você está... um lixo.

— Vá se foder. — Dei risada.

Owen me encarou por alguns segundos.

— Sabe... Acho que esta pode ser a primeira vez que percebi o quanto você está atormentado por isso. — Ele suspirou. — Sei que gosta dela. Essa nunca foi a dúvida nem o problema.

— Não estive com ninguém desde que Lala chegou, Owen. — Apontei para o meu peito. — Eu! O que isso te mostra? É estranho pra caralho. Nunca aconteceu isso. É como se eu tivesse visão de túnel. Quanto mais sinto que não posso tê-la, mais eu a quero.

Owen se levantou, foi até minha geladeira e pegou uma cerveja. Ele abriu a tampa e a jogou de lado.

— Você precisa se obrigar a seguir em frente de alguma forma. Não somente porque ela está noiva, mas para o seu próprio bem.

— Vou tentar. — Soltei a respiração. — Começando por esta noite. Vou mesmo.

— Vai ficar mais fácil quando ela voltar para a Pensilvânia — ele disse.

— É — murmurei, embora só de pensar nisso... ou pior, de ela ir para a Califórnia... me embrulhava o estômago.

— Sabe que só estou cuidando dela como Ryan teria cuidado. — Ele deu um gole. — Mas desculpe por te criticar tanto. Agora consigo enxergar que, provavelmente, *você* é o mais crítico consigo mesmo, mais do que qualquer um.

— Está se desculpando comigo? Isso é tão atípico de você.

— Não se acostume. — Ele sorriu. — E, só para você saber, estou orgulhoso de você por não pressionar ainda mais as coisas e por tentar fazer a coisa certa.

Apesar de Owen saber sobre a noite do hotel, ele *não* sabia do sexo pelo telefone. Eu não queria trair a confiança de Lala contando os detalhes, então guardei para mim. Não sabia se ele perdoaria tanto no momento se soubesse exatamente até onde eu tinha levado as coisas.

— De um jeito esquisito, tenho inveja de você — Owen falou.

Pisquei, confuso.

— De que parte tem inveja... da minha seca ou da minha incapacidade de ficar duro por outra pessoa?

— Nenhuma. — Ele deu risada. — Acho que invejo a paixão que você tem por ela, apesar de vocês talvez não serem certos um para o outro. Pelo menos você sabe que tem a capacidade de se sentir assim por alguém.

— Acredite em mim, você não quer isso, irmão. Querer alguém e não poder ter é a máxima tortura.

Owen encarou sua garrafa.

— Eu adoraria sentir algo por alguém... não me sentir morto por dentro. Às vezes, duvido se sou capaz disso. Simplesmente, não aconteceu para mim.

Percebi que estava no meu mundo com essa coisa da Lala por tanto tempo que posso não ter percebido que meu amigo Owen estava bem chateado. Ele era viciado em trabalho, e eu sempre presumira que ele estivesse ocupado demais para qualquer outra coisa ou que fosse exigente demais. Nunca pensei que ele sentisse que estava perdendo algo. Mas talvez houvesse mais alguma coisa para ele não ter uma vida amorosa.

Ergui uma sobrancelha.

— Acha que você tem problema ou algo assim?

— Sinceramente, não sei, cara. Com as última duas mulheres com quem dormi foi como se eu não visse a hora de sair do apartamento delas. Teria dado qualquer coisa para *querer* ficar... para ficar a noite inteira e conversar, para não conseguir me cansar de uma pessoa. Sinto que posso estar pronto para isso com a pessoa certa, mas não encontrei ninguém que me faz sentir assim. — Ele pausou. — Sabe, do jeito que *você* parece se sentir quanto a Lala.

Balancei a cabeça.

— Preferiria estar com seu dilema a me sentir assim e não poder fazer nada com isso. Sinto falta dos dias em que não sentia nada. Realmente sinto. — Gemi. — Mal posso esperar para sentir nada de novo.

— Estamos em duas pontas diferentes do espectro no momento. — Owen olhou para seu relógio. — Merda. É melhor irmos para a casa de Colby. Estamos atrasados.

Eu tinha quase me esquecido dos nossos planos de jantar.

— Falando nisso, tem alguma ideia de qual é o assunto? — perguntei.

Colby e Billie tinham nos convidado e pedido, especificamente, para não faltarmos – por causa de algum motivo desconhecido, era importante estarmos todos juntos esta noite. Isso me fez me perguntar o que estava havendo. Eu tinha minhas suspeitas.

— Não tenho a menor ideia — Owen disse. — Acho que estamos prestes a descobrir.

Quando chegamos ao apartamento dos nossos amigos, o cheiro de pão de alho flutuava no ar. Havia cinco caixas grandes de pizza empilhadas na mesa de jantar e alguns vinhos espalhados. A casa de Colby e Billie era, definitivamente, vívida. Entre os brinquedos jogados de Saylor e a arte de Billie por todo lugar, era difícil de acreditar que, um dia, Colby tinha sido o solteiro mais inveterado entre nós.

A pequena Saylor veio correndo na minha direção.

— Tio Holden! Precisa vir ver Guinevere. Ela está ficando muito gordinha!

Eu sorri com a menção da porquinha-da-índia que eu tinha dado a ela.

Colby repreendeu:

— É, Holden, por que você não limpa a gaiola enquanto vai vê-la? Obrigado de novo por esse presente, aliás.

— O presente que continua valendo. — Dei uma piscadinha. — Imagine, meu amigo.

Depois de uma visita rápida ao quarto de Saylor para falar oi para Guinevere, voltei para a sala. Owen havia tirado o blazer e arregaçado as mangas da camisa de botões para ficar à vontade, comendo chips e molho espalhados pela mesa de centro.

Brayden chegou alguns segundos mais tarde.

— Ok, então para que é isso? — ele perguntou. — Jantares em noites aleatórias de sexta-feira são raridade. Alguma coisa que quer nos contar, Colby?

— Espere. Está todo mundo aqui? — Colby perguntou, virando-se para Billie. — Você não falou que Lala viria?

Os pelos da minha nuca se arrepiaram em atenção à menção do nome dela. Por algum motivo, não tinha pensado que ela pudesse aparecer.

— Na verdade, Lala não poderá vir. Então vamos ter que seguir em frente sem ela. Mas ela já sabe.

Sabe do quê?

— Certo, pessoal. — Colby uniu as mãos e respirou fundo. — Contamos a Saylor logo antes de vocês chegarem, e vamos deixar que *ela* faça as honras porque está bastante empolgada para contar. — Ele se virou para a filha. — Saylor, o que temos para contar aos seus tios?

Ela saltitou e gritou.

— Eu vou ser irmã mais velha!

Sorri. Era disso que eu desconfiava. Fiquei aliviado por não ser nenhuma má notícia.

Os olhos de Brayden praticamente saltaram.

— Não pode ser!

Owen sorriu.

— Parabéns, gente!

— Eu sabia. — Abracei Billie.

— Sabia, né?

— É, desconfiei. Parabéns, mamãe.

— Obrigada, Holden.

Abri os braços para abraçar Colby em seguida.

— E você, senhor... muito bem.

Ele me deu tapinhas nas costas.

— Valeu, cara. Estamos nas nuvens.

Eu não poderia estar mais feliz pelos meus amigos. Colby e Billie eram perfeitos um para o outro, apesar de parecerem ser completos opostos. Quando se conheceram, até *eu* fiquei surpreso por minha tatuadora ousada ter gostado do meu amigo pai solo e rígido em vez de, bem, *mim*. Sempre falei que eles eram como yin e yang. E, apesar de Billy ter realmente se tornado uma mãe para Saylor, cuja mãe biológica tinha fugido, era legal que ela e Colby tivessem um filho biológico juntos. Falando em yin e yang, eu costumava sempre associar esse termo a Colby e Billie. Mas agora também lembrava de mim e Lala. Ela e eu éramos verdadeiros opostos, e isso poderia ter sido parte da atração intensa entre nós. Ainda não significava que eu era certo para ela. Mas não há dúvida de que opostos se atraem. Basicamente, eu queria yin ela com meu yang — e esse era o problema, especificamente.

Com o grande anúncio revelado, todos nos sentamos para comer. O clima estava alegre, com todo mundo especulando sobre o gênero e dando opções de nome. Eu não conseguia parar de me perguntar por que Lala tinha escolhido não estar ali.

Depois de comer, me vi sozinho na cozinha com Billie enquanto eu levava meu prato sujo para lá.

— Então... você falou que Lala já sabia da sua novidade.

Billie pigarreou.

— Ela e eu fomos jantar recentemente, e contei em segredo. Eu precisava contar para alguém. Não conseguia mais guardar.

— Bom, ela não deixou transparecer que sabia.

— É. Falei para ela não contar porque queríamos contar a vocês todos juntos.

Billie havia me dado uns olhares estranhos naquela noite que me disseram que ela sabia algo sobre o que estava havendo entre mim e Lala. Não consegui deixar de sondar mais informações.

Esfreguei as mãos.

— Posso te perguntar uma coisa, Billie?

Ela inclinou a cabeça para o lado.

— Claro.

— *Eu* sou o motivo de Lala ter decidido não vir esta noite?

Ela mordeu o lábio inferior.

— Não sei, Holden. A verdade é essa. Ela me disse que iria trabalhar até tarde. Se é verdade ou não, não sei dizer. Ela não me falou nada sobre não vir por sua causa. E não tenho motivo para não acreditar na desculpa que ela me deu.

— Ok. — Assenti. — Justo.

— Há um motivo para ela evitar você? — Ela fez careta.

— Seja direta comigo, Billie. Quanto você sabe sobre o que anda acontecendo entre mim e Lala ultimamente?

Billie olhou na direção da entrada da cozinha e baixou a voz.

— O suficiente para saber que você pode seguir uma segunda carreira como operador de sexo por telefone.

Bom, então tá.

— Acho que ela não se conteve.

Ela suspirou.

— Lala precisava conversar com alguém. Ela confia que não vou contar a ninguém, e não contei para Colby. Não quero que ele encha seu saco. Do meu ponto de vista, isto é entre você e Lala. E pode confiar que não vou contar nada. Mas parte do motivo de eu te contar que sei é porque quero conversar com você. Estou curiosa para saber no que está pensando, Holden. Porque essa situação também não deve ser fácil para você.

— E importa o que penso?

— Claro que sim. Gosto de vocês dois. E, apesar da sua reputação, acredito que, lá no fundo, você seja muito sensível. Não quero que se magoe.

— Quer dizer que *bem* lá no fundo sou sensível, certo? Porque não tem nada de sensível nesta superfície. Só para ficar claro. — Dei risada.

— Sim. — Ela riu. — Claro. Só por dentro.

Soltei a respiração de forma demorada e frustrada.

— Sinceramente, tem sido difícil. Passei do limite com ela e a coloquei em algumas situações difíceis por causa da minha fraqueza... mais de uma vez.

— Não se coloca ninguém onde a pessoa não quer estar, Holden. Obviamente, ela tem uma queda por você e está com dificuldade com os sentimentos também.

— Minha queda por ela é de muito tempo, e acho que velhos hábitos são difíceis de mudar. — Pausei. — Mas ela está noiva. Tenho que respeitar isso.

— Por que estão sussurrando? — A voz de Colby soou detrás de mim. — Você não está tentando dar em cima da minha esposa como antigamente, está?

Cruzei os braços.

— Estamos só falando da... vida.

— Vida. — Ele olhou desafiadoramente. — *Lala*, você quer dizer?

Billie olhou para mim e falou sem emitir som:

— Não falei nada.

— O que te faz pensar que estamos falando de Lala? — perguntei.

— Porque não sou burro. Vi sua cara mais cedo quando Billie falou que ela não viria. E você está me evitando ultimamente, o que, quando se trata de você, significa que há alguma coisa que não quer me contar. Te conheço, Holden.

— Não está acontecendo nada com Lala — insisti. — Ela ainda está noiva. Eu ainda sou… eu. E estou seguindo em frente de qualquer sentimento errado que possa ter por ela. Fim da história.

— Uau. Parece bem simples — ele provocou. — O que me deixa desconfiado. Meio parecido com quando entrei escondido na casa de Ryan no meio da noite para roubar a bicicleta dele como brincadeira. E acabei vendo você e Lala no telhado. Você inventou uma história complexa quando te dei bronca e esperava que eu acreditasse. Então me evitou por uma semana. — Ele deu risada. — Como naquela época, acho que está mentindo agora.

Com certeza, eu estava evitando Colby ultimamente. De todos os caras, ele sempre parecia conseguir me enxergar, mesmo que eu estivesse disfarçando.

— Enfim… — tentei mudar de assunto. — Estou muito feliz por vocês, gente. Mal posso esperar para ser tio de novo.

— Mas sem mais presentes de animal, por favor — Billie disse.

— Contanto que Colby não me irrite, você não vai ter mais nenhuma surpresa. — Dei uma piscadinha. — Apesar de que fiquei sabendo que capivaras são ótimos animais domésticos.

— O que estou perdendo aqui? — Brayden perguntou ao entrar na cozinha.

— Nada — respondi.

— Caramba, estava torcendo para vocês estarem fofocando sobre o negócio de Holden por Lala.

Colby e Billie deram risada, enquanto eu permaneci sério.

— Estávamos conversando sobre o bebê e futuros animais na família — falei.

— Mal posso esperar para ver com quem ele ou ela se parece. Espero que o bebê tenha sorte e se pareça com Billie. — Brayden deu risada. — Sem ofensa, Colby.

Owen entrou na cozinha.

— Por que está todo mundo escondido aqui?

Brayden se virou para ele.

— Estão fingindo que não estavam falando de Lala.

— Ah. — Owen se virou para mim. — Contou a eles sobre a noite no hotel?

Colby arregalou os olhos conforme sua cabeça se virou na minha direção.

— Que hotel?

Puxei meu cabelo.

— Não aconteceu nada! É uma longa história. O carro dela quebrou e eu...

— Sério! — Billie interveio. — Você não deve uma explicação para nós, Holden. — Ela se virou para o marido. — Mesmo que estivesse acontecendo alguma coisa com Lala, não é da nossa conta.

— Lala *sempre* será da nossa conta — Colby corrigiu.

Billie colocou as mãos na cintura.

— Lala é uma mulher adulta. Ela não precisa que nenhum de vocês, grandes valentões, cuidem dela. E quanto a Holden, deixem-no em paz também. Ele não fez nada de errado. E se tivesse alguém aqui que chutaria a bunda dele se fizesse, seria eu. Entenderam?

— Bunda? — uma vozinha perguntou.

Saylor tinha se juntado a nós.

Billie suspirou.

— Nada, querida. Esqueça que ouviu isso.

Saylor deu risada.

— Estão falando de Lala?

Não ela também.

— Por que acha isso? — indaguei.

— Eu estava escutando. Ouvi o nome dela. Gosto de Lala. Ela tem o cabelo bonito.

Porra, tem mesmo. Sonho em puxá-lo enquanto...

— Tio Holden! Você precisa falar tchau para Guinevere antes de ir.

Os olhos de Colby foram para mim.

— Pode levar Guinevere de volta enquanto faz isso, Holden.

— Saylor... — Abri um sorriso malicioso. — Já viu uma capivara?

Depois de falar tchau adequadamente para a porquinha-da-índia quase assassinada via Cheetos apimentado, voltei para o meu apartamento, sem conseguir esquecer a sensação inquietante que tivera a noite toda. Saber que Lala não conseguia suportar estar perto de mim por tempo suficiente para participar do grande anúncio dos seus amigos foi como um soco no estômago. Era prova de que eu tinha mesmo feito o que temia: a havia afastado e a estava perdendo como amiga. Isso era inaceitável para mim.

Antes de entrar em casa, parei no corredor, pensando se batia à porta dela. Sempre havia uma chance de eu estragar ainda mais as coisas. Talvez ela tivesse, sim, que trabalhar até tarde. Eu precisava saber se isso era mentira ou não.

Continuei parado no corredor pensando se enviava mensagem, mas precisava estabelecer um novo normal e, quanto mais rápido eu a encarasse de novo, mais rápido poderia praticar estar perto dela sem estragar tudo.

Enfim, bati à porta e fiquei ali parado esperando enquanto minha pulsação acelerava.

Quando Lala abriu, ela estava tão linda e confusa como sempre com seu cabelo selvagem e olhos arregalados. Então olhei para baixo. Seu pescoço estava cheio de alergia, o que só acontecia quando algo estava realmente a incomodando. Demorei dois segundos para entender. Porque, quando olhei para minha direita, percebi que ela não estava sozinha.

Warren estava ali parado.

CAPÍTULO 15

Lala

— Ãh, Holden… oi. O que está fazendo aqui?

Os olhos de Holden se moveram de mim para Warren. Seu maxilar se flexionou.

— Só vim ver se aquele vazamento na cozinha está consertado. Coloquei um pouco de massa em volta do registro mais cedo enquanto você estava no trabalho, para selar.

Eu não havia tido nenhum vazamento na cozinha, mas agradeci por ele inventar uma desculpa.

— Oh, deve ter funcionado. Acho que não está mais vazando. Obrigada por verificar.

Nós três ficamos parados encarando um ao outro em silêncio até ficar bizarro. Em certo momento, Holden ergueu o queixo para Warren e forçou um sorriso, mas dava para ver que ele estava qualquer coisa, exceto feliz.

— Ei, cara, e aí?

Warren colocou a mão nas minhas costas.

— Nada de mais. Só vim fazer uma surpresa para minha noiva no fim de semana.

Holden olhou para mim.

— Legal. Bom, vou deixar vocês dois a sós, já que parou de vazar.

— Na verdade — Warren disse. — Achei bom que você parou aqui. Bati à sua porta mais cedo, quando cheguei, para poder falar com você sobre algo em particular...

Arregalei os olhos.

— Bateu?

Warren assentiu antes de olhar de volta para Holden.

— Você poderia recomendar um restaurante? Algo romântico, talvez? — Warren se inclinou e beijou minha têmpora. — Amanhã é o aniversário do nosso primeiro encontro, e não vejo minha garota com tanta frequência ultimamente. Gostaria de levá-la a algum lugar legal.

Ai, Deus. Eu queria vomitar.

Holden olhou desafiadoramente para Warren.

— Não saio muito para comer.

— Sério? Imaginei que você tivesse um arsenal de lugares românticos, com todos os encontros que Laney me conta que você tem...

Fechei os olhos. Quando os abri, o olhar desafiador de Holden tinha mudado de Warren para mim.

— Nunca falei que Holden era viciado em encontros.

O rosto de Holden ficou vermelho.

— Só um puto, certo?

— Holden...

Ele ergueu uma mão.

— Tudo bem. Quero dizer, a verdade é essa. Mas acho que um dos motivos pelos quais não consigo pensar em um restaurante romântico de cara é porque a maioria dos meus momentos memoráveis com mulheres não são em lugares assim. Os melhores momentos que já tive foram somente noites sentados na minha escada de incêndio, bebendo vinho e conversando. Acho que você não precisa de um lugar chique e caro quando está com uma mulher especial.

Holden capturou meus olhos mais uma vez.

— Mas vou te avisar se eu lembrar de algum restaurante. Tenham uma boa noite.

Quando fechei a porta, falei para Warren que precisava usar o banheiro para poder ganhar um pouco de tempo e clarear a mente. Mas, provavelmente, eu poderia ter ficado lá dentro por dias e ainda me sentir horrível. Quando saí, fui direto para o vinho, servi uma taça até o topo e bebi. Não percebi o quanto tinha bebido até os olhos de Warren terem se focado na taça quase vazia.

— Estava com bastante sede — eu disse.

— Estou vendo. Apesar de que água mata mais a sede do que álcool. Esse negócio só vai te desidratar mais.

— Certo... claro. — Enchi a taça de novo. — Vou beber esta mais devagar. Quer que encha a sua?

Warren apontou para a taça dele que eu tinha enchido meia hora antes.

— Mal dei um gole.

Eu estivera me sentindo bem estranha desde que abri a porta e encontrei Warren do outro lado algumas horas antes, mas, de repente, nem sabia como agir.

Será que me sentava?

O que deveria falar?

Ele estava me olhando engraçado?

Warren passou o polegar no lábio.

— No que esse cara trabalha mesmo?

Me senti, imediatamente, na defensiva. Talvez fosse o uso do "esse cara" quando eu tinha certeza de que ele sabia o nome dele.

— Holden toca em uma banda chamada After Friday. E é o zelador do prédio.

— Quase trinta anos é meio velho para ter esperança de se tornar um rock star, não é?

— Holden é um baterista bem talentoso. Só porque ainda não é famoso não significa que não tenha o que precisa. Muito da criatividade vem no tempo certo, no lugar certo.

— Mas quando é para desistir? Com trinta? Quarenta? Sessenta? Nós todos temos que crescer alguma hora.

— Está dizendo que Holden não é adulto porque ele faz o que ama? Nem todo mundo está disposto a desistir da felicidade por um emprego que paga melhor ou que tem um horário mais comercial. Acho que está se esquecendo de que Holden, e todos os garotos donos deste prédio, passaram por uma coisa que os ensinou uma lição valiosa: a vida é curta. Não a desperdice com coisas que não valem seu tempo.

A expressão de Warren se fechou.

— Desculpe. Acho que não pensei em como a morte de Ryan pode tê-los afetado.

Soltei a respiração e balancei a cabeça.

— Tudo bem. Desculpe se fui meio grossa. Estou cansada, e você sabe como fico quando não durmo o bastante.

Ele se esticou e acariciou minha bochecha.

— Por que não vamos dormir? Também estou cansado. Fui cedo para o laboratório hoje de manhã para que pudesse pegar a estrada à tarde.

Warren e eu não nos víamos há algumas semanas, então desconfiei que não fôssemos dormir assim que nos deitássemos na cama. E eu não estava no clima de amassos no momento. Então contei uma mentirinha inocente. Ou devo dizer *outra*...

— Preciso terminar umas coisas do trabalho. Não sabia que você viria, então deixei algumas tarefas para finalizar em casa. Mas por que não relaxa e assiste TV na cama, e vou me juntar a você assim que eu terminar?

Warren franziu o cenho.

— Certo. Espero que não demore muito.

Tentei sorrir.

— Vou tentar me apressar.

Sem querer ser pega na mentira, trabalhei mesmo em uma planilha no Excel que estivera evitando. Inserir dados e criar gráficos eram minhas partes menos preferidas de fazer pesquisa, ainda assim, preferia trabalhar nelas a ficar com meu noivo. Após quarenta e cinco minutos, mais ou menos, os números no meu laptop começaram a embaçar, então andei na ponta dos pés até a porta do quarto para ver se conseguia ouvir Warren se mexendo. Expirei com força quando ouvi seu ronco suave.

Poderia ser seguro ir dormir, mas eu ainda estava agitada pela sequência de acontecimentos da noite — primeiro, Warren me surpreendendo e, então, Holden aparecendo na minha porta. Aí me servi de outra taça de vinho e tentei desacelerar, porém minha mente continuou vagando para o homem da porta ao lado. Não conseguia parar de repassar a mágoa no rosto dele quando vira Warren. Pior, ele achava que eu havia contado a Warren tudo sobre o mulherengo que ele era. Sem conseguir tirar os pensamentos da cabeça, mesmo com a ajuda de mais vinho, peguei meu celular e olhei o TikTok. Normalmente, quando estava estressada com alguma coisa, passava o tempo olhando uma das bilhões de hashtags de *cachorros* e encontrava um labrador lindo que equilibrava um patinho de pelúcia na cabeça para melhorar meu humor. No entanto, naquela noite, entre cada vídeo, eu olhava para a janela que levava à escada de incêndio.

Eu não poderia...

Um basset hound correndo com óculos escuros.

Eu não deveria...

Um goldendoodle jantando em um cadeirão igual a uma criança.

E se eu só saísse por cinco minutos...

Um boxer que sabe tocar piano.

Warren nunca nem precisava saber...

Um cão pastor que usa os dentes para puxar a coberta para uma criança dormindo.

Eu conseguia fazer silêncio...

Peguei a garrafa quase vazia de vinho e bebi o restante direto da boca. *Foda-se. Vou fazer isso. Vou lá fora.*

Verificando mais uma vez na porta do quarto se Warren ainda estava roncando, abri a janela em silêncio e subi na escada de incêndio.

Toda vez que eu saía ali, Holden já estava lá ou se juntava a mim logo depois. Então esperei.

E esperei.

E esperei.

E esperei.

Depois de meia hora, meu celular vibrou com uma mensagem.

Holden: Chez Josephine, em Midtown. Aproveite seu jantar romântico.

Bem quando você pensa que é seguro...

Eu não tinha visto nem ouvido um pio do vizinho nas últimas vinte e quatro horas. Mas quando as portas do elevador se abriram, ninguém menos do que meu vizinho estava parado lá dentro. Parecia que o ar tinha sido tirado de mim.

A expressão de Holden se fechou quando ele viu que Warren e eu estávamos arrumados.

— Oh, oi.

Sorri sem entusiasmo.

— Oi.

Holden estava com baquetas na mão. Ele as guardou no cós da calça jeans e ergueu dois amplificadores do chão, um em cada mão. Seus olhos fizeram uma rápida varredura no meu vestidinho preto conforme nos afastamos do elevador.

— Parece que vocês estão bem arrumados para sua noite romântica. Espero que seja tudo que sonharam que seria.

Eu só queria entrar no maldito elevador e ficar longe dele, mas Warren não me seguiu para dentro imediatamente quando Holden saiu. Ele colocou o braço em um lado do elevador para impedir que as portas se fechassem.

— Vai tocar esta noite?

Holden se virou.

— Vou.

— Onde? Talvez Laney e eu possamos ir lá depois do jantar.

Holden olhou para mim e de volta para Warren.

— Tudo bem. Não precisam fazer isso. Devem curtir sua noite romântica. Além do mais, acho que o lugar não é muito seu estilo.

— Talvez não, mas Laney me contou como você é talentoso, e acho que será divertido.

Holden franziu os lábios, contudo, em certo momento, assentiu.

— The Villager. É no centro.

Warren assentiu.

— Ótimo. Talvez nos vejamos mais tarde.

— Este lugar é bem legal. — Limpei os cantos da boca com um guardanapo. — Obrigada por encontrá-lo e fazer os planos.

Eu não tinha contado a Warren que Holden havia me enviado mensagem com uma recomendação para um restaurante romântico na noite anterior. Pensar que, provavelmente, ele estivera lá com outra pessoa era demais para eu suportar. Entretanto, Warren tinha entrado em contato com um dos seus colegas, que tinha lhe dado o nome daquele restaurante.

— Tudo estava delicioso, mas acho que a companhia foi o que tornou isso especial. — Warren colocou seu cartão de crédito na pastinha de couro e esticou o braço por cima da mesa para segurar minha mão. — Acho que precisávamos disso, meu amor. Ultimamente, estava sentindo que havíamos nos desconectado um pouco. Tenho certeza de que é por causa da distância, porém me fez perceber que preciso vir visitar com mais frequência e me esforçar mais.

Era horrível, mas minha reação interna ao meu noivo dizendo que queria me visitar mais foi de pavor. O jantar tinha sido muito bom – a comida estava deliciosa, nossa conversa fluiu naturalmente e um pianista talentoso tocava suavemente do outro lado do salão. Eu deveria ter me sentido chique e especial – mas, em vez disso, estava... entediada. Só de pensar nisso me fazia sentir um ser humano horrível. Mas a questão sobre sentimentos é que, por mais que eles pudessem não ser bonitos, geralmente, havia muita verdade neles. E a verdade era que eu não conseguia parar de comparar o que sentia com Warren com o que sentia quando estava perto de outro homem. Holden me fazia sentir viva, enquanto me sentia adormecida conversando e jantando com meu noivo. Simplesmente, não havia faísca, não havia frio na barriga, não havia eletricidade percorrendo minhas veias. Infelizmente, eu não fazia ideia de que nenhuma dessas coisas sequer estavam faltando antes de ir para Nova York. Havia me acomodado cegamente em uma rotina *boa*, sem ter realmente com o que compará-la. E agora estava preocupada que o que sentia perto de Holden não pudesse ser *dessentido*. Será que eu *conseguiria* guardar o que sabia que um relacionamento poderia ser em uma caixa quando fosse embora de Nova York e voltasse a ser feliz com *bom*?

Essa era a grande pergunta – para a qual eu não tinha resposta.

Sorri e assenti,

— Eu também poderia voltar mais para casa para visitar.

Quando estávamos prontos para ir, Warren se levantou e estendeu a mão para me ajudar a ficar de pé.

— Obrigada.

Ele me puxou para perto para um abraço espontâneo.

— Te falei que está linda esta noite?

— É muito fofo da sua parte dizer isso.

Do lado de fora do restaurante, Warren foi até o meio-fio e ergueu a mão para chamar um táxi que descia o quarteirão.

— Está pronta para a festa agora?

— Quer dizer o show de Holden?

Warren assentiu.

— Estou ansioso para ver a banda dele tocar.

— Está?

O táxi parou, e Warren abriu a porta de trás.

— Me sinto mal por ter insultado a carreira dele ontem à noite. Os amigos do seu irmão são importantes para você, então são importantes para mim.

— Agradeço, mas... estou meio cansada. Tudo bem se pularmos essa.

— Não temos que ficar muito tempo. Só vamos passar lá e ouvir algumas músicas.

Suspirei e entrei no táxi.

— Ok... sim, claro.

O The Villager estava lotado quando entramos. Me senti um pouco aliviada por estarmos presos no bar do fundo, e Holden, provavelmente, nem perceberia que tínhamos ido. Warren conversava com o barman enquanto eu olhava pelo club. A maioria das mulheres estavam vestidas de forma bem diferente de mim com meu vestidinho preto que chegava no joelho e saltos conservadores. Elas vestiam cropped com a barriga aparecendo, vestidos sem alças e jeans que pareciam tingidos. Me fazia sentir entediante e super fora de lugar.

Warren deslizou dinheiro pelo bar e terminou de conversar com o barman. Um minuto mais tarde, uma mulher se aproximou e o barman apontou para Warren e para mim.

— O que está havendo?

Warren sorriu.

— Consegui uma mesa para nós lá na frente.

— O quê? Como?

— Dei ao barman cem dólares, e uma das mesas redondas com as plaquinhas de reservado, de repente, ficou disponível. Mas falei para ele que ficaríamos só por uma hora, mais ou menos.

A última coisa que eu queria era estar na frente e no meio. Balancei a cabeça.

— Tudo bem. Estou legal aqui. Só vamos ficar um pouco, de qualquer forma.

Mas era tarde demais. A mulher gesticulou para a seguirmos, e Warren colocou a mão nas minhas costas, me guiando para andar.

Holden nos viu antes mesmo de nos sentarmos, seus olhos seguindo cada passo meu conforme ele tocava bateria.

Warren puxou minha cadeira, e nos sentamos. Ele parecia feliz consigo mesmo quando se inclinou para a frente e gritou acima da música.

— Não é melhor assim?

Não, me faz querer vomitar. Ainda assim, tive que fingir um sorriso.

— Sim, obrigada.

A meia hora seguinte foi brutal. A After Friday tocou sete músicas seguidas, cada uma começando assim que a outra terminava, mas Holden e eu não conseguíamos parar de nos encarar. Eu obrigava meus olhos a desviarem depois de alguns segundos, mas, de alguma forma, eles continuavam encontrando o caminho de volta. E toda vez, eu via Holden olhando para mim. Comecei a me preocupar que meu noivo fosse perceber. No entanto, quando olhei, ele parecia totalmente alheio e sorriu. Sorri de volta, e a breve interação fez Warren se esticar pela mesa e entrelaçar os dedos com os meus. Na próxima vez que dei uma olhada no baterista, Holden não estava mais olhando para mim; ele estava encarando nossas mãos unidas — na verdade, estava mais para *olhando desafiadoramente*. A música dele também parecia ficar cada vez mais alta. Estávamos sentados tão perto que eu já estava sentindo a batida no meu peito, contudo, conforme o tempo passava, meu coração batia com tanta força que comecei a suar. Quando a banda, enfim, parou de tocar, o cantor falou que eles iam fazer uma pausa rápida, e eu falei para Warren que precisava ir ao banheiro.

O corredor tinha uma fileira de seis banheiros individuais, e fiquei feliz por ter alguns minutos sozinha em um. Quando recuperei o fôlego, resolvi que, assim que voltasse para a mesa, diria para Warren que precisávamos ir embora. Eu não conseguiria aguentar mais uma rodada do que tivesse se passando lá fora. Entretanto, quando abri a porta do banheiro, Holden estava esperando logo do lado de fora. Ele me fez recuar, trancando a porta ao entrar.

— O que está fazendo? — perguntei.

Holden parecia louco. Ele continuou andando para a frente, me fazendo recuar, até eu chegar na pia. Então, colocou uma mão de cada lado meu, me bloqueando.

Ele se inclinou para baixo até ficarmos olho no olho.

— Me conte, quando você segura a mão dele, sente o que está sentindo agora?

Meu coração acelerou, e não consegui falar.

— Me responda! — Seus olhos estavam bravos. — Como se sente agora, Lala? É a mesma coisa quando ele toca sua mão?

Balancei a cabeça.

— E quando ele estava *na porra da sua cama* ontem à noite? Foi assim que se sentiu?

Balancei a cabeça de novo.

— Isso é triste pra caralho. — Holden trilhou um dedo ao longo do meu braço, e arrepios apareceram por toda a minha pele. — Ele faz seus pelos se eriçarem assim? Te dá arrepios?

Balancei a cabeça mais uma vez.

Holden se inclinou, aproximando a boca da minha orelha.

— Ele consegue te fazer *gozar* só de falar com você? Sem nunca ter encostado um dedo em você?

Dessa vez, não respondi. Nem conseguia mais mexer a cabeça. A respiração quente de Holden na minha orelha fez meu corpo tremer de desejo.

Mas ele recuou. Um sorriso bravo se abriu em seu rosto.

— Achei que não mesmo. Aproveite o resto da sua noite chata, *Laney*.

Ele destrancou a porta e saiu sem olhar para trás, me deixando parada ali, derretida.

Precisou que as pessoas esmurrassem a porta para me fazer sair depois disso. Eu estava uma bagunça emocional e precisava sair daquele club e ficar longe de Holden. Contudo, quando voltei para a mesa para dizer a Warren que precisávamos ir embora, encontrei Holden sentado na minha cadeira. E agora ele não estava sozinho... Uma mulher linda e seminua estava sentada em seu colo. Isso me fez parar de andar. De canto de olho, Holden percebeu. Ele abriu um sorriso maldoso e aconchegou o rosto no pescoço da mulher. Ao sair do banheiro, eu estava uma bagunça triste e emotiva. Mas ver Holden daquele jeito mudou algo dentro de mim. Triste e emotiva se tornou brava e ciumenta. Pisei duro até a mesa e falei com Warren.

— Precisamos ir embora. Estou começando a ter enxaqueca, e acabei de vomitar no banheiro. — Me virei para encarar Holden e o olhei desafiadoramente, arrancando minha jaqueta do encosto da cadeira conforme ele continuava a ficar de amassos. — Deve ter sido a música alta. Aproveite o resto da sua noite, Holden. Embora pareça que você já resolveu isso.

CAPÍTULO 16

Holden

Uma semana depois, a neblina de ciúme mal tinha sumido.

Claro que me sentia um merda pelo que tinha aprontado no club no último fim de semana. Foi imaturo e egoísta. Mas cada palavra que saiu da minha boca tinha sido verdade. E cada reação dela comprovou como ela se sentia. Ainda assim, eu não tinha o direito de agir como um imbecil ciumento. Warren aparecer tinha me pegado desprevenido e trouxe à tona exatamente como meus sentimentos eram intensos.

De novo nessa semana, precisara me lembrar de dar um passo atrás. Felizmente, eu tinha evitado, com sucesso, encontrar com Lala desde aquela noite horrível, porque, se eu tivesse feito ou falado mais qualquer coisa idiota e a metido em algum tipo de encrenca com ele, não teria conseguido me perdoar. Mesmo assim, eu tinha uma chance muito boa de perder Lala como amiga para sempre.

Eu precisava, desesperadamente, sair do meu maldito apartamento antes de enlouquecer. Felizmente, aquela tarde tinha pôquer com os caras. Era a vez de Brayden ser anfitrião.

Quando apareci no apartamento dele, aparentemente, eu tinha feito um péssimo trabalho em esconder como estava me sentindo.

— Você parece mal. O que aconteceu? — Brayden perguntou ao dar um passo para o lado para eu entrar.

— Nada — murmurei, indo direto para a cozinha a fim de pegar uma cerveja.

Então me sentei à mesa, onde Owen e Colby já estavam. As caixas de pizza de sempre estavam empilhadas na lateral. O cheiro de pepperoni fez meu estômago roncar.

Todo mundo estivera ocupado ultimamente, então fazia um tempo que não conversávamos, só nós quatro.

Colby deu as cartas.

— Então, qual é a novidade de todo mundo?

— Eu falo primeiro — Owen disse, pegando um charuto e acendendo. — Tenho um cliente procurando um edifício para abrigar seu, esperem… — Ele pausou. — Clube de sexo particular.

— Caramba. — Dei risada.

— Tive que assinar um contrato de confidencialidade em relação à natureza exata do estabelecimento. Então, mantenham isso entre nós. Mas isso, com certeza, é uma novidade para mim.

— Que tipo de espaço se encaixa nos critérios? — Brayden perguntou.

— Aparentemente, há certas necessidades, como salas particulares suficientes e uma certa altura do teto para swings na área comum.

Brayden jogou a cabeça para trás.

— E pensei que eu que tivesse a história mais interessante para contar desta noite.

— Por quê? O que houve? — Colby indagou.

Brayden falou conforme arrumava as cartas.

— Então… Fui a um encontro com uma garota ontem à noite que conheci no Tinder e, aparentemente, ela não confiava em mim, então levou a amiga como acompanhante. O tempo todo só consegui pensar em como sua amiga era linda e engraçada. Queria estar em um encontro com ela.

— Bom, que estranho. — Dei risada.

— É, nem me fale. Senti um clima da amiga dela também… você sabe, que o sentimento era mútuo.

— Esse é um lugar difícil de ficar — Colby disse. — O que pode fazer nessa situação?

— Basicamente nada. — Brayden deu de ombros.

— Sabe o nome completo da amiga? — perguntei.

— Só o primeiro, Julia. Mas o que teria importado se eu tivesse o sobrenome?

— Poderia procurá-la on-line depois de um tempo. Conversar com ela por DM — sugeri.

— É, bom, muito trabalho. — Brayden bebeu sua cerveja.

Cocei o queixo.

— E se você falar com a garota que foi encontrar depois de um tempo e perguntar a ela o nome da amiga?

Ele arqueou uma sobrancelha.

— Não acha que pega mal?

Acendi um dos charutos que encontrei no balcão atrás de mim e soprei fumaça.

— Quem se importa? Você não está namorando com ela.

— É, talvez. Não sei. — Brayden suspirou. — Enfim, qual é a nova com você, Colby?

— Bom... — Colby abriu um sorriso grande e bobo. — No meu bolso, estão as primeiras fotos do Bebê Lennon.

— Não acredito. — Estiquei a mão. — Passe para cá!

Colby pegou algumas fotos de ultrassom.

— Como vocês sabem, Billie não quer descobrir o sexo. Foi muito difícil, para mim, não perguntar ao técnico de ultrassom sobre isso. Mas jurei, então não perguntei. Além do mais, Billie falou que é cedo demais para saber. — Ele as colocou na mesa. — Fiquei tentando descobrir só de olhar as fotos. Algum palpite?

Brayden apontou para um certo ponto.

— Certeza de que isso é um pau! É enorme.

Colby deu risada.

— Viu? Foi isso que pensei primeiro, mas Billie falou que pode ser o cordão umbilical. Não sei como essas coisas normalmente se parecem. Nunca vi fotos dos de Saylor. Mas isso parece *mesmo* um pênis, na minha opinião.

— É um tamanho bem considerável. — Dei uma piscadinha. — Deve ter puxado ao tio Holden.

Owen soprou um pouco de fumaça.

— Vou rir quando acabar sendo menina porque é óbvio que isso *não* é um pênis. É um braço.

Os caras e eu falamos muito disso, discutindo o sexo do bebê de Colby e Billie. Fiquei empolgado por eles terem me pulado na rotação das atualizações sobre o que estava havendo em nossas vidas. Porque, se eu tivesse contado a eles a verdade sobre o que aconteceu no club com Lala, não teria ido bem.

Mas me precipitei, porque, assim que Colby guardou as fotos no bolso da camisa, ele olhou para mim.

— Holden, o que está havendo com você?

Me mexi na cadeira. Havia muita coisa na minha mente que eu queria desabafar, coisas que realmente queria que meus amigos soubessem. Só não queria ouvir merda por sequer perguntar. Mas, em uma decisão fugaz, fiz isso, mesmo assim.

— Como se sabe se está apaixonado por alguém?

Os três viraram a cabeça na minha direção ao mesmo tempo, mas ninguém falou nada. Eles olharam um para o outro, depois de volta para mim. Dava para ouvir um alfinete caindo.

Colby se inclinou.

— Por que está perguntando isso?

Revirei os olhos.

— Dê um palpite ousado.

— Bom, sei para onde a *minha* mente está indo — Owen entrou na conversa.

Coloquei a cabeça nas mãos.

— Nem sei se é amor que estou sentindo. Só sei que toda vez que estou perto dela, me faço de idiota. Parece que não consigo tomar as decisões certas... ou pensar em outra coisa. — Ergui minhas cartas e as arrumei, no automático. — Estou muito confuso.

— Isso se trata do noivo dela ter vindo para a cidade? — Brayden perguntou. — Foi isso que te deixou assim?

— Em parte. — Ergui o queixo. — Você sabia que ele estava aqui?

Ele assentiu.

— Encontrei com eles no corredor no último fim de semana. Lala parecia bem nervosa.

Meu estômago se revirou.

— Provavelmente era por minha causa — confessei. — Meio que a coloquei em uma posição esquisita na noite de sábado passado.

Me rendi e contei a eles o que tinha acontecido no meu show no The Villager. Não preciso dizer que não ficaram felizes comigo.

Brayden se recostou na cadeira e balançou a cabeça.

— Cara, isso foi muito errado.

— Sei que foi errado. Eu deveria estar sendo melhor, mas não sei como parar. Sei que sou errado para ela. Mas isso não muda como me sinto. — Puxei meu cabelo. — Olhe, só finjam que não falei nada...

Colby estendeu a palma da mão.

— Não, não. Você fez uma pergunta. Acho que devemos todos fazer nosso melhor para responder.

Owen deu de ombros.

— Não olhe para mim. Nunca me apaixonei. Nem consigo encontrar uma mulher com quem suporte passar mais do que algumas horas.

— Mesma coisa aqui, cara. — Brayden fez careta. — Bom, exceto pela Julia ontem à noite, mas isso não conta. — Ele se virou para Colby. — Parece que é você quem vai ter que responder a pergunta.

— Certo, não me importo se for eu. — Colby pigarreou. — Obviamente, há muitas coisas que você pode sentir por alguém quando está apaixonado. Mas a coisa que se destaca para mim é que, quando se ama verdadeiramente, você está disposto a dar sua vida pela pessoa. Essa pessoa significa mais para você do que qualquer coisa... incluindo a si mesmo.

Olhando para baixo, para a mesa, eu sabia que pularia diante de um trem por Lala, se isso significasse salvá-la. Não tinha dúvida de que morreria por ela. Mas pensei que isso era um pouco demais de anunciar em uma mesa de pôquer. Entretanto, achava que provavelmente *estava* apaixonado por ela. Infelizmente, estar apaixonado ainda não me tornava a melhor opção. Você pode provar seu amor deixando alguém ir com tanta facilidade quanto deixaria ficar na sua vida e, potencialmente, arruiná-la.

— Obrigado pela conversa — murmurei.

— Só isso? — Colby arregalou os olhos. — Não vai falar mais nada?

— Não. — Mexi com minhas cartas. — Preciso guardar meus pensamentos para mim mesmo. Já falei muita merda. Não preciso que vocês me encham o saco. Nem deveria ter feito a porra da pergunta. Mas sinto que estou enlouquecendo desde que Warren apareceu.

— Deus, isso traz um novo significado à expressão perdido em Lala Land — Owen interveio. — É exatamente aí que sua cabeça tem ficado ultimamente.

— É. Não brinca. — Dei risada junto com os outros caras.

Felizmente, eles saíram do meu pé por um tempo conforme começamos nosso jogo, e as cartas nos mantiveram relativamente focados até Colby acabar vencendo.

Quando fizemos uma pausa, fui para a cozinha. Colby me seguiu.

Ele baixou a voz.

— Ei, cara, só queria conversar com você em particular um pouco.

— Não há mais nada a dizer.

— O que você falou que fez no fim de semana passado, como agiu no club, me lembrou da época em que me fiz de bobo quando Billie estava naquele encontro... antes de ficarmos juntos oficialmente. Lembra-se daquela noite? Você a viu no restaurante com o cara e me enviou fotos por mensagem. Fiz o maior papel de idiota enviando mensagens ciumentas para ela. Meus sentimentos estavam espalhados por todo lugar como em um redemoinho. Não havia nada que eu conseguisse fazer para me impedir naquela noite. É isso que o ciúme faz quando se gosta mesmo de alguém. O que você fez não foi diferente. — Ele jogou seu lixo na lata de lixo. — É o seguinte... Nunca cheguei a nenhum lugar fazendo essas merdas, dançando em volta dos meus sentimentos por ela. No fim, precisei ser direto e reto.

Assenti.

— É mais fácil falar do que fazer.

— Tive alguns problemas parecidos com os seus com Billie. Não apenas parecíamos ser completos opostos, mas nunca senti que era muito certo para ela. Claro que também havia a questão de eu ter uma filha. — Ele suspirou. — Ainda assim, não conseguíamos ficar longe um do outro. Só andamos em círculos até começarmos a nos comunicar de forma sincera. Acho que você já ficou muito tempo fazendo a mesma dança com Lala.

— Sempre me meto em encrenca quando danço com Lala — murmurei.

— Quando ela se casar com ele, cara, é isso — Colby disse. — Não há como voltar atrás. Lala parece o tipo de pessoa que vai fazer tudo que puder para o casamento dar certo. Não a vejo se divorciando, apesar de que qualquer coisa pode acontecer. — Ele expirou. — Sei que é estranho eu estar te encorajando a ir em frente, mas gosto de vocês dois. Por mais que eu sempre queira protegê-la, não sei se você vai esquecer isso. Estou começando a acreditar que nutre sentimentos verdadeiros por ela. E, como seu amigo, acho que precisa tentar.

Ele está me apoiando? Uma pressão que nunca senti se formou no meu peito.

— Digamos que eu me arrisque e tente. Mas isso não muda quem eu sou. Não sou o tipo de cara que se acomoda, que mora em uma casa no subúrbio com uma cerca branca. Tudo pelo que já trabalhei se tratou de ter uma carreira na música e estar na estrada. Acho que não é justo que eu diga a ela como me sinto se não posso ser o tipo de cara de que ela precisa.

Colby deu de ombros.

— Bom, essa, com certeza, é uma decisão que você vai ter que tomar. Acho que precisa decidir se está disposto a desistir de alguns desses sonhos. Ou talvez descubra que não precisa escolher. A questão é que não haverá uma oportunidade em breve se você continuar a fazer joguinhos. — Ele assentiu. — Mas você está com medo. Entendo.

Era mais do que somente medo. Eu tinha obrigação moral de proteger Lala de mim.

— Não sou seguro, Colby.

Ele deu de ombros de novo.

— A escolha segura nem sempre é a certa. Isso foi uma coisa que aprendi com meu próprio relacionamento. Billie não era o tipo de mulher que pensei que fosse querer se casar com um cara como eu. Ela era livre e solta, e eu não queria contê-la. Éramos a escolha perigosa um para o outro... mas, no fim, nossos sentimentos suplantaram tudo. E aprendemos a fazer dar certo.

— Só para confirmar... Está dizendo que não vê problema em eu expressar esses sentimentos para a *irmã de Ryan*? Porque você sempre foi contra a ideia de nós dois juntos.

Ele sorriu.

— Pode chamar de apoio *cauteloso*. Agora enxergo as coisas de forma diferente, como seus sentimentos por ela são intensos. Isso conta muito. Por tudo que me mostrou, você parece gostar muito dela. Além disso, me falou que não esteve com nenhuma mulher desde que ela chegou aqui. Isso diz bastante coisa.

— Falando em outras mulheres, você deveria ter visto a reação dela quando eu estava com aquela garota no meu colo.

Colby fez careta.

— Claramente, ela tem sentimentos fortes por você também. Além disso, me preocupo de que ela não esteja pronta para se casar, apesar de antes ter pensado que era isso que queria. Mas ela me parece o tipo de pessoa que sacrificaria a própria felicidade só para evitar magoar alguém. Ela pode seguir em frente com isso se não tiver um motivo forte para reconsiderar. É outro motivo para você se abrir para ela.

— É. — Expirei. — Bom, você me deu bastante coisa para pensar.

— Você só precisa colocar tudo na mesa; ser extremamente sincero. Precisa dizer a ela como se sente sem se preocupar com as consequências. Porque, quando guardamos os sentimentos, eles nos corroem e, em certo momento... morremos. Bem, no sentido figurado, claro. — Ela balançou a cabeça. — Não consigo imaginar você no casamento dela. Você consegue? Sabe que todos seremos convidados. Como vai ficar lá e assistir a ela se casar com ele? Nem consigo imaginar isso.

— Eu não iria — eu disse sem hesitação.

— Não iria mesmo?

— Não iria aonde? — Brayden perguntou ao entrar na cozinha.

— Na sua bunda — respondi.

— Estamos tendo mais conversas secretas sobre Lala? — ele zombou.

Revirei os olhos.

— Você e eu precisamos sair mais — ele me falou. — Não posso contar com Owen ou com esse velho casado.

— Tem razão — admiti. — Tenho estado enfiado na toca ultimamente, e só estou saindo quando tenho shows. Preciso me forçar.

— Se forçar a ficar longe de Lala? — Owen indagou quando entrou na cozinha.

— Isso também — concordei.

Brayden deu um tapa no ombro de Owen.

— Ei, quando o clube de sexo do seu cliente abrir, posso ser um dos primeiros?

— Nem era para eu estar falando disso, então fique de bico calado.

Graças a Deus, todo mundo esqueceu o assunto Lala pelo resto da noite depois disso.

Quando voltei ao meu apartamento, senti que tinha chegado ao meu limite. Precisava falar com ela — naquela noite. Peguei o celular, sabendo que, se pensasse demais no que escreveria, não iria sair nada. Afinal, tinha precisado do que pareciam anos para decidir enviar mensagem no fim de semana anterior quando dei a ela a recomendação do restaurante. Mas isso? Desabafar meus sentimentos? Não havia como planejar essa merda.

Então resolvi digitar exatamente o que estava pensando. Porque Colby tinha razão. Essa situação estava me deixando louco.

Eu sempre poderia apagar e não apertar para enviar, disse a mim mesmo.

Holden: Oi, Lala. Quero me desculpar pelo que fiz na noite do sábado passado. (Sinto que estou sempre me desculpando com você pelo meu comportamento.) Esta mensagem deveria ter vindo antes, mas estou muito confuso e não sabia o que dizer. Por mais que esteja me desculpando por te encurralar em um canto daquele jeito, NÃO peço desculpa pelo que falei. Porque foi a verdade. Não vou fingir que o que estou prestes a dizer é bom para você. Mas também é a verdade. Aqui vai: não consigo parar de pensar em você. Penso em você desde que acordo de manhã até quando deito a cabeça no travesseiro à noite. Nunca me senti assim por ninguém. Sei que sou errado para você. Essa é a questão. É por isso que é muito injusto, mas cheguei ao ponto em que simplesmente não dou mais a mínima. Não fiquei com ninguém desde que você chegou em Nova York. Estou incapaz de sentir algo por alguém que não seja você porque não estou interessado em mais ninguém. Aquela garota com quem me viu no fim de semana passado não foi exceção. Queria te deixar com tanto ciúme quanto fiquei ao te ver com Warren. Era um jogo. Mas não quero mais fazer joguinhos,

Lala. Cansei de me conter. Quero que largue Warren. Senão por mim, então pelo simples fato de que, apesar de você gostar dele, ele não te satisfaz como eu poderia. Ele nunca satisfará. O problema é que não posso prometer nada quanto a como pode ser um futuro comigo. Essa é a parte ruim em tudo isso. O que posso prometer é que vou te dar o que sei que você quer agora: levar seu corpo a lugares que nunca esteve. Não quero morrer e não saber como é, Lala. Quero você. Você inteira. Faça o que precisar com essa informação, mas, se há alguma chance de você se sentir igual, precisa me falar, e precisa lidar com as coisas do seu lado primeiro. Por outro lado, se não há chance de nos tornarmos mais do que somos agora, vou seguir em frente. Para sempre, desta vez. Se ama Warren e pretende se casar com ele, independente de qualquer coisa, precisa me dizer claramente que nunca mais vai acontecer nada entre nós. Juro para você, quando ouvir essas palavras saírem da sua boca, vou parar com isso. Vou TER que parar. Mas, não se engane, vou continuar te desejando.

Meu coração acelerou conforme meu dedo pairou acima da tela para apagar ou enviar.

Três.

Dois.

Um...

Pausei.

Enviar.

CAPÍTULO 17

Lala

Parei na mesma vaga da manhã anterior. Meu prédio ficava a algumas portas dali e do outro lado da rua. Olhando em volta, tudo parecia exatamente do mesmo jeito do que quando saí para dirigir para a Filadélfia, no entanto, nada mais era igual para mim. Suspirei. Que dois dias de reviravoltas eu tive.

Saí de Nova York determinada a consertar as coisas com meu noivo. Warren sabia que tudo estava estranho entre nós quando foi embora no fim de semana anterior, e tinha ligado todas as noites da semana para ver se eu estava bem. Detestava fazê-lo se sentir nervoso. Ele não merecia isso. Então tinha dirigido para casa a fim de surpreendê-lo, como ele fez comigo na semana anterior, para garantir que estava tudo bem entre nós. Juro que tinha a melhor das intenções quando saíra no dia anterior.

Warren trabalhava no laboratório nas tardes de sábado, então fui cedo e visitei meus pais. Depois, fui à padaria de que ele gosta e comprei sua sobremesa preferida — bolo de cenoura sem glúten com cobertura vegana de "cream cheese" sem leite — antes de ir para a casa dele. Mas, assim que estacionei, chegou uma mensagem de Holden. E, depois disso, minha visita para acalmar as coisas não aconteceu exatamente como o planejado. Na verdade, acabou sendo bem tumultuada. Fiquei sentada do lado de fora da casa de Warren por mais de uma hora, lendo a mensagem de Holden repetidamente. Então meu noivo viu meu carro e saiu para ver se eu estava bem.

Quando abri a boca para dizer a ele que estava tudo ótimo, lágrimas começaram a escorrer pelo meu rosto.

Eu não conseguia fazer isso.

Simplesmente, não conseguia mais fazer isso.

Agora era domingo e estava tarde, eram quase onze da noite, e eu ainda não tinha respondido a mensagem de Holden do dia anterior. Não sabia se ele estava em casa, mas estava prestes a descobrir. Porque as coisas entre nós precisavam ser resolvidas de uma vez por todas.

A adrenalina correu por minhas veias conforme saí do carro, atravessei a rua e subi de elevador até nosso andar. Teria sido bom uma taça de vinho para acalmar meus nervos antes de ir ao apartamento de Holden, mas fiquei com medo de que, se fosse para minha casa, me acovardaria e nunca bateria à porta. Então destravei minha porta, joguei a mala dentro sem passar da soleira e fui até o vizinho.

Minha mão tremia ao erguê-la para bater à porta.

Porém, meu coração quase se partiu quando Holden a abriu, e sua expressão se fechou ao me encontrar do outro lado. Eu nunca quis ser a causa dessa dor.

Ele fechou os olhos.

— Sinto muito mesmo, Lala. Nunca deveria ter enviado aquela mensagem, e nunca deveria ter feito o que fiz no fim de semana passado no bar. Fui um idiota.

— Posso entrar para podermos conversar?

Holden assentiu e deu um passo para o lado para eu entrar.

Minhas entranhas pareciam uma garrafa de champagne chacoalhada, e eu tinha medo de que, quando abrisse a boca, fosse espirrar por todo lugar. Precisava de alguma coisa para acalmar meus nervos.

— Você tem algum vinho?

— Na cozinha. — Ele gesticulou para o outro cômodo, e o segui.

Havia uma garrafa fechada do meu pinot grigio preferido na porta da geladeira. Ele o abriu, encheu uma taça e a passou para mim. Depois, ele a colocou de lado e se apoiou no balcão da cozinha.

— Não vai beber também? — perguntei.

— A última coisa que preciso é de álcool quando estou perto de você. Já faço um trabalho bem colossal fodendo com tudo quando estou bastante sóbrio. — Ele olhou para baixo. — Sinto muito de verdade, Lala. Eu não tinha direito de agir daquele jeito na última noite de sábado. E nunca deveria ter enviado aquela mensagem e desabafado tudo para você. Mesmo que tudo que falei seja verdade, foi egoísmo jogar no seu colo. Você está noiva de outro homem, e não tenho te mostrado respeito por esse compromisso. — Ele ergueu a cabeça e nossos olhos se encontraram. — Fiz muita merda quando se trata de você. Pode me perdoar um dia? Podemos fingir que nunca te enviei aquela mensagem e voltarmos a ser amigos? Sei que já falei isso milhares de vezes, mas vou me afastar e me comportar bem se você me der mais uma chance. Não quero te perder por completo, Lala.

Quando não falei nada, Holden pareceu sentir dor.

— Por favor, querida — ele gemeu. — Desculpe mesmo, sinto muitíssimo.

Meu coração acelerou quando tentei pensar por onde começar a contar a ele tudo que tinha ido falar.

— Me diga que sou um babaca — ele implorou. — Me diga que agi como um idiota imaturo. Só *não* fique sem falar comigo. Não conseguiria aguentar isso, Lala. Fale alguma coisa. Qualquer coisa.

Ergui o vinho até meus lábios e engoli metade antes de respirar fundo.

— Não estou mais noiva, Holden.

Ele arregalou os olhos.

— O quê? O que acabou de falar?

— Não estou mais noiva.

— Porra. — Ele balançou a cabeça. — É minha culpa? Warren terminou tudo por causa do que fiz?

— Não, Warren não terminou tudo. Eu terminei.

— Por quê?

Olhei para baixo por bastante tempo até encontrar os olhos dele de novo.

— Porque sabe tudo que você falou naquela mensagem? Me sinto igual, Holden. Só penso em você. Você disse que pensa em mim desde quando acorda de manhã até a hora em que deita a cabeça no travesseiro. Bom, eu também, mas não consigo parar de pensar em você nem quando durmo. Sonho com você. — Respirei fundo de novo. — E meus sonhos... são eróticos.

Os olhos de Holden pulavam de um lado a outro entre os meus.

— Você não está mais noiva mesmo?

Balancei a cabeça e ergui minha mão sem anel.

Ele a encarou por muito tempo antes de dar um passo na minha direção.

— Você não está mais noiva.

— Não — sussurrei. — Bem solteira.

Ele diminuiu a distância restante entre nós e colocou uma mão de cada lado meu no balcão da cozinha. Cada terminação nervosa do meu corpo acordou para a vida. Senti que tinha uma corrente elétrica me percorrendo.

— Me diga o que isso significa para nós, Lala. Me diga o que quer de mim.

Engoli em seco.

— Você. Eu quero *você*, Holden. E de todo jeito. Quero você dentro de mim mais do que já quis qualquer coisa na minha vida toda.

— Fale isso de novo... a parte sobre me querer dentro de você.

Meu peito subiu e desceu.

— Quero você dentro de mim.

Sua voz ficou rouca.

— Venha mais perto. Me diga no meu ouvido.

Me inclinei e sussurrei:

— Quero você dentro de mim, Holden.

Quando recuei, um sorriso malicioso se espalhou por seu rosto. Ele ergueu o polegar até minha boca e traçou o contorno dos meus lábios.

— Você me quer aqui dentro?

Assenti.

Ele enfiou seu polegar dentro.

— Chupe.

Fechei os olhos e chupei com força.

Quando abri, Holden deslizou seu dedo da minha boca e traçou um caminho para baixo até meu queixo, pelo meu pescoço e continuou descendo pelo centro do meu corpo. Quando ele chegou entre minhas pernas, colocou a mão debaixo da minha saia e massageou dois dedos em cima da minha calcinha.

— Você me quer aqui dentro?

Assenti, sem fôlego.

Os olhos dele brilharam conforme ele se curvou e trilhou seus dedos bem para trás. Quando parou na minha bunda, me senti meio em pânico. Warren e eu nunca tínhamos feito isso. Mas eu queria ter a experiência de *tudo* com Holden.

O dedo dele pressionou a fenda da minha bunda através da calcinha.

— E aqui? Você me quer aqui dentro?

Engoli em seco e assenti.

Ele sorriu maliciosamente.

— Vou deixar marcas. *Em todo lugar.*

Oh, nossa. Eu queria que ele fizesse isso também. No momento, eu tinha praticamente certeza de que não havia nada que ele pudesse dizer que eu não fosse concordar.

Holden ergueu a mão para o meu rosto e segurou minha bochecha.

— Tem certeza de tudo isso? Porque, quando eu encostar em você, não vou conseguir parar, linda. Precisa ter certeza de que é isso que realmente quer.

Minha resposta foi esmagar minha boca na dele. Holden deu risada entre nossos lábios unidos.

— Vou entender isso como um sim.

— Ai, meu Deus. Cale a boca e me beije. — Joguei os braços em volta do seu pescoço e me ergui, travando as pernas em volta da cintura dele.

— Sim, senhora. — Ele agarrou minha cintura e me colocou mais alto ao começar a andar. Em seu quarto, ele me sentou na beirada do colchão e ficou de joelhos antes de recuar para olhar para mim. — Não me lembro de algum momento em que não te quis, Laney Ellison.

— Também quero você. — Mas, quando me estiquei para ele, Holden segurou minha mão e beijou dentro dela, na palma.

— Preciso sentir seu gosto primeiro — ele disse. — Quero você encharcada quando eu deslizar para dentro de você.

Prendi a respiração quando ele ergueu minha saia e se curvou para dar um beijo suave na frente da minha calcinha. Se eu não estivesse louca de desejo, poderia ter tido consciência de que ela já estava ensopada.

— Você me falou que me quer dentro de você. Mas, primeiro, vai ter minha língua. — Ele enganchou os polegares nas laterais da minha calcinha. — Erga sua bunda ou vai rasgar.

Ergui, e ele deslizou a calcinha para baixo por minhas pernas antes de separar meus joelhos.

— Abra para mim. Quero ver você inteira.

Meus joelhos caíram sem timidez, porém Holden os abaixou ainda mais. Ele lambeu os lábios ao olhar entre minhas pernas.

— Sua boceta é até mais linda. Rosada, perfeita e já molhada pra caralho para mim.

Holden ergueu meu tornozelo direito e o colocou em seu ombro antes de se acomodar entre minhas pernas. Seu primeiro toque foi uma simples lambida no meu clitóris, e eu quase pulei da cama. Parecia um fio vivo. Ele sorriu para mim antes de chupar a protuberância, e minhas mãos se enfiaram em seu cabelo bagunçado.

— Oh, nossa. Por favor, não pare.

Eu o senti sorrir contra mim.

— Poderia explodir uma bomba, e você não conseguiria me impedir. Não há volta agora, linda.

Ele lambeu para cima e para baixo em minha abertura, sua língua mágica entrando e explorando, depois voltando ao foco no meu clitóris latejante. Ele sugou as bochechas e chupou enquanto deslizou um dedo para dentro e começou a bombear. Quando adicionou um segundo dedo, senti meu corpo começar a tremer. Todos os músculos das minhas pernas tensionaram enquanto meu orgasmo se formava.

— Oh, nossa — arfei. — Holden...

— Fale meu nome, linda. Fale de novo.

Ele chupou mais forte, e seus dedos investiram com mais rapidez.

— Holden! — Eu já estava prestes a gozar, e tentei recuar. — Vá devagar.

— Nem um pouco. Goze na minha boca, linda. Goze em todo o meu rosto.

Por mais que minha cabeça quisesse frear as coisas e ir devagar, não precisava dizer duas vezes para o meu corpo. Voei para o clímax, gritando o nome de Holden conforme ele flexionou os dedos dentro de mim e atingiu um ponto que fez meu corpo todo tremer. Eu nunca tivera um orgasmo que explodisse como fogos de artifício no Quatro de Julho.

Depois, fiquei deitada na cama, ainda ofegante.

— Puta merda...

Holden se levantou e desabotoou sua calça jeans.

— Caralho. Mal posso esperar para sentir isso no meu pau.

Ouvi o zíper se abrir, o jeans se esfregar pelas pernas dele e uma gaveta se abrir e fechar em algum lugar. Mesmo assim, eu ainda estava enevoada, incapaz de me concentrar de verdade. Isto é... até Holden tirar a cueca boxer.

Me ergui nos cotovelos e pisquei algumas vezes, me certificando de que não estava vendo coisas.

— Puta merda, Holden. Você é enorme.

Devia ser a primeira vez que aquele homem convencido parecia meio envergonhado. Não era surpresa ele ser sempre tão popular com as mulheres. Entre a aparência dele, aquela língua talentosa e a ereção grossa balançando no abdome, parecia que eu tinha morrido e ido para o paraíso do sexo. E, como se o pacote tatuagem e músculos não fosse suficiente, a forma como seus olhos azuis, lindos, olhavam para mim tão intensamente roubou o restante do ar dos meus pulmões. Eu nunca tinha me sentido tão desejada ou adorada.

— Nossa, Holden. Você é muito perfeito.

Ele balançou a cabeça.

— Sou longe disso, mas vou fazer você se sentir como nunca se sentiu.

A parte assustadora era que eu já me sentia assim. E não era porque ele tinha me dado um orgasmo de chacoalhar o mundo; era o jeito que ele me fazia sentir por dentro — mais viva do que nunca.

Holden me pegou da beirada da cama e me colocou no meio antes de ele mesmo subir na cama. Ele montou em mim, um joelho de cada lado dos meus quadris, e usou os dentes para abrir a embalagem da camisinha antes de colocá-la.

Pensara que as coisas iam continuar no mesmo ritmo frenético que estavam, porém Holden não se apressou dessa vez. Ele se abaixou em mim, entrelaçou nossos dedos e puxou minhas mãos acima da minha cabeça antes de beijar minha boca de forma doce. Quando sua língua mergulhou para dentro, pude sentir meu próprio gosto, e me lembrei de que Warren sempre ia ao banheiro escovar os dentes depois do sexo oral. Assim era tão mais erótico e íntimo. Claro que Holden também sabia beijar muito bem; seu toque era confiante, com exatamente a quantidade certa de agressividade.

Depois de um tempo, Holden recuou para olhar nos meus olhos ao entrar em mim. As veias do seu pescoço pulsaram enquanto ele estocava.

— Caralho. Você é muito molhada e apertada. Se não relaxar um pouco, isso vai ser bem vergonhoso para mim.

Considerando que eu estivera em um estado de nirvana desde seu primeiro toque, não pensei que isso fosse possível, mas tentei. Ajudou quando Holden me beijou de novo. Seus beijos eram como drogas — eles me fizeram esquecer onde eu estava e tudo que acontecia no mundo ao meu redor. Sem contar que eu estava racionalmente certa de que eles eram tão viciantes quanto as coisas hardcore.

Quando Holden recuou da vez seguinte, sorriu.

— Pensei que não fosse possível te achar ainda mais bonita, mas o jeito que você fica quando estou dentro de você é, facilmente, a coisa mais incrível que já vi. — A expressão dele ficou séria. — Quero te ver gozar.

Holden estava muito duro e se esfregando em um ponto que fazia meus olhos se revirarem. Então ele não ia precisar esperar tanto para conseguir o que queria. Principalmente assim que ele começasse a ir mais rápido. Suas investidas suaves ficavam cada vez mais intensas, e ele se enraizava mais fundo a cada estocada. Mas nunca desviou o olhar. A forma como encarou meus olhos me fez questionar se eu sabia o que estava fazendo, ainda assim, também me fez questionar como eu tinha aceitado qualquer coisa menos do que esse sentimento antes.

Holden se esticou para baixo e guiou um dos meus joelhos para cima. A mudança na posição me permitiu descer mais, e gemi quando meus músculos começaram a pulsar em volta dele.

— Holden...

Ele cerrou os dentes.

— Estou bem aqui com você, linda. — Suas pupilas dilataram

conforme ele continuou me encarando, observando meu rosto enquanto estocava em mim repetidamente.

Diferente de todas as outras vezes em que transara, meu orgasmo não floresceu lentamente. Ele foi atirado de um canhão, fazendo meus dedos dos pés se curvarem e minhas unhas se afundarem na pele das costas dele. Holden continuou bombeando em mim ferozmente até meu corpo, enfim, ceder e ficar mole. Então ele se enterrou fundo com um gemido e se soltou.

— Sabe... — Brinquei com os poucos pelos que tinham no peito de Holden. — A primeira vez na vida em que me masturbei foi por sua causa.

— Ah, é? Me conte.

Eu estava aconchegada em cima de Holden desde que acordamos uma hora antes. Minha bochecha estava pressionada no peito dele, mas então me virei e apoiei o queixo em meu punho a fim de olhar para ele enquanto falava.

— Você estava na piscina do nosso quintal com Nancy McDonald.

— Quem?

— Nancy McDonald.

Ele deu de ombros.

— Acho que não me lembro dela.

— Sério? Você estava com a língua na garganta dela e não se lembra?

— Como ela era?

— Morena, cabelo comprido e peitos grandes. Ela tinha um biquíni com a estampa da bandeira americana. Era um ou dois dias depois do Quatro de Julho.

Holden semicerrou os olhos.

— Biquíni de bandeira americana parece familiar.

Balancei a cabeça.

— Não acredito que eu me lembro de você beijando-a, e *você* não.

— Me lembro de que *você* tinha um biquíni azul com estrelas prateadas.

— Eu tinha. Foi meu primeiro biquíni de cortininha. Eu já tinha usado biquíni, mas nunca um de cortininha. Havia convencido minha mãe a comprar para meu aniversário de treze anos lembrando-a de que agora era adolescente. Ela tinha me feito concordar em não usá-lo em outro lugar que não fosse nosso quintal. — Sorri. — Era ótimo para mim, já que eu só queria chamar sua atenção, de qualquer forma.

— Ah, e chamou mesmo. Mas volte para sua história de masturbação. Quero saber como gozou da primeira vez pensando em mim.

— Tem sorte de ter se redimido lembrando-se do meu biquíni, porque eu estava pensando em não contar minha história quando nem conseguiu se lembrar de Nancy McDonald.

Holden beijou minha testa.

— Só me lembro das coisas importantes.

— Então, enfim, enquanto você estava ocupado beijando Nancy na piscina, eu estava assistindo da janela do meu quarto. Ocupada comigo mesma, com a mão dentro da calcinha.

— *Uau!* Lala Ellison, sua safadinha. Não sabia que você gostava de olhar. Minha gêniazinha doce é meio esquisita, gozando enquanto assiste a outros. Gostei.

Dei risada.

— Passei a maior parte do tempo fingindo que era Nancy, então acho que se tratou mais de incitar minha imaginação e menos de ficar excitada assistindo a vocês dois juntos. Então é melhor não alimentar suas esperanças. Tenho praticamente certeza de que essa foi a coisa mais esquisita que fiz na vida.

— Podemos consertar isso, sabe?

Mordi meu lábio inferior.

— Sei que está brincando, mas não me importaria de explorar um pouco minha sexualidade com você.

— Podemos combinar. O que tem em mente?

— Não sei. Nada específico, na verdade. Mas não tenho muita experiência e, obviamente, você tem. Confio em você, e acho que pode ser divertido tentar algo diferente.

— Conte comigo. Mas é melhor me dar uma ideia do que seria novidade para você.

— *Tudo* seria novidade para mim, Holden. Nunca fiz nada ousado.

— Nem ser amarrada?

Balancei a cabeça.

— Não.

— Sexo no carro?

— Não.

— Sexo em público?

— Definitivamente, não.

— Meia-nove?

Balancei a cabeça.

— Anal?

— Nunca.

O alarme do meu celular nos interrompeu com um toque alto. Me estiquei para a mesa de canto e o desliguei, olhando a hora.

— Não acredito que já são seis e meia. Preciso ir trabalhar. — Me inclinei para cima e beijei os lábios de Holden. — Preciso ir na vizinha tomar banho.

— Não pode me deixar agora. — Ele pegou minha mão e a deslizou por entre suas pernas. — Olhe o que você fez...

— Nem encostei em você. Acho que simplesmente fica eternamente duro.

— Você não precisou encostar em mim. Só me contou que vou ser o primeiro a fazer meia-nove com você *e* anal. Claro que estou duro.

Dei risada.

— Nunca falei que você seria o primeiro a fazer essas coisas. Falei que nunca tinha feito.

Ele me puxou e nos virou, então fiquei, de repente, deitada de costas, e ele pairou acima de mim.

— Ah, vou ser seu primeiro para muitas coisas, linda.

— Vamos ter que conversar sobre isso depois, porque preciso mesmo ir trabalhar.

— E a minha ereção?

Pressionei os lábios nos dele e sorri.

— Vai ter que só fazer o que fiz quando você estava ocupado beijando Nancy McDonald.

Ele fez beicinho.

— O que acha de eu tomar banho com você?

Me mexi debaixo dele e saí da cama.

— Isso, definitivamente, vai me atrasar.

— Posso te ver mais tarde, então? Depois do trabalho? Podemos pedir comida e comer nus.

Sorri e me inclinei para um beijo.

— Ok.

Holden observou enquanto eu recolhia minhas roupas do chão e me vestia. Quando cheguei à porta, ele me fez parar.

— Lala?

— Sim?

Ele cruzou as mãos atrás da cabeça.

— Já que vai me deixar na mão antes de terminar nossa conversa, precisa trazer uma lista de afazeres de sexo quando vier esta noite.

— Lista de afazeres de sexo?

— Isso mesmo. Quero uma lista de tudo que você já fantasiou sobre isso.

Não conseguia acreditar que estava fazendo isso. Havia trapaceado e pesquisado na internet uma *lista de desejos de sexo* para me dar ideias. Então tinha lido um por um e escrito as coisas que pensava que pudessem ter potencial.

Olhando para o último espaço da minha lista, escrevi *sexo em público* e mastiguei o topo da caneta. *Será que eu conseguiria transar em público?*

Muitas pessoas têm câmeras.

É seguro fazer isso?

Duvido.

Mas, caramba... Precisava admitir que pensar em fazer isso em público com Holden era bem atraente. Se bem que pensar em fazer isso em *qualquer lugar* com Holden me deixava totalmente arrepiada. Então coloquei de volta na lista, mas adicionei um ponto grande de interrogação depois.

E sexo a três?

Com outra garota?

Definitivamente, não. Não conseguiria compartilhar Holden.

E outro cara?

Para que eu precisava disso? Holden era mais do que suficiente.

Brinquedos sexuais com um parceiro?

Claro. Por que não? Eu tinha alguns brinquedos, mas não era uma coisa que Warren e eu havíamos explorado juntos. Aposto que seria excitante se Holden usasse em mim.

Masturbação mútua?

Esse, definitivamente, ia para minha lista. Só de imaginar Holden se acariciando enquanto eu observava dificultava ficar sentada imóvel.

Ser dominada por seu parceiro?

Acho que também poderia fazer isso.

Eu já tinha descoberto que Holden tinha um jeito natural de comando quando se tratava de sexo, o que eu amava. E porque já confiava nele, pensar nessa submissão não era assustador. Me excitava um pouco. Mas eu tinha bastante trabalho, e fazer a lista tinha me impedido de pensar direito. Então, antes de me obrigar a focar no trabalho, enviei uma mensagem para o homem responsável pela minha distração.

Lala: Essa lista foi uma má ideia.

Meu celular apitou com uma resposta imediata.

Holden: A lista de afazeres de sexo?

Lala: Sim. Tenho um monte de trabalho para fazer, e agora estou totalmente distraída, pensando nas coisas que escrevi.

Holden: Qual foi a última coisa que escreveu na sua lista?

A última coisa que eu tinha escrito era a mais ousada, então fiquei pensando, mas aí falei *dane-se*. Passara vinte e oito anos sendo conservadora. Era hora de viver um pouco assumindo riscos.

Lala: Ser dominada por seu parceiro.

Os pontos começaram a pular, então pararam. Um minuto mais tarde, recomeçaram e pausaram mais uma vez antes de, enfim, chegar uma mensagem.

Holden: A que horas você almoça?

CAPÍTULO 18

Holden

Por onde começar...

Por onde começar...

Me sentia um homem faminto em um buffet.

Havia tanta coisa que eu queria fazer com Lala, e parecia não conseguir me conter. Estivemos juntos naquela manhã, mas eu já precisava vê-la de novo. Não conseguiria esperar até a noite. Em minha defesa, tinha esperado muito *tempo* por isso.

Ela, enfim, respondeu minha mensagem.

Lala: Almoço em uma hora.

Meu pau se mexeu. Eu sempre tivera um apetite sexual forte, mas agora estava Holden com esteroides.

Holden: Que bom. Vou te encontrar.

Lala: Ok. Quer ir a algum lugar em particular?

Holden: Em você.

Lala: Onde faremos isso?

Holden: Oh, Lala, não faz ideia de como posso ser criativo.

Lala: Ai, meu Deus.

Fiz uma parada rápida na farmácia antes de dirigir até o trabalho de Lala.

Uns dois minutos depois de eu ter enviado mensagem avisando que tinha chegado, ela saiu das portas giratórias do prédio. Me estiquei e a puxei para um beijo bem ali na calçada diante das pessoas que almoçavam. Para mim, não importava quantos espectadores tivéssemos. Eu havia esperado tempo demais para ligar para isso.

Quando a soltei, segurei sua mão e guiei o caminho.

Seus cachos loiros voaram ao vento conforme a empolgação preenchia seus olhos.

— Aonde vamos?

Fiz careta.

— Para minha van, na verdade.

— Quer transar na sua van? E se alguém com quem trabalho nos vir?

— Não se preocupe. Não vai acontecer isso.

Chegamos à garagem onde eu tinha estacionado meu veículo agora totalmente com blackout.

Ela olhou.

— Nem vou perguntar por que você tem essas coberturas de janela à mão.

— Provavelmente, é melhor não.

— Esquisitão da van — ela zombou.

— Culpado. — Ergui a mão. — Bem-vinda ao lado pervertido, Lala.

— Mas você é o esquisitão mais gostoso que já vi. Tenho quase certeza de que as mulheres iriam se voluntariar para serem sequestradas por você.

— A bajulação vai te levar para onde quiser, srta. Ellison. — Eu a apoiei na van, pressionei meu corpo no dela e me aconcheguei em seu pescoço. — Senti sua falta pra caralho.

— Só faz algumas horas, mas esta manhã foi uma tortura, não foi? — Ela jogou a cabeça para trás e fechou os olhos, soltando um suspiro de satisfação conforme eu chupava sua pele.

Eu a levei para trás da van, que eu tinha limpado, e Lala tirou a jaqueta.

— Aliás, já comi — ela disse. — Desconfiei que não comeríamos de verdade durante o almoço.

— Ah, vamos comer, sim. Acredite em mim. Falando nisso, tire a calça e abra essas pernas lindas para mim.

Ansiosamente, ela tirou a calça antes de deslizar a calcinha também para ficar nua da cintura para baixo. Então tirou a camisa, ficando apenas de sutiã de renda.

Baixando a cabeça, passei a língua em seu clitóris em movimentos lentos e circulares, mas intensos, em certo momento baixando cada vez mais até minha língua encontrar caminho para sua bunda, lambendo-a, e, então, para cima e para baixo pela fenda da sua bunda. Sua respiração se intensificou.

Eu não sabia se isso era bom ou ruim, então parei.

— Sei que você nunca fez anal, mas alguém já fez *isso* com você?

— Não.

— Quer que eu continue?

— Sim. — Ela arfou. — Por favor. Estava bom.

Praticamente tremendo com desejo, comecei a explorar a bunda dela com a língua, movendo-a sempre lentamente para dentro e para fora do seu buraquinho apertado e perfeito.

Suas pernas ficaram inquietas. Sem conseguir mais me conter, me ergui e peguei uma camisinha do meu bolso.

— Me diga o que quer — disse, rouco.

— Acho que... — Ela hesitou.

— O quê, Lala?

— Quero tentar anal.

— Agora?

— Sim. O que acabou de fazer comigo me fez querer.

Aí, sim.

— Só vou te alertar que, se pularmos direto para isso, não vou durar muito.

— Tudo bem. Sinto que posso gozar a qualquer momento, de qualquer forma.

Está bem, então. Respirei fundo para me preparar. *Ela nunca tinha feito isso, então não dava para simplesmente fazer.* Eu precisava ir devagar e me certificar de não machucá-la. Isso *também* me fez lembrar...

— Quero que saiba que fui ao médico e fiz exames para tudo há duas semanas. Isso pode ser melhor para você se eu não usar nada. Mas não sei como se sente quanto a isso. Deixaria?

Depois de um instante, ela respondeu:

— Sim. Confio em você.

Isso.

— Obrigado.

Não havia palavras para descrever como eu estava excitado pelo que estava prestes a fazer com ela. Joguei a camisinha de lado, sem conseguir entender o quanto eu era sortudo. Me estiquei para o banco da frente para pegar um tubo de lubrificante que tinha comprado *só por garantia*.

— Vim preparado. E não, não carrego lubrificante na minha van esquisita. — Dei risada. — Fiz uma parada na farmácia de manhã para poder ficar preparado para qualquer coisa.

Ela olhou para mim, deitada de costas, e sorriu, aguardando meu próximo ato. Abri o lubrificante e coloquei um pouco no meu dedo do meio para explorar seu buraco. Inseri na sua bunda até ter entrado inteiro.

— O que acha? — sussurrei.

— É bom.

— Quer que eu adicione outro dedo?

Ela mordeu o lábio inferior e murmurou:

— Sim.

Conforme inseri, devagar, um segundo dedo, usei minha outra mão para massagear seu clitóris. Meus dedos estavam inteiros dentro agora. Ela ainda estava muito apertada, e eu não tinha total certeza de que meu pau caberia com facilidade. Só havia um jeito de descobrir.

— Sente que está pronta para mim? — perguntei.

— Estou.

— Abra mais as pernas. Quero que se toque enquanto fodo sua bunda linda.

Lala começou a massagear seu clitóris conforme baixei minha calça até os tornozelos. Peguei meu pau duro pra caramba e o massageei algumas vezes, pronto para gozar pela simples ideia do que estava prestes a fazer.

— Me diga se te machucar, ok? Vou parar.

— Ok — ela suspirou.

Apertei lubrificante na palma da mão e esfreguei no meu pau. Colocando a cabeça do meu pau em sua abertura, eu o mexi em movimentos circulares lentos por um tempo até, enfim, fazer minha primeira tentativa de entrar nela. Centímetro por centímetro, entrei, indo gradativamente mais fundo. Demorei muitos minutos para conseguir enfiar metade dentro. Me movi com movimentos lentos e controlados, não só porque estava com medo de machucá-la, mas porque era arriscado enlouquecer a qualquer momento.

— Você é tão apertadinha... — gemi. — Tudo bem se eu tentar ir mais fundo?

Ela assentiu entre respirações difíceis.

— Sim, está gostoso.

Lala baixou ainda mais as pernas e empinou a bunda para me permitir melhor acesso. Em certo momento, eu estava inteiro dentro e me mexendo livremente.

— Nunca senti nada igual em toda a minha vida — murmurei.

Era a maldita verdade.

— Pode ir mais rápido... — ela disse.

Eu estava tentando ir com calma e ela queria mais? Não sabia se eu conseguia aguentar.

— Quando eu gozar dentro de você, Lala, quero que pense em como você é minha e somente minha, linda. Entendeu?

— Ahammm. — Ela se apertou em volta de mim por um instante, quase me fazendo gozar.

Deslizando para dentro e para fora com facilidade, eu falei:

— Me diga quando estiver pronta.

Continuei fodendo-a lentamente, meus olhos alternando entre revirar de prazer e assistir a mim mesmo entrar e sair dela, que era praticamente a coisa mais excitante que já tivera o prazer de testemunhar.

Alguns minutos mais tarde, ela começou a se massagear mais rápido.

— Goze dentro da minha bunda, Holden. Estou pronta.

Suas palavras me destruíram totalmente conforme enfiei fundo nela uma vez, minhas bolas batendo enquanto explodi, preenchendo-a com gozo quente e bombeando para dentro e para fora até não restar mais nada. *Puta merda. O que acabou de acontecer? Foi fenomenal.* Depois que nos recuperamos, baixei a cabeça para o peito dela.

Seu corpo chacoalhou com uma risada.

— Estou quase com medo de você tirar.

— Não se preocupe. Vou limpar muito bem você antes de precisar voltar.

— Não sei se há muito o que você possa fazer. Talvez eu tenha que usar o banheiro do trabalho por, tipo, meia hora. — Ela deu risada.

— É, desculpe. — Me inclinei para beijar sua testa. — Entendo.

— Não se desculpe. Foi incrível. Principalmente quando você gozou.

— Incrível não descreve apropriadamente o que foi para mim, linda. — Passei o polegar nos lábios dela. — Obrigado por confiar em mim.

Tirei lentamente antes de me levantar e me esticar para minha mochila a fim de pegar uma toalha que eu tinha levado, sabendo que ela poderia precisar. Eu a entreguei a ela. Depois que ela se limpou – o máximo que conseguiu na parte de trás da van –, olhei para meu celular.

— Ainda temos, tipo, quinze minutos antes de você ter que voltar. Você falou que comeu, mas quer tomar sorvete ou algo assim?

— Anal e sorvete? — Ela deu uma gargalhada histérica. — Sério? Que romântico.

— O que posso dizer? Sou do tipo romântico. — Eu a prendi debaixo de mim e fiz cócegas nela. — É assim que fazemos na Van Express do Almoço do Esquisitão, linda.

Lala foi para minha casa direto do trabalho, e transamos mais algumas vezes naquela noite.

Poderia ter parecido muita coisa, mas, se levasse em conta nossas semanas prolongadas de preliminares, estávamos simplesmente compensando o tempo perdido.

Tinha passado das nove da noite quando, enfim, levantamos da cama e fomos para a cozinha para eu poder pensar no que fazer para comermos.

Lala se apoiou no meu balcão enquanto eu olhava a geladeira.

— Então, você riscou três itens da minha lista hoje — ela disse.

— Vamos ver... anilíngua, anal e sexo no carro, certo?

— Sim. — Ela riu.

— Nada mal para um dia de trabalho, hein? — Dei uma piscadinha.

— Você trabalha demais, Holden. — Ela suspirou, e seu tom mudou. — Então... preciso falar uma coisa.

Fechei a geladeira e me virei para ela, dando-lhe toda a minha atenção.

— O que foi?

Lala ficou mexendo as mãos.

— Apesar de eu ter falado que toparia *qualquer coisa*, na verdade, tem uma coisa que eu não estaria disposta a fazer com você.

— Certo... — Pisquei. — Estou ouvindo.

— Sei que posso parecer ansiosa, curiosa e tudo isso, mas quero deixar claro que *nunca* aceitaria compartilhar. Então sexo a três está fora de questão.

Não consegui deixar de sorrir ao me aproximar e envolver as mãos na bunda dela.

— Isso é muito engraçado.

— Por quê?

— Porque eu nem sequer consigo pensar em outra pessoa no momento, que dirá convidar alguém para nossa cama, Lala. Eu nunca iria querer compartilhar você com alguém... nem homem nem mulher. Pensar em outra pessoa te tocando me deixa enjoado. Você é a única garota por quem já me senti assim. — Beijei seu nariz. — Enfim, tenho uma regra para sexo a três.

— Qual é?

— Eu nunca esperaria que uma mulher me compartilhasse se eu também não pudesse compartilhá-la. Precisa ser uma via de mão dupla. E, sob nenhuma circunstância, eu estaria disposto a compartilhar você.

— Há quanto tempo você tem essa regra?

— Acabei de inventar. — Fiz careta.

Ela deu um tapa no meu peito. Nossos olhos se travaram, e então sua expressão ficou séria de novo.

Eu a puxei para mais perto.

— No que está pensando, linda?

Ela olhou para mim.

— Nunca mais quero que esta sensação acabe. Vamos só levar isso dia após dia, sem nos preocuparmos até onde vai. Não estou pronta para pensar em como definir o que estamos fazendo.

— Não precisamos definir nada agora — eu disse, apesar de já me preocupar com o que ia acontecer quando o projeto de pesquisa dela acabasse. — Obviamente, vamos ter que pensar nas coisas quando seu contrato terminar, mas hoje, não.

— É. — Ela franziu o cenho. — Não consigo pensar nisso agora.

— Então não vamos pensar.

Acabei correndo para o mercado, já que minha geladeira estava bem vazia. Comemos frango assado, purê de batatas instantâneo e brócolis cozido no vapor. Não foi chique, mas foi comestível, e Lala devorou o que tinha no seu prato.

Estávamos na cozinha, bebendo uma taça de vinho depois do jantar, quando ela disse:

— É melhor eu voltar para o meu apartamento para não te acordar de manhã quando tiver que me levantar para trabalhar.

Coloquei minha taça na mesa.

— Fique comigo. Juro te deixar dormir um pouco.

— Não sei se acredito nisso. — Ela cutucou meu peito.

Meu pau se enrijeceu. Nossa, ela só precisava me cutucar com o dedo indicador, e eu já estava pronto para cutucá-*la*. Ela tinha razão. Não dormiria nada se ficasse comigo. Droga, eu era fraco.

Ainda assim, insisti.

— O que tenho que fazer para te convencer a ficar?

Então houve uma batida à porta. Sem pensar direito, abri sem ver quem era. *Má ideia.* Parada ali estava uma loira que eu reconhecia vagamente. *Merda.*

— Oi, Holden. — Ela sorriu. — Por favor, me diga que se lembra de mim.

Acho que o nome dela era Piper. Tínhamos ficado uma noite no início do ano. *Isso não é bom. Por que ela estava ali?*

— Então? Se lembra de mim? — ela indagou.

Ignorei sua pergunta.

— O que está fazendo aqui?

— Sei que faz um tempo desde quando ficamos depois do seu show. Eu estava aqui perto, e me lembrei de você. Pensei em arriscar, passar aqui e falar oi. — Ela olhou além de mim para Lala, que estava com a mão na barriga, como se fosse vomitar.

As bochechas da mulher ficaram vermelhas.

— Ai... Deus. Desculpe. Não quis interromper.

— É, não quero ser grosseiro, mas estou...

— Bom... — Ela balançou a cabeça. — É. — Ela deu um passo para trás. — Esqueça que passei aqui.

Piper (acho?) se virou e voltou pelo corredor.

Entretanto, o dano tinha sido feito. Se eu não me sentisse tão mal por Lala, talvez me sentiria mal por como tinha acabado de ser frio com alguém que não merecia. Mas não dava a mínima para ninguém além de Lala no momento. Olhei para ela, me sentindo um merda.

Pigarreei.

— Era... uma pessoa que eu não via há, no mínimo, seis meses, Lala... bem antes de você se mudar para cá. Eu...

Seu rosto ficava mais vermelho a cada segundo que passava.

— Tudo bem. Não precisa explicar.

— Sério? Porque estou vendo na sua cara que você não está bem, o que me diz que *preciso* explicar.

O pescoço dela estava se enchendo de alergia. Ótimo.

Ela deu de ombros.

— Quero dizer, não é necessária uma explicação, certo? Obviamente, eu *sei* do que ela veio atrás.

— Talvez — admiti. — Mas isso não importa. Ela é só um fantasma do passado.

Por mais que eu tentasse tranquilizar a situação, ainda era uma droga e, com certeza, não ajudava minha causa. Meu passado mulherengo era bem difícil de superar sem ele, literalmente, bater à minha porta.

— Me conte o que está sentindo, Lala. Não se contenha. Se não confia em mim, me fale.

— Não é isso. — Ela respirou fundo. — Só me deixa com raiva quando penso em você com outras mulheres, mesmo que faça parte de uma vida que não posso apagar.

Ergui a sobrancelha e, lentamente, me aproximei dela.

— Com raiva, hein? Por que não desconta essa sua raiva em mim, então?

Lala me olhou por um instante, ofegante, antes de erguer minha camisa e cravar as unhas no meu peito.

— Sinto que isto é meu.

Meu pau ficou totalmente ereto. *Isso é muito excitante.*

— Então pegue o que é seu — incentivei.

Seus olhos se encheram de desejo conforme ela encarou meu corpo. Eu não fazia ideia de aonde isso ia dar. Então Lala ficou de joelhos e abriu o zíper da minha calça.

Isso, porra. Eu, definitivamente, gostava da Lala Brava.

Ela começou a massagear meu pau antes de me pegar na boca o mais profundo que eu cabia em sua garganta. Ela quase teve ânsia antes de recuar, só para me engolir por inteiro de novo. Estava me marcando com sua boca. Não preciso dizer que gozei bem forte e rápido, e ela engoliu cada gota do meu gozo.

Lala lambeu os lábios ao se levantar.

— Uau. — Tive dificuldade de recuperar o fôlego.

— Se mais alguma garota aparecer aqui, é isso que você vai ter.

— Um boquete com raiva? Talvez eu chame um monte para vir, então.

Ela deu risada ao segurar meu rosto. Nossos lábios se juntaram, e eu pude sentir meu próprio gosto em sua língua em um beijo profundo. Eu a ergui enquanto ela envolveu as pernas em mim. Gemi na boca dela, praticamente certo de que Laney Ellison seria o meu fim.

Apesar de ter adiado um pouco, Lala ainda insistiu em voltar para casa naquela noite. Eu a desejava a cada segundo que estava longe, ainda me sentindo horrível por Piper (Petra?) ter aparecido. Embora Lala tivesse lidado muito bem com isso, eu tinha certeza de que a fez se lembrar de todos os motivos para ela ser cautelosa comigo. Provavelmente, concluiria que essa coisa toda era uma má ideia assim que o fogo do sexo se apagasse. Quem diria o que poderia acontecer? Claro, ela tinha terminado o noivado com Warren, porém a coisa toda simplesmente parecia boa demais para ser verdade. Também tinha a sensação de que seu ex-noivo não iria desistir sem lutar.

O pensamento de ele a lembrar de ser racional me assombrava.

Na manhã seguinte, Owen passou na minha casa a caminho do trabalho.

— Como vai a busca pelo clube do sexo? — indaguei ao servir café para nós.

— Ainda não encontramos o lugar certo.

— Acho que você precisa pedir ao seu cliente uma taxa reduzida para ser membro, quando estiver tudo pronto.

— Não vou participar.

— Como assim? Seria bom para você. Quando foi a última vez que teve alguma ação?

— Por que sinto que está me perguntando isso para evitar conversar sobre o que está fazendo ultimamente? Você ficou quieto, então sei que isso cheira a encrenca.

Por mais que eu não quisesse admitir nada para Owen, fiquei feliz por ele ter passado ali, porque eu precisava do seu conselho.

Talvez ele tenha lido minha expressão porque perguntou imediatamente.

— O que você fez, Holden?

Arqueei uma sobrancelha.

— Tem certeza de que quer saber?

Ele estreitou os olhos.

— Você transou com Lala, não foi?

— Antes de me encher o saco, saiba que ela terminou o noivado.

Ele ficou boquiaberto.

— Sério?

— Sim.

— Você tem um pau poderoso, Catalano. — Ele deu risada.

— Só para esclarecer, ela terminou o noivado *antes* de transarmos.

— Certo... — Ele balançou a cabeça. — Não preciso saber dos detalhes... por favor, me poupe... mas por que você parece tão chateado? Não era isso que queria?

— Deixe-me te perguntar uma coisa — eu disse. — E seja sincero comigo.

— Ok. — Ele puxou uma cadeira, sentou-se e cruzou os braços.

— Acha que, talvez, ela esteja me usando só para sexo e nem perceba isso?

Ele coçou o queixo por um instante.

— Essa é uma pergunta impossível de responder. Mas não há dúvida de que o que quer que você esteja dando a ela é diferente de qualquer coisa que ela já teve. Tenho certeza de que a novidade e a empolgação disso fazem parte do que a intriga. E não posso garantir que não vá passar. Sinceramente, Holden, acho que o que acontecer depois vai depender de *você*, não dela.

— Como assim?

— Nós já sabemos o que Lala está procurando. Ela quer uma vida sexual empolgante. Também quer um cara confiável com quem possa contar. Basicamente, ela quer tudo, e quem pode culpá-la? Mas *você* vai conseguir dar uma vida estável para ela? Quero dizer, com certeza a empolgação também vai desaparecer para *você* em algum momento.

Torcia muito para que nunca sumisse e nem conseguia imaginar isso.

— Então o que vai acontecer? Acho que essa é a grande pergunta. Provavelmente, ela vai só se afastar se não valer a pena ficar por você.

Suspirei.

— É...

— Você consegue ser o tipo de cara de que Lala precisa a longo prazo? Essa ainda é a pergunta pendente. — Ele suspirou. — E, se a resposta for sim, você tem muito trabalho a fazer para provar. Acho que ninguém apostaria em você para ser um parceiro de vida confiável. Seu histórico é péssimo. Mas espero que prove que estamos enganados.

CAPÍTULO 19

Lala

O sorriso saiu do meu rosto quando li o nome aparecendo no meu celular.

Warren.

Eu tinha presumido que seria Holden, já que estávamos trocando mensagens safadas a manhã inteira. Pensei em não responder, mas estava muito culpada por terminar as coisas uma semana e meia antes e ir correndo direto para a cama de outro homem. Parecia que o mínimo que eu poderia fazer era agir como adulta e conversar.

Então atendi.

— Oi, Warren.

— Oi, Laney. — Ele ficou quieto por alguns segundos. — Está tudo bem? Quero dizer, tenho permissão para ligar?

Meu coração se apertou.

— Claro. Por que não teria?

Ele suspirou.

— Não sei. Este território é novo para mim, e não sei muito bem o que fazer.

— Bom, desculpe se te fiz sentir que não podia ligar. Como você está?

Ele ficou em silêncio de novo.

— Talvez possamos falar sobre trabalho ou algo assim. Não quero começar com negatividade.

— Claro. Sim, lógico. Como estão as coisas no trabalho?

— Muito boas. Tenho trabalhado bastante, me mantendo ocupado, e esta semana fiz muito progresso nas células imunes que estive analisando, as dos doadores saudáveis que estou usando para marcar as células de câncer no sangue em pacientes nos estágios dois e três.

— Oh, uau. Parabéns. Me conte mais sobre isso.

Pelos vinte minutos seguintes, Warren explicou como estava usando as células T gama para promover a progressão do câncer ao inibir respostas antitumorais. Nossa conversa quase começou a parecer normal, como se pudéssemos ser amigos sem ficar estranho, até chegarmos a um silêncio e ele pigarrear.

— Quanto tempo, Laney? Uma semana, um mês, um ano?

Eu não sabia do que ele estava falando, considerando que, dez segundos antes, estávamos conversando sobre o fato de sua pesquisa mais recente talvez se tornar um ensaio clínico com humanos em certo ponto.

— Quanto tempo para quê?

— Você tinha falado que precisava de um tempo separados, para viver como uma mulher solteira. Mas não sei o que isso significa. São só algumas semanas ou precisa de mais tempo?

Meu estômago se revirou.

— Não sei, Warren. Desculpe não conseguir ser mais definitiva, mas estou bastante confusa, e achei que era injusto da minha parte manter as coisas andando do mesmo jeito quando não estava pronta para ir para onde estávamos indo.

— Sei que não tenho sido um ótimo parceiro. Trabalho demais e não tenho sido tão atencioso. Não dei valor ao que tínhamos.

Balancei a cabeça.

— Não, Warren, não é culpa sua. Falei sério quando disse que você não fez nada errado. Isso se trata totalmente de mim. Você sempre foi um namorado muito bom.

A voz dele ficou tensa.

— Eu deveria ter me mudado para Nova York com você. Poderia ter tirado uma licença e te mostrado que você e seu trabalho significavam mais para mim do que ficar aqui.

— Warren, não. O que aconteceu entre nós não foi sua culpa. Se você tivesse se oferecido para vir para Nova York, eu não teria deixado. Seu trabalho é muito importante, e nosso relacionamento deveria ter conseguido aguentar alguns meses distantes enquanto eu estava aqui. Onde estamos hoje não tem nada a ver com Nova York, de verdade. Acho que, às vezes, pegamos um caminho e continuamos seguindo sem realmente pensar no destino. Caímos em uma rotina boa e seguimos. Estar aqui só me fez parar e questionar bastante sobre mim mesma.

— Eu amava nossa rotina, e sei que para onde estávamos indo é exatamente onde eu quero estar, Laney. Me casaria com você amanhã, se isso fosse te fazer feliz.

Foi um soco no estômago. Mas era o que eu merecia. Tinha me comprometido com ele e falado que me sentia igual, então puxei o tapete de debaixo dele sem avisar.

— Desculpe, Warren. Desculpe por estar magoado.

— Não se desculpe. Só tire o tempo que precisa e volte para mim. Estarei esperando. Você não está mais usando aliança, mas não significa que meu coração não esteja com você. Serei fiel a você, meu amor.

Ai, Deus. Coloquei a mão na barriga, me sentindo meio esquisita. Não sabia como responder, então não o fiz.

Em certo momento, Warren quebrou o silêncio.

— Vou deixar você ir — ele disse.

— Obrigada por ligar, Warren. Espero que as coisas continuem bem no trabalho.

— Tchau, Laney.

Baixei meu celular e estava prestes a finalizar a ligação quando ouvi Warren gritar.

— Espere! Laney!

Ergui o celular de volta ao ouvido.

— Sim?

— Você me contaria se houvesse outro homem, certo? *Tem* outra pessoa?

Pega totalmente desprevenida, entrei em pânico.

— Não. Não, Warren, não tem outra pessoa.

— Oi, sumida. — Billie sorriu.

Eu estivera olhando para a frente ao passar pelo estúdio de tatuagem e não a tinha visto na porta, só a alguns metros.

Pisquei.

— Oh. Oi, Billie.

— Não sabia se tinha me visto. Você parecia perdida em pensamentos.

Tentei sorrir.

— Só estou cansada.

Billie mexeu as sobrancelhas.

— Soube que não está dormindo muito ultimamente. — Ela deu risada. — Desculpe, os meninos não conseguem guardar segredo. Mas, provavelmente, eu deveria ter esperado você me contar antes de começar a fazer piadas.

Balancei a cabeça.

— Tudo bem. Estava querendo descer para te contar.

Ela semicerrou os olhos.

— Qual é o problema?

— Nenhum.

Billie colocou as mãos na cintura.

— Vou bater naquele menino se ele já te magoou.

Dei risada sem entusiasmo.

— Holden não fez nada errado. Juro.

— Então o que está havendo com você? Dá para ver que tem alguma coisa errada pelo seu sorriso. Sua boca está se mexendo, mas o resto do rosto não está participando da ação. Normalmente, você sorri com o rosto todo.

Inspirei fundo e expirei.

— Warren me ligou hoje.

— Oh, nossa. — Ela alisou sua barriga de grávida. — Não posso beber nada, mas parece que esta conversa precisa de vinho para, pelo menos, uma de nós. Há um café novo a dois quarteirões que serve álcool e sobremesa. O que me diz de irmos lá para você beber e para este carinha, ou menininha, tomar um sundae com brownie?

— Parece perfeito. Só que acho que vou precisar de vinho *e* sobremesa.

Ela enganchou o braço no meu.

— Agora está falando minha língua.

Quinze minutos depois, estávamos com três sobremesas na mesa, e eu já tinha bebido quase uma taça inteira de vinho.

— Então seu ex está te incomodando? — Ela colocou uma colher enorme de brownie com sorvete de baunilha na boca.

Balancei a cabeça.

— Warren tem sido bastante incrível quanto a tudo. Só sinto muita culpa por ter ido logo para a cama com Holden. Fui direto do término com meu noivo para o apartamento de Holden.

— Mas não posso dizer que fico surpresa. Vocês dois têm brincado de gato e rato por bastante tempo. Deve ter muita frustração reprimida.

Assenti.

— Passamos *bastante* tempo trabalhando nisso nos últimos dias.

Billie sorriu.

— Aposto que sim.

Olhei para baixo, para o meu vinho.

— Tivemos momentos incríveis juntos. E, definitivamente, tenho sentimentos por Holden. Mas também tenho sentimentos por Warren. Posso não estar mais noiva, ainda assim, uma parte de mim sente que o estou traindo.

— Bom, nossos sentimentos não são como interruptores de luz. Não podemos só ligá-los e desligá-los. Idealmente, teria sido bom você ter dado um tempo entre um relacionamento e outro. Mesmo que seja você que termina um relacionamento, ainda precisa de tempo para se curar. Mas você e Holden... — Billie colocou mais uma colher cheia de brownie e sorvete na boca. — Acho que nada poderia ter impedido vocês. Vocês têm estado em uma rota de colisão desde aquela dança no meu casamento. Foi impossível não perceber a forma como vocês estavam se olhando.

Engoli o resto do vinho da minha taça.

— Não consigo parar de pensar no que teria acontecido se eu não tivesse vindo para Nova York. E se eu não tivesse percebido que precisava ver o que mais tinha por aí antes de me casar? Será que teria traído meu marido?

Billie balançou a cabeça.

— Não jogue o jogo do *e se*. Nada bom pode sair disso. Olhe para a frente, não para trás.

A garçonete parou em nossa mesa.

— Outro vinho?

— Seria ótimo, obrigada.

Depois que ela se afastou, Billie apontou a colher para mim.

— Você acabou de falar que precisava ver *o que mais* tinha por aí. É verdade? Ou é só em Holden que está interessada?

— Sabe, durante a minha vida toda, fui o tipo de pessoa que poderia te contar onde eu planejava estar a cinco ou dez anos dali. No ensino médio, sabia o que queria estudar na faculdade e, quando terminei, tinha a ideia de conseguir meu próprio estudo de pesquisa. Alguns meses atrás, pensei que via meu futuro com Warren. Mas, agora, parece que não consigo ver além de hoje e amanhã, e dos dias que quero passar com Holden.

— Às vezes, precisamos viver o momento.

Billie e eu ficamos naquele café conversando por mais de duas horas. Durante esse período curto, bebi quatro taças de vinho. Elas não me embriagaram até eu me levantar, mas então cambaleei. E minha amiga grávida acabou me apoiando até em casa, quando eu que deveria tê-la apoiado.

Eu a abracei em frente ao prédio.

— Muito obrigada por me ouvir.

— Sempre que quiser, minha amiga. — Ela sorriu. — Você parece melhor.

— Na verdade, me sinto muito melhor. — Me inclinei para ela, mas me esqueci de sussurrar. — O álcool me deixa com tesão, então acho que vou passar na casa de Holden.

Um homem que devia ter seus setenta anos parou na rua.

— Moro na West Street, 210, apartamento 3B, se o Holden não estiver disponível.

Billie e eu gargalhamos. Ela gritou para mim por cima do ombro conforme andei na direção da porta do prédio.

— Vá pegá-lo, tigresa.

Lá em cima, Holden atendeu a porta vestindo apenas uma calça de moletom de cós baixo e sem camisa. Ele segurava um par de baquetas em uma mão, fones de ouvido no pescoço e sua pele brilhava.

— Ai, meu Deus. — Solucei e cobri a boca. — Você está gostoso pra caramba.

Ele abriu um sorriso torto.

— Você está bêbada?

— Acho que devo estar. — Sorri e me inclinei para a frente. — E estou com muito tesão.

Ele segurou minha mão e me puxou para dentro do seu apartamento. Dei um gritinho, mas adorei cada instante.

— Mal posso esperar para transar com você bêbada.

Dei risada.

— E aqui estava eu preocupada de você talvez me recusar porque era cavalheiro demais para transar com uma bêbada.

— Meu pau estava na sua bunda no fundo de uma van há não muito tempo, linda. Acho que cavalheiro, quando se trata de foder você, passou longe.

— Você é um porco. — Dei risada, roncando.

— Com certeza. E você está batendo à minha porta, de qualquer forma. — Holden me tirou do chão e me pegou no colo.

Enquanto ele andava na direção do quarto, me segurando, eu lambia seu peito.

— Hum. Salgado. Não sabia se era suor ou água do chuveiro.

— Estou tocando bateria há uma hora. O que *você* estava fazendo?

— Bebendo com Billie.

— Parece que você bebeu o dela e o seu.

Sorri.

— Talvez. Mas eu precisava.

— Dia ruim?

— Warren me ligou e disse que seria fiel a mim. Depois perguntou se tinha outra pessoa.

Holden congelou a dois passos do quarto.

— O que falou para ele?

— Falei que não tinha.

Ele me colocou de pé. Bêbada demais para perceber que o clima tinha mudado, continuei com tesão na Lala-land. Me ajoelhando, segurei o cós da calça de Holden. Mas ele pegou minha mão e a afastou.

— O que está fazendo? — perguntei, ainda alheia e flertando. — Quero você na minha boca.

Holden colocou as mãos debaixo das minhas axilas e me levantou.

— Você está muito bêbada.

— Mas você acabou de falar que...

— Vou pegar um ibuprofeno e água para você.

Antes de eu poder discutir, ele já estava na metade do corredor a caminho da cozinha. Eu estava bêbada demais para entender totalmente que o tinha chateado. Após alguns minutos, percebi que também estava muito bêbada para ficar em pé. Então me sentei na beirada da cama e me deixei cair de costas. Mais alguns minutos se passaram, e ele ainda não tinha voltado, então bocejei e fechei os olhos. E era a última coisa de que me lembrava quando acordei às seis e meia da manhã seguinte.

Me erguendo nos cotovelos, fiquei momentaneamente confusa quanto a onde eu estava. O apartamento de Holden e o meu eram bem parecidos. Mas a pilha enorme de baterias no canto do quarto me ajudou a entender, embora ele não estivesse na cama ao meu lado. Esfreguei meus olhos sonolentos e fui procurá-lo.

— Oi.

Eu o encontrei sentado no escuro à mesa da cozinha, tomando uma caneca de café. Envolvendo meus braços nele por trás, beijei seu pescoço.

— O que está fazendo aqui?

— Pensando.

— No quê?

Ele se virou e olhou nos meus olhos.

— Por que não falou para Warren que estava com outra pessoa?

Ai, merda. Uma agulha fez o disco parar. A noite anterior estava meio borrada, mas devo ter contado a conversa que Warren e eu tivemos ao telefone.

Suspirei e me sentei em frente a Holden.

— Não contei para ele porque não quis magoá-lo. Acabei de terminar nosso noivado, e tudo aconteceu muito rápido entre nós.

Ele assentiu, encarando sua caneca de café.

— Então você prefere me magoar a magoá-lo...

— Não, não, não é isso, Holden. De verdade, não é. É só que... Ele me pegou desprevenida com essa pergunta, e não tive tempo de pensar. Ele parecia chateado quando me ligou, e não gosto de magoar as pessoas, principalmente as que sempre foram gentis comigo. Com certeza, não pensei que a resposta que dei para não magoá-lo fosse magoar você. Também não quero que fique chateado.

Holden ergueu os olhos para encontrar os meus.

— Era só isso que ele queria? Saber se você estava saindo com outra pessoa?

Balancei a cabeça.

— Ele queria saber de quanto tempo eu precisava. Acho que, quando terminei tudo, falei para ele que precisava de tempo para mim.

Ele franziu o cenho.

— Então as coisas entre vocês não estão terminadas para sempre? Estão só... o quê? Pausadas? Você está fazendo algum tipo de pausa? E eu sou só o puto que você precisava para se realizar antes de se casar com o bonzinho?

— Não, Holden. Não é isso.

— Me diga o que é, então. O que sou para você?

— Eu gosto de você, sabe disso. Tenho uma queda por você desde quando consigo me lembrar.

— Ainda está apaixonada por Warren?

Todas essas perguntas fizeram minha cabeça parecer que ia explodir.

Eu tinha terminado as coisas com Warren e pulado para a cama de Holden, e não tirei um tempo para pensar no que estava fazendo. Ainda assim, não queria mentir. Isso só tornaria as coisas mais complicadas.

— Não sei quais são meus sentimentos, Holden. Tenho muita coisa para pensar.

Ele se afastou da mesa, as pernas da cadeira arranhando o piso, e se levantou.

— Parece que a única coisa que você *sabe* é que quer transar comigo. — Ele apontou o polegar na direção do corredor que levava ao seu quarto. — Devo ir me masturbar para ficar pronto para quando você estiver no clima?

— Holden...

Ele arrastou a mão pelo cabelo.

— Pensando bem, vou tomar banho. A moça do 408 precisa que eu conserte os canos. Parece que é só para isso que sou bom ultimamente.

Mais tarde naquela noite, eu ainda estava me sentindo para baixo quando saí na escada de incêndio com uma taça de vinho. Não tinha ficado sabendo de Holden o dia todo, e não poderia dizer que o culpava por estar chateado. Ninguém gosta de sentir que não é importante o suficiente para mencionar. Ao longo do dia, eu tinha pensado muito sobre por que havia mentido para Warren. E não tinha nada a ver com Holden. Estava envergonhada das minhas atitudes, como não pude esperar vinte e quatro horas depois de terminar meu noivado antes de pular na cama de outro homem. Eu não tinha autocontrole quando se tratava de Holden Catalano. E, por mais que estivesse aproveitando de forma egoísta as regalias dessa falta de autocontrole, não tinha parado para pensar nas consequências que vinham ao ceder.

Perdida em pensamentos sobre como poderia ter lidado melhor com as coisas, tinha dado alguns goles no meu vinho quando Holden abriu sua janela. Ele saiu e se sentou na beirada mais próxima de onde eu estava.

— Oi — ele disse.

— Oi.

Ele olhou para baixo, balançando a cabeça.

— Desculpe por como agi esta manhã.

— Me desculpe também. Juro por Deus, Holden, que mentir para Warren não teve nada a ver com você. Eu não estava tentando te esconder. Só não queria magoá-lo. E, para ser sincera, estou um pouco envergonhada da minha falta de autocontrole. Pulei em você no minuto em que voltei para Nova York depois de terminar tudo com meu noivo. Não parei para pensar que não organizar meus sentimentos poderia machucar outras pessoas. — Funguei para conter as lágrimas. — Só agi por impulso.

Holden se esticou pelas barras das nossas escadas de incêndio e segurou minha bochecha.

— Não chore, linda. — Ele sorriu. — Sua falta de autocontrole foi a melhor coisa que aconteceu comigo em muito tempo.

Cobri a mão dele com a minha.

— Espero que possa aceitar minhas desculpas.

— Só se puder aceitar as minhas. Entendo que precise de um tempo, e eu não deveria ter tentado te obrigar a colocar um rótulo no que quer que esteja acontecendo entre nós. Você foi direta com o que queria desde o início. Vamos só nos divertir.

Meus ombros relaxaram pela primeira vez no dia.

— Sério? Fala sério mesmo?

— Sim. — Ele ergueu um dedo. — Na verdade, comprei para você um presentinho de desculpas focado justamente nisso... se divertir. Já volto.

Holden entrou no apartamento e saiu um minuto depois com uma caixa vermelha com um laço grande branco amarrado. Ele a deslizou por entre as barras com um sorriso.

— Isto vai nos fazer esquecer do nosso pequeno desentendimento desta manhã.

Não tinha nada escrito na caixa. Eu a balancei.

— É bebida? Porque acho que a taça de vinho que estou bebendo é mais do que suficiente depois da minha noite com Billie ontem.

— Abra e descubra.

— Certo! — Me senti uma criança na manhã de Natal ao arrancar o laço e tirar a tampa. O interior estava decorado com veludo e continha dois itens, um que eu reconhecia. Sorri e cobri a boca.

— Ai, meu Deus. Você comprou um vibrador para mim?

— Está na sua lista. Acredito que seja o número seis: usar brinquedos juntos. Aliás, não sabia que só o que tínhamos que fazer era escrever o que queríamos e nossos desejos se tornavam realidade. O Papai Noel, definitivamente, vai levar uma bronca de mim este ano...

Dei risada.

— Você é muito louco. Mas o que é esta outra coisa?

— Cada um de nós ganhou um brinquedo. Esse é para mim. — Ele pegou seu celular do bolso e o ergueu. — Sincroniza com um celular. Já conectei o meu. Nós inserimos essa parte em você, e posso fazê-lo vibrar, pulsar ou circular de qualquer lugar do mundo.

Arregalei os olhos.

— Circular?

Ele sorriu.

— Quer testar, não quer?

Cobri meu sorriso com a mão.

— Vou presumir que sim com esse sorriso — ele disse. — Agora vá ficar nua. Quero você bem aberta na cama antes de eu chegar na vizinha para podermos consumar minhas desculpas.

CAPÍTULO 20

Lala

Era incrível como os fins de semana eram muito mais empolgantes agora que eu sabia que os passaria com Holden. O fim da semana de trabalho não acabava rápido o suficiente.

Na sexta à noite depois de eu chegar em casa, tomei um banho demorado antes de ir até o apartamento dele. Conforme a água escorria por mim, me senti no topo do mundo, ficando mais empolgada a cada minuto com nossos planos do fim de semana, mesmo que eu não fizesse ideia de quais eram.

Bem refrescada e pronta para o que quer que a noite fosse trazer – esperava que um sexo incrível –, fui para a porta de Holden.

Quando ele a abriu, estava incrivelmente gostoso com seu gorro cinza e uma camiseta lisa bordô. Meus mamilos se enrijeceram por simplesmente olhar para ele. No entanto, meu olhar cheio de tesão foi interrompido quando olhei em seus olhos e senti que havia algo errado.

— O que houve, Holden? Você parece meio chateado — eu disse.

Ele suspirou.

— É, precisamos conversar. Aconteceu uma coisa.

Ai, não. Meu estômago se revirou conforme inúmeros cenários ruins inundaram minha mente. *Será que ele vai terminar comigo?*

— Ok... — Engoli em seco.

— Então... nossa agente ligou há um tempinho para me avisar que agendou um monte de shows.

Pisquei.

— Isso é bom, certo?

Ele franziu o cenho.

— São por toda a costa oeste, Lala.

Demorei alguns segundos para processar. Ele não falou lado oeste. Ele falou costa *oeste. Ele vai embora?*

— Ah... — Uma sensação horrível me preencheu. — Você sabia dessa possibilidade?

Ele assentiu.

— Eu sabia que ela estava tentando agendar algo lá em algum momento, mas ela tinha feito parecer que ia demorar para acontecer. Agora está nos dizendo que organizou muitas paradas do Oregon até o sul da Califórnia. Aparentemente, conheceu um agente de reservas lá que fez tudo acontecer.

Respirei fundo.

— Quando vai acontecer tudo isso?

Holden flexionou o maxilar.

— É para voarmos para lá algum dia da próxima semana.

O quê?

— Uau. Próxima semana. — Alisei minha barriga, nauseada. — Quanto tempo vai ficar fora?

— No mínimo, duas semanas. É o que está combinado agora. Mas pode ser mais tempo.

Duas semanas não era tanto tempo, mas, de alguma forma, eu sabia que pareceria uma eternidade.

Holden deve ter sentido meu pânico interno conforme fiquei ali parada sem palavras.

— Sabe de uma coisa? Venha aqui — ele disse ao me puxar para seus braços. — Nem te abracei ainda e já joguei tudo isso em você. — Ele respirou no meu pescoço. — Se esta coisa incrível não estivesse acontecendo entre nós, eu estaria feliz em viajar, mas tudo está diferente agora. Só quero aproveitar cada minuto com você enquanto está em Nova York.

Quando Holden me soltou, olhei para as luzes da rua do lado de fora da sua janela por um instante, incapaz de encontrar seus olhos.

— Como sequer é possível sua agente agendar alguma coisa assim para vocês tão em cima da hora?

Holden coçou o queixo.

— Bom, esse é o problema com a indústria da música. É meio que esperado que você largue tudo e aproveite as oportunidades quando elas surgem. Tenho sorte de os caras e eu termos um entendimento quanto a isso em termos do meu trabalho por aqui. Eles sabem que a música vem primeiro.

Certo. A música vem *primeiro. Não se esqueça disso, Lala.*

— E os outros integrantes da banda? — perguntei. — Eles têm trabalhos de dia que podem simplesmente largar?

— Todos eles têm empregos parecidos com o meu, e têm acordos com os chefes. Se uma oportunidade surgir, a música é prioridade. Obviamente, com tudo que cuido por aqui, vamos ter que contratar uma pessoa temporária para manutenção, para a qual temos orçamento. Os caras sempre souberam que isso poderia acontecer e eu precisaria me ausentar. Então planejamos tudo.

Eu tinha certeza de que seria a única a *não* gostar que ele fosse. Mas não era porque não queria que ele tivesse a oportunidade. Queria todo o sucesso do mundo para ele. Só não queria ficar longe quando as coisas estava apenas começando entre nós.

Encarei o lado de fora da janela de novo, em transe.

Holden colocou a mão gentilmente no meu queixo e ergueu meu rosto para encontrar seus olhos.

— Fale comigo, Lala.

— Bom, obviamente, estou totalmente chateada por isso, mas nem em um milhão de anos eu tentaria ficar no seu caminho. É isso, e tenho muito orgulho de você, Holden. — Me estiquei e dei um beijo casto nos lábios dele.

— Obrigado, linda. É bem importante, já que há muitos executivos da música por lá. O objetivo é tentar conseguir que alguns deles vão aos shows.

— É. Faz sentido. — Meu olhar foi para o chão.

Holden ergueu meu queixo de novo para encontrar seus olhos.

— A última coisa que quero fazer agora é viajar. Pensar nisso está me matando.

Passei a mão em sua barba por fazer.

— São só duas semanas, certo? E ainda estarei aqui quando você voltar.

— Duas semanas vão parecer dois anos. Nós dois sabemos disso.

Expirei.

— Qualquer pessoa na sua vida tem que esperar esse tipo de coisa. Eu nunca iria querer impedir suas aspirações musicais ou te amarrar.

— Bom, você sempre pode me amarrar no sentido literal. Ainda não tentamos essa — ele brincou, forçando um sorriso. — E, se isso for te chatear de verdade, quero que seja sincera comigo, mesmo que eu ainda precise ir. Quero saber o que está pensando agora mesmo.

Suspirei.

— Só é decepcionante porque não vou conseguir ficar com você. Só porque estou triste não significa que também não esteja incrivelmente feliz por você ter essa oportunidade.

Ele me pegou nos braços e me tirou do chão, me girando conforme gemeu. Apertando minha bunda, ele disse:

— O que acha? Temos uma semana juntos antes de eu ter que viajar. — Ele me colocou no chão. — Vamos só jurar fazer dela a melhor semana da vida... sem deixar nada no caminho do total aproveitamento um do outro.

— Ok. — Eu sorri, tentando ao máximo esconder meu sentimento de desgraça iminente.

Eu não tinha previsto isso, porém *deveria ter* previsto. Essa é a questão. Essa notícia foi um tapa na cara da realidade de como era ser a garota de um músico. Talvez fosse melhor que eu vivesse isso agora do que depois. Precisava entender onde estava metendo meu coração.

Naquela noite, Holden se esforçou ao máximo para me fazer esquecer da viagem. Ele me levou a um restaurante italiano legal chamado Vincente's Trattoria que eu estivera querendo provar. Jurei relaxar e curtir o momento com ele — principalmente agora que sabia como esse tempo era precioso.

Sob as luzes baixas, com a música italiana tocando ao fundo, eu tinha acabado de conseguir esquecer as coisas ruins quando nossa garçonete linda apareceu.

Em vez de nos cumprimentar da maneira tradicional, a morena atraente simplesmente olhou para Holden e disse:

— Oh.

Não demorei muito para entender o que estava acontecendo.

— Não sabia que você trabalhava aqui — ele falou, finalmente.

— Bom, comecei há algumas semanas. — Ela se virou para mim. — Ãh, oi, sou Sasha... uma amiga de Holden.

Uma amiga. Claro.

Parecendo confusa, ela balançou a cabeça.

— Enfim, o que posso trazer para vocês beberem?

A mesa ficou em silêncio por alguns segundos até Holden dizer:

— Vou querer uma taça de cabernet. — Ele se virou para mim. — Lala?

Engoli em seco.

— Vou beber uma taça de chardonnay.

Sasha pigarreou.

— Já volto com eles.

Quando ela se afastou, coloquei o guardanapo de pano no meu colo.

— Bom, eu ia perguntar o que foi isso, mas tenho praticamente certeza de que consigo somar dois mais dois.

Os olhos de Holden analisaram os meus.

— Eu não sabia que ela trabalhava aqui. Não teria te trazido se soubesse.

— Por quê? — Dei de ombros, tentando não perder a calma. — Quero dizer, qual é a diferença? Já vi as garotas nos seus shows com quem você costumava sair. Parece que não conseguimos ir a lugar nenhum nesta cidade sem encontrar com elas. — Ronquei, rindo.

Por mais que eu soubesse que a amargura e o ciúme não combinavam comigo, era impossível esconder meus sentimentos. Já estava sofrendo com a notícia de que ele ia para a estrada por duas semanas. Isso só adicionou combustível ao fogo.

Holden se esticou para pegar minha mão.

— Sinto muito mesmo.

Sentindo minhas emoções se revirarem, soltei:

— Com quantas mulheres você já dormiu exatamente?

Ele arregalou os olhos.

Não pude evitar. Sempre tive curiosidade.

— Não tenho problema em falar sobre isso, Lala. Você sabe que sou uma pessoa aberta. Mas o assunto te magoa, então estou curioso com o motivo pelo qual você iria querer que eu falasse disso agora, quando já está bastante magoada.

Meu coração martelou no peito.

— Bem... Talvez eu tenha um número ridículo na minha cabeça, e talvez nem seja tão ruim quanto penso que é.

O rosto de Holden ficou meio vermelho. Eu o tinha deixado, oficialmente, desconfortável. Não era minha intenção. Eu sabia que tinha ido longe demais, porém parecia não ter volta agora.

— A verdade é... que não sei exatamente com quantas mulheres já dormi — ele respondeu depois de um tempo. — Nunca contei. Sempre fiz com segurança, mas tiveram... muitas. Não vou mentir para você.

— Centenas? — perguntei, minha curiosidade ainda falando mais alto.

Ele não falou nada.

Ai, meu Deus. Milhares?

— Não centenas no plural — ele respondeu. — Mas... *dúzias* talvez, se eu tivesse que chutar. — Ele expirou e balançou a cabeça. — Nunca me importei em ser julgado por nada disso. Mas me importo com a *sua* opinião sobre mim. — Seu rosto tinha uma expressão séria. — Detesto que meu passado continue voltando para me assombrar. Mas não posso fingir que não era assim. E espero que saiba que, apesar disso, nada importa para mim mais do que estar com você neste momento.

Meu peito se apertou. Eu era um ser humano horrível por tê-lo envergonhado. De repente, saí da névoa enciumada o suficiente para enxergar isso.

— Deus, me desculpe, Holden. Na verdade, estou muito decepcionada comigo mesma agora por como lidei com essa conversa.

— Você tinha todo direito de me fazer essa pergunta. Entendo, linda. De verdade. Eu nem conseguia lidar com o pensamento de você com Warren, que dirá se o garçom que viesse atender nossa mesa fosse alguém de quem você já ficou por cima. Entendo como o ciúme age. Só sinto muito que você tenha tido que passar por isso inúmeras vezes por causa do meu histórico. Isso é culpa minha.

— Você não me deve desculpas, Holden.

Quando Sasha voltou com as bebidas, jurei me acalmar. Tentei aceitar o fato de que ela era linda. Tentei aceitar o fato de que ela tinha dormido com Holden, e fiz o meu máximo para seguir em frente e tratá-la como trataria qualquer garçonete — não alguém que tinha transado com meu namorado.

Ele é meu namorado?

Em certo momento, depois de ela ter trazido as entradas, Holden disse:

— Agradeço por tentar fingir que não está chateada. Mas, Lala, quando seu pescoço fica vermelho, sempre te entrega. Isso está me dizendo que você ainda está afetada.

Droga.

— Não é tanto o fato de ainda estar chateada por ela — admiti. — É só que meus sentimentos por você estão ficando mais fortes, e agora estou sensível a cada coisinha, já que você vai viajar. Sei que não é um tempo longo, mas é um lembrete de como poderia ser a vida se ficássemos juntos. — Dei um gole grande no vinho. — Só algo com que eu teria que me acostumar.

Ele engoliu em seco, desconfortavelmente, e eu sabia que ele entendia aonde eu queria chegar, mesmo que não tivesse falado: eu ainda duvidava se ele poderia ser o tipo de homem que se acomoda.

Ao longo da semana seguinte, Holden e eu nos esforçamos bastante para passar toda noite juntos e não nos concentrar no fato de que ele iria viajar. Jantamos toda noite depois que eu voltava do trabalha, e tinha muito sexo.

Mas, na noite antes de ele viajar, a realidade bateu forte. A única coisa que não tínhamos feito naquela semana foi dormir no apartamento um do outro, porque eu sempre precisava levantar cedo, e sabia que, se ficássemos a noite toda juntos, nenhum de nós descansaria. No entanto, aquela noite era diferente.

Estávamos acabando de limpar tudo depois do jantar quando Holden envolveu os braços em mim por trás.

— Sei que você levanta cedo, mas preciso muito passar a noite na sua cama esta noite — ele disse.

Me virei para encará-lo.

— Você leu minha mente. Claro. Não preciso dormir esta noite. Só preciso de você.

— Você é *tudo* de que preciso ultimamente... ponto final. — Holden me ergueu e me carregou para o meu quarto, me beijando apaixonadamente. Quando ele começou a me despir, passei os dedos pelo seu cabelo grosso, em certo momento baixando as mãos para tirar sua camisa. Parecia que eu precisava colocá-lo dentro de mim bem rápido.

Quando ficamos nus, caímos preguiçosamente deitados na cama. Holden travou minhas mãos acima da minha cabeça antes de entrar em mim em um movimento rápido. Soltei um som ininteligível de prazer.

— Não quero deixar você — ele murmurou na minha boca ao me foder lentamente.

Eu aproveitava cada investida poderosa, sem saber se essa seria a última vez que faríamos sexo por duas semanas.

Nossos corpos balançavam juntos em sincronia enquanto Holden olhava profundamente nos meus olhos e nenhuma vez desviou. Essa devia ser a coisa mais sexy que ele já tinha feito – tão simples e, mesmo assim, tão intensa.

Jesus. Me aterrorizava o quanto eu estava me apaixonando por esse homem.

— Você é linda pra caralho — ele sussurrou ao entrar e sair. — Vou sentir sua falta... — *Investida...* — Pra... — *Investida...* — Caralho... — *Investida...* — Mesmo. — *Investida.*

Isso acabou com minha determinação.

— Goze dentro de mim, Holden — arfei.

Ele revirou os olhos ao gemer, e senti o calor dele entrar em mim conforme ele cobriu meu pescoço e peito de beijos.

Havíamos transado de tantas formas nos últimos dias, mas dessa vez foi especial. Foi diferente, e não ousei mencionar isso para ele. Porque aí teria que admitir o motivo: pareceu que ele estava fazendo amor comigo, mais do que somente transando. Não queria assustá-lo.

Depois de Holden se levantar e pegar uma toalha, ele voltou para a cama, envolveu os braços em mim e me puxou para perto. Não transamos mais. E, apesar das preocupações ainda povoarem minha mente, consegui dormir tranquilamente nos braços dele.

Na manhã seguinte, eu não conseguia mais esconder minha tristeza. Holden ia pegar um carro para o aeroporto uma meia hora depois de eu sair para o trabalho. Tínhamos que nos despedir cedo, já que eu estava atrasada.

Nos encaramos sem expressão enquanto bebíamos café.

Ele balançou a cabeça.

— Não tenho vontade de deixar você. Por favor, me diga que vamos conversar toda noite e você não vai se preocupar com nada quando se trata de mim. Te dou minha palavra de que não vou fazer nenhuma idiotice. — Ele suspirou. — Sim, fui quem fui no passado. Mas agora? Não sou mais assim, Lala. Não quero que você se estresse enquanto eu estiver fora.

Meu estômago doeu ainda mais sabendo que ele tinha sentido que precisava me dar garantia. Era culpa minha por como tinha agido de forma insegura recentemente.

— Confio em você, Holden. Por mais que, às vezes, fique com ciúme, por favor, saiba que não tem nada a ver com falta de confiança.

Ele pegou minhas mãos.

— Quero que me ligue toda vez que sentir que precisa de mim... não importa que pense que estou no meio de alguma coisa. — Holden abriu sua mochila e tirou uma folha de papel. — Além disso, imprimi um itinerário detalhado de todo lugar a que vamos e quando, junto com as informações de contato no caso de você não conseguir falar comigo no meu celular por algum motivo. — Ele entregou para mim.

Isso era fofo. Desconfiava que ele nunca tinha imprimido um itinerário para mais ninguém em toda a sua vida.

— Todos os meninos sabem que você vai viajar esta manhã, certo?

Ele assentiu.

— Eles contrataram uma pessoa de manutenção para me cobrir. — Ele abriu os braços. — Venha aqui. Preciso te abraçar uma última vez antes de ir.

Depois de deitar a cabeça em seu peito por muitos minutos, olhei para ele.

Holden deu um último beijo firme nos meus lábios.

— Já estou com saudade demais, e ainda nem fui embora.

— Me sinto exatamente igual. — Olhei para o relógio. — Merda, tenho que ir.

— Ok — ele murmurou.

Dei um último-último beijo na boca do meu lindo talvez-namorado, olhei uma última vez para seu rosto bonito e saí do meu apartamento, me sentindo vazia e preocupada com o futuro, apesar de todas as garantias de Holden.

CAPÍTULO 21

Holden

— Que porra é essa, Catalano? — Dylan, nosso baixista, perguntou. — Está com alguma IST ou algo assim?

Olhei para cima de onde estava desmontando minha bateria.

— Do que está falando?

Ele apontou para a mulher que tinha acabado de vir me falar o quanto gostara do show... e perguntou se podia pagar uma bebida para mim.

— Ah, isso. Não estou interessado.

— Sério? — Monroe interveio. — Ela parece bem do seu estilo. Cabelo comprido, peitos grandes, bunda bonita. Sem contar que aqueles lábios carnudos parecem que dariam um travesseiro muito bom para a cabeça do seu pau.

Dei risada, mas balancei minha outra cabeça.

— Só tenho um tipo ultimamente, pessoal... uma certa loira gênia que está em casa me esperando voltar.

Dylan ergueu uma sobrancelha antes de olhar em volta para os outros caras.

— Aposto cinquenta que ele não consegue cumprir as duas semanas.

— Cem que ele não consegue sair do Oregon sem, pelo menos, um boquete — Kevin adicionou, guardando sua guitarra.

Monroe puxou um maço de dinheiro do bolso da frente e virou o microfone na mão. Ele apontou para duas mulheres que eu não tinha percebido, que estavam olhando na minha direção e sorrindo. Uma chupava o canudinho de sua bebida sugestivamente.

— Oregon? Tenho praticamente certeza de que são gêmeas idênticas. Elas estavam sentadas na primeira fileira. A de vermelho tem um piercing na língua. Dou duzentos que ele não consegue passar a *noite*.

Balancei a cabeça enquanto desmontava a haste do bumbo.

— Vou ganhar cada uma das suas apostas, seus idiotas. Porque a única coisa pela qual estou ansioso de levar para a cama esta noite, ou qualquer outra noite durante esta viagem, é meu iPad, para poder falar com minha garota por FaceTime.

Dylan assentiu.

— Definitivamente, é gonorreia.

Após terminarmos de carregar a van, os caras voltaram para o bar para beber, mas resolvi encerrar a noite. Estava familiarizado demais com a atenção que recebíamos quando ficávamos mais depois de tocar, e não queria me colocar nessa situação. Não que fosse ter alguma tentação da minha parte — eu era um homem alegremente satisfeito nos últimos tempos —, mas só de ficar perto de mulheres que eu sabia que tinham segundas intenções parecia errado. Os caras poderiam brincar o quanto quisessem, mas eu estava vivendo minha melhor fase podendo tocar no palco e depois voltando para o quarto para contar todo o meu dia para a minha garota. E foi exatamente o que fiz.

— Ai, meu Deus. Você precisa colocar uma camisa. — O rosto de Lala apareceu na tela, e ela sorriu. — É injusto que eu tenha que olhar para isso e depois ir para a cama sozinha.

Eu estava sentado com as costas na cabeceira, usando apenas cueca boxer. Olhando para minhas mãos unidas atrás da cabeça, me certifiquei de flexionar meus bíceps.

— Está dizendo que gosta do que vê, linda?

Lala suspirou.

— Queria poder *lamber* o que vejo agora.

Eu sorri.

— Como foi o seu dia?

— Bom. Ocupado. Fui em um dos centros de assistência com que estou trabalhando para ver como está todo mundo.

— Estão indo bem?

Ela assentiu.

— Realmente amo trabalhar com idosos. Eles têm tantas histórias para contar. O sr. Wentz, um dos cavalheiros do meu estudo, é casado há cinquenta e sete anos. Ele conheceu a esposa aos três anos de idade, quando a família dela se mudou para a casa vizinha à dele em Chicago. Eles cresceram como melhores amigos, mas, quando eram adolescentes, estavam loucamente apaixonados. Quando sua esposa tinha dezesseis anos, o pai dela foi transferido para a Suíça a trabalho. Eles queriam se casar e ficar juntos, porém seus pais não permitiram, então acabaram perdendo contato, já que ela morava muito longe. Oito anos mais tarde, ambos estavam noivos de outras pessoas quando acabaram no mesmo trem do metrô em Manhattan. O sr. Wentz estava lá em uma viagem de negócios somente naquele dia, e a sra. Wentz estava lá para visitar seu avô doente. De acordo com o sr. Wentz, o coração dele começou a bater de novo naquele trem. Naquela mesma noite, ele terminou seu noivado e pediu demissão do emprego, já que não o deixaram estender sua viagem em Nova York. Ele falou que não iria deixar que ela saísse da sua vista uma segunda vez.

— Uau. Parece que foi destino. Não é tão impressionante quanto fazer uma garota terminar seu noivado depois de agir como um completo idiota em um bar, mas é uma história decente.

Lala deu risada.

— Como foi seu show esta noite? Não esperava falar com você tão cedo. Que horas acabou?

Dei de ombros.

— Há meia hora, talvez. Tomei banho antes de te ligar.

— Pensei que vocês, normalmente, bebessem depois dos seus shows.

— Bebemos. Os caras ficaram por lá, mas eu não estava no clima para isso. Queria voltar e te ligar.

Ela sorriu.

— Fiquei feliz por isso. Pensei muito em você hoje.

— É?

— Estava pensando que, talvez, pudéssemos fazer uma viagem no fim de semana depois que você voltar para casa.

— Estou dentro. Para onde?

— Para Hudson Valley. Quando éramos crianças, fomos a um casamento em um lugar chamado Mohonk Mountain House. Acho que ficar lá é bem caro, então podemos ficar em outro lugar lá perto, mas eles têm belas trilhas de escalada e vistas incríveis das montanhas. Pensei que seria legal ir enquanto ainda está quente.

— Então esteve pensando em viajarmos somente nós dois, hein?

— Sim, é estranho?

O fato de ela estar pensando em fazer coisas comigo — escalar e fazer uma viagem juntos — me dava esperança. Por mais que eu adorasse transar com ela, queria mais com Lala. E esse foi o primeiro sinal de verdade de que talvez ela também quisesse.

— Não, não é nada estranho. Eu adoraria ir. Amo a natureza e me dá algo para ansiar para voltar. Só estou fora há quatro dias, e já estou com saudade de você.

A expressão dela suavizou.

— Eu estou com...

O celular dela começou a tocar. Devia estar perto, porque, por um segundo, pensei que fosse o meu.

— Hummm... Espere um minuto. Ok, Holden? São meus pais ligando, e é bem tarde aqui. Quero garantir que não seja nada grave.

— Sim, claro. Atenda.

Eu a vi atender.

— Alô?

Eu só conseguia ouvir um lado da conversa, mas não precisava ouvir a outra pessoa. Pela expressão de Lala, dava para ver que *não* era boa notícia.

— Quando? Ela está bem? Onde ela está?

Porra. É a mãe dela.

Lala colocou a mão sobre a boca enquanto ouvia.

— Vou para aí assim que puder. Você estará no hospital?

Silêncio.

— Não, quero ir, pai. Deve ser um trajeto bem rápido desta vez. Vou te ligar quando estiver perto.

Mais silêncio.

— Ok, tchau.

Ela desligou, e meu coração já estava acelerado.

— O que aconteceu?

— Minha mãe... — Seus olhos se encheram de lágrimas. — Ela teve um infarto, Holden.

— Porra. Ela está bem?

Lala se levantou e começou a andar com o iPad. Ela foi para seu quarto e começou a jogar roupas em uma mala.

— Meu pai falou que ela está estável, mas encontraram uma veia obstruída. Ela foi levada de ambulância e, provavelmente, vão fazer cirurgia amanhã. — Ela esfregou a testa. — Graças a Deus, não bebi aquele vinho que pensei em beber mais cedo ou talvez não pudesse dirigir. Nunca pensei no que faria em uma emergência.

— Não pense nisso agora. Um dos caras pode te levar, se precisar.

— Holden, o que acontece se minha mãe... — Ela sufocou.

Caralho, queria estar lá para abraçá-la, para ir com ela, para estar ao lado dela.

— Ela vai ficar bem, linda.

— Você não sabe disso!

Passei uma mão pelo cabelo.

— Ela está bem agora, e está em um hospital onde vai ter a ajuda de que precisa. Em qual hospital ela está?

— Jefferson.

— É um ótimo hospital. É conhecido por ser especializado em problemas cardíacos. Ela está em boas mãos.

— Preciso desligar. — Ela olhou em volta e fechou o zíper da mala. — Tenho que pegar a estrada.

— Talvez seja melhor ligarmos para um dos caras. Não quero que dirija no escuro e chateada.

— Não, estou bem.

Franzi o cenho.

— Pode me fazer um favor antes de ir, pelo menos?

— Qual?

— Sente-se.

— Não posso. Preciso ir, Holden.

— Só por um minuto... Juro.

Ela suspirou, mas se sentou.

— O que foi?

— Respire fundo.

Ela respirou rápido.

Sorri.

— Mais fundo. Na verdade, feche os olhos e dê três respirações profundas.

Ela não parecia feliz com isso, mas fez o que pedi, mesmo assim. Eu a observei fechar os olhos e contei três respirações profundas. Quando ela abriu, eu sorri.

— Obrigado. Ela vai ficar bem. Dirija com cuidado, ok?

— Sim. — Ela assentiu. — Ok.

— Me ligue quando chegar lá. Ou me envie uma mensagem. O que for mais fácil. Só me avise como a sra. E está e que você chegou em segurança.

Ela assentiu.

— Aviso, sim. Tchau.

Não dormi nada. Lala não tinha ligado nem enviado mensagem. O trajeto de Manhattan até a Filadélfia não deveria durar mais do que duas horas e meia, mas tinham se passado quatro horas sem uma palavra. Todo cenário ruim se passou na minha mente.

Ela teve um acidente.

A sra. E teve outro infarto e não sobreviveu.

Ela e o pai estão preocupados demais para ligar para alguém.

Merda. Eu detestava não estar com ela. E, por mais egoísta e imaturo que fosse, também não conseguia deixar de me preocupar com o que aconteceria se ela ficasse na Filadélfia de novo. Será que correria para Warren para buscar conforto? A mãe de Lala – uma mulher que tinha sido como uma segunda mãe para mim a maior parte da minha vida – estava no hospital com um problema sério, e eu estava tão absorto em mim mesmo que não conseguia parar de pensar em Lala estando perto do ex. Isso me fez sentir ainda mais um merda.

Mais horas se passaram. Tentei me convencer de que, talvez, ela tivesse dormido na cadeira ao lado da cama da mãe e tudo estava bem. Mas, às sete da manhã do horário da Filadélfia, eu estava andando de um lado a outro no meu quarto de hotel e pensei que era uma hora boa para ligar.

Seu celular tocou uma vez e caiu direto no correio de voz. Eu detestava não conseguir falar com ela, mas deixei uma mensagem, de qualquer forma.

— Ei, linda. São umas sete horas aí. Só queria ver como estavam as coisas. Me avise quando puder. — Pausei. — Estou pensando em você e na sua mãe, e desculpe por não estar aí com você.

Mais ou menos meia hora depois, eu tinha começado a arrumar a mala para nosso próximo destino. A banda precisava pegar a estrada naquela manhã, e era para nos encontrarmos lá embaixo para tomar café da manhã antes disso. Assim que abri a porta do meu quarto, meu celular tocou com a chegada de uma mensagem. Parei para ler.

Lala: Desculpe não ter ligado. Minha mãe está estável, apesar de ainda estar em FA (Fibrilação atrial), em que o coração bate irregularmente. Eles não permitem o uso de celulares na UTI, então o meu estava desligado. Não queria sair da UTI, caso um médico aparecesse. Finalmente, as rondas começaram. Há um grupo de médicos indo de cama em cama, e estão, no momento, a três camas de nós. Espero que cheguem logo. Vou tentar te ligar depois.

Holden: Ok. Boa sorte.

Não tive notícia dela enquanto tomávamos café, carregávamos o SUV com o equipamento nem pelas primeiras duas horas e meia do trajeto. Tentei meu máximo para não ser insistente, mas enviei outra mensagem em certo momento.

Holden: Desculpe. Só queria ver como estava.
Já conseguiu encontrar com os médicos?

Meu celular tocou alguns minutos depois. Eu estava no banco de trás com duas guitarras entre mim e Dylan, enquanto Kevin estava na frente com Monroe, que estava dirigindo. Eu tinha zero privacidade.

— Alô?

— Oi, desculpe por não ter ligado antes com uma atualização. É a primeira vez que saio da UTI desde que cheguei. Saí para dar uma caminhada rápida e pegar um pouco de ar fresco.

— Não se preocupe. Só queria saber da sua mãe. E como você está?

Ela soltou uma respiração audível.

— Levaram minha mãe para a cirurgia há alguns minutos. Vão fazer um by-pass coronário. Não deu para desobstruir com angioplastia.

— Merda, sinto muito, linda. Mas ela é jovem e forte. Tenho certeza de que vai ficar bem.

— Os médicos estão otimistas, porém não consigo deixar de ficar aterrorizada. E deu para ver que mamãe também estava antes de ela entrar.

— É, claro. Deve ser assustador.

Ouvi a voz de um homem ao longe.

— Ei. Como está Jean?

— Oh... oi, Warren. O que está fazendo aqui?

Meus dentes cerraram conforme ouvia a conversa deles.

— Minha mãe ouviu da vizinha dos seus pais, Irene Davis, que havia uma ambulância na casa. Ela me ligou, e eu liguei para você, mas seu celular caiu no correio de voz. Liguei para Bill, e ele me contou.

— Meu pai te contou?

— Falei com ele há cerca de meia hora.

— Oh. Ele não contou que você tinha ligado.

Meu maxilar ficou tão apertado que fiquei surpreso por não ter quebrado um dente. Primeiro de tudo, ele estava lá, e eu não. Além disso... *Bill*? Não sr. Ellison, como eu sempre o tinha chamado. E, com certeza, eu não tinha o número de celular do pai dela. Percebi, de novo, o que Warren tinha sido para ela, o que ele tinha sido para toda a família dela.

— Você está no celular? — Warren perguntou.

— Oh... nossa. Estou, sim. Com licença por um minuto.

Ela voltou para a linha.

— Ei. Humm... Warren acabou de chegar.

— Eu ouvi.

— Ah... ok.

Muitas emoções me atingiram, e eu não sabia o que fazer com nenhuma delas. Acho que fiquei quieto por um tempo.

— Ainda está aí? — Lala perguntou.

— Estou aqui, sim.

Ela baixou a voz.

— Desculpe.

Franzi o cenho, mas tive que suportar pelo bem de Lala.

— Não precisa se desculpar por nada, linda. Estou feliz que tenha alguém aí para você. E vou deixar você ir, para que possa voltar e ficar com seu pai.

— Tem certeza de que está bem?

A última coisa com que ela deveria se preocupar no momento era eu.

— Claro. Me ligue depois e me avise como está tudo. Ok?

— Certo.

— Espero que corra tudo tranquilamente.

— Obrigada.

— Tchau.

Dylan olhou para mim quando desliguei. Eu ainda não havia contado a eles o que tinha acontecido.

— Está tudo bem?

— A mãe da minha namorada teve um infarto ontem à noite. Eles acabaram de levá-la para uma cirurgia.

— Merda. Sinto muito, cara. — Ele ficou quieto por um momento, então abriu um sorriso pequeno. — Namorada, hein? Acho que nunca ouvi você usar essa palavra.

O engraçado é que eu nem tinha percebido que havia dito isso. Mas, lá no fundo, era isso que Lala era para mim... *minha garota*. Infelizmente, eu não tinha certeza se era *o cara dela*... e, no momento, ela estava com um homem que eu tinha certeza de que a queria.

CAPÍTULO 22

Holden

— Olha o que o gato trouxe! — Dylan disse.

Naquela noite, estávamos nos preparando para nosso segundo show no Oregon quando me virei e vi nossa agente, Daisy, andando na direção do palco.

Ela ergueu os braços no ar.

— Surpresa!

Cada um se aproximou e a cumprimentou. Daisy era muito legal. Era nossa agente há quase dois anos. Logo antes de assinarmos com ela, tivemos uma coisinha juntos. Só durou dois meses, já que ela morava na Califórnia e estava procurando um marido, e eu morava na costa leste e estava querendo me divertir. Mas tínhamos terminado como amigos, e nosso passado nunca havia sido um problema desde que tínhamos começado a trabalhar juntos. Ela também estava noiva agora.

— E aí, Daze? — Beijei sua face. — Está bonita, como sempre.

Ela sorriu.

— E você está parecendo um rock star, como sempre. Bom te ver, Holden.

— O que te traz a Portland? — Dylan perguntou. — Sei que não veio tão ao norte para nada.

— Tem razão, não vim. É frio demais aqui em cima. Mas fiz uma exceção para assistir aos meus clientes preferidos tocarem e para dar uma boa notícia. — Ela uniu as mãos. — Virá uma gravadora ver vocês quando estiverem em São Francisco daqui a alguns dias. E não é pequena... é uma *enorme* com um monte de artistas vencedores do Grammy: Interlude.

— Puta merda — Dylan disse. — A Interlude é gigante!

— Enviei a eles a demo mais recente de vocês, e um dos olheiros adorou algumas das músicas, o suficiente para vir ouvir pessoalmente.

Dylan ergueu Daisy do chão e a girou. O resto dos caras e eu nos cumprimentamos.

Depois de conversarmos um pouco, era quase hora de nos apresentarmos. Daisy se sentou a uma mesa ao lado do palco, e os caras começaram a se aquecer. Me aproximei dela.

— Ei, Daze? Pode me fazer um favor e ficar com meu celular?

Ela sorriu.

— Quer que eu administre as ligações de groupies e combine com elas para irem ao seu quarto em horários diferentes?

— Não. Estou esperando uma ligação de alguém. Se puder, apenas me avise se tocar. Não precisa atender. Mas, se ligarem, vamos fazer uma pausa rápida para eu poder ligar de volta.

— Sim, claro.

Peguei meu celular e o entreguei a ela.

— Valeu.

Ela inclinou a cabeça para o lado.

— Você está bem, Holden?

Dei de ombros.

— Já estive melhor.

— Quer conversar sobre isso?

— Talvez mais tarde. Precisamos começar.

— Ok.

Apontei para meu celular.

— Lala. Esse é o nome da pessoa da qual estou esperando ligação. É só me dar um sinal se ela ligar.

— Pode deixar, Holden.

Nos noventa minutos seguintes do show, devo ter olhado para Daisy uma centena de vezes para ver se Lala tinha ligado. Mas ela não ligou. Quando terminamos de tocar, os caras foram para a mesa de Daisy beber. Eu não estava muito a fim de festa, porém o clima do resto da banda era de comemoração, e eu não queria estragar. Então me juntei. Depois de duas rodadas, todos estavam conversando com mulheres diferentes em lugares variados do bar, e estávamos somente eu e Daisy. Ela já havia bebido algumas coisas, o que era atípico dela.

— Que tal uma dose de tequila? — ela perguntou quando a garçonete veio à mesa.

Eu estivera cuidando da minha segunda cerveja por quase uma hora. Antes de eu ter a oportunidade de negar, ela se voltou para a garçonete.

— Dois shots de Don Julio, por favor. E vou querer outra tequila.

Ergui uma sobrancelha quando a garçonete saiu.

— Você está comemorando bastante esta noite. Significa que está se sentindo bem com o produtor indo nos ver?

Ela suspirou fundo.

— Terminei tudo com Rob ontem à noite.

— Seu noivo? Por quê? Pensei que ele fosse um cara ótimo.

— Ele é. É o *melhor cara*. É por isso que foi horrível ter que terminar com ele.

— Qual era o problema?

— Nós simplesmente não tínhamos química. Tentei um monte de coisas para acender a chama, mas não existia mais. — Ela balançou a cabeça. — Sou jovem demais para estar em um casamento sem graça. Gosto demais de sexo.

Finalizei minha cerveja.

— Que droga. Dá para forçar muita coisa, mas química não é uma delas.

A garçonete trouxe os shots e a bebida de Daisy.

— Quer outra cerveja? — ela perguntou.

— Não, obrigado.

Daisy ergueu seu shot, então ergui o meu.

— Ao sexo bom, como costumávamos fazer.

Brindei, porém não adicionei nada, sem querer lhe dar a impressão errada.

— Então, quem é essa Lala de quem você estava esperando uma ligação?

— Uma mulher com quem estou saindo.

— E você a está esperando, não o contrário? Esse não parece o Holden Catalano que conheço.

Sorri.

— É, definitivamente, é novidade para mim. E não posso dizer que estou gostando de estar na outra ponta da pessoa que não liga quando fala que iria ligar.

— Ela deve ser especial.

Assenti.

— Ela é, sim.

— Imagino que vocês tenham química juntos.

— Temos.

Ela começou a rir.

— Aposto que nenhuma mulher jamais reclamou quanto a não ter química suficiente com você. Você é sexy demais para seu próprio bem. — Ela apontou para o meu rosto. — Os olhos, a barba por fazer, a atitude toda de não-dou-a-mínima. Caramba, até um maldito gorro é excitante em você. — Daisy bebeu metade da sua bebida.

— Talvez você devesse ir mais devagar.

— Foda-se. Estou no caminho para ficar chapada.

Uma hora mais tarde, ela chegou ao seu destino. De alguma forma, eu tinha me tornado sua babá, e agora estava preso ajudando-a a pegar um Uber e voltar para o hotel. Ela estava tão bêbada que tive que ficar com o braço em volta dela para garantir que ficasse em pé quando saíssemos. No quarto dela, abri a porta e acendi as luzes. Com dois passos para dentro, ela jogou sua bolsa. Caiu de cabeça para baixo, e espalhou tudo o que tinha dentro. Eu a ajudei a se deitar na cama antes de pegar as coisas do chão. Então coloquei tudo, incluindo sua bolsa de couro e seu celular, na mesa de canto e fui até os pés da cama para tirar suas sandálias.

— Certo, Daze. Você está no seu quarto. Vou embora. Vai ficar bem?

Ela sorriu com os olhos fechados.

— Aonde vai? Não quer transar comigo? Estou solteira agora, sabe?

Provavelmente, era o álcool falando. Mas, bêbada ou sóbria, eu tinha zero interesse em qualquer outra mulher que não fosse Lala. Na verdade, só de ficar sozinho em um quarto de hotel com outra mulher já me deixava inquieto. Então me abaixei e beijei a testa de Daisy.

— Venho ver como você está de manhã.

Pensei ter ouvido um ronco ao fechar a porta quando saí.

De volta ao meu quarto, fiquei aliviado de estar sozinho. Mal podia esperar por mais ligações de Lala. Sua falta de comunicação estava me enlouquecendo. Eu precisava dormir um pouco esta noite, então eu ia ligar, mesmo que fosse ela que devia me ligar. Tirei os sapatos e bebi meia garrafa de água que o hotel deixava todos os dias, então me sentei na cama e peguei meu celular.

Só que... meu código não funcionou.

Tentei uma segunda vez. Então uma terceira, depois virei o celular.

Uma capinha roxa? A minha era preta. *Porra*, esse não era o meu celular. Eu estava com o celular na mão quando peguei as coisas de Daisy do chão, incluindo o celular dela. Devo ter pegado o dela por engano, e não o meu.

Caralho.

Detestava ser um babaca e acordá-la, mas realmente precisava do meu celular. Nem sabia o número de Lala sem ele. Então, sem me incomodar em colocar os sapatos, voltei para o quarto de Daisy e bati.

Sem resposta.

Ótimo. Simplesmente, ótimo.

Bati mais forte, então coloquei a boca perto da fenda da porta.

— Daisy! É o Holden. Acho que estamos com os celulares trocados! Pode abrir a porta?

Na terceira vez que bati, uma porta se abriu, mas não foi a que eu estava querendo.

— As pessoas estão tentando dormir, caramba! — um idoso gritou.

Acenei.

— Desculpe.

Ele bateu a porta, e meus ombros caíram. Coloquei a orelha na porta, torcendo para que, talvez, a movimentação tivesse acordado Daisy, porém a única coisa que ouvi foi um ronco alto pra caramba.

Pooorra.

Na manhã seguinte, esperei até sete horas para voltar ao quarto de Daisy. Eu ainda não tinha dormido de novo, e estava ficando louco por não ter meu celular e não conseguir falar com Lala com tudo que ela estava passando.

Daisy sempre acordara cedo, então eu esperava que isso não tivesse mudado. Bati de leve à porta, sem querer irritar o cara do lado de novo. Felizmente, ela atendeu dessa vez. Ainda estava usando as roupas da noite anterior e estava com uma cara péssima.

— Desculpe te incomodar tão cedo. — Ergui o celular dela. — Mas acho que estamos com os celulares um do outro. Devo ter pegado o errado quando saí do seu quarto ontem à noite.

Ela assentiu.

— É, estamos. Eu ia descer até a recepção para ver se conseguia o número do seu quarto com o recepcionista assim que o Tylenol que acabei de tomar fizesse efeito e tirasse o martelo da minha cabeça.

Ela entrou e pegou meu celular, enquanto eu segurava a porta aberta e esperava.

— Não sabia que não era meu quando atendi há alguns minutos. Foi isso que me acordou.

— Meu celular tocou? Quem era?

— Lala.

Fechei os olhos e baixei a cabeça.

— Merda.

— É, desculpe. Falei para ela que você não estava aqui, e que deve ter deixado seu celular quando me ajudou a vir para o meu quarto ontem à noite, mas não pareceu que ela acreditou em mim.

Maravilha. Simplesmente maravilhoso.

— Certo. Obrigado, Daisy. Te vejo mais tarde no checkout?

Ela assentiu.

— Desculpe por ter ficado tão bêbada ontem à noite. Espero que não tenha sido inapropriada ou desagradável. Uma parte da noite está meio apagada.

Forcei um sorriso.

— Não. Foi tudo bem.

Em vez de voltar para o quarto, desci e peguei um café e tomei ar fresco. Iria precisar estar mais alerta do que me sentia no momento para a conversa com Lala. Procurando minhas chamadas não atendidas, vi que ela tinha ligado duas vezes na noite anterior e, então, de novo naquela manhã quando Daisy tinha atendido. Dado meu histórico com as mulheres, eu sabia que não parecia bom. Mas me agarrei à esperança de que tivéssemos construído certa confiança nos últimos dois meses. Apesar de essa esperança ter descido pelo ralo quando ela atendeu e ouvi seu tom ríspido.

— Sim?

— Oi, linda.

— Sério, Holden? Vai falar *oi, linda* para mim como se nada tivesse acontecido? Ou sua groupie se esqueceu de contar que liguei?

Fechei os olhos.

— Não era uma groupie. Era Daisy, nossa agente.

— Que estava na sua cama...

— Não, ela não estava na minha cama. Ela estava na dela. E eu estava na minha... sem dormir porque não conseguia falar com você. Sem querer, peguei o celular de Daisy e deixei o meu com ela ontem à noite. Ela tinha bebido demais e eu a acompanhei para seu quarto, onde ela deixou cair a bolsa e espalhou tudo que tinha dentro no chão. Recolhi as coisas dela e peguei o celular errado.

— Ah, é? Entendo. Então você é um cavalheiro, não é?

Não precisei perguntar se ela estava sendo sarcástica.

— Estou te dizendo a verdade, Lala.

— Que seja.

— Não, que seja, não. Estou te dizendo a verdade. Juro por Deus que nada aconteceu. E acho que deveria acreditar em mim. Não fiz nada para fazer você duvidar da minha lealdade a você.

— Não precisa. Seu histórico conta a história, Holden.

Eu não tinha nenhum direito de ficar bravo. Sabia exatamente o que parecia. Mas, por algum motivo, ela culpar meu histórico por sua falta de confiança me irritou.

— Que tal me dar um pouco de crédito, Lala? Sei que pensa que sou um grande mulherengo porque tenho mais experiência do que você. Mas nunca traí uma garota com quem tinha relacionamento. Eu dormia com todo mundo quando estava solteiro. Sei que não gosta de ouvir isso, mas não consigo voltar e mudar.

— Não consegue, não — ela disse.

— Já que estamos falando sobre dormir por aí, onde *você* dormiu ontem à noite? Da última vez que conversamos, você estava com Warren e ia me ligar de volta. Meu celular não tocou o dia todo. Você voltou com ele? Já terminou comigo? Conseguiu o que queria e agora sou dispensado?

— Não consigo fazer isso no momento. — Lala fungou. — Minha mãe está na UTI, e não aguento mais estresse.

Ah, porra. Eu a fiz chorar.

— Desculpe, linda. Não quis te chatear. Eu só... estou muito frustrado por você não acreditar em mim. Confie em mim, se entendesse o quanto penso em você, não teria nenhuma dúvida se eu conseguiria ficar com outra mulher. Sou louco por você, Lala.

— Desculpe também.

— Podemos começar esta conversa de novo?

— Não posso agora. Preciso voltar para as rondas em um minuto. Eles acabaram de começar quando meu celular tocou, então saí.

— Certo. Mas me conte como está sua mãe primeiro.

— Eles conseguiram desobstruir a veia, e ela tolerou bem a cirurgia. Mas abriram o coração, então precisaram cortar o osso do peito para entrar. Ela está com muita dor e ainda grogue. Mas os médicos acham que vai se recuperar totalmente.

— Ah, graças a Deus.

— É.

— Detesto te deixar ir, mas sei que precisa voltar lá para dentro. Estamos bem? Juro que nada aconteceu, Lala. Nunca faria isso com você.

— É, estamos bem. — Ela não soou muito convincente.

— Vai me ligar mais tarde? — perguntei.

— Vou.

— Certo. Tchau, linda.

— Ei. Desculpe por incomodar vocês todos tão cedo.

Dois dias depois, eu tinha enviado mensagem para os caras da banda às nove da manhã, pedindo para todo mundo me encontrar na recepção. Era para pegarmos a estrada para São Francisco só na hora do checkout, que era às onze. Hoje teria bastante estrada, e na noite seguinte era o show em que estava marcado para o produtor ir. Esfreguei minha nuca ao falar com o grupo.

— Preciso ir embora hoje. Mas gostaria que todos concordassem com isso.

Todo mundo começou a surtar.

— Como assim ir embora? — Kevin disse. — O produtor vai amanhã à noite. Não podemos tocar sem um baterista.

— Eu sei. E juro que volto a tempo. Reservei um voo ao meio-dia de hoje, e amanhã estarei no voo do meio-dia saindo da costa leste, que chega às três por causa do fuso horário. Só tocamos depois das dez, então tenho uma boa margem.

— E se cancelarem seu voo de volta?

— Vou pegar outro. Vou pegar três aviões se precisar. Ou se tiver muito vento ou algum motivo pelo qual não possa voar para São Francisco para encontrar vocês, vou voar para o mais próximo que tiver e dirigir o resto. Não vou decepcionar vocês.

Dylan balançou a cabeça.

— Não foda a gente, cara.

— Não vou.

— Você nunca deu bolo na gente, então se diz que estará lá. — Monroe balançou a cabeça. — Estará lá.

Assenti e olhei para Dylan. Ele parecia menos confiante, mas assentiu.

Kevin franziu o cenho.

— Pode, pelo menos, nos contar o que é tão importante?

— A mãe de Lala está doente. — Pausei e ia deixar assim, mas então decidi contar. — E Daisy atendeu meu celular quando ela ligou outra manhã. Eu nem estava com ela. Tínhamos trocado, sem querer, os celulares na noite anterior. Mas não pareceu bom, principalmente com meu histórico e tal. Estamos conversando, mas as coisas estão ruins, e não quero deixar assim por mais tempo. Preciso vê-la pessoalmente.

Dylan assentiu.

— Quer uma carona para o aeroporto?

— Sim, se não se importar. Seria ótimo.

Nove horas mais tarde, cheguei ao Jefferson Hospital. Fui para a sala de espera mais próxima da UTI e enviei mensagem para Lala. Ela não fazia ideia de que eu estava indo, e eu não fazia ideia sequer de se ela estava ali... ou se Warren ainda estava por ali.

Holden: Ainda está no hospital?

Ela respondeu alguns minutos depois.

Lala: Sim. Provavelmente, vou embora daqui a uma ou duas horas. Meu pai vai passar a noite hoje.

Holden: Pode ir para a sala de espera por um minuto? Tenho uma surpresa para você lá.

Lala: Uma surpresa na sala de espera? Qual? E como?

Holden: Na mais próxima da entrada da UTI.

Lala: Ok.

Me apoiei na porta. Era logo no fim do corredor que levava à ala da UTI, então imaginei que fosse vê-las quando as portas duplas se abrissem. Trinta segundos depois, elas se abriram, e Lala arregalou os olhos.

— Ai, meu Deus. — Ela correu para mim.

Eu a envolvi em um abraço de urso, erguendo-a do chão.

— O que está fazendo aqui?

— Queria me certificar de que você estava bem.

— Mas você tem seu grande show amanhã à noite. Aquele com o produtor.

Assenti.

— Eu sei. Vou voltar a tempo. Vou pegar o voo do meio-dia amanhã.

Ela olhou nos meus olhos.

— Não consigo acreditar que você está aqui.

— Desculpe por não poder ter vindo antes. — Eu a puxei e a beijei na boca. — Desculpe por te chatear, Lala.

Ela suavizou.

— Obrigada por vir. Significa muito.

As portas duplas que levavam à UTI se abriram de novo. Lala estava de costas para elas, mas eu vi o homem saindo antes de ele me ver... antes de ele nos ver.

— Seu pai... — sussurrei.

Lala deu um passo para trás e alisou sua blusinha. O sr. Ellison viu sua filha no fim do corredor e sorriu. Então seus olhos se ergueram para o meu rosto, e seu sorriso murchou.

Bill, definitivamente, não vai me dar seu número de celular em momento algum no futuro próximo.

— Oi, sr. Ellison.

— Holden. O que está fazendo aqui?

Olhei para Lala, e ela fez uma cara que confirmava o que eu tinha desconfiado — seus pais não faziam ideia de que estávamos juntos. Estendendo a mão, sorri o máximo que consegui.

— Estou na cidade para um show, e fiquei sabendo sobre a sra. E. Pensei em vir ver como ela estava e falar com Lala.

Ele sorriu.

— Foi muito gentil da sua parte. Jean está muito melhor. Obrigado.

— Fico feliz em saber disso.

— Estou indo ao banheiro, se quiser entrar para visitar. Eles só permitem duas pessoas por vez. Lala pode entrar com você.

Assenti.

— Obrigado.

Segui Lala pelo corredor até o quarto de sua mãe. A sra. Ellison estava dormindo, mas parecia melhor do que eu tinha pensado.

— Ela parece muito bem.

— Passei um pouco de maquiagem nela e arrumei seu cabelo. Minha mãe é da velha guarda e detestaria que alguém a visse sem maquiagem. — Lala fez sinal de aspas.

— Qualquer coisa que a fizer feliz.

Ficamos por um tempo, então o sr. Ellison voltou. Nós três conversamos um pouco. Lala estivera lá desde a noite anterior, e o sr. Ellison ia ficar com o turno da noite.

— Pai, vou indo — Lala disse a ele. — Não quero que fiquemos encrencados por ter três pessoas aqui dentro. E estou muito cansada. Todos os apitos e barulhos me mantiveram acordada ontem à noite de novo.

O sr. Ellison assentiu.

— Vá dormir um pouco.

— Volto de manhã antes das rondas.

— Certo, querida.

Estendi a mão para o pai de Lala.

— Vou indo também. Foi bom vê-lo, sr. Ellison. Espero que a sra. Ellison tenha uma recuperação rápida.

Ele sorriu carinhosamente.

— Você vai fazer trinta anos em breve. Acho que pode me chamar de Bill agora, filho.

Ora, ora, ora... talvez haja esperança, afinal.

CAPÍTULO 23

Lala

Na manhã seguinte, Holden e eu estávamos deitados na cama, nenhum de nós pronto para levantar e encarar o mundo.

Eu ainda não conseguia acreditar que ele tinha ido até lá.

Depois de voltarmos para minha casa na noite anterior, havíamos quase começado a brigar de novo até ele segurar meu rosto e me beijar, forte. Então me carregou para o meu quarto e fez amor comigo como tinha feito na noite antes de ele sair de Nova York — lenta e sensualmente, e de um jeito que me fez ter certeza de que meu coração era todo dele ao ponto de não ter volta.

O raio do sol da manhã entrava pela janela. Conforme ficamos deitados lado a lado na minha antiga cama, fiquei ansiosa, sabendo que eu estava prestes a tocar no assunto da mulher que tinha atendido o celular dele. Confiava na explicação dele, ainda assim, me sentia incomodada por isso — tanto pela situação quanto por minha reação.

— É melhor chegar cedo no aeroporto para garantir que não perca o voo — eu disse.

— Quero ir ao hospital com você primeiro.

— Não precisa, Holden.

— Preciso, sim. Quero estar aqui para você todo segundo que puder até ter realmente que ir embora. — Ele procurou meus olhos. — Você está hesitante por eu ir? Não se preocupe. Vou inventar uma história de novo para seu pai.

— Não deveria ter que fazer isso.

— É, mas vamos lá. Não temos escolha no momento, já que eles não sabem sobre nós. — Ele deu de ombros. — Não é grande coisa.

Havia outro motivo para a presença de Holden poder causar uma cena.

— Warren falou que poderia passar lá esta manhã.

Holden inspirou fundo e expirou devagar.

— Ok. Que seja. Vou contar a mesma história para ele. — Revirou os olhos. — Odeio que você se importe com o que ele pensa. Mas entendo. Você não precisa de drama agora. Posso deixar meu ego de lado por um dia.

— Obrigada por compreender. — Passei os dedos no peito dele e adicionei: — Falando nisso, te devo uma desculpa pelo jeito como reagi àquela mulher atendendo seu celular.

— Não precisa, não. Você reagiu do jeito que eu, com certeza, reagiria se a situação fosse o contrário. A coisa toda foi simplesmente azar. Não te culpo por surtar.

— Se ela é sua agente, por que não explicou quem era? Ela poderia ter feito isso facilmente. Mas pareceu misteriosa, para ser sincera.

Holden se sentou mais ereto na cama e virou o corpo todo na minha direção. Ele hesitou.

— Daisy é minha agente, mas... ela e eu tivemos um lance rápido uma vez.

Meu estômago se revirou conforme recuei e murmurei:

— Claro.

— Porra. — Ele fechou os olhos rapidamente. — Preferiria que eu mentisse para você, Lala?

— Não preferiria, não.

— Nós dois seguimos em frente. Ela ficou noiva no início deste ano. Eu estava muito feliz por ela, porque o cara parecia ser legal. Mas então ela me contou que terminou com ele recentemente. Acho que ela pode ter esperado que fosse acontecer alguma coisa entre nós durante essa turnê. Mas, quando insinuou isso, contei a ela sobre você. — Ele suspirou. — Enfim, ela pode não ter se explicado apropriadamente porque eu a tinha recusado.

Assenti.

— Obrigada por explicar. Desculpe por estar tão nervosa. Você também teve que aguentar bastante coisa, quando se trata de Warren estar por perto. Temos que confiar um no outro.

— Me diga que fala sério mesmo, Lala. Olhe nos meus olhos e me diga que confia em mim. Preciso saber antes de voltar para a turnê.

Me levantei e montei nele, envolvendo as mãos em suas bochechas barbudas.

— Confio em você, Holden. Confio mesmo.

Ele colocou as mãos sobre as minhas.

— Vim te fazer sentir melhor, não te deixar mais estressada.

Depois de nos arrastarmos da cama, Holden fez ovos mexidos e café para nós antes de sairmos.

A visita ao hospital foi mais tranquila do que eu tinha previsto, já que Warren não apareceu. Foi um alívio enorme.

Holden contou ao meu pai uma história de que eu tinha oferecido uma carona a ele ao aeroporto. Não conseguia imaginar o que meu pai teria dito se soubesse que Holden tinha passado a noite inteira comigo.

Mas, apesar dessa mentira meio estranha, recebemos a melhor notícia: minha mãe tinha saído da UTI e seu quadro era estável. Eu estava bastante confiante sobre sair do hospital quando se tratava de levar Holden para o aeroporto sem sentir que estaria perdendo algo importante.

Quando chegamos à área de embarque no Philly International, Holden ficou acima de mim ao envolver meu corpo com o dele. O cabelo não coberto pelo gorro estava soprando no vento.

— Sua visita passou voando — falei em seu peito. — Queria tanto que não tivesse que ir embora.

— Nem consigo começar a expressar o quanto queria a mesma coisa, linda. Isso é uma droga.

Olhei para ele.

— Se minha mãe continuar melhorando, vou voltar para Nova York em alguns dias.

— Ok. — Ele me apertou mais forte. — Me ligue dia ou noite. Sério, Lala. Você é minha prioridade. Nenhuma das outras merdas importam agora.

— Arrase esta noite no show. Estarei pensando em você.

— Estarei pensando em *você* a cada segundo. — Holden me levantou em grande estilo.

Dei risada com o gesto.

Ele me olhou nos olhos e disse:

— Eu... — Ele hesitou ao me colocar no chão.

Meu coração acelerou...

— Vou sentir tanto sua falta — ele, enfim, falou.

E, simples assim, meu coração murchou.

Alguns dias depois, eu estava na casa dos meus pais arrumando minhas coisas na mala. Como minha mãe estava pronta para receber alta em breve, eu estava liberada para voltar para Nova York.

Era um grande alívio que minha mãe ficaria bem, e eu estava muito grata por ter podido ir para lá, mesmo que agora estivesse bem atrasada com meu projeto de pesquisa. No fim, não importava. Nada importava mais do que a família.

Meu pai apareceu na porta do meu quarto.

— Posso entrar?

— Claro. — Coloquei a camisa que tinha dobrado na cama. — Não sabia que estava aqui.

— Acabei de chegar em casa para pegar umas coisas e abastecer a geladeira. — Ele ficou quieto por um tempo e me observou arrumar a mala. — Há quanto tempo está com Holden Catalano?

Congelei.

— Por que está me perguntando isso?

— Eu o vi com os braços em volta de você naquele primeiro dia que apareceu no hospital, Lala. Mas, mais do que isso, não sou burro. Acha que não consigo somar dois mais dois? Você termina seu noivado com um ótimo cara. É vizinha de Holden. Ele aparece, aleatoriamente, no hospital e, coincidentemente, está na cidade. Acha que seu pai é cego?

Expirei.

— Ok. Sim, Holden e eu estamos saindo. — Admitir isso foi como se tivesse tirado um peso enorme das minhas costas.

Ele ergueu uma sobrancelha.

— Vai me dizer que largou Warren por ele?

— Não. Quero dizer, Holden pode ter sido um fator atenuante, mas terminei meu noivado porque não estava pronta para me prender, pai. Simples assim. Holden e eu só estamos... nos divertindo no momento. Vendo aonde as coisas vão.

— Jesus, Laney. Não preciso te dizer por que isso parece uma ideia bem ruim.

— Sei que tem ideias preconceituosas sobre ele, pai. Mas Holden e eu gostamos um do outro. Não posso dizer com cem por cento de certeza que sei aonde isso vai, mas confio nele. Ele não vai me magoar.

— Sei que ele foi um amigo muito bom para seu irmão. Mas a reputação dele, certamente, o precede. Só espero que você saiba o que está fazendo.

— *Não* sei exatamente o que estou fazendo. — Dei risada. — Mas, no momento, estou feliz. De um jeito diferente de como já estive feliz. Me sinto... — Pausei. — Viva.

Ele assentiu.

— Bom, então vou ter que aceitar.

A campainha tocou, interrompendo nossa conversa.

— Está esperando alguém? — perguntei.

— Não.

Meu pai e eu fomos juntos até a porta da frente.

Quando ele a abriu, vi Warren parado lá, usando uma camisa de botão de manga curta e gravata-borboleta.

— Oi, Bill. Só vim falar tchau para Laney antes de eu ter que ir para o trabalho.

Meu pai deu um passo para o lado.

— Entre, filho.

— Oi. — Acenei.

— Oi. — Um olhar de tristeza passou pelo rosto de Warren.

Meu pai pegou suas chaves.

— Eu, ãh, vou dar privacidade a vocês. Preciso ir ao mercado comprar umas coisas antes que sua mãe volte para casa, de qualquer forma. Volto antes de você ir embora, querida.

— Ok, pai.

Depois que meu pai saiu, olhei para Warren, que estava girando os polegares de maneira nervosa.

— Você parece preocupado. Está tudo bem? — perguntei.

— Não — ele respondeu. — As coisas não estão nada bem, Laney.

— Venha se sentar.

Ele se sentou à minha frente no sofá da sala de estar.

— Converse comigo, Warren.

— Bom... — Ele suspirou. — Consegui... o trabalho na Califórnia.

— Conseguiu? — Eu sorri. — Que incrível!

Ele não compartilhou da minha alegria.

— É?

— Sim.

— Essa pode ser uma única oportunidade na vida. Mas, se fosse para voltarmos a ficar juntos, eu recusaria em um segundo. Sei que você nunca quis se mudar para lá. E você é mais importante, para mim, do que um emprego.

Meu peito se contraiu.

— Você precisa aceitar.

Ele baixou a cabeça.

— Acho que sei o que isso significa.

Minha voz tremeu.

— Sinto muito, Warren.

Ele ergueu o olhar para encontrar o meu.

— Só posso rezar para Deus que, quando voltar ao normal, você queira se juntar a mim lá. Não vou perder a esperança, mesmo sabendo que você não foi sincera comigo. Mesmo sabendo que partiu meu coração, ainda não consigo desistir de nós.

As palavras dele demoraram um tempo para serem processadas.

— Você falou que não fui sincera com você. A que está se referindo?

O olhar dele era penetrante.

— Foi *ele* o motivo de você ter me largado?

Engoli em seco.

— Quem?

— Holden.

Minha boca se abriu e fechou algumas vezes.

— Como...

Ele encarou o abajur sem expressão.

— Fui ao hospital há uns dias. Ele estava lá com você, te abraçando...

quando deveria ter sido eu. Vocês estavam em um canto perto de uma máquina de salgadinho, provavelmente escondidos. Você não devia saber que eu viria daquela direção, mas eu tinha parado para ir ao banheiro. Vocês estavam muito envolvidos para me ver. — Warren massageou suas têmporas. — Fui embora porque não estava no clima de me fazer de bobo.

Aquilo despedaçou meu coração em milhões de pedacinhos.

— Sinto muito, Warren. Eu deveria ter te contado que tinha começado a sair com ele. Ele não é o principal motivo por eu ter terminado. Foi mais sobre uma necessidade de viver a vida antes de me acomodar. Mas...

— Só aconteceu de *ele* estar bem ali quando você tomou essa decisão, eu imagino? — Warren se levantou. — Preciso ir. Estou atrasado para uma reunião. — Ele andou na direção da porta, mas se virou antes de sair. — Não vou te julgar por suas escolhas. Ele não seria o homem que eu escolheria para você. Ele é uma fase, Laney. E você *vai* pensar melhor. Estou confiante nisso. Planejo esperar que faça isso, mas não sei se consigo esperar para sempre.

Mentalmente exausta, cheguei em Nova York naquela noite me sentindo horrível. Ao mesmo tempo, estava feliz que Warren tinha conseguido o emprego na Califórnia. Ele merecia uma mudança de ares, em um novo ambiente onde todo canto não o lembraria de mim. Dito isso, suas palavras sobre Holden ser uma fase tinham ficado um pouco na minha cabeça, principalmente porque eu tivera bastante tempo sozinha no carro para deixar tudo fervilhar.

Após tomar um banho e colocar roupas confortáveis, me deitei no sofá e decidi ver a página do Instagram da After Friday. Havia fotos postadas dos últimos shows, incluindo o da noite em que Holden voltou da Pensilvânia. Ele havia me contado que aquele tinha ido particularmente bem e que o executivo da gravadora falou para a agente que eles entrariam em contato.

Eles devem ter colocado alguém para cuidar dessas fotos

supostamente inocentes, porque estavam fantásticas — Monroe fazendo amor com o microfone, Dylan tocando baixo com os olhos fechados. Eu, particularmente, amava as fotos de Holden balançando as baquetas sob as luzes neon. Seus olhos exibiam tanta paixão. Me fez sentir muita falta dele. Eu teria dado qualquer coisa para ele estar na porta ao lado no momento.

Quase assim que tive esse pensamento, meu celular começou a tocar. Era uma ligação do FaceTime de Holden. O mais humanamente rápido possível atendi:

— Oi! Como sabia que eu estava pensando em você?

— Voltou para Nova York?

— Sim. Fiquei presa em um trânsito matador, então cheguei há um tempinho só.

— Caramba. São quase onze horas aí. Que droga. Mas estou feliz por ter chegado em segurança.

Holden havia mencionado que a banda teria um ônibus de turnê na última parte da viagem, e dava para ver que ele estava deitado em um espaço apertado. Seu cabelo estava espalhado em todas as direções. Como eu queria poder passar as mãos por ele.

— O que vai fazer esta noite? — perguntei.

— Temos a noite de folga. Alguns dos caras vão sair para a balada, mas só vou pedir pizza, ficar no ônibus e assistir a filmes.

— Por que não vai sair com eles?

— Não tenho interesse. Estou acabado, e só quero conversar com você.

— *Sífilis!*

Inclinei minha cabeça para o lado.

— Alguém acabou de falar sífilis?

— Foi Monroe. Ignore-o.

— *Clamídia!*

— Quem foi esse?

— Dylan.

— Por que ele falou isso?

— Os caras estão fazendo piada que o motivo de eu não querer sair é porque tenho uma IST. Falei para eles por que não estou interessado em ficar com mulheres aleatórias aqui, mas eles estão se divertindo bastante me zoando. Estão agindo pior agora porque me viram no celular com você. Ignore-os, por favor.

Dei risada.

— Que loucura.

De repente, ele se levantou e começou a andar para a parte de trás do ônibus.

— Espere. Vou para o quarto ter um pouco de privacidade.

Holden se deitou de costas na cama.

— Ah. Assim é melhor. — Ele se esticou para o lado e ergueu uma calcinha de renda. — Monroe se divertiu um pouco aqui mais cedo hoje.

— Eca. — Dei risada.

Me lembro de ele me contando que iriam revezar para usar o quarto principal em vez de dormir só nos beliches.

— Queria estar aí deitada nessa cama com você.

— Por que não fingimos, linda? — Ele tirou a camisa, exibindo seu peito magnífico e suas tatuagens. Ele era uma obra de arte.

Cada terminação nervosa do meu corpo ficou em alerta. Eu tinha planejado passar a ligação atualizando-o sobre o que tinha acontecido com Warren, mas esquecer tudo parecia uma ideia muito melhor.

— Alguém consegue invadir sua privacidade agora? — perguntei.

— Não. Tranquei a porta.

Com isso, tirei minha camisa.

Holden abriu a boca. Acho que ele não esperava que eu fizesse isso.

— Está tentando me matar?

— Só pensei que, já que estou olhando para seu peito magnífico, você poderia querer olhar para o meu.

— Você sabe que amo esses peitos, mas é uma tortura, já que não posso chupá-los. Mas, se vamos fazer isso, estou dentro, Lala.

Comecei a circular a ponta dos dedos nos meus mamilos.

— Oh... começou, então? — Os olhos de Holden se encheram de travessura conforme ele se mexeu para ajustar algo. Baixou o celular momentaneamente.

— Viu o que você fez?

Ele estava totalmente duro, seu pau maravilhoso apontando direto para o ar.

Sentindo mais tesão a cada segundo, murmurei:

— Quero ver você se acariciar.

— Ah, sua safadinha. Amo pra caralho quando você fala assim. — Ele sorriu. — E claro que vou me tocar para você, mas só se fizer igual por mim.

Ergui o celular para uma posição aérea para que ele tivesse visão total de mim conforme tirei o short e comecei a massagear meu clitóris.

Holden jogou a cabeça para trás ao massagear seu pau para cima e para baixo e gemeu:

— Mantenha o celular assim para que eu consiga te ver. Isso é excitante pra caralho, Lala.

Fechando os olhos, me perdi em nossa masturbação mútua.

— Vou gozar — ele finalmente gemeu.

Olhei para a tela e vi a explosão de gozo saindo da cabeça do seu pau.

Também relaxei, sentindo os músculos entre minhas pernas se contraírem ao me render a esse êxtase muito necessário depois de alguns longos dias. Suspirei.

— Isso foi muito bom.

Ele arfou.

— Precisamos fazer isso com mais frequência enquanto estou viajando.

— Agora que estou em casa, podemos.

— É. Provavelmente, não teria sido sábio gozar comigo no FaceTime enquanto seu pai poderia aparecer a qualquer momento na Pensilvânia.

Isso me fez lembrar. Eu poderia, pelo menos, contar a ele essa parte da história agora.

— Falando no meu pai…

Holden ergueu a calça e se sentou ereto.

— O que foi?

— Bem, ele nos viu abraçados no hospital, e somou dois mais dois.

Ele fechou os olhos.

— Merda.

— Tudo bem. Admiti que estamos saindo. Ele aceitou.

— Foi tão fácil assim mesmo ou está escondendo coisas?

Eu não queria mentir…

— Ele está preocupado com sua reputação, mas acho que é compreensível, considerando que você era bem selvagem e sempre estava com uma garota diferente da última vez que ele passou um tempo com você.

Holden puxou seu cabelo e pareceu ficar pensando em algo.

— No que está pensando?

— Estou pensando que eu iria querer me matar se fosse ele.

Acabei contando sobre Warren conseguir o emprego na Califórnia e o fato de que ter admitido para o meu ex o que está acontecendo entre mim e Holden.

Ficamos mais um tempo conversando, até eu não conseguir mais ficar acordada. Por mais que o futuro ainda permanecesse incerto, fechei os olhos ao som da voz de Holden, sabendo que, por enquanto, momentos como aquela noite com ele eram só do que eu precisava.

CAPÍTULO 24

Lala

Eu estava supernervosa.

Só o Senhor sabia que nada iria me conter, já que a maior parte da minha pele já estava à mostra. Dei uma última olhada no espelho e inspirei fundo. *Estou bonita... Não, não estou bonita. Estou gostosa, se é que posso dizer isso.* Após treze dias sem ver Holden, ele finalmente voltaria para casa. Para comemorar a ocasião, eu tinha ido a uma loja de lingerie e comprado algo apimentado. Inicialmente, havia provado uma camisola branca linda, que provavelmente combinava mais com minha personalidade. Mas, então, resolvi sair da minha zona de conforto e provar algo que pensei que Holden pudesse gostar. No fim, comprei um body vermelho de gola alta, laterais vazadas, calcinha com buraco para fácil acesso e um sutiã meia-taça do qual meus seios literalmente escapavam. O traje foi completado por cinta-liga, meias-arrastão e saltos altos de cetim com pompons de pelinhos fofos. Mal podia esperar para ver a cara de Holden quando ele entrasse em seu apartamento e me encontrasse esperando-o desse jeito.

Felizmente, não precisei esperar muito. Menos de meia hora depois, ouvi uma chave na fechadura. Me sentindo ousada, me posicionei apoiada no balcão da cozinha do jeito mais sensual que eu sabia e o aguardei. Meu coração martelava no peito conforme a porta se abriu e Holden entrou. Mas parou de bater quando percebi que *ele não estava sozinho*...

— Oh, merda — Holden disse. Ele se virou e colocou a mão nos olhos do seu baixista.

Imediatamente, corri para o quarto, apesar de ser grata por ele ter feito isso, já que eu estava tão nua atrás quanto na frente. Horrorizada, peguei minhas roupas em cima da cômoda, vesti a blusa que tinha usado mais cedo e comecei a colocar a calça jeans. Ela estava na metade das minhas pernas quando Holden abriu a porta do quarto.

Fechei os olhos.

— Por favor, me diga que abriu um buraco enorme no meio da sua sala para dentro do qual posso pular.

— Tire essa calça de novo — ele disse. — A blusa também.

Balancei a cabeça com os olhos ainda fechados apertados.

— Acho que o momento passou. Sinto muito. Eu não fazia ideia de que você estava trazendo alguém para casa.

— Ele já foi. Agora tire essas roupas e me deixe te ver assim.

— Estou com muita vergonha, Holden.

— Você tem *zero* motivo para estar envergonhada, linda. Mas tem menos de cinco segundos para tirar a roupa ou vou fazer isso por você.

Enfim, abri os olhos. A forma como Holden estava me secando influenciou bastante para eu recuperar minha autoestima. Os olhos dele estavam escuros, e havia algo de perigoso quando ele mordeu o lábio inferior.

Balancei a cabeça de novo.

— Não consigo acreditar que isso acabou de acontecer.

— Esqueça tudo e pense no agora. Você não faz ideia do quanto senti sua falta. — Holden pausou e inclinou a cabeça. — Sabe como você é magnífica, me esperando voltar para casa vestida assim? Como está insanamente sensual?

Não faço ideia de como ele conseguiu, mas comecei a esquecer o que tinha acabado de acontecer na cozinha e a acreditar que eu era tudo que ele falava. O calor dos seus olhos me fez sentir muito desejada. Então fiz o que ele pediu e tirei as roupas que tinha vestido para me cobrir.

Holden passou uma mão no cabelo conforme olhou meu corpo de

cima a baixo.

— Cacete. Sou o filho da puta mais sortudo do planeta. — Ele balançou a cabeça. — Definitivamente, não mereço você, mas sou egoísta demais para me importar.

O ar no quarto estalou quando Holden se aproximou. Se eu tivesse alguma dúvida se ele estava só tentando me fazer sentir melhor, saiu voando pela janela quando vi a ereção em sua calça. Parecia que sua excitação estava tentando fugir ao forçar o zíper.

Holden se esticou para segurar minha bunda com uma mão e me ergueu, tirando meus pés do chão. Minhas pernas envolveram seu corpo enquanto ele tomou minha boca em um beijo que, rapidamente, saiu do controle.

— Puta merda — ele gemeu. — Consigo sentir o quanto você está molhada através da sua calcinha na virilha e todas as minhas roupas.

— Não consegue, não. — Mordi seu lábio inferior e puxei. — Porque esta calcinha *não tem tecido na virilha*.

— Quero te amarrar. Toda noite da última semana, eu tive um sonho recorrente de amarrar suas mãos. Mas te amarrar nessa lingerie? Eu não conseguiria nem ter sonhado com algo tão bom. — Ele jogou a cabeça para trás e travou meu olhar. — Não tem problema com isso, linda?

Engoli em seco.

— Não.

Um sorriso malicioso curvou os lábios dele.

— Então vamos colocar você na cama.

Holden me deitou no colchão. Foi até uma gaveta e pegou um cinto. Dobrando-o ao meio, ele o afivelou, fazendo um som alto de chicote que foi a coisa mais erótica que eu já tinha ouvido.

— Braços acima da cabeça. Una as mãos.

Ele balançou a cabeça, me encarando conforme eu fazia o que ele pediu.

— Poderia olhar para você assim o dia todo, linda.

Holden tirou as roupas, nunca desviando os olhos de mim. Fiquei mais excitada ao ver sua pele linda e bronzeada, decorada com todas as tatuagens sensuais. Seu abdome trincado era esculpido, e seus braços musculosos tinham uma veia grossa que percorria todo o comprimento deles. Mas, quando ele tirou a calça e a cueca, minha boca ficou seca ao ver sua ereção grossa balançar na barriga. Ele ergueu um joelho na cama e rastejou, montando na minha cintura ao se inclinar e apertar o cinto de couro nos meus pulsos.

— Tente sair — ele disse quando terminou.

Tentei soltar as mãos, mas não consegui.

Holden sorriu.

— Não puxe muito forte. O couro pode irritar sua pele e deixar marcas. Preciso pegar alguma coisa mais macia da próxima vez.

— Ok.

Ele colocou um travesseiro debaixo da minha cabeça e, então, olhou em volta pelo quarto antes de sair da cama.

— Me dê um minuto. — Dentro do closet, ele pegou um espelho de corpo inteiro da porta, e o posicionou no topo da cômoda aos pés da cama, deitado de lado. — Consegue se ver desse ângulo? — ele perguntou.

Assenti.

— Parte de mim.

— Qual parte?

— A metade de cima.

Ele ajeitou o ângulo do espelho de novo.

— Agora vê o quê?

— Da minha cintura até os pés.

Ele sorriu.

— Perfeito. Abra as pernas. Quero que assista enquanto como você.

— Ãh, ok. — Eu mal estava coerente quando ele voltou a subir na cama e se posicionou entre minhas pernas. Gentilmente, Holden soprou minha umidade, e um arrepio me percorreu do topo da cabeça até os dedos dos pés. Seus olhos queimavam conforme ele olhou para mim e me lambeu de uma ponta à outra.

— Oh, nossa — choraminguei.

A língua dele se moveu para o meu clitóris, e ele chupou forte. Sem pensar, tentei me esticar para tocá-lo, me esquecendo de que minhas mãos estavam amarradas, e o cinto de couro fisgou minha pele. A dor foi direto para entre minhas pernas.

Uau. Eu não fazia ideia de que gostava de um pouco de dor. Holden enfiou a língua dentro de mim, e puxei meus pulsos de novo, dessa vez um pouco mais forte.

Gemi.

— Holden... — Meu orgasmo ia acontecer vergonhosamente rápido. Já o sentia se formando. — Vá devagar... por favor...

Mas meu pedido só o fez ir mais rápido. Holden chupou e lambeu, adicionando dois dedos conforme eu chegava ao clímax. Quando cheguei, gritei tão alto que tive praticamente certeza de que as pessoas da rua, três andares abaixo, me ouviram.

Depois, arfei enquanto Holden subiu pelo meu corpo.

Seus olhos brilharam.

— Minha garota gosta de ser amarrada.

— Acho que é só você — suspirei.

Ele tirou o cabelo do meu rosto.

— Que bom. Porque também acho que é só você para mim.

— Como está sua mãe? — Uma hora depois, Holden e eu estávamos deitados de lado. Era a primeira vez que conversávamos de verdade desde que ele entrara no apartamento.

Coloquei as mãos debaixo da bochecha.

— Ela está muito bem. Teve uma consulta ontem, e eles disseram que a incisão está se curando bem e seus sinais vitais estão estáveis. Ela só precisa de outra consulta daqui a três meses. Mas vão manter os remédios para afinar o sangue, então ela precisa ter bastante cuidado para não cair nem nada porque seria bem difícil interromper qualquer sangramento.

— Uau. O plástico-bolha está no seu apartamento?

Minhas sobrancelhas se uniram.

Holden sorriu.

— Imaginei que você tivesse encomendado um monte para embalá-la no caso de ela bater em alguma coisa.

Dei risada.

— Acredite em mim, eu faria isso se pudesse. Receber aquela ligação foi um dos momentos mais assustadores da minha vida. Acho que vou dirigir até a Filadélfia para vê-la de novo em duas semanas.

— Eu vou com você. Enquanto passa um tempo com sua mãe, posso trabalhar em conhecer seu pai como um adulto. Agora que contou a ele que estamos juntos, acho que é importante eu mostrar que não sou o mesmo adolescente que ele conhecia naquela época.

Era uma intenção fofa, mas…

— Não sei se é uma ideia muito boa. Acho que meu pai não está pronto para isso.

Holden franziu o cenho.

— Por que não?

— Não sei. Só parece cedo demais.

— Cedo demais depois do seu término com Warren? Ou cedo demais porque você não descobriu ainda se mudei mesmo?

Eu detestava magoar os sentimentos dele, mas precisava ser sincera. Mordi o lábio.

— Talvez um pouco dos dois?

Holden refletiu por um minuto.

— Consegue enxergar um futuro comigo, Lala? — ele perguntou, finalmente. — Entendo que é cedo demais para você se envolver em algo sério, mas consegue enxergar mais do que apenas ficarmos no futuro?

Coloquei as mãos no peito dele.

— Holden...

— Parece que você tem medo de responder porque não quer me chatear. No entanto, sempre prefiro a verdade de você.

Assenti.

— Não é que eu não queira enxergar um futuro com você, mas acho que tenho dificuldade de imaginar como poderia ser isso. Seu estilo de vida é muito diferente do meu, e sempre só enxerguei você por esse ponto de vista. É difícil imaginar você sendo feliz em um relacionamento monogâmico e de longo prazo.

Holden olhou para baixo e assentiu.

— Odeio que se sinta assim, mas acho que é justo. Você só conhece a pessoa que te mostrei. E, para ser sincero, não sei se *eu* sabia que havia outro lado meu até recentemente. — Ele ergueu os olhos para encontrar os meus. — Preciso te provar que não sou mais o mesmo cara. Sei que não vai acontecer da noite para o dia, mas vai me dar a oportunidade de fazer isso? Manter a mente aberta?

Eu conhecia Holden praticamente por toda a minha vida, então era muito boa em interpretá-lo. Dava para ver que seu coração estava no lugar certo. Eu só não tinha tanta confiança de que ele não mudaria de ideia assim que a diversão acabasse. Relacionamentos não eram fáceis, principalmente aqueles em que uma das pessoas viajava com tanta frequência quanto ele. Sem contar que ele era um baterista, lindo, e as mulheres sempre se jogavam em cima dele. Eu queria, mais do que qualquer coisa, não ter essa dúvida, porém meu mecanismo interno de autoproteção tinha medo. Holden Catalano era o único homem que conseguia me engolir por inteiro e me aniquilar se ele me cuspisse de volta. No fundo, eu sabia disso.

Entretanto, Holden estava me observando e aguardando uma resposta de verdade. Então dei meu melhor sorriso positivo, embora minhas entranhas estivessem cheias de hesitação.

— Claro.

— Ai, meu Deus — eu disse, colocando as chaves no balcão da cozinha na noite seguinte quando cheguei em casa. — Fiquei nervosa quando abri a porta. Nem vi que era você e pensei que, talvez, tivesse entrado no apartamento errado.

Holden estava na cozinha com três panelas no fogo. Estava com um cardigã de botão e calça, e seu cabelo sempre bagunçado estava lambido para trás e arrumado. Ele também usava óculos de aro fino, apesar de eu achar que não tinha problema de visão. Basicamente, ele estava vestido como Warren.

Ele se aproximou e colocou meu chinelo aos meus pés.

— Boa noite, minha cara.

Minha cara? Estreitei os olhos.

— O que está armando, Catalano? Quebrou alguma coisa sem querer ou comprou alguns brinquedos sexuais novos que quer testar?

Ele me deu um selinho rápido nos lábios.

— Não estou armando nada. Só queria que minha senhora chegasse em casa e encontrasse um bom jantar depois de um longo dia de trabalho.

— *Ahammm.*

Holden colocou a mão na minha lombar e me levou para a sala.

— O jantar ficará pronto em uns vinte minutos. Gostaria de uma taça de sauvignon blanc?

— Claro.

Ele desapareceu e voltou um minuto depois com o vinho. Entregando-o para mim, ele me guiou para sentar no sofá, depois levantou meus pés, colocou na mesa de centro e deslizou uma almofada debaixo deles.

— Me dê dois minutos e já vou sentar com você. Só preciso ver o frango à cordon bleu e o arroz de açafrão.

Ergui as sobrancelhas.

— Tem certeza de que não quer dizer nuggets de frango e bolinhos de batata?

Holden foi para a cozinha e mexeu nas panelas antes de voltar. Ele se sentou na outra ponta do sofá, deixando um espaço enorme entre nós. Eu poderia acreditar que sua mudança de guarda-roupa era um estilo novo, e que ele era um bom cozinheiro secretamente, mas Holden Catalano *não* deixava um metro de distância entre nós quando não tínhamos nos visto o dia todo.

— Então, o que acha da turbulência política que está acontecendo na Bósnia?

Dei risada.

— O quê?

— Você sabe, as ameaças de secessão que estão causando instabilidade para a nação balcânica.

Bebi meu vinho.

— Não, não sei. Acho que não estou a par das notícias balcânicas.

— Tudo bem. E quanto à crise financeira? Um fundo grande de investimentos acabou de alerdar que a hiperinflação pode levar a um colapso maior da nossa economia.

— Você bateu a cabeça, Holden?

— Não, mas li o *The New York Times* do começo ao fim hoje.

Ergui as sobrancelhas.

— Do começo ao fim? Quanto tempo levou?

— Umas seis horas.

— Por que você gastou seis horas lendo o *jornal*?

Holden deu de ombros.

— Você é inteligente. Quero poder conversar coisas com você.

— Não precisa fazer isso. Gosto de você do jeito que é, Holden.

Ele balançou o dedo para mim.

— Ah... Mas isso não é verdade. Você precisa de mais de mim para enxergar que posso ser um bom parceiro, e quero te mostrar que posso te dar o que precisa.

Sorrindo, coloquei o vinho na mesinha e rastejei para o lado dele do sofá, erguendo um joelho por suas pernas a fim de montar nele. Então ergui meus quadris para sentar em sua virilha.

— Você já me dá *exatamente* o que preciso.

Estranhamente, Holden não mordeu a isca. Sua expressão ficou séria.

— Estou falando sério, Lala. Quero fazer jantar para você, te levar para sair, ter conversas com conteúdo com você... Quero te mostrar que posso ser mais do que só uma boa foda.

Balancei a cabeça.

— Não é só isso que penso de você.

Ele olhou para seu colo, onde eu estava sentada.

— Às vezes, parece que é.

Comecei a descer, mas Holden me impediu.

— Não, não vá a lugar algum. Vamos conversar.

Balancei a cabeça de novo.

— Desculpe, Holden. Não percebi que estava te fazendo sentir como um pedaço de carne. Me sinto mal.

— Não se sinta mal. Entendo por que nosso relacionamento se trataria de sexo. Droga, esse é o único homem que você já me viu ser. Mas falei sério ontem à noite quando disse que queria mais do que isso. Quero muito mais, Lala.

— Por quê?

— Porque eu... — Ele parou e pigarreou. — Porque eu gosto muito de você.

A adrenalina me percorreu. Holden ia dizer que *me amava*?

Ele tirou uma mecha de cabelo de detrás da minha orelha.

— Olha, linda. Talvez eu tenha ido longe demais tentando mudar as coisas tão rapidamente. Mas gostaria mesmo de tentar mudar o foco do nosso relacionamento para te mostrar que posso ser mais para você do que pensa.

— Você é mais para mim do que apenas sexo.

— Pode me deixar provar isso para você? Faria uma coisa por mim?

— Claro. O quê?

— Não vamos transar pelas próximas duas semanas.

Arregalei os olhos. Não sabia se era porque estava espantada por Holden querer se conter por tanto tempo ou porque não sabia se eu conseguiria chegar tão longe. O homem era mais viciante do que drogas.

— Sério? — perguntei. — Quer dizer sem brincadeirinha e sem... nada?

— O que acha de ficarmos só no beijo?

Eu já o tinha feito sentir que só era bom para sexo, então não poderia expressar o quanto era decepcionante pensar em duas semanas sem sexo. Então forcei um sorriso.

— Claro. Lógico. Como quiser.

Holden pareceu aliviado. Inclinou-se para a frente e me deu um beijo carinhoso e de boca fechada.

— Obrigado.

Um minuto depois, ele se levantou para servir o jantar. A comida estava deliciosa e, depois de comermos, nos aconchegamos no sofá e assistimos a um filme incrível que ele havia escolhido. Quando bocejei, Holden beijou meu ombro.

— Vou indo. É melhor você dormir.

— Não vai ficar?

Ele se sentou ereto.

— Acho que é melhor não.

Fiz beicinho.

— Está bem.

Holden roçou o nariz no meu.

— Você é fofa quando está em celibato.

— Posso ficar faminta, mas de tesão em vez de fome.

Ele deu risada e se levantou, me oferecendo sua mão.

— Vamos. Me acompanhe até a porta para poder fechar a tranca de segurança.

Na porta, Holden me deu um selinho.

— Você falou que poderíamos beijar. Posso, pelo menos, ter um de verdade?

Seu lábio se curvou, mas ele enganchou uma mão no meu pescoço e me puxou. Então me deu um beijo apaixonado, e pisquei algumas vezes quando ele me soltou.

— Boa noite, linda. — Ele sorriu.

— Ãhh... É. Boa noite.

Depois que ele se foi, apoiei a cabeça na porta fechada, ainda curtindo o beijo. *Seriam duas semanas bem longas.*

CAPÍTULO 25

Holden

— Caramba, ficar sem sexo... por opção? — Owen deu uma mordida na maçã que roubara da minha geladeira, depois de passar no meu apartamento a caminho da casa dele, quando chegou do trabalho na noite seguinte.

Lala ainda não tinha chegado, então eu estava passando tempo e matando a curiosidade do meu amigo sobre minha decisão provavelmente burra.

— Não acredito que foi *minha* ideia. — Balancei a cabeça.

— Falando em dar um tiro no pé. — Ele deu risada. — Conheço uma pessoa que ficaria feliz com isso.

— Quem?

— Ryan. Ele ficaria empolgado por você manter as mãos longe dela.

— Provavelmente, você tem razão. — Suspirei. Owen tinha tocado no meu ponto fraco. Juro, eu sonhava com Ryan voltando à vida só para me estrangular.

Uma batida à porta interrompeu meus pensamentos.

Quando abri, Brayden estava lá com um sorriso bobo.

— E aí, cara? — Acenei para ele entrar.

— Estou só conferindo. Owen me enviou mensagem para descer aqui. Ele falou que pensou que você tivesse enlouquecido.

— Não enlouqueci... ainda. — Revirei os olhos. — *Ainda* sendo a palavra-chave.

Brayden se apoiou no balcão.

— O que está havendo?

Owen se propôs a responder.

— Ele quer provar que o que ele e Lala têm não é somente sexo, então seu garoto aqui tomou uma decisão. Ele vai negar o P a ela por duas semanas.

Brayden arregalou os olhos.

— Desde quando Catalano cresceu? Acho que todos nós estávamos ocupados demais para perceber. — Ele deu risada. — Mas sério... Negando sexo? Não vai ser meio... desafiador para você?

— Acredite em mim, até um dia foi difícil... para nós dois. Acho que Lala está sentindo mais do que eu.

— Deve ser difícil ser tão desejado por seu corpo, hein? — Owen incitou.

— Eu costumava ficar bem com isso, otário. Mas não com essa garota. Parece emocionado, mas... — Me encolhi com as palavras prestes a saírem da minha boca. — Quero que ela goste de mim por quem eu sou.

— Quem é você, e o que fez com Holden? — Brayden brincou.

— Com certeza, Lala nunca teve falta de coisa inteligente para conversar com seu último namorado — eu disse. — Quero estimular a mente dela tanto quanto estimulo outras partes.

— E se *você* começar, inesperadamente, a se sentir diferente agora que o sexo foi retirado da equação? — Brayden perguntou.

Balancei a cabeça.

— Nem pensar. Mesmo quando Lala e eu não estávamos transando, eu queria ficar perto dela vinte e quatro horas por dia. Amo só conversar com ela, ficar com ela. É o que fazemos de melhor... Antes de nos desviarmos pelo sexo incrível.

— Essa é a parte em que devo sentir pena de você? — Brayden provocou.

Então outra pessoa bateu à porta. Eu esperava que não fosse Lala chegando no meio dessa conversa. Tinha certeza de que a cara deles não disfarçaria o assunto que estávamos conversando.

Felizmente, era só Colby.

— E aí?

— Ei, cara — cumprimentei.

— Brayden acabou de me enviar mensagem para descer aqui. Falou que está acontecendo algo engraçado com você.

Me virei para Brayden.

— Está brincando?

Brayden deu de ombros.

— Desculpe. Mas é engraçado.

Depois de eles o atualizarem, Colby colocou a mão na minha testa.

— Tem certeza de que está bem, cara?

— Talvez eu tenha ficado louco — cedi.

— Que nada. — Brayden deu um tapa no meu ombro. — Acho que nosso garoto está crescendo.

Colby deu risada.

— É como se Owen acordasse um dia e resolvesse que há mais coisas importantes do que trabalhar. Eu não o reconheceria.

Owen deu uma mordida na maçã e falou enquanto mastigava.

— Ei, não me ponha nessa quando não tenho, atualmente, ninguém por quem valha a pena negligenciar o trabalho... diferente de vocês dois idiotas. Além do mais, decidi que não vou me casar. A maioria das mulheres quer filhos, e aqueles dois pirralhos adolescentes do 410 me fizeram resolver que nunca vou ter nenhum.

— O que eles fizeram agora? — perguntei.

— Eu os encontrei no elevador esta manhã. Me perguntaram se eu tinha troco para vinte. Eu tinha, então dei para eles. Quando cheguei à estação de trem, percebi que minha carteira tinha sumido. E a porra do meu relógio. Eles riram quando subi, puto, para o apartamento deles. Disseram que só estavam brincando, mas não achei nada engraçado.

Dei risada.

— Pelo menos eles não vão ficar na rua quando os despejarmos por não pagar o aluguel um dia. Vão ter comida e roupa lavada na prisão.

— Voltando ao nosso garoto aqui em celibato — Brayden disse. — O que acontece depois desse período de duas semanas? Digamos que prove que vocês conseguem ter um ótimo relacionamento sem sexo. E aí? Isso resolve todos os seus problemas?

Demorei um pouco refletindo sobre isso.

— Não sei. O maior desafio, para mim, é como vão ser as coisas se o negócio começar a decolar com a banda.

— Falando nisso... — Colby abriu uma cerveja que tinha pegado na minha geladeira. — Você nunca nos contou direito como foi tudo de oeste a oeste. Alguma perspectiva?

— Mais de uma, na verdade. A viagem foi um sucesso.

— Você não *ficou* mesmo com ninguém lá? — Brayden perguntou.

— Claro que não — respondi, meio ofendido. — Não faria isso com ela.

— Bom para você — ele disse.

— Não foi difícil. Eu não *queria*. Simples assim.

Colby interrompeu:

— Então qual é o próximo passo? Alguém vai contatar vocês?

— Houve, no mínimo, dois executivos interessados. Estamos esperando saber mais. Isso está me deixando ansioso, de alguma forma.

— Bom, pela primeira vez, estou orgulhoso de você por nunca desistir — Owen falou. — Parece que, finalmente, está valendo a pena.

— Tome cuidado com o que deseja... — Brayden deu risada. — Você pode conseguir tudo de uma vez.

Assenti.

— É exatamente isso que parece. Tudo está indo bem na minha vida pessoal e na minha carreira, mas uma está tentando cancelar a outra.

Os caras ficaram enchendo meu saco por mais uma hora até me deixarem em paz. Desabafar com eles tinha me feito bem.

Quando foram embora, tomei um banho e bati uma antes de ir para a casa de Lala. A segunda ação seria obrigatória nos próximos dias, apesar de não ajudar muito no desejo quando ela estava bem na minha frente.

Conforme andava até a porta ao lado, precisei me impedir de ficar empolgado demais. Quase tinha me esquecido, por um breve segundo, de que não iríamos transar. Em vez disso, ofereceria a ela outra noite de "diversão platônica".

Quando ela abriu a porta, meus olhos desceram imediatamente para seu peito. Os mamilos de Lala estavam quase perfurando o tecido fino da camiseta branca.

— Ei, bonitão. Senti sua falta hoje.

Cerrei os dentes quando entrei.

— Lala, o que está fazendo?

— Como assim?

— Seus mamilos estão me encarando como se você tivesse outro par de olhos. Quero muito chupá-los agora, e isso não é bom.

— Ah. — Ela olhou para baixo. — Devo ter me esquecido de colocar sutiã.

O rosto dela ficou vermelho quando a olhei desafiadoramente.

— É só isso ou está tentando me torturar?

Ela abriu um sorriso travesso.

— Foi o que pensei.

Seus cachos loiros estavam especialmente bagunçados — bem do jeito que eu amava. Imaginei segurar o cabelo dela em um rabo de cavalo e o puxar enquanto a fodia por trás. E, nossa... eu estivera tão focado em seu peito que quase perdi o fato de que ela tinha vestido aquela saia linda de couro que havia usado em alguns dos meus shows.

Eu estava praticamente salivando ao puxá-la na minha direção.

— Caralho. Venha aqui.

Enfiei os dedos no cabelo dela conforme nossos lábios se esmagaram. Quando Lala gemeu na minha boca, meu pau se enrijeceu. Precisei de toda a minha força de vontade para não carregá-la para o balcão da cozinha e quebrar meu "jejum". Ficaria encrencado se não colocasse um fim nisso — então me afastei.

— O que foi? — ela perguntou. — Pensei que pudesse beijar.

— Nunca é *só* beijar com você. — Arfei. — Sei que falei que poderíamos beijar... mas está dificultando mais para mim no momento.

Ela olhou para minha virilha.

— Estou vendo. — Lala suspirou. — Isso é mais difícil do que pensei que seria. Tudo está me excitando mais do que o normal. Nesta tarde, você me enviou mensagem, e só de ler seu nome no me celular meu corpo reagiu. Quem fica excitado por uma mensagem que ainda nem leu?

— Bom, é mais um motivo para condicionar seu cérebro a não me associar com sexo.

A expressão de Lala ficou séria.

— Do que se trata mesmo isso? Está realmente preocupado que eu esteja apenas interessada em uma coisa de você? Porque, se for esse o caso, acho meio ofensivo depois de termos anos de história juntos que não envolveram um único *segundo* de sexo.

Porra.

— Claro que sei que você gosta de mim por motivos além do sexo. Mas acho que a parte do sexo no nosso relacionamento poderia estar mascarando algumas coisas que você pode, inadvertidamente, fingir que não vê.

— Tipo o quê?

Merda. O que estou fazendo?

— Está tentando me alertar ou algo assim? Estou confusa, Holden.

Estou?

— Olha... O negócio de não ter sexo se trata de nos conectarmos mais em outro nível, mas *também* de você entender o que vai ter comigo. Quando estamos constantemente fodendo, é difícil, para você, enxergar tudo com clareza.

Por que eu estava tentando sabotar as coisas? Parecia que não conseguia me impedir. Puxei meu cabelo.

— Sinto que as coisas estão começando a acontecer com a After Friday. Sei que eu ficar ausente não foi fácil. Mas isso poderia ser apenas o início, Lala. Vai ser difícil para você quando eu ficar longe. E se você não conseguir suportar?

— Está colocando palavras na minha boca, Holden. Obviamente, pensei nisso. Mas sei que, se minha cabeça começar a ir para lá... amanhã ou em algum cenário do futuro imaginário... vou perder estes momentos com você agora. Então, talvez, o fato de eu bloquear a realidade seja intencional porque não quero desperdiçar este tempo com você.

Balancei a cabeça, olhando para os meus sapatos.

— Desculpe por estragar o clima.

— Não se desculpe por ser sincero. Está admitindo que está preocupado. E fui sincera em admitir que não estou pronta para lidar com isso. Mesmo que não adoremos as respostas um do outro, devemos *sempre* conversar sobre o que está nos incomodando. — Ela puxou minha camisa. — Aliás, se abrir um para o outro assim é mais útil no período sem sexo do que você se vestir como um mauricinho e fingir ser alguém que não é.

Quebrando meu juramento, me inclinei e a beijei. Falando em seus lábios, murmurei:

— Só não quero te perder. É disso que se trata.

— Eu sei — ela sussurrou.

Minhas emoções estavam bagunçadas. Baixando a boca em seu

pescoço, chupei sua pele macia, precisando estar dentro dela como se precisasse da minha próxima respiração.

— Quero tanto te foder agora.

Ela deu risada.

— Alguém apertou um botão dentro de você, Catalano?

— É assim que acontece quando se… — *Ama alguém*. Caralho. Toda vez que eu quase falava isso, as coisas não pareciam certas. Agora não era a hora… Eu já tinha estragado a noite.

Repeti:

— É assim que acontece quando se quer alguém tanto quanto eu quero você agora, linda. — Me obriguei a recuar. — Mas vou seguir o plano.

Ela falou no meu peito.

— Não vou fingir que estou feliz com isso.

Mudei de assunto antes de desistir.

— Aqui está uma coisa que pode tirar nossas mentes do sexo…

— O quê?

— Quero falar sobre o seu pai.

— É, ok. Pode dar certo. — Ela deu risada ao se afastar de mim. — O que tem ele?

— Não vou te pressionar para eu passar um tempo com ele, mas estou, secretamente, torcendo para você mudar de ideia sobre esse assunto.

— Por que isso importa tanto para você?

— Acho que tem dois lados. — Pausei. — Parte disso é que Ryan não pode estar aqui para me dar o selo oficial de aprovação. Ainda não sei se ele ficaria feliz conosco ou se iria querer me matar e, na maioria dos dias, sinto que é a segunda opção. — Suspirei. — Então, conseguir a aprovação do seu pai seria a segunda melhor coisa.

— Qual é o outro item?

— Não vou mentir… saber como seu pai se dava bem com Warren

me arrepia. Porque seu pai confia nele. E, com certeza, ele ainda não confia em mim.

— Ele também precisou de bastante tempo para construir essa confiança em Warren. Não quero que sinta que precisa se apressar. Isso acontece com o tempo. Não há nada que você possa dizer ou fazer que vá fazer com que ele confie em você imediatamente.

— Nossa, valeu.

— O que quero dizer é que, se você permanecer e ele te conhecer naturalmente, é assim que vai acabar confiando em você. Não pode fazer isso acontecer do dia para a noite.

— Entendi. — Expirei. — Certo, proponho o seguinte. Faz muito tempo que não vejo meus pais. Você falou que ia voltar para casa em umas duas semanas. Por que não vamos para lá, mas eu fico com meus pais? Minha mãe tem me enchido para voltar há muito tempo. Então posso te levar de volta e, talvez, entrar uma hora com você.

— Não tem nenhum show marcado para esse fim de semana?

— Vou avisar à banda e à nossa agente que esses dias estão bloqueados para mim. Não é negociável. — Mostrando a ela que eu falava sério, peguei meu celular. — Aliás, vou enviar mensagem para eles agora mesmo para avisar que não contem comigo nesse período.

Depois de Lala abrir seu calendário e confirmar os três dias que ela planejava voltar para casa, enviei uma mensagem no grupo aos meus colegas de banda e à agente, especificando as datas que estaria na Pensilvânia.

Dentro de um minuto, recebi uma resposta da minha agente.

Daisy: Desculpe. Não pode tirar esses dias de folga. Acabamos de saber que a Seal Records quer que vocês voltem para L.A. e gravem uma demo. Esses dias coincidem com as datas em que eles reservaram o estúdio. Desculpe!

Uma onda de adrenalina me percorreu conforme digitei a resposta.

Holden: Não há flexibilidade nas datas?

Daisy: Não. A agenda do estúdio é cheia. Não queremos brincar com esses caras agindo como um monte de divas logo de cara Não é negociável.

Fiquei lá paralisado, olhando para o celular, sem acreditar.

— Holden, o que foi?

— Linda... Sinto muito. Não acredito que vou falar isto, mas não posso ir para a Pensilvânia. — Meu estômago doeu.

— O que aconteceu? — Ela piscou.

— Daisy acabou de me falar que uma das gravadoras quer que a gente vá para a Califórnia de novo para gravar uma demo. Reservaram o estúdio para as datas em que você vai para a Pensilvânia.

Ela pulou na minha direção e envolveu os braços no meu pescoço.

— Ai, meu Deus. Isso é maravilhoso!

Claro, era uma ótima notícia, mas nem estava me afetando. Esperançoso, perguntei:

— Imagino que você não possa ir outra hora.

— Não. Tenho essa segunda-feira de folga... algum tipo de feriado do governo do qual nunca ouvi falar, que é o único motivo de eu poder tirar esse fim de semana prolongado. Como estou atrasada, não posso realmente tirar um tempo de folga.

Cerrei os dentes.

— Estou muito puto.

— Está tudo bem. — Ela esfregou meu braço. — Por favor, não se estresse.

Queria muito provar para Lala que eu poderia estar lá para ela. Mas como poderia decepcionar minha banda depois de trabalharmos por anos para chegar a esse ponto? Era literalmente a oportunidade da nossa vida.

Meu instinto me disse que se eu pensava que poderia mesmo seguir essa carreira musical *e* ser o tipo de homem merecedor de Lala, provavelmente, estava me enganando.

CAPÍTULO 26

Lala

— E nossa próxima avaliação dos participantes ocorrerá em sessenta dias. Se olharem na última página da apresentação, vão encontrar uma programação de todas as datas de controle variadas, incluindo testes de níveis hormonais, avaliação cognitiva e avaliações gerais de saúde. — Pausei e olhei para os cinco membros da equipe patrocinadora do National Institute of Health. Todos os rostos eram novos, exceto pelo da dra. Reston, que tinha feito parte da equipe que havia aprovado o financiamento da minha pesquisa. — Alguma pergunta?

Todos balançaram a cabeça e olharam um para o outro. A dra. Reston sorriu.

— Surpreendentemente, não. Em geral, quando ouço uma proposta, tenho uma lista de perguntas quando termina. Não tive uma única quando Laney apresentou seu estudo para nós. Ela é incrivelmente detalhista. — A dra. Reston fechou o fichário na mesa diante dela. — Vou propor um desafio a mim mesma de pensar em algumas perguntas que você já não tenha respondido da próxima vez que nos reunirmos.

Sorri.

— Sempre estou disponível por e-mail ou telefone se pensar em alguma depois da apresentação.

Todo mundo se levantou. Já tinha passado das quatro horas, então, um por um, cada membro da equipe se despediu, exceto pela dra. Reston. Ela me ajudou a recolher as xícaras de café e os papéis espalhados pela sala de reuniões. Depois, estendeu uma mão de volta na direção das cadeiras onde estivemos sentadas.

— Você tem um minuto, Laney?

— Sim, claro.

Nos sentamos frente a frente.

— Está tudo bem? — ela perguntou.

E eu tinha pensado que as coisas tinham corrido bem.

— Sim. Desculpe. Minha apresentação não foi boa? — Balancei a cabeça. — Eu sabia que deveria ter incluído uma introdução melhor e falado sobre a pesquisa de noradrenalina que foi recentemente concluída na Alemanha.

A dra. Reston ergueu as mãos.

— Sua apresentação foi mais do que suficiente. Na verdade, queria que todo bolsista se esforçasse tanto quanto você nas apresentações que fazem. Muitos pesquisadores entendem da ciência, mas Power Point é mais assustador para eles do que física quântica.

Meus ombros relaxaram um pouco.

— Oh, ok.

Ela inclinou a cabeça para o lado.

— Talvez eu devesse ter esclarecido que não estava me referindo ao seu trabalho. Estava perguntando mais na questão pessoal. Você parece... Não sei o que é exatamente, mas você parece diferente em relação às últimas vezes em que nos encontramos. Pensei que, talvez, estivesse acontecendo alguma coisa, aqui no prédio ou alguma coisa pessoal esteja te incomodando. Está um pouco menos animada do que de costume, e parece que está dormindo menos. Não estou perguntando oficialmente; só queria saber de mulher para mulher. Nós mulheres da ciência precisamos nos apoiar mais do que apenas colegas de trabalho, e sei que você tirou uns dias de folga por problemas pessoais há algumas semanas.

— Oh. — Balancei a cabeça. — É muito gentil da sua parte, dra. Reston.

— Me chame de Barbara, por favor.

Assenti.

— É muito gentil da sua parte, Barbara. Não sabia que eu era tão fácil de interpretar. Mas tem razão, não tenho dormido tão bem. Tirei alguns dias de folga porque minha mãe teve problemas de saúde. Ela teve uma obstrução de veia e precisou fazer uma cirurgia de peito aberto, que foi bem assustadora. Minha mãe e eu somos bem próximas. Perdemos meu único irmão há oito anos, e nós sempre nos apoiamos.

— Sinto muito em saber disso. Imagino que isso tenha deixado vocês com um laço especial. Ela mora aqui na cidade?

— Não, mora na Filadélfia com meu pai. Foi por isso que tirei uns dias, para ficar no hospital.

Barbara assentiu.

— Isso é difícil. Meus pais moravam na costa oeste quando meu pai ficou doente. Nós o perdemos para o câncer há alguns anos. Era difícil não estar lá o tempo todo enquanto ele estava passando pelos tratamentos. Mas espero não a insultar dizendo que dava para ver que você não estava dormindo. Está tão linda como sempre; seus olhos só não têm o brilho que normalmente têm.

Ela não sabia nem a metade, já que eu não havia mencionado para ninguém ali que tinha terminado meu noivado e começado a dormir com um cara pelo qual tive uma queda por uns vinte anos e que provavelmente era todo errado para mim. Sem contar que quem conseguiria *dormir* quando Holden me deixava excitada e inquieta toda noite por causa da sua política atual sem sexo?

— Agradeço mesmo por tirar um tempo para ver como estou — eu disse. — Mas prometo que nada que está acontecendo comigo pessoalmente vai me distrair de terminar minha pesquisa.

Barbara sorriu.

— Não me preocupo muito com isso, Laney. Mas você tem meu número. Me ligue se precisar conversar, sobre trabalho ou coisas pessoais.

Nós, cientistas, olhamos para as coisas de forma diferente das outras pessoas, então é bom ter uma amiga que não acha que você enlouqueceu quando faz um diagrama de Venn para analisar melhor cada coisinha.

Dei risada.

— Agradeço. É muito gentil da sua parte.

— Sabe, provavelmente, você poderia terminar o restante da sua pesquisa inicial na Filadélfia. Pelo menos a coleta e a análise de dados podem ser feitas remotamente. Talvez você pudesse só voltar para a próxima rodada de entrevistas e avaliações médicas com os participantes. Se quiser, vou pedir para o comitê aprovar uma mudança na sua localização primária para não precisar vir a este prédio todos os dias e poder voltar para casa cedo. É para você estar aqui por mais alguns meses, certo?

Oh. Uau. Eu não sabia o que dizer. Claro que adoraria ficar mais perto da minha mãe e poder ajudá-la com sua recuperação. Tiraria um pouco da pressão do meu pai, que ainda trabalhava em período integral e já tinha tirado semanas de folga. Mas isso também significava abandonar Holden. Só de pensar nisso, meu coração apertava.

— Posso pensar e depois te respondo?

— Claro. Pensei no que vai facilitar mais para você.

Mais tarde, naquela noite, Holden e eu saímos para jantar em um restaurante chique. Ele estava tão sexy com uma camisa e gravata. Mas outra coisa em sua roupa estava me distraindo pra caramba. Ergui o cardápio, mas não li realmente as palavras.

— O que vai pedir? — perguntei.

Holden olhou para mim.

— O que você for pedir. Para ser sincero, não consigo pensar direito sentado em frente de você com esse vestido.

Tinha usado a coisa mais sensual do meu armário, torcendo para que tomássemos uns drinques com o jantar e talvez Holden baixasse a guarda um pouco. Estávamos no décimo segundo dia dos catorze sabáticos de sexo, e eu estava pronta para explodir. Coloquei o cardápio na mesa.

— *Você* não consegue pensar direito? Você sabe o que está vestindo, certo?

Holden olhou para baixo.

— Uma roupa de palhaço?

Dei risada.

— Não. E amo você nessa camisa e gravata. — Me inclinei e baixei a voz. — Esse cinto que está usando é o que usou para amarrar minhas mãos há algumas semanas.

Holden gemeu.

— *Porra*, nem fale disso. Meu pau ainda não superou seu vestido.

Mordi o lábio inferior.

— Não falar de como me amarrou e me fez observar você me lamber?

Seus olhos escureceram. Eu estava, definitivamente, cutucando a onça.

— Laney...

— Laney? Nossa. Você parece bem sério. Sabe do que *eu* estou falando sério? De tirar essa gravata do seu pescoço e implorar para me amarrar com ela. Gostaria disso, Holden? Se eu implorasse. Posso fazer de joelhos, se quiser...

Havia tanto calor nos olhos dele que parecia que minha provocação iria dar certo desta vez. Então me inclinei para mais perto a fim de dar o lance final, com a intenção de descrever o que poderia fazer com ele ajoelhada dentro do banheiro feminino daquele restaurante chique, mas meu celular vibrou na mesa e me fez parar. Desde o susto com a saúde da minha mãe, eu não conseguia ignorar meu celular.

Meus olhos desviaram para ler o nome na tela. Não era um nome que eu esperava. *Dra. Reston*. Barbara.

Holden viu a mudança na minha expressão, e seus olhos também baixaram para o celular.

— Merda. É sua mãe?

Balancei a cabeça.

— Não. A dra. Reston é uma dos membros do comitê da minha pesquisa, uma das pessoas para quem apresentei hoje.

— Você precisa atender?

Assenti e ergui o celular.

— Provavelmente é melhor. Não é do feitio dela me ligar depois de algumas horas.

— Vá em frente.

Atendi.

— Alô?

— Oi, Laney. É Barbara Reston.

— Oi, Barbara. Está tudo bem?

— Sim, desculpe por ligar tão tarde. Mas estava olhando meus e-mails e queria te dar a boa notícia.

— Boa notícia?

— Sei que falou que queria pensar em mudar a localização e terminar sua pesquisa em casa, mas enviei uma nota para o comitê mesmo assim. Não esperava uma resposta tão rápida, mas a equipe foi unânime na decisão. Todo mundo concorda que você está fazendo um ótimo trabalho, e uma mudança na sua localização oficial não seria problema.

— Oh... uau.

— Claro que ainda é uma decisão sua. Mas pensei que fosse facilitar sua decisão se soubesse que era possível voltar. Enfim, não quero te incomodar depois de horas. Só queria te avisar que não tem problema se você decidir mudar.

— É muito generoso da sua parte.

— Como falei, nós mulheres da ciência precisamos ficar juntas. Se houver mais alguma coisa que eu possa fazer para facilitar as coisas para você, é só me avisar.

— Muito obrigada, Barbara.

Quando desliguei, Holden estava aguardando com um sorriso.

— Pelo que estou vendo, isso pareceu incrível.

— Ãh. Sim. Foi uma boa notícia. O comitê ficou muito feliz com minha apresentação hoje — eu disse. Não era mentira, apesar de também não ser o motivo da ligação. Mas não estava pronta para conversar com Holden sobre o que acabara de me ser oferecido. Primeiro, precisava entender o que eu queria. — A dra. Reston só queria me avisar. Ela sabe que fico preocupada em ter que fazer apresentações.

— Claro que você arrasou. Minha garota é tipo a Lois Lane e o Super-Homem misturados em um. Inteligente, forte e *gostosa*.

Sorri, embora me sentisse horrível por dentro por não contar a verdade. A notícia de Barbara também me deixou meio distraída durante o jantar. Meu cérebro queria começar a analisar os prós e contras do que tinha acabado de ser oferecido. Eu poderia até acabar fazendo um diagrama de Venn. Mas, no fim da noite, após algumas taças de vinho, eu tinha conseguido tirar da cabeça e me concentrar no meu encontro bonitão.

Estava uma noite clara e linda, então Holden e eu voltamos a pé. Pegamos o elevador para o terceiro andar, e abri a porta do meu apartamento. Mas Holden não me seguiu para dentro.

Ele ficou na porta e gesticulou na direção da casa dele.

— Vou para a porta ao lado... dormir.

— O quê? Por quê?

Seus olhos desceram pelo meu corpo e fizeram uma varredura lenta de volta para cima.

— Porque estou com dificuldade com você nesse vestido... nesses saltos.

Coloquei minha bolsa na mesa e voltei para a porta, segurando sua camisa com meus punhos.

— Faz doze dias. Não acha que já é bem próximo de duas semanas? — Ficando na ponta dos pés, pressionei os lábios nos dele e sussurrei: — Acho que estou sem calcinha.

Holden gemeu.

— Caralho, Lala. Quero mais do que tudo que isso acabe. Mas estamos indo tão bem, e a última coisa que quero é mostrar a você que nem consigo me comprometer por duas semanas e cumprir.

— Sei que você consegue mais dois dias. Não precisa provar.

— Preciso, sim. Acho que preciso provar para nós dois.

Fiz beicinho.

— Mas vamos viajar em breve. Será que vou sequer te ver antes de ir para a Filadélfia para visitar meus pais e você voltar para a Califórnia para gravar? Seu voo é cedo na sexta-feira, e nem sabe por quanto tempo vai ficar fora.

Holden passou o polegar no meu lábio inferior.

— Acredite em mim. Você vai me ver *e* me sentir. Planejo te mandar para casa dolorida para você não ter opção a não ser pensar em mim toda vez que se sentar.

Suspirei.

— Ok.

— Agora me dê essa boca e, depois, me ajude um pouco trancando a porta e guardando minha chave-mestra esta noite.

Holden: Tire uma soneca. Chego à meia-noite, e você não vai dormir muito.

Era a terceira vez que eu lia a mensagem desde que tinha chegado naquela tarde. Cada vez, me deixava tonta. Já que nós dois viajaríamos na manhã seguinte, passei a noite em casa fazendo as malas, terminando tarefas e finalizando coisas de trabalho de última hora. Não queria desperdiçar um segundo do tempo que Holden e eu tínhamos juntos antes de irmos fazendo alguma coisa que não fosse atacando-o.

Agora eram 23h55, e eu só tinha mais uma coisa para fazer — responder ao e-mail de Barbara. Naquela manhã, ela tinha enviado uma mensagem de atualização, me dizendo que havia conversado com um contato na UPenn, na Filadélfia, e que eu poderia usar os escritórios administrativos para o que precisasse, se decidisse ir para casa mais cedo — imprimir, tirar cópia e até para escritório. Isso realmente não me dava nenhum motivo para recusar. Bom, nenhum motivo relacionado ao trabalho, de qualquer forma. Mesmo assim, ainda não estava pronta para tomar uma decisão. Então, respondi ao e-mail, avisando-a de que decidiria na segunda-feira, esperando que, talvez, minha viagem para casa me ajudasse a entender o que eu deveria fazer. Imediatamente depois de apertar enviar, olhei a hora no meu laptop, e o relógio mudou de 23h59 para 0h. Segundos depois, houve uma batida à minha porta da frente. Holden devia estar esperando lá fora. Sorri e joguei meu laptop no sofá, correndo para atender e praticamente arrancando a porta das dobradiças ao abri-la.

Holden se inclinou casualmente contra o batente. Ele estava *insanamente* gostoso com aquele gorro que eu amava tanto. Estava segurando um par de algemas de pelúcia em uma mão e uma corda enrolada na outra.

— Hora de brincar... — ele cantarolou.

Pulei nos braços dele, fazendo-o cambalear para trás alguns passos, rindo.

— Olá para você também, linda.

Meus braços se envolveram no pescoço dele e meus lábios grudaram nos dele conforme ele me carregou para dentro do meu apartamento. Registrei vagamente que ele chutou a porta depois de entrarmos.

Holden me levou direto para o quarto. Nenhum de nós parecia conseguir tirar as roupas rápido o suficiente, embora as coisas tenham ficado mais lentas ao me posicionar no meio da cama e Holden subir em mim. Ele entrelaçou nossos dedos, beijou o topo de ambas as minhas mãos e as levou para cima da minha cabeça. Então ele encarou meus olhos por muito tempo.

— Senti tanto sua falta — ele sussurrou.

— Também senti a sua.

— Não sei o que as duas últimas semanas provaram para você, mas isso provou para mim que nunca mais quero ficar tanto tempo longe de você.

Forcei para longe o pensamento que entrou na minha mente sobre a proposta de Barbara e segurei sua bochecha.

— Por mais que eu tenha sentido falta do sexo, ainda gostei de cada minuto nosso juntos, nas duas últimas semanas, Holden.

Ele fechou os olhos por um instante. Quando os abriu de novo, estavam com lágrimas e cheios de emoção. Ele assentiu e engoliu em seco antes de beijar minha boca e entrar em mim.

— Porra. — Holden entrou e saiu de mim devagar. — Isto é... tudo. Você é tão gostosa.

Ele me beijou até eu ficar sem fôlego e, então, recuou para olhar para mim. Suas pupilas estavam escuras e enormes, cheias de muito sentimento. Todo o resto do mundo desapareceu ao nos movimentarmos em uníssono.

Eu nunca quis que o momento acabasse, mas não demorou muito para eu estar próxima do clímax, e a mandíbula de Holden ficou rígida conforme ele tentava se conter. Suas investidas ficaram mais rápidas e mais fortes, e nossos corpos grudavam de suor.

— Holden...

— É isso. Goze comigo. Ao mesmo tempo...

Só precisei do seu comando para meus músculos começarem a pulsar. Holden sentiu.

— Caralho. Receba todo o meu gozo. Sinta-o dentro de você...

Gemi com o melhor orgasmo da minha vida. Holden continuou bombeando e se esfregando até o último tremor percorrer meu corpo.

Depois, nós dois ficamos exaustos. Parecia que eu tinha me transformado em geleia.

— Uau. Foi...

O lábio de Holden se curvou.

— Um tempo muito longo para ficar sem isso.

Alguns minutos mais tarde, Holden se mexeu para se levantar. Peguei o braço dele.

— Aonde você vai?

— Pegar uma toalha para você.

Balancei a cabeça.

— Ainda não. Quero que você fique dentro de mim.

Ele sorriu e beijou meus lábios.

— Que bom. Porque você já está fundo dentro de mim.

Acordei em pânico, me apoiando em meus cotovelos no escuro.

— Ai, meu Deus. Nós dormimos. Holden, acorde. Que horas são? Seu voo...

Mas Holden já estava acordado ao meu lado. Ele estava totalmente vestido, encarando o teto.

— São cinco e meia. Ainda tenho alguns minutos.

Cobri meu coração com a mão.

— Ah, graças a Deus. Não colocamos o alarme ontem à noite. Pensei que tivéssemos dormido demais.

— Eu coloquei o alarme. Me levantei para ir ao banheiro algumas horas atrás, e percebi que deixei meu celular em casa. Não conseguia encontrar o seu, então peguei seu laptop na sala e coloquei o alarme nele. Tocou há um tempinho, mas não consegui mais voltar a dormir.

Me deitei de volta na cama e me virei para encará-lo.

— Bem pensado. Mas sinto muito por não ter voltado a dormir.

— Tudo bem. — A voz de Holden estava séria.

— Você deve estar cansado.

— Não muito.

— Tem alguma coisa te incomodando?

Ele deu de ombros, mas então balançou a cabeça.

— Só pensando em um monte de coisa.

— Quer conversar sobre isso?

— Não, vou para minha casa fazer café e pegar meu celular e minha mala.

— Ok.

Quando Holden saiu, vesti a camiseta que ele usou na noite anterior. Erguendo-a para o nariz, inspirei fundo. Esperava mesmo que ele não precisasse levá-la porque cheirava tão bem, e eu planejava ficar com ela por um tempo. Ele voltou alguns minutos mais tarde com sua bagagem e duas canecas. A dele já estava vazia.

— O Uber vai chegar em um minuto — ele disse.

— Oh. Ok. Estava esperando que tivesse uns minutinhos para te beijar.

Holden bebeu o resto do café, colocou sua caneca na pia e se aproximou de mim. Segurou minha bochecha e pressionou seus lábios nos meus.

— Até logo.

Alguma coisa estava errada.

— Tem certeza de que está tudo bem? Eu falei ou fiz algo que te chateou?

— Estou bem. Vou te ligar quando puder, ok?

Nem me fale em despedidas deprimentes. Assenti e tentei forçar um sorriso, mas fracassei miseravelmente.

— Ok. Tenha um bom voo.

Ao fechar a porta, meus ombros caíram. Não sei o que eu estava esperando, mas, depois da intensidade que compartilhamos na noite anterior, pensei que fôssemos ter um grande momento de despedida cheio de emoções. Em vez disso, foi mais como o jeito que eu e Warren teríamos nos despedido. Anticlimático. O que não tinha problema. Realmente não tinha. Só pareceu muito anti-Holden.

Mas que seja. Provavelmente, ele estava se sentindo tão mal quanto eu por nos separarmos. Considerei rapidamente voltar para a cama, mas, já que tinha acordado cedo, pensei em poder pegar a estrada para a Filadélfia sem trânsito. Então tomei um banho rápido, sequei o cabelo e terminei de guardar meus artigos de higiene na mala. Peguei meu laptop na mesinha de canto do quarto e comecei a colocá-lo na capinha, mas, quando me lembrei que precisava enviar um e-mail para minha orientadora, eu o peguei de volta.

Estava ligado na tela de economia de energia quando o abri. Mas depois que ele ligou, fui digitar e congelei.

Ah, não.

Holden falou que tinha colocado o alarme no meu laptop, então ele deve ter aberto na mesma tela que acabei de abrir — exatamente no e-mail de Barbara Reston, o e-mail com a primeira linha em que se lia:

Ótima notícia! Não apenas podemos realocar você de volta para a Filadélfia na próxima semana, como podemos conseguir um espaço em um prédio do governo.

Agora fazia muito mais sentido o humor de Holden ao sair...

CAPÍTULO 27

Holden

O trajeto até o aeroporto foi um borrão. Meus pensamentos corriam tão rápido que pareceu que levei dois minutos para chegar lá.

Estávamos esperando no portão para embarcar quando Monroe se sentou ao meu lado.

— Ei, cara. Você está bem?

— Sim — murmurei, encarando o que parecia ser nosso avião.

Ele me entregou um donut do saco oleoso que estava segurando.

— Esta viagem é para ser boa, sabe? Por que você parece tão para baixo agora?

Enfiei o donut na boca.

— Sem querer ofender, mas você não entenderia.

Em todos os anos que eu conhecia Monroe, ele não havia tido um único relacionamento. Eu duvidava que ele fosse fazer qualquer coisa, exceto me encher o saco, se soubesse a verdade sobre o que estava me incomodando.

— Este negócio é muito mais fácil sem namoradas. Sabe disso, certo?

Acho que ele não estava *tão* alheio ao que estava se passando na minha cabeça. Meus olhos se viraram para ele.

— Valeu pela sugestão. Sei disso, sim.

— De todos nós, pensei que você fosse ser o último a cair nessa armadilha.

— Não é uma armadilha se você quer estar nela. — Me afundei na cadeira e cruzei os braços.

— Esta é a pior hora para você, Catalano. Tudo, finalmente, está começando a acontecer para nós. Uma coisa seria você poder ter seu bolo e comê-lo também... se é que me entende. Mas o que está fazendo... tentando ser fiel a essa garota quando poderíamos, muito bem, pegar a estrada de novo em breve... não será sustentável. Você vai acabar escorregando com alguma groupie, e vai se sentir um merda. É melhor terminar logo as coisas antes que isso possa acontecer.

Eu queria xingá-lo por supor isso, mas falei a simples verdade.

— Eu nunca a trairia.

Ele pensou.

— Olha, eu a conheci, obviamente. Ela é uma boa garota... inteligente. Não é alguém que aguentaria nosso estilo de vida, de qualquer forma. Então só acabe com o sofrimento dela.

Sua opinião banal de Lala me enojava. Ela era bem mais do que só "inteligente" e uma "boa garota".

— O que aconteceu com ela, afinal? — ele perguntou como se realmente se importasse, mas eu sabia muito bem que não ligava.

Eu não iria desperdiçar minha energia conversando com alguém que nunca entenderia. Monroe era um amigo, mas era a pessoa errada para essa conversa.

Nossa conversa foi interrompida quando meu celular tocou.

Lala. Me levantei, me afastando, e atendi.

— Oi.

— Oi. Vocês todos já fizeram check-in? — ela indagou.

— Sim. Só aguardando no portão para embarcarmos. E aí? Pegou a estrada?

— Não, estava quase saindo, mas aí vi uma coisa e tive que te ligar primeiro. — Ela pausou. — Você acabou lendo um e-mail que estava no meu laptop referente à realocação para a Filadélfia?

Pigarreei.

— Li.

— Estava com medo disso. Você estava agindo estranho hoje de manhã, então vi o que estava no meu computador quando você foi embora. — Ela suspirou. — Holden, não foi ideia minha. A dra. Reston viu que eu estava meio aérea ultimamente. Quando descobriu sobre a saúde da minha mãe, ela sugeriu que tivesse uma opção de realocação para mim. Não foi uma coisa que pedi.

Passando a mão pelo cabelo, eu disse:

— Por que não me contou?

— Nem pensei nisso. Não fazia ideia de que a proposta dela daria algum resultado.

— Não vou ser o babaca que tenta te convencer a ficar em Nova York se o que você precisa é ficar mais perto da sua mãe no momento, Laney.

Eu a tinha chamado de Laney de novo. Havia feito isso no restaurante na outra noite também. Não tinha sido de propósito. Aparentemente, só saía quando eu estava bravo.

— Sinto que ainda pensa que é algo que instiguei — ela respondeu.

— Não falei isso. Mas pense. Você sair de Nova York é inevitável de qualquer forma, certo? Quero dizer, se não tem agido como você mesma no trabalho e as pessoas estão percebendo... Talvez precise de uma mudança.

Talvez ela precisasse mesmo voltar para a Filadélfia agora, a fim de sabermos se isso iria funcionar.

— Acho que quanto mais cedo vivermos o que será o verdadeiro normal para nós, melhor.

A voz dela falhou.

— Fala de eu sozinha na Filadélfia e você na estrada?

Observei em volta as pessoas passando por mim.

— Olhe onde estou, linda... em um aeroporto em vez de te acompanhar para casa. Priorizando a banda e minha carreira de músico. É injusto da minha parte tentar fazer você ficar em Nova York quando, até onde sei, eu poderia ter que viajar de novo logo.

Ela ficou em silêncio.

— Desculpe não admitir que vi o e-mail antes de sair — finalmente falei. — Tirei, *sim*, conclusões. Mas, no fim, queria que você me contasse. Está tudo certo agora.

— Tudo certo? — Ela riu, brava. — Por que não *parece* certo?

Fechei os olhos e respirei fundo, frustrado. Eu só queria sair daquele aeroporto e voltar para casa para ela.

— Eu poderia ter lidado com isso se você simplesmente tivesse me contado, Lala. Não precisava esconder.

— Eu *não* estava escondendo de propósito...

— O que você decidir fazer — eu disse a ela —, ficar em Nova York ou voltar para a Filadélfia cedo, não vai mudar o que é para acontecer conosco, linda.

— Mas parece que você está me encorajando a ir.

Talvez, no subconsciente, eu *estivesse* insistindo para ela ir, não porque queria perdê-la, mas porque, quanto mais cedo ela fosse, mais cedo eu poderia saber se tínhamos uma chance a longo prazo. Com Lala em Nova York, parecia que vivíamos em uma fantasia temporária. Não era nossa realidade eventual.

Dava para ouvi-la respirando pesado. Não queria chateá-la quando ela estava prestes a pegar a estrada. E se ela sofresse um acidente? Eu nunca conseguiria me perdoar.

— Olha, Lala... Não se estresse, ok? A resposta de voltar cedo ou não virá para você, talvez com base em como sua mãe estiver quando a vir. Mas não se baseie em mim... Não vai impactar nosso...

Hesitei. *Relacionamento?* Queria acreditar que era isso que tínhamos em vez de uma coisa temporária, mas o tempo diria.

Continuei:

— Tenha cuidado na estrada. Aproveite a visita aos seus pais, e tente não se preocupar com mais nada. — Expirei. — Prometa para mim que não vai pegar a estrada se estiver triste.

— Acredita que não escondi de propósito isso de você?

— Acredito, Lala. Ok?

A voz dela nem era um sussurro.

— Ok.

Finalmente, consegui respirar.

Desde que pousamos em L.A., ficamos trancados naquele estúdio escuro, trabalhando na demo a noite inteira. Eu não havia tido um instante para pensar direito.

Estar ocupado tinha sido bom, porque me impediu de ruminar sobre Lala. Me senti mal por como tinha agido com ela durante nossa ligação no aeroporto no dia anterior. Na verdade, eu só tinha pensado nisso na primeira meia hora do voo até lá antes de começar a escrever umas letras para me impedir de me afogar completamente em pensamentos.

Não tinha parte de mim que quisesse que ficássemos longe mais cedo do que precisava. No entanto, em vez de me abrir sobre isso como deveria, agi como se não importasse para mim se ela fosse embora. Como se talvez *ela* não importasse para mim. Eu não tinha certeza se estava tentando protegê-la de mim ou a mim mesmo dela naquele momento.

Mas eu tinha ficado bastante tempo — mais de vinte e quatro horas — sem ouvir a voz dela. Isso precisava acabar.

Palmeiras se balançavam na brisa conforme saí do prédio, sentindo que havia acabado de sair de um buraco negro para a luz do dia. Me apoiando na parede do estúdio de gravação, dava para ver a placa de Hollywood ao longo quando peguei meu celular para ligar para ela.

— Oi... — ela disse quando atendeu. — Como foi tudo?

— Acabamos de finalizar. Estou exausto, mas fizemos umas coisas boas.

— Fico muito feliz, Holden.

Dava para ouvir a prataria tilintando ao fundo. Eu sabia que estava próximo da hora do jantar na costa oeste.

Me sentei no chão.

— Está no meio do jantar?

— Sim, mas sem problema. Estou muito feliz que foi tudo bem.

— Se tive que ficar sem você este fim de semana, era melhor ter sido muito produtivo e não um desperdício. Trabalhei muito para garantir isso. — Olhando para o sol, suspirei: — Sinto sua falta pra caralho. Foi mal por ser um otário na última vez que conversamos.

— Tudo bem. Você estava chateado. Desculpe por ter causado isso.

— Lala, escute. Estou... — Eu estava prestes a explicar por que *não* queria que ela voltasse para a Filadélfia cedo quando ouvi certa voz no fundo. Uma voz *masculina*. E não era o pai dela.

Estreitei os olhos e meu coração bateu mais rápido.

— Quem está aí?

— Espere — ela disse. Houve um barulho, então ela voltou à linha. — Precisava sair da mesa.

Puxei meu cabelo e soltei:

— Por quê?

— Foi Warren que você ouviu — Lala sussurrou. — Não queria falar sobre ele na cara dele.

Prendendo a respiração, chiei.

— O que ele está fazendo aí?

— Ele passou aqui para falar tchau antes de ter que ir para a Califórnia nesta semana. Acabaram precisando dele antes do planejado. Eu não queria que ele ficasse para jantar, mas meus pais insistiram. — Quando permaneci em silêncio, ela perguntou: — Está bravo?

— Por que eu estaria bravo? Você não se importaria se eu estivesse jantando com uma das minhas ex enquanto estou por aqui, certo?

Essa foi uma jogada baixa, mas não consegui me conter.

— Tem razão. Desculpe se te chateei. Parece que estou fazendo muito isso ultimamente.

Ouvindo, por um instante, os sons do trânsito vindos de Mulholland Drive, respirei fundo e lentamente para me acalmar.

— Não, linda. — Esfreguei meus olhos cansados. — Eu que peço desculpa. Foi bem ruim eu não poder estar aí com você neste fim de semana, mas *ele* estar aí no meu lugar é um remédio bem amargo de engolir. Mas você não pode fazer nada se ele apareceu sem avisar.

— Não tive coragem de falar para ele ir embora. Provavelmente, esta é a última vez que vou vê-lo... talvez para sempre, até onde sei.

Duvido disso.

— Não pense que ele não está torcendo para você mudar de ideia quanto a ir embora. É por isso que ele está aí, Lala.

Me impedi de falar mais alguma coisa sobre isso. Eu estava fazendo isso se tratar de Warren, quando, lá no fundo, não era ele o problema. O problema era *eu*. Teria sido impossível me sentir inseguro quanto a Warren, se *eu* estivesse seguro quanto à minha capacidade de ser o homem certo para Lala. Ele estava com ela e com a família dela no momento, e eu estava sentado do lado de fora de um estúdio de gravação em L.A., enquanto um dos meus colegas de banda recebia um boquete de uma garota aleatória em um carro estacionado diagonalmente a mim.

Quanto mais cedo soubéssemos se isso poderia funcionar entre mim e Lala, melhor.

— Acho que você deveria aceitar a oferta deles de trabalhar da Filadélfia — soltei.

— Só está dizendo isso agora porque está bravo por Warren estar aqui. Entendo. Mas não me dê conselhos quando estiver bravo.

— Por mais que eu não esteja feliz por ele estar aí, não foi por isso que falei. Se as coisas forem para dar certo entre nós, a distância entre a Filadélfia e Nova York não deveria importar.

Dava para ouvir a voz da mãe dela no fundo. "Por que você está aqui, Laney? Está tudo bem? Acabei de servir a sobremesa."

— Sim. Já vou, mãe. Está tudo bem.

Simplesmente excelente.

— Tenho que ir — ela disse.

Mordi o interior da minha bochecha.

— Certo.

— Vai me ligar mais tarde? — ela perguntou.

— Vou tentar.

Lala desligou sem falar mais nada. Não podia culpá-la. *Vou tentar?* Tinha agido como um idiota de novo — e, imediatamente, me odiei por isso.

Depois de, pelo menos, cinco minutos encarando o nada, finalmente me levantei.

— Ei, Holden. — Ouvi alguém chamar.

Me virei e encontrei uma loira curvilínea com saltos de quinze centímetros vindo na minha direção. Ela era uma das poucas mulheres que haviam ficado por perto durante a maior parte da nossa sessão. Eu não sabia exatamente quem era quem, já que muitas pessoas aleatórias ficavam aparecendo atrás do vidro enquanto estávamos gravando. Ela poderia ser da gravadora ou apenas alguém ligada ao estúdio que estávamos alugando.

— Oi — eu disse.

Ela me deu uma olhada dos pés à cabeça.

— Cara, você sabe como mexer um par de pauzinhos. Estava incrível lá dentro.

— Obrigado mesmo.

— Vocês tocam muito bem entrosados. Ótima ética de trabalho também. Ninguém reclamou quando vocês tiveram que fazer várias repetições. Mesmo quando foi culpa do técnico. Isso é raridade.

— Bom, não temos muito tempo aqui. Então queremos garantir que a demo fique a melhor possível.

— Felizmente, este é apenas o começo. Algo me diz que não será a última visita de vocês.

Queria perguntar quem ela era, mas não quis insultá-la no caso de ela ser alguém importante.

— Eu adoraria conhecer melhor vocês enquanto estão em L.A. A banda tem planos para esta noite?

Eu estava prestes a dizer que não sabia quando Dylan apareceu do nada.

Ele praticamente voou e derrapou no lugar à minha frente.

— Não temos, na verdade. Somos todos seus.

— Maravilha. — Ela deu risada. — Carrie e eu vamos mandar um carro para o hotel para buscar vocês. — Ela ergueu uma sobrancelha. — Pode ser às oito?

— Perfeito. — Dylan sorriu.

Ela se virou para mim e sorriu.

— Nos falamos depois, Holden.

Esperei que ela desaparecesse de vista para me virar para Dylan.

— Que porra foi essa? Quem é ela?

Ele arregalou os olhos.

— Você não sabe?

— Sei que ela estava por lá nos assistindo por um tempo, mas não, não faço ideia de quem ela seja. — Dei de ombros.

— Ela não se apresentou para você por nome porque você já *deveria* saber quem ela é, idiota. — Ele deu um tapa de leve na minha cabeça. — Essa é Alana Styles. É responsável por encontrar novos talentos na Seal Records. Ela poderia, sozinha, decidir se conseguimos esse contrato.

Fiquei boquiaberto.

— Ah, merda. Ok. Eu não fazia ideia.

— É melhor você fazer a porra que ela quiser esta noite, e falo sério.

Meu corpo ficou rígido.

— Está sugerindo que é para eu transar com ela?

— O que precisar fazer para *selar* o acordo... sem querer fazer trocadilho.

Eu o empurrei.

— Saia daqui.

Ele cambaleou um pouco, e sua expressão ficou bem séria.

— Holden, ouça. Fiquei sabendo que ela ficou falando de você para a outra mulher, Carrie, que trabalha no setor de Relações Públicas. Alana ficou dizendo como você é talentoso. Precisamos que faça o que ela quiser.

— Quem vai receber o que quiser? — Monroe perguntou. Ele tinha, finalmente, saído do carro onde estivera com alguma garota.

— Alana Styles — Dylan respondeu. — E Holden aqui vai ser quem vai dar a ela.

— Legaaal. — Monroe deu risada. — Eu a vi se aproximar. O que ela falou?

Aparentemente, eu era o único que não fazia a menor ideia de quem Alana era.

— Ela vai mandar um carro nos buscar no hotel à noite — Dylan anunciou.

A boca de Monroe se abriu em um sorriso enorme conforme ele cumprimentou Dylan.

— Isso, porra.

— Quais as chances de eu poder fingir que estou doente e pular essa? — indaguei.

A cabeça dos dois se virou na minha direção ao mesmo tempo.

— Bom, você poderia — Monroe disse. — Mas aí eu teria que grampear suas bolas na cama enquanto você dorme esta noite.

Baixei a cabeça.

— Cara, não acho mesmo que essa mulher me queira. Ela é importante e não foi nada além de profissional. Além do mais, mesmo que chegasse a esse ponto, eu não dormiria com ela. Mas, para ser seguro, talvez seja melhor eu não ir.

Dylan olhou desafiadoramente para mim.

— O velho Holden teria feito isso por nós esta noite.

— Bom, você me assustou agora. Acho que isso é importante, mas não sou um prostituto por vocês, otário — esbravejei.

A parte triste era que ele tinha razão. Se isso tivesse sido antes de Lala? Eu não teria pensado duas vezes quanto a dormir com alguém para alavancar minha carreira, se precisasse. *Selar* o acordo. Tinha um pouco de vergonha de admitir isso para mim mesmo.

— Olha, pensem no que dizer a ela sobre mim. Mas, a partir de agora, estou oficialmente doente. — Me afastei antes que pudessem dizer qualquer outra coisa.

Percebendo que havia deixado minha jaqueta no estúdio, voltei para dentro. Um dos técnicos ainda estava lá.

— Vai fechar por hoje? — perguntei.

Ele girou em sua cadeira.

— Não. Tenho outra pessoa reservada para daqui a uma hora. Só estou relaxando até lá.

Tive uma ideia.

— Se importa se eu brincar um pouco lá dentro? Tenho uma música que queria tentar a capella.

Ele sorriu.

— Você canta?

Pergunta justa, já que ele só tinha me visto na bateria.

— De vez em quando, eu arrisco. Escrevi umas letras no avião para cá, e estou com uma melodia na cabeça para unir com elas. Estou curioso para ver como soa.

Ele apertou uns botões e apontou para a cabine.

— Entre lá.

Me coloquei em frente ao microfone e peguei a letra que havia escrito no meu celular.

Você pode me encontrar esta noite?

No telhado, sob a luz da lua.

Eu tenho um segredo e só posso rezar,

Para que quando eu disser, você não escapar.

Eu tentei muito não cruzar a linha.

Tentei não desejar que você fosse minha.

Mas estou te dizendo como amigo,

Me amar é o fim da caminho.

La... La... La... La

Esse é o meu aviso.

Você vai me olhar da mesma forma de manhã?

La... La... La... La

Me diga que você vai ficar.

Mesmo se eu te avisar para escapar.

Agora eu estou saindo de um limbo,

Admitindo que você estará mais segura com ele.

Mas mesmo que isso seja verdade,

Ele não vai te amar como eu.

Não vou ficar ofendido.

Eu sei que não fazemos sentido.

A verdade corta como uma faca.

Mas você ainda será o amor da minha vida.

La... La... La... La

Esse é o meu aviso.

Você olhará para mim da mesma forma de manhã?

La... La... La... La

Me diga que você vai ficar.

Mesmo se eu te avisar para escapar.

La... La... La... La

Eu te amo. Eu te amo. Eu te amo.

CAPÍTULO 28

Lala

Quase uma semana depois, estava no meu quarto e olhei em volta para encontrar a fita a fim de fechar outra caixa. A bagunça me lembrou do dia em que me mudei, quando a parte de baixo de todas as minhas caixas tinha estourado porque eu havia usado uma fita de quase uma década de idade. Holden tinha me feito rir disso, não ficar irritada como Warren ou meu pai teriam feito. Isso era uma das coisas que eu amava em Holden — ele não se irritava com coisas pequenas. O carro quebrou no meio do nada? É uma aventura, não um motivo para reclamar. Esqueceu as notas no meio de uma música? Transforme o momento em um solo de bateria e abra um sorriso irresistível para o público. Ele tinha uma capacidade estranha de seguir o fluxo e acreditava que, quando fazíamos isso, todos nós acabávamos onde era para estarmos.

Esse pensamento me deixou triste. Ele parecia estar aplicando essa mesma lógica de o que vem fácil, vai fácil, conosco. Mas era assim que era para relacionamentos serem? Era para não brigarmos pelas coisas que mais importavam para nós? É assim que sempre acreditei que era para as coisas funcionarem. Apesar de eu estar certa, o que isso dizia sobre o quanto eu significava para Holden? Eu não importava o suficiente.

Uma lágrima escorreu pelo meu rosto conforme peguei outra blusa e a dobrei antes de guardá-la em uma caixa de papelão. Eu odiava estar fazendo isso. Ainda não estava pronta para ir embora de Nova York. Mas Holden estivera tão distante depois da nossa ligação na semana anterior quando me disse que era melhor eu voltar para a Filadélfia, e eu não ia ficar onde não me queriam.

Depois de guardar as últimas roupas do closet, resolvi dar uma pausa e me mimar com uma taça de vinho. Enquanto me servia, alguém bateu à porta. Imaginei que fosse um dos meninos vindo ver como eu estava, já que havia mencionado para Owen mais cedo que iria embora no domingo. Mas, quando abri a porta, meu coração parou ao ver o homem lindo parado do outro lado.

— Holden? O que está fazendo aqui? Pensei que só voltasse amanhã à noite.

— Terminamos um pouco antes do esperado, então consegui pegar um voo ontem à noite.

Ele olhou por cima do meu ombro, e o sorriso em seu rosto sumiu.

— O que está fazendo?

Me virei e olhei para todas as caixas.

— Comecei a empacotar.

Holden pareceu surpreso, apesar de eu não ter certeza do porquê, já que foi ele que me falou para voltar para casa.

Abri mais a porta e dei um passo para o lado.

— Entre.

Ele enfiou as mãos nos bolsos e olhou para baixo.

— Preciso tomar banho e desfazer a mala. Só queria te avisar que voltei.

— Oh… ok.

Ele ergueu os olhos, mas eles não encontraram os meus.

— Te vejo mais tarde?

Parecia que eu tinha sido atropelada por uma escavadeira.

— Sim, claro.

Sem beijo. Sem abraço. Nada.

Algumas semanas antes, ambos estaríamos nus em dez segundos depois de ele bater à porta.

Lágrimas pinicaram meus olhos quando fechei a porta. Tinha torcido secretamente que Holden me visse empacotando para ir embora e isso o assustasse e o deixasse no modo ou-vai-ou-racha. Infelizmente, tinha sido assim, só que ele não escolheu a opção que eu esperava. Holden havia fugido o mais rápido que pôde.

De alguma forma, consegui não explodir em lágrimas grandes. Ao longo das duas horas seguintes, não ouvi um pio dele. Andei de um lado a outro cuidando das coisas, pensando se deveria só carregar meu carro e ir logo, sem dar tchau nem avisar, ou se deveria ir até a porta ao lado e falar para ele que meus sentimentos tinham ficado mais fortes e que eu precisava que ele brigasse para eu ficar. No fim, acabei fazendo algo do qual não me orgulhava, algo que, provavelmente, me faria sentir ainda mais uma merda se não funcionasse. Recorri ao sexo.

Toc. Toc. Toc.

Holden abriu a porta, e seus olhos caíram direto para o meu decote. Com certeza, ele não poderia ter perdido o sutiã de empinar e o cropped decotado que eu vestira.

Momentos desesperadores. Medidas desesperadas.

Enrolei uma mecha de cabelo ao falar.

— Ei. Acha que pode me ajudar com as caixas? Enchi algumas delas e estão meio pesadas, e quero empilhá-las na porta. Estou com medo de o fundo ceder se não carregá-las direito.

— Claro. — Seus olhos deram outra olhada no meu decote antes de ele fechar a porta e me seguir para o meu apartamento. Na sala, ele olhou em volta com as mãos na cintura. — Quais você quer empilhadas?

— As que estão no quarto.

Ele engoliu em seco e franziu o cenho.

— Ah.

A resposta sem brilho machucou meu coração, mas fiz meu máximo para fingir que não feriu minha autoestima. Indo até o quarto, exagerei no balançar dos quadris, sabendo que Holden tinha um ponto fraco por minha calça justa de yoga. Lá dentro, até fingi procurar algo em uma caixa no chão sem flexionar os joelhos. Era impossível não ver minha bunda. Vi Holden olhando algumas vezes, mas ele só pareceu triste em vez de excitado. Quando não havia mais nada para fingir que precisava de ajuda, ainda me recusei a desistir.

— Obrigada pela ajuda — eu disse. — Que tal uma taça de vinho? — Holden pareceu relutante, então saquei as armas grandes para garantir que ele não diria não. — Posso te atualizar sobre a saúde da minha mãe, e quero saber como foi sua gravação na Califórnia.

Ele assentiu, mas não pareceu feliz.

— Claro.

Ao longo da hora seguinte, tivemos uma conversa boa e colocamos os assuntos em dia, mas parecia que eu estava conversando com Owen ou Colby. Holden se sentou na cadeira na diagonal ao sofá e não fez tentativa nenhuma de encostar em mim. Essa foi a conexão menos física que já tinha sentido perto dele. Tínhamos mais faísca quando eu tinha quinze anos e ficava sentada no telhado da casa dos meus pais com meu irmão dormindo a poucos metros de distância. E tive a sensação de que ele mal podia esperar para sair do meu apartamento. Então fiz uma tentativa de última hora de provocar algo ao esticar os braços acima da cabeça e fazer um alongamento longo e falso. Os olhos de Holden passaram pelo meu peito exposto, mas então ele franziu o cenho e esfregou as mãos na calça.

— Está tarde. É melhor eu ir.

Bom, isso saiu pela culatra.

Quando ele foi embora, pareceu que tinha um nó na minha garganta. Acho que o lado positivo foi que bloqueou todas as lágrimas que estava ameaçando cair. A forma como eu tinha agido havia me deixado desesperada e triste e, às duas da manhã, ainda estava encarando o teto no escuro, procurando respostas que eu não tinha. Então tirei as cobertas e me sentei, pegando o celular. Havia somente um jeito de conseguir respostas, e era indo direto na fonte. Sem me dar chance de mudar de ideia, enviei uma mensagem para Holden, apesar de ser de madrugada.

Lala: Ei. Está acordado?

Ele respondeu rapidamente.

Holden: Sim. Acho que a mudança de fuso e dormir no voo me deixou acordado. Qual é a sua desculpa?

Lala: Me encontra na escada de incêndio em alguns minutos?

Os pontos começaram a se mexer, então pararam, depois finalmente começaram de novo.

Holden: Claro.

Peguei uma garrafa de vinho e duas taças antes de abrir a janela e sair. Holden já estava sentado na escada de incêndio dele.

— Ei — sussurrei.

— Você deveria estar dormindo.

— Há muita coisa na minha mente, e preciso falar, Holden.

Nossos olhos se fixaram, e ele assentiu.

Havia tanta coisa que eu queria dizer, mas meus pensamentos estavam todos bagunçados. Então demorei alguns minutos para me recompor ao servir duas taças de vinho e passar uma pelas barras para Holden.

— Obrigado — ele disse.

Assenti e respirei fundo.

— Por que não me beijou esta noite, Holden? Não nos vemos há uma semana.

Ele olhou para baixo.

— Não queria te pressionar. Tem muita coisa acontecendo com você no momento.

— Mas eu *queria* ser pressionada por você. Acho que deixei isso bem óbvio.

Nossos olhos se encontraram e, por um ou dois segundos, vi a faísca familiar em seu olhar. No entanto, depois, ele desviou o olhar.

— Sexo só vai dificultar mais. Não quero que fique triste ou se sinta mal quando for embora de Nova York. Sua felicidade significa mais para mim do que a minha. — Ele pausou por um segundo. — Durante a última semana, estive pensando bastante em Ryan. Prometi a ele que sempre cuidaria de você, e é isso que estou tentando fazer. Não quero falar ou fazer nada que dificulte mais as coisas para você. Esse é um dos motivos pelos quais foi tão difícil falar enquanto estávamos no seu apartamento antes. Não quero estragar nada.

— Só seja você mesmo, Holden. Não consegue estragar quando suas intenções são boas.

Ele zombou.

— Nunca ouviu aquele ditado "a estrada para o inferno é pavimentada com boas intenções"? Esse sou eu, Lala. *Eu* sou a estrada para o inferno.

Nós dois ficamos em silêncio de novo. Em certo momento, ele bebeu todo o vinho.

— Como se sentiu ao ver Warren quando estava em casa?

Franzi o cenho.

— Foi triste. Ele chorou e me falou que ainda me ama. E, antes de ir, me deu uma passagem de avião sem data para ir à Califórnia, para poder visitá-lo se um dia quiser. É difícil ver alguém de quem você gosta magoado.

Holden assentiu.

— Acha que foi um erro termos ficado juntos? Eu, basicamente, me infiltrei entre vocês dois e fiz com que terminassem.

Balancei a cabeça.

— Você não se infiltrou em nada. Eu quis o que aconteceu entre nós tanto quanto você, talvez mais. Sempre vou amar Warren, de certa forma. Ele foi muito bom para mim e uma grande parte da minha vida por bastante tempo, mas estar com você me fez perceber que estava faltando uma coisa importante. — O momento tinha ficado bem triste e pesado, então tentei aliviar o clima. — Você sabe, tipo sexo bom, para variar.

Holden assentiu.

— Pelo menos sou bom em alguma coisa.

— Estou brincando, Holden. Sim, sexo com você tem sido ótimo, mas foi mais do que isso.

— É...

Dessa vez, fui eu quem engoliu o vinho. Estava dando voltas com pequenas perguntas porque tinha medo de fazer a grande pergunta. Mas eu precisava saber.

— O que vai acontecer com a gente quando eu voltar para a Filadélfia?

Holden balançou a cabeça.

— Não sei. Por que não seguimos o fluxo, simplesmente?

Senti minhas entranhas serem reviradas, ainda assim, forcei um sorriso.

— Ok. Está bem.

Um minuto depois, Holden apontou com o polegar para seu apartamento.

— Estou exausto da viagem. É melhor eu dormir um pouco.

— Ah. Sim. Claro.

Detestava terminar essa conversa, mesmo assim, me levantei quando Holden se levantou e abri minha janela.

— Boa noite. Espero que durma um pouco.

— Você também. Boa noite, querida.

Na metade do caminho para a janela, entrei em pânico e congelei.

— Espere! Holden?

Ele pausou com uma perna já dentro.

— Sim?

— Vou embora no domingo. Acha que podemos ficar juntos amanhã à noite, já que será minha última aqui?

— Eu gostaria disso.

— Eu também.

Milagrosamente, consegui ficar plena ao voltar para dentro e escovar os dentes. No entanto, assim que me deitei na cama e puxei as cobertas, todas as minhas emoções me atingiram de uma vez. E comecei a chorar.

E chorar.

E chorar.

CAPÍTULO 29

Holden

— Oi, sumido. — Billie sorriu.

— E aí, sra. Lennon? — Olhei para Deek, o tatuador cuja cadeira era em frente à dela, e ergui o queixo. — E aí, cara?

Ele estava trabalhando em uma tatuagem de crânio em um cara que poderia ser assustador mesmo *sem* a cabeça cheia de tatuagens.

Deek ergueu o queixo.

— E aí, rock star?

— Por onde você andou? — Billie perguntou. — Ah, espere. Sei *exatamente* onde você andou. Fazendo sacanagem com a bonitinha da Lala. — Ela deu uma olhada na minha cara e desligou a máquina. Colocou a agulha em sua mão na pistola. — Ah, não. O que houve?

Dei de ombros.

— Nada. Só desci para pedir uma recomendação sua de restaurante especial.

Ela semicerrou os olhos.

— Qual é a ocasião?

— É a última noite de Lala na cidade. Ela resolveu voltar para a Filadélfia mais cedo, para ficar perto da mãe. Vai embora amanhã.

— Merda. — Billie pegou um paninho e tirou o excesso de tinta do braço do cara em que ela estava trabalhando. — Vou acabar em cinco minutos. Quer tomar um sorvete? Estou morrendo de vo[illegible] pasta de amendoim desde que acordei.

Não era como se eu tivesse algo melhor para fazer.

— Claro.

Quinze minutos depois, estávamos no fim do quarteirão em uma sorveteria antiga. Billie lambeu os lábios conforme a adolescente atrás do balcão colocava duas colheres enormes do sabor que ela tinha pedido em uma casquinha. Ela esfregava a barriga de grávida enquanto esperava.

— Como está se sentindo? — perguntei.

— Muito bem, considerando que não tenho dormido à noite há um mês. — Ela deu um tapinha na barriga. — Este carinha está morando na minha bexiga. Não bebo nem como nada três horas antes de dormir, mesmo assim, *ainda* levanto, no mínimo, duas vezes para fazer xixi. Ontem à noite, Colby estava roncando, e isso me irritou, então o chutei e, *sem querer*, o acordei.

Ergui uma sobrancelha.

— Sem querer?

— Bem, sim. Só queria machucá-lo um pouco. Não acordá-lo.

Dei risada.

— Preciso te dizer que amo que uma mocinha de um metro e meio esteja me vingando pelas merdas que ele fez comigo quando éramos crianças. Ele é um ano mais velho, então costumava chutar minha bunda quando tínhamos seis e sete anos, só por diversão.

Billie gesticulou para uma das mesas dentro da sorveteria.

— Por que não nos sentamos? Só tenho outro cliente daqui a meia hora.

— Ok. — Bebi meu milkshake de morango e me sentei à frente dela enquanto ela se esbaldava com sua casquinha.

— Então, converse comigo — ela disse entre lambidas. — O que está havendo entre você e Lala? Pensei que estivessem se divertindo.

— Estávamos. Mas era só isso que era para ela... diversão. — Balancei a cabeça. — Acho que, finalmente, estou provando do meu próprio veneno, depois de ser um cara de transar e ir embora pela última década.

— Mas você tem sentimentos reais por ela, certo?

Passei uma mão pelo cabelo.

— Estou apaixonado por ela. Acho que estive a maior parte da minha vida.

Billie colocou a mão acima do coração.

— Ai, meu Deus. Não fale essas coisas. Porque, além de estar uma máquina de xixi, também estou super emotiva. Acho que vou chorar.

— Bom, então pode ser que acabemos nós dois chorando. — Suspirei. — Cara, é uma merda mesmo ser usado para sexo.

— Não acho que Lala usou você para sexo. Vocês dois se divertiam bastante juntos, não? Quero dizer, fora do quarto também?

Dei de ombros.

— Sim, mas não é suficiente.

— Você contou a ela como se sente?

Balancei a cabeça.

— Não quero dificultar para ela.

— Então como sabe que Lala não se sente igual você?

— Ela praticamente me disse mais de uma vez. Ontem à noite, perguntei se ela se arrependia de terminar com Warren, e ela falou que não, porque estar comigo a fez perceber que tinha algo faltando no seu relacionamento... *tipo sexo bom.*

— Isso parece mais um exemplo de coisas que estavam faltando do que a lista completa.

Dei de ombros de novo.

— Não foi a primeira vez que ela deixou claro o que somos. Além do mais, a mãe dela está doente, e ela acabou de sair de um relacionamento longo. Eu basicamente a empurrei para a cama comigo. Sou só o cara rebote dela.

— Está presumindo muita coisa, Holden.

— Não estou presumindo nada. Estou ouvindo como ela se sente em alto e bom som através das suas ações. Nem era para Lala ir embora de Nova York até os próximos meses. Ela teve uma oportunidade de voltar para casa mais cedo e a agarrou. Não sei muito sobre relacionamentos, mas tenho praticamente certeza de que, quando se está apaixonado, você corre *para* a pessoa e não *da* pessoa.

Billie lambeu seu sorvete e balançou a cabeça.

— Acho que está cometendo um erro de deixar tanta coisa não dita.

— Se é para ser, ela vai encontrar o caminho de volta para mim.

Billie apertou os lábios.

— Sabe aquele velho ditado de amar alguém e deixar a pessoa ir para ver se volta, certo? Se você ama alguém, luta por ela. Você a amarra para guardá-la, se é isso que precisa fazer.

Queria que isso fosse verdade, mas o único jeito de amarrar Lala era à cabeceira quando transávamos.

Naquela noite, Lala e eu estávamos a caminho de One if by Land, Two if by Sea para jantar e comemorar sua última noite em Nova York. Mas era mesmo uma comemoração? Parecia mais o fim de alguma coisa.

Eu tinha chamado um táxi para nos levar.

O clima estava sombrio enquanto Lala apoiou a cabeça no meu ombro. Nós dois olhávamos para as luzes da cidade do banco de trás. Meu nariz estava enterrado em seus cachos macios. Ainda não tinha caído totalmente minha ficha de que ela iria embora no dia seguinte. Me sentia adormecido.

Então meu celular vibrou. Quando olhei para baixo, vi que era uma mensagem da nossa agente no grupo banda, e a primeira palavra era: URGENTE!

Cliquei nela.

Daisy: URGENTE! Preciso que vão para o The Palace. A banda que era para tocar lá esta noite cancelou. Ligaram para ver se vocês estavam disponíveis. Claro que falei que sim. O show começa em uma hora. Se não tiverem tempo de pegar suas coisas, eles têm uma casa cheia de instrumentos.

— Merda — murmurei.

Lala ergueu a cabeça de mim.

— Quem é?

Não queria explicar porque planejava recusar ir. Mas precisava contar a ela.

— Minha agente. Ela quer que a gente vá ao The Palace para tocar esta noite.

— The Palace? — Lala arregalou os olhos. — Até *eu* conheço o The Palace. É gigante. Vocês precisam ir.

Apesar do fato de o meu celular agora estar explodindo com mensagens dos meus colegas de banda loucos, eu ainda insistia que não poderia abandoná-la de novo, como tinha feito quando escolhera a Califórnia em vez de acompanhá-la para casa no fim de semana.

— Não. Foda-se. É sua última noite aqui. Vou falar para ela que não posso.

Meus dedos estavam no teclado quando Lala colocou a mão na minha para me impedir.

— Não pode. Se você não tocar, ninguém toca.

— Não — insisti. — Eles podem encontrar outro baterista para me substituir esta noite. Tem um monte de caras em nossos contatos prontos para agarrar essa oportunidade.

Ela balançou a cabeça.

— Não, Holden. *Precisa* ser você. — Lala suspirou. — Você não chegou tão longe para recusar grandes oportunidades como tocar no The Palace. Além do mais, o que te faz pensar que prefiro sair para comer a ver você tocar mais uma vez antes de ir embora da cidade? Ainda estaremos juntos. E eu realmente amo ver você se apresentar. Me traz muita alegria.

Meu peito apertou. Havia duas coisas nesse mundo que *me* traziam alegria. Música e ela.

Antes de eu poder recusar mais, Lala se virou para o motorista.

— Pode, por favor, nos levar para o The Palace? Sei que é na direção oposta. Me desculpe. Tivemos uma mudança de planos.

O homem assentiu e virou no cruzamento seguinte.

Quando chegamos ao local, quase não houve tempo para pensar. Monroe chegou logo depois, seguido de Dylan e o guitarrista, Kevin. Lala observou conforme nos preparávamos e, em trinta minutos, estávamos no palco nos apresentando.

Esse show parecia especialmente poderoso, não apenas por causa do meu estado emocional, mas porque eu conseguia ver Lala claramente na plateia. Amava ver sua reação ao meu solo. Me perguntei se essa era a última vez que eu iria tê-la comigo enquanto tocava, mas tentei afastar esse pensamento.

Música após música, espanquei aquela bateria, precisando desopilar minha frustração em alguma coisa. Mas nós arrasamos. A multidão ia à loucura depois de cada música, e desconfiei que seríamos convidados a voltar ali, por nosso próprio mérito da próxima vez.

Quando nossa parte acabou, voei para fora do palco o mais rápido que pude. Abandonei minhas baquetas e corri para encontrar Lala na plateia.

Ela envolveu as mãos no meu rosto.

— Você foi tão maravilhoso, Holden. Tem alguma ideia de como você é lindo de assistir?

Eu a ergui, girando-a, e a beijei demorada e intensamente.

— Tudo que fiz lá em cima esta noite foi por você. Eu só me importava se você estava me assistindo.

— Está brincando? — Ela passou os dedos no meu cabelo. — Eu não conseguia tirar os olhos de você.

Colocando-a no chão, eu disse:

— Vamos sair logo daqui.

Envolvi o braço nela ao sairmos do local, sem nem me incomodar em falar tchau para os caras.

— Não estou com tanta fome — ela disse. — Só quero ir para casa com você... porque é a última noite que posso falar isso.

Ela tinha lido minha mente. Eu só queria levá-la para casa e fazer amor com ela a noite toda – enviá-la para a Filadélfia do melhor jeito que eu conhecia.

Então foi o que fiz.

Na manhã seguinte, me levantei primeiro para fazer café para Lala, já que ela pegaria a estrada cedo. Enquanto estava fervendo a água, também decidi... mudar as coisas de lugar no seu apartamento.

Ela arregalou os olhos depois de sair do quarto e ver o que eu tinha feito.

— Por que todas as cadeiras da cozinha estão contra a porta?

Dando de ombros, abri um sorriso torto.

— Pensei que, se você não conseguir sair daqui, não vai poder ir embora.

Ela balançou a cabeça e deu risada ao se aproximar para envolver os braços em mim.

Eu a ergui.

— Estou muito fodido, Lala. Devo ter ficado bem louco para encorajar você a ir embora mais cedo.

Enquanto nos beijamos, resolvi que precisava tê-la mais uma vez antes de ela ir embora. Baixei minha calça alguns centímetros antes de deslizar sua calcinha para o lado. Depois de apoiar sua bunda no balcão, abri lentamente suas pernas e entrei nela.

— Quer que eu pare? — perguntei, rouco.

— Não... — Ela arfou, passando as mãos pelo meu cabelo. — Por favor... Não ouse parar.

Lala ergueu os quadris para encontrar minhas investidas, cada uma mais intensa do que a última.

— Isso mesmo. Me dê essa boceta linda — gemi.

Isso era uma coisa em que éramos absolutamente excepcionais: fugir da realidade com sexo.

— Não quero que você vá — murmurei em seu pescoço ao me afundar mais.

Quando senti os músculos da sua boceta se fecharem em mim, soltei um som gutural e o orgasmo de Lala ecoou pela cozinha. Gozei tão forte que quase vi estrelas.

Quando começamos a voltar dele, eu disse:

— É melhor eu só ficar dentro de você. É outro jeito de impedir que você vá.

Ela segurou meu rosto com as mãos nas minhas bochechas.

— O que é essa coisa toda de me fazer ficar de repente? Pensei que sentisse que minha volta agora fosse a coisa certa?

Não poderia culpá-la por estar confusa.

— Eu sei que te encorajei a ir embora para podermos descobrir se isso poderia dar certo de verdade. Mas agora que o dia chegou, só quero voltar no tempo.

— Essa tem sido a melhor época da minha vida, Holden. Mas entendo. Sempre foi uma situação temporária.

— Não é o fim, Lala. Só temos que descobrir um novo normal. — Beijei seu nariz e, enfim, me obriguei a sair dela.

Lala voltou ao quarto para se vestir enquanto eu preparava bagels para nós.

Tomamos café da manhã em silêncio. Do lado de fora da janela, conseguia ver que estava começando a chuviscar. Combinava bem com o clima ruim.

Depois de comermos, carreguei todas as coisas dela para o carro. Nos demoramos na calçada, nenhum de nós querendo ser o primeiro a falar tchau.

Cocei o queixo.

— Eu deveria ter tirado a bateria do seu carro. Aí você não poderia ir embora. — Peguei sua jaqueta, puxando-a para mim e dando um último beijo nos seus lábios. — Me ligue no segundo em que chegar lá. Tenha cuidado dirigindo.

— Vou ter.

De repente, o sol apareceu, apesar de ainda estar chuviscando – simbolismo perfeito para a bagunça indecisa que eu tinha me tornado ultimamente.

Eu a abracei forte, então, enfim, a deixei ir.

CAPÍTULO 30

Lala

Por que voltei para cá mesmo?

Tanta coisa tinha mudado desde que me mudei. Minha geladeira estava vazia. O apartamento estava congelando. Sentia falta do calor da minha casa em Nova York. Mas, mais importante de tudo, não havia Holden na porta ao lado. Essa era, com certeza, a pior parte.

Estar de volta à Pensilvânia era exatamente tão agridoce quanto pensei que seria. Bom, mais amargo do que doce, para ser sincera. Praticamente a única coisa boa desde que cheguei foi poder ver minha mãe na noite anterior. Ela parecia estar com mais energia do que da última vez que estive lá, e me senti muito sortuda pelas coisas estarem melhorando com a saúde dela.

Passei a maior parte do dia desfazendo caixas e trazendo meu apartamento de volta a um estado habitável. Mas, não importava o que eu fizesse, ainda parecia frio e sem vida. Também passei um tempo tirando as fotos de Warren e de mim. Esperava que Holden visitasse em breve, e com certeza não queria que ele as visse. Meu peito apertou, pensando em Warren e no quanto eu o tinha magoado. Talvez eu merecesse o jeito péssimo que me sentia no momento.

Antes de ir embora de Nova York, eu tinha feito uma mala de lanchinhos da minha despensa de lá. Tinha começado a esvaziá-la quando encontrei uma surpresinha dentro. Holden tinha guardado um dos seus moletons pretos na mala com um recado preso nele.

Se estiver sentindo minha falta, envolva isso em você à noite.
(Só é justo porque roubei uma calcinha sua.)

Sorrindo, coloquei o moletom no meu rosto e inspirei o cheiro dolorosamente incrível. Então, vesti e fechei o zíper até em cima. Era como um abraço caloroso de Holden. Essa moletom não ia sair de mim esta noite.

Pegando meu celular, quase enviei mensagem para ele, porém me lembrei de que ele tinha um show naquela noite e não quis perturbá-lo.

Em vez disso, li a mensagem que Holden tinha me enviado mais cedo.

Holden: Acabei de colocar seu apartamento para alugar, e agora quero vomitar. Já estou com muita saudade. Como você foi embora há menos de vinte e quatro horas?

Também estava me fazendo essa pergunta o dia todo.

Precisando sair desse clima, resolvi ir para a casa dos meus pais. Era depois do jantar, então provavelmente ficaríamos só sentados em frente à TV ou conversaríamos.

Meus pais estavam sentados na sala de estar juntos quando entrei usando minha chave.

Minha mãe se endireitou.

— Laney! Não sabia que você viria. Teria deixado um pouco de comida de fora. Já guardei tudo.

— Não estou com fome, mãe. Na verdade, estou meio enjoada esta noite. Só vim para ter um pouco de companhia.

Ela estreitou os olhos.

— Está doente?

— Acho que é só... depressão, sinceramente. Não tenho apetite e estou meio enjoada.

— Isso é estresse. — Meu pai assentiu.

— Não preciso te dizer que ficamos felizes de você voltar antes, mas que bem faz se *você* não está feliz? — Minha mãe franziu o cenho.

Meu pai diminuiu o volume da televisão.

— Senti que tinha algo errado com você desde que chegou ontem à noite, Laney. Se trata de Holden, certo?

Me sentei no sofá e coloquei os pés para cima.

— Nós meio que estamos em uma situação estranha agora. A carreira dele está decolando, e eu acabei de me mudar, então estamos descobrindo aonde as coisas vão dar.

Minha mãe abriu um sorriso de empatia.

— Você passou a gostar dele mesmo, hein?

Gostar de Holden não era um sentimento forte o suficiente.

— Eu o amo — soltei sem pensar... porque era a verdade.

— Uau. — Minha mãe ficou boquiaberta.

Meu pai suspirou.

— Ok.

— Ele sabe como se sente? — minha mãe perguntou.

— Não contei a ele que o amo, principalmente porque preciso ouvi-lo dizer primeiro. Também não quero que ele surte ou que o faça se sentir obrigado. Se ele se sentir igual, quero que venha dele, sem pressão adicional de mim.

— Você não tem certeza se ele sente a mesma coisa? — meu pai indagou.

— Sei que ele gosta de mim, mas sempre parou antes de dizer essas palavras. Mas houve momentos em que eu poderia jurar que ele estava prestes a falar. Ele pode estar com medo. Ou... pode não sentir a mesma coisa. — Suspirei. — No entanto, não sei se poderia dar certo entre nós logisticamente, independente do quanto sentimos coisas fortes um pelo outro.

Minha mãe estreitou os olhos.

— O que isso significa... *logisticamente*? Há alguma fórmula que determina se algo se encaixa perfeitamente em uma caixa organizada e limpa? Quem faz essas regras?

Seu comentário me fez pausar. *Quem* fazia as regras?

— Esqueça como acha que a vida deveria ser. — Minha mãe olhou nos meus olhos. — O que você quer, Laney?

Pisquei, refletindo sobre a sua pergunta por um instante.

— Realmente, não há mais nada que eu queira agora do que estar com ele. Mas isso não é uma decisão só *minha*. Ele teria que decidir se quer a pressão de um relacionamento no meio da sua carreira musical em ascensão.

Minha mãe arrumou seu cobertor e fez outra pergunta.

— Na sua mente, como seria um futuro com Holden?

Louco.

Sexy.

Incrível.

Imprevisível.

— Ele estaria constantemente na estrada. Eu ficaria bastante sozinha. — Desviei o olhar. — Não sei como se tem uma família com alguém que fica fora metade do tempo.

— Famílias de militares fazem isso — ela apontou.

— Holden quer filhos? — meu pai perguntou.

— Acho que não é uma coisa que ele imaginou realmente em seu futuro.

Ela deu de ombros.

— Os desejos e as necessidades das pessoas mudam conforme amadurecem.

— Verdade — concordei. — Mas não estou com pressa de me casar nem de começar uma família.

— Me parece que o medo é a maior coisa que os mantém separados, então — ela disse. — Posso te dar um conselho?

— Claro, mãe.

— Aprendi muito sobre mim mesma e sobre a vida desde esse susto de saúde recente. Mudou minha visão de certas coisas.

Assenti.

— Acho que, às vezes, pensamos demais nas coisas quando deveríamos, simplesmente, seguir nosso coração e aproveitar cada momento.

— Acha que estou pensando demais nisso?

Ela sorriu.

— Lala, nunca vi você tão envolvida com alguém, nem com Warren no auge do seu relacionamento, e nem depois de ele te pedir em casamento. Isso diz alguma coisa. Diz o que você quer quanto a Holden, mas ele está te fazendo sentir coisas, e isso não é uma coisa com que esta família teve facilidade desde a morte de Ryan. — Seu sorriso desapareceu. — Todos estivemos bastante adormecidos por anos. Mesmo que não dê certo com Holden, acho que deveria aproveitar esta experiência pelo que é: um capítulo importante da sua vida. Capítulos não duram para sempre. Mas, às vezes, eles levam a outros capítulos que levam ao felizes para sempre.

— Minha vida é um livro? É isso que está falando, mãe? — Dei risada.

Ela riu.

— Toda pessoa em nossa vida entra nela por um motivo. Só não descobrimos se Holden é um coadjuvante ou um protagonista na longa caminhada.

Meu pai interrompeu.

— Vou te dizer uma coisa. Se me contasse, anos atrás, que acabaria com Holden Catalano, eu não teria acreditado. Ainda não acredito muito que estamos tendo esta conversa. — Ele suspirou. — Mas, como já falei, confio no seu julgamento, Laney.

— Se ela o ama... — minha mãe disse. — Ela só vai ter que ajustar as expectativas sobre o futuro. — Ela se virou para mim. — Quando estava com Warren, você imaginava uma vida em que ficaria em casa um pouco do tempo e, talvez, trabalhasse por meio-período, com seu marido voltando do trabalho na mesma hora toda noite. No entanto, talvez um futuro com Holden seja diferente. Talvez não seja tão previsível, mas talvez seja igualmente realizador. Talvez você precise assumir um pouco mais de responsabilidade em casa. No fim, se for para ficar com ele, isso pode ser algo que esteja disposta a fazer.

Ela tinha razão. E eu estava pensando bastante no que poderia ser um futuro com Holden, em quais sacrifícios eu estaria disposta a fazer a fim de ele realizar os sonhos dele. Mas claro que nada disso importaria se ele não se sentisse igual, se ele não *quisesse* que eu fizesse esses sacrifícios. Holden sempre pareceu pensar que não era certo para mim. Mas *eu* não tinha direito a uma opinião quanto a isso?

— Obrigada por sua perspectiva, mãe. Sempre pensei que fosse ser contra a ideia de mim e Holden, mas é bom saber que me apoiaria se eu decidisse fazer umas coisas diferentes para estar com ele.

Ela fez careta.

— E devo destacar que encontrei a mãe dele outro dia no supermercado.

— Ah, sério?

— É, foi bem interessante. Nós duas meio que olhamos uma para a outra de um certo jeito primeiro. Como se ambas soubéssemos o que a outra estava pensando, mas nenhuma de nós tinha certeza se tínhamos permissão de falar.

Dei risada.

— Esquisito, hein?

Minha mãe assentiu.

— Enfim, ela acabou falando. Disse para mim: "Tem falado com Laney ultimamente?". Perguntei por que ela estava perguntando. Ela falou que estava pensando se você tinha mencionado alguma coisa sobre Holden.

Admiti que eu sabia que havia algo acontecendo entre vocês dois, mas não tinha totalmente certeza do status se você estava se mudando de volta e tal. Ela disse que tinha praticamente perdido a esperança de Holden acabar com uma boa garota, e ficou hesitante em ficar empolgada demais com a perspectiva de ele namorar você. No entanto, ela quis que eu soubesse que Holden seria incrivelmente sortudo por ficar com minha filha, e ela esperava que ele mudasse seus caminhos e se acomodasse um dia.

Claro que isso me fez sentir ainda mais falta de Holden. Significava que ele tinha falado de mim para sua mãe, o que eu sabia que era grande coisa.

Deixei meus pais na sala e fui para o lugar que ia com frequência quando precisava pensar — o quarto de Ryan. Olhei para seu quadro de avisos com todas as fotos dele e de seus amigos.

— Ah, Ry. Eu daria qualquer coisa para saber o que você está pensando de tudo isso. Sempre me pergunto se Holden e eu teríamos coragem de fazer isso se você estivesse aqui. Poderíamos ter tido medo demais de magoar você. Mas gosto de pensar que não está chateado conosco. — Lágrimas se formaram nos meus olhos. — Queria muito poder conversar agora. Queria muita coisa quando se trata de você, irmãozão.

Olhei para uma foto de Ryan com o braço em volta de Holden. Seus olhos estavam enevoados, como se estivessem bebendo.

Peguei meu celular e enviei mensagem para Holden, sem saber se seu show tinha acabado.

Lala: Você nunca mencionou que contou para sua mãe sobre nós.

Ele respondeu imediatamente.

Holden: Por quê? Ela falou alguma coisa?

Lala: Ela encontrou minha mãe no supermercado, e elas meio que conversaram em código até ambas entenderem que sabiam que estávamos saindo.

Holden: Não me abro muito para minha mãe. Só com as coisas importantes.

Meu coração flutuou. Sorri e digitei.

Lala: Entendi.

Os pontinhos se mexeram por um tempo até ele enviar outra mensagem.

Holden: Lala... Não sei se consigo fazer isto.

Meu coração afundou, e uma onda de calor atingiu minha cabeça. *Fazer o quê? Ele está terminando comigo?*

Holden: Não consigo ficar muito tempo sem te ver.

Respirei fundo. Se meu quase infarto não fosse uma indicação dos meus verdadeiros sentimentos, eu não sabia o que era.

CAPÍTULO 31

Holden

Owen me olhou de cima a baixo quando abriu a porta.

— Noite difícil?

— *Dezesseis* noites difíceis. — Eu não conseguia acreditar que fazia tanto tempo, e eu ainda não havia visto Lala.

A mesa de cartas estava arrumada no meio da sala de estar para nosso jogo de pôquer mensal. Colby tirou uma cerveja do fardo de papelão que estava descarregando na mini geladeira e entregou para mim.

— Você está um caco, cara.

Franzi o cenho.

— Valeu.

Ele deu de ombros.

— Na verdade, está pior do que um caco. Minhas bolas estão bem elegantes ultimamente. Billie me falou que eu precisava fazer uma limpeza lá embaixo. Quando não fiz isso rápido o bastante na sua opinião, ela me disse que queria sorvete e, então, me enfiou no lugar de depilação ao lado da sorveteria para depilar enquanto ela comia sua casquinha. Ela havia marcado um horário para mim para uma depilação brasileira.

— Brasileira? — Owen cobriu seu saco por cima da calça. — Tipo, alguém colocou cera quente nas suas bolas e arrancou?

— Na verdade, não foi tão ruim quanto eu pensava que seria. Meio que gostei da parte da cera quente. Era morna e gostosa, tipo ter suas bolas seguradas por duas mãos macias. Mas poderia ter ficado sem a parte de arrancar a pele.

Balancei a cabeça.

— Como essa conversa chegou a isso tão rápido?

Colby se levantou e abriu uma cerveja com um alto tssss POP. Ele apontou para mim ao baixar a lata.

— Sua cara está pior do que minhas bolas bonitas.

Brayden chegou da cozinha. Ele olhou entre mim e Colby e ergueu as mãos.

— Vou acreditar na sua palavra.

Dei risada. Deve ter sido a primeira vez que isso tinha acontecido em mais de duas semanas. Acho que eu precisava disso. Os caras se sentaram em seus lugares de sempre em volta da mesa, e Brayden distribuiu as fichas em troca do dinheiro.

Quando chegou em mim, ergueu o queixo.

— Então, por que as bolas de Colby estão melhores do que sua cara? Se é que quero mesmo saber.

Suspirei.

— Não quero falar sobre isso.

Ele deu de ombros.

— Por mim, tudo bem. Agora me dê seus cinquenta em fichas para eu poder começar a dar as cartas.

Peguei minha carteira do bolso de trás e joguei o dinheiro na mesa. Brayden o adicionou à lata vazia de café que mantínhamos para as fichas e deu a primeira mão. Continuei com os movimentos, jogando uma ficha no centro da mesa e pegando minhas cartas. Mas não poderia ter falado para você quais mãos ou números eu tinha. Acho que também me perdi em pensamentos enquanto os caras estavam fazendo apostas e comprando cartas porque, de repente, uma ficha me atingiu no rosto.

Esfreguei o nariz.

— Que porra é essa?

— Você quer carta ou não, bonitão? — Brayden perguntou.

— Sim. — Olhei para minha mão, mas não conseguia me concentrar o suficiente para tomar uma decisão. — Na verdade, não. Estou bem.

Owen estava sentado à minha esquerda. Ele inclinou sua cadeira nas pernas de trás e deu uma olhada nas minhas cartas.

— Você não tem nada, seu merda — ele disse. — Compre umas malditas cartas.

Analisei minha mão de novo e assenti. Mas ainda não conseguia tomar uma decisão.

Então me rendi e balancei a cabeça.

— Estou apaixonado pela Lala. Acho que fiz merda.

Brayden jogou as cartas no ar e gemeu.

— Ai, caralho.

Owen franziu o cenho.

— Que porra você fez?

Colby soltou uma respiração irregular.

— Vou detestar mesmo estragar seu rosto bonito. Você a traiu?

Ergui as mãos.

— Não, nada disso. Quis dizer que fiz merda ao encorajá-la a ir embora. Nunca deveria ter insistido para ela ir.

— Espere. Deixe-me entender direito — Brayden falou. — Não foi decisão de Lala voltar para a Filadélfia? Você *a fez* ir embora antes da hora?

— Talvez dizer que *a fiz* ir embora seja forte demais. Mas falei que achava que era melhor ela voltar. Com certeza, não fiz nada para impedir que ela fosse.

— Por que faria isso se está apaixonado por ela?

Esfreguei minha nuca.

— Porque sou um idiota?

— Bem, disso nós sabíamos — Owen disse. — Mas, sério, cara, por que diria para ela ir se queria que ficasse?

Dei um suspiro alto e balancei a cabeça.

— Pensei que fosse a coisa certa a fazer. Pelo menos foi isso que falei para mim mesmo no momento. Mas, talvez, eu fosse covarde demais para dizer a ela como realmente me sentia e pedir para ela ficar comigo. Lá no fundo, acho que não a mereço. Ela é tão inteligente, linda e... imaculada. Parte de mim sente que ela deveria ficar com Warren.

— Jesus Cristo. — Colby balançou a cabeça. — Nunca pensei que veria o dia.

— Que eu me apaixonasse?

— Não. O dia em que seu ser egoísta fosse ter sua confiança abalada. Quando você tinha dezoito anos, achava que poderia pegar nossa professora de Inglês super gostosa de trinta anos.

Sorri sem graça.

— A srta. Renzo colocou a mão na minha coxa. Ela me queria.

Colby apontou.

— Viu? Você nunca duvidou de si mesmo com uma mulher. Acha que sinto que sou bom o bastante para Billie? Claro que não. Mas você precisa superar essa merda. Quando se está apaixonado por alguém, não afasta a pessoa porque pensa que você não vale a pena. Você passa o resto da sua vida tentando se tornar o homem que é bom o suficiente para estar ao lado dela.

Eu queria acreditar que poderia ser um homem merecedor de Lala. Mas não sabia se era verdade.

— E se eu fizer merda?

Brayden gesticulou para eles três.

— Aí nós vamos te dar uma surra. Devemos isso a Ryan.

Owen olhou no meu olho.

— Se magoar Lala com certeza vai apanhar. Mas vou além e vou dizer uma coisa que nunca pensei que diria... Acho que, se Ryan estivesse aqui ouvindo o que você sente pela irmãzinha dele, te daria sua benção. Então você tem a minha.

Colby assentiu.

— A minha também.

Brayden deu de ombros.

— Também. Então pare de ser um covarde e diga à mulher como se sente. E talvez possamos parar de falar em sentimentos e depilação e jogar cartas?

Sorri.

— É, vamos fazer isso.

Eu não tinha certeza se realmente havia resolvido alguma coisa, mas era bom saber que os caras achavam que, talvez, as coisas pudessem dar certo com Lala. Agora eu só tinha que me convencer...

Na manhã seguinte, eu estava deitado na cama, pensando na ideia de dirigir até a Filadélfia naquele fim de semana e abrir meu coração para Lala, quando meu celular tocou na mesa de canto. Era nossa agente, Daisy. Li a mensagem na prévia e franzi o cenho.

> Daisy: Espero que ninguém tenha nenhum plano para o fim de semana...

Ultimamente, o timing dela estava bem ruim.

Se isso não fosse o destino me dizendo para não declarar meu amor por Lala, não sabia o que era. Suspirei e fui responder. No entanto, quando desbloqueei meu celular e abri o texto completo, percebi que havia mais na mensagem.

Daisy: Espero que ninguém tenha nenhum plano para o fim de semana. Há um novo club de um grupo de celebridades que é impossível de agendar show. Uma das filhas do dono viu vocês tocarem recentemente e falou para o pai que ele precisa colocar vocês no palco.

Antes de eu poder responder, meus colegas de banda digitaram.

Dylan: Estou dentro. Para onde vamos?

Monroe: Poderia ser Plutão, até onde sei. Estou dentro.

Nossa agente respondeu.

Daisy: É um pouco mais conveniente do que Plutão. É na Filadélfia.

Me sentei, sentindo a adrenalina percorrer minhas veias. Talvez o destino tivesse outros planos, afinal...

Holden: Definitivamente dentro.

Quando todos nós respondemos, Daisy enviou os detalhes para o show do sábado à noite. Ainda sentindo a emoção da coincidência, mal pude esperar para enviar mensagem para Lala.

Holden: Ei. Acabamos de marcar um show para sábado à noite na Filadélfia. Estou animado de tocar em casa, mas ainda mais animado por ver você. Somos os primeiros, então devemos entrar à nove e sair às dez ou dez e meia. Vá ao show, e podemos sair juntos.

Nem soltei o celular ao esperar que ela respondesse.

Lala: Ah, que ótimo. Vou tentar ir.

Tentar?

Parecia que eu estivera ouvindo a música tema de *Rocky*, pronto para subir correndo as escadas para pegar minha garota no topo, quando, de repente, a agulha arranhou e parou.

Digitei de volta.

Holden: Já tem planos?

Observei os pontos pularem, depois pararam por um ou dois minutos, e finalmente recomeçaram.

Lala: Só um pouco de trabalho que preciso fazer.

Às nove da noite de um sábado, que era a quatro dias dali? Ela nem poderia pensar em um jeito de liberar algumas horas com essa antecedência? Qualquer otimismo que eu havia sentido se fechou como uma tampa no meu estômago.

É isso. O começo do fim.

Ela poderia muito bem ter me dito que lavaria o cabelo. Mas alguma coisa dentro de mim estava com medo de perguntar o que tinha acontecido, por medo de que ela terminasse tudo agora. Precisava, pelo menos, vê-la uma última vez se esse fosse nosso destino. Então me contive.

Holden: Ok. Tenha um bom dia.

Sua resposta foi uma carinha sorrindo, *um maldito emoji*.

Nos próximos dias, passei uma quantidade ridícula de horas pensando em como deveria lidar com as coisas. Fui e voltei entre declarar meu amor incondicional e facilitar sua vida ao ser quem terminaria as coisas formalmente para ela poder ter sua liberdade. Minha cabeça estava zoada. A única coisa que eu sabia, com certeza, era que queria fazer a coisa certa por Lala, não dificultar mais para ela.

No fim, resolvi que precisava vê-la pessoalmente para descobrir qual era a coisa certa. Então fui para lá um dia antes sem contar a ela, torcendo para que pegá-la desprevenida me ajudasse a tomar a decisão. Queria ver como ela reagia quando abrisse a porta depois de não nos vermos por três semanas inteiras.

Meu coração começou a martelar quando parei diante do seu apartamento na noite de sexta-feira. Gotas de suor se formaram na minha testa e no lábio superior enquanto andava até lá, embora não estivesse nada quente. Parado na porta dela, sequei as mãos na calça e respirei fundo.

Toc. Toc. Toc.

Mas não foi Lala que abriu.

Foi... *a mãe dela*.

Tentei esconder minha decepção e agir com educação.

— Ah. Oi, sra. E.

— Holden? Laney não falou que você viria.

Enfiei as mãos nos bolsos da calça.

— Provavelmente porque ela não sabe. Pensei que fosse surpreendê-la.

— Oh. Bom, ela não está em casa no momento. Estou esperando uma encomenda que era para ter chegado no início da tarde, mas a empresa de entrega teve um pneu furado e falaram que vão atrasar algumas horas.

— Lala ainda está no trabalho?

A sra. E balançou a cabeça.

— Ela tinha uma consulta e umas tarefas para fazer.

— Ah. Ok. — Forcei um sorriso. — Não deu certo a surpresa. Mas estou feliz em vê-la, sra. E. A senhora está ótima.

— Você... gostaria de entrar para uma xícara de chá, talvez? Provavelmente, vai demorar algumas horas para Laney voltar, mas talvez possamos conversar por alguns minutos?

— Sim. Claro.

Eu praticamente morava na casa dos Ellison quando era criança.

Ainda assim, me senti esquisito de repente. Poderia ter algo a ver com ter certeza de que ela tinha me convidado para entrar para me dizer para ficar longe da filha dela.

Conversamos banalidades conforme ela enchia a chaleira e preparava tudo, e fiz o meu melhor para não ficar com suor marcando embaixo dos braços na camiseta.

— Aqui está... — A sra. E colocou duas canecas na mesa da cozinha e se sentou à minha frente. Ela sorriu carinhosamente. — Meu marido falou que pode ser que ele passe aqui para me fazer companhia. Então talvez não tenhamos muito tempo a sós. Espero que não se importe de eu falar diretamente e não enrolar.

Porra. Aqui vai. Engoli em seco e assenti.

— Claro. Já somos íntimos, sra. E. Fale o que está pensando.

— Obrigada, Holden. — Ela pigarreou. — Normalmente, não sou de me meter. Mas sei que você tem sentimentos pela minha filha. E sei o quanto você e meu filho eram próximos.

Olhei para baixo, envergonhado.

— Sinto muito mesmo, sra. E. Sei que Ryan iria querer me matar se estivesse aqui. E sei que não sou a escolha ideal dos pais como namorado. — Balancei a cabeça. — Não quis que isso acontecesse. Juro, não quis.

A sra. E se esticou pela mesa e deu um tapinha na minha mão.

— Quero contar uma história para você. Não sei se vai se lembrar ou não, mas, uma semana antes de Ryan morrer, ele começou a dormir no sofá no andar de baixo. Estava fraco demais para subir para o quarto.

Meu coração se sentiu pesado conforme assenti.

— Me lembro.

— Bem, neste dia em particular, você estava em casa, e Ryan tinha dormido no sofá. Laney estava do lado de fora varrendo as folhas do gramado da frente, e você foi ajudá-la. Pelo menos, foi isso que falou que ia fazer. — A sra. E sorriu calorosamente. — Mas, quando chegou lá, você pegou um monte de folhas e as jogou em Laney. Vocês dois fizeram uma guerra de folhas no gramado. Correram um atrás do outro na maior parte da hora, rindo sem parar como duas crianças.

Eu sorri.

— Me lembro desse dia.

— O que acho que não sabe é que Ryan acordou no meio da briga de guerra. Ele ficou com sede e foi para a cozinha. Eu estava dobrando roupas no outro cômodo, e entrei na cozinha e o vi te observando com Laney pela janela. — Ela se virou para encarar a janela da cozinha de Laney e cobriu o coração com a mão. — O sorriso dele enquanto observava foi tão grande quanto o que vocês dois tinham. E sabe o que ele falou?

— O quê?

Ela se voltou para olhar para mim.

— Ele falou que vocês dois se gostavam há anos.

Fiquei boquiaberto.

— Ele sabia?

Ela assentiu.

— Ele me falou que você não era certo para a irmã dele.

Franzi o cenho.

— Mas então disse que esperava que, um dia, você encontrasse a garota que iria te mudar, e ele torcia para essa garota ser Laney.

Lágrimas encheram meus olhos.

— Sério?

— Sério. — Ela ergueu um dedo e riu. — Bem, para ser sincera, depois que falou isso, ele também disse para mim que se você *não* mudasse e fosse atrás da irmãzinha dele, era para eu pedir para o meu marido te bater.

Sorri.

— Parece mais com Ryan.

A sra. E apertou minha mão.

— Só você sabe se mudou para se tornar o homem que nós dois sabemos que Laney precisa. Mas pensei que era importante você saber que Ryan acreditava que você tinha isso aí dentro. — Ela pausou. — E eu também acredito, Holden.

Meus olhos encontraram os dela.

— Sério?

Ela assentiu.

— Sério.

Qualquer esperança que eu tinha depois de conversar com a sra. Ellison havia desaparecido no dia seguinte. Lala havia enviado mensagem quando chegara em casa na noite anterior. Sua mãe tinha lhe dito que eu estava na cidade e tinha passado lá, mas ela falou que estava cansada demais para eu voltar lá. E, naquela manhã, ela me dissera que tinha que ir trabalhar. Era para me enviar mensagem quando terminasse, mas verificar meu celular centenas de vezes não faria nada para sua mensagem chegar. Ainda assim, me agarrei à esperança de que ela estava simplesmente muito ocupada e apareceria no show. Mas não apareceu.

No fim do show, eu estava miserável e só queria ir para casa. Então, quando Monroe anunciou que tínhamos uma música nova para tocar para todo mundo — a música que eu escrevera para Lala —, eu não estava no clima e balancei a cabeça.

— Hoje, não, cara.

Ele acenou para eu ir para a frente do palco de qualquer forma, enquanto falou no microfone:

— Acho que nosso baterista está sendo estranhamente tímido e precisa de um encorajamento. O que me dizem, pessoal? Podem fazer barulho se querem ouvir uma *música novinha* que nunca foi tocada para uma multidão? Querem que nosso baterista local venha para cá e cante para todos vocês?

A multidão bateu palmas e gritou. Enquanto isso, eu queria dar um soco na cara de Monroe. Mas havia um motivo pelo qual ele era o principal na After Friday. Ele era um apresentador implacável e ficou incentivando as pessoas a me chamarem lá. Quando fez todos entoarem *Hold-en, Hold-en*, eu sabia que não tinha escolha a não ser me levantar. Queria que Lala fosse a primeira pessoa a me ouvir cantar a música além da banda, mas meio que parecia que isso nunca ia acontecer, de qualquer forma. Então, quando a música começou, fechei os olhos e coloquei meu coração na hora de cantar cada palavra que eu tinha escrito. Só percebi que estavam escorrendo lágrimas pelo meu rosto ao acabar e abrir os olhos — e ver *Lala* parada perto da porta dos fundos com lágrimas também em suas bochechas. Pisquei algumas vezes, me certificando de que não estava vendo coisas. Mas, com certeza, ela estava lá.

Joguei o microfone para o baixista, alheio à multidão de pé ovacionando, e saí do palco.

— Façam um intervalo. Já volto.

Parecia que eu não conseguia chegar rápido o suficiente até ela. Passando pela multidão, ignorei as pessoa me parabenizando e jorrando elogios. Nada importava, exceto Lala.

Quando, enfim, a alcancei, segurei suas bochechas.

— Pensei que não estivesse aqui.

Ela fungou.

— Eu não iria vir. Desculpe, Holden. Sinto muito.

Engoli em seco. Doeu pra caramba, mas era mais importante para mim ela não ficar chateada. Então sequei suas bochechas com meus polegares.

— Tudo bem. Eu entendo. Podemos ser amigos, querida. Podemos manter contato. Não chore. Não fique chateada.

— Não quero manter contato, Holden.

Meu maxilar ficou tenso. Eu sabia que precisava me afastar. Estava emotivo após abrir meu coração no palco. Não queria falar algo de que me arrependeria.

— Certo. Como quiser. Cuide-se, Lala.

Me virei abruptamente e dei dois passos, porém Lala segurou meu braço.

— Holden, espere!

— Por quê? O que mais tem para dizer? Que amo tanto você que até dói? Que não consigo comer? Que não consigo pensar? Que nem quero sair da cama sem você perto de mim? — Minha voz ficou mais alta. — Me diga, Lala. É isso que queria me ouvir dizer?

Ela balançou a cabeça.

— Não.

— Então o que mais tem para falar?

Lala respirou fundo.

— Estou grávida, Holden. E é seu.

CAPÍTULO 32

Holden

Senti o mundo girando à minha volta. Cada som e luz do club sumiu ao longe conforme eu tentava entender as palavras que ela tinha acabado de dizer.

Lala realmente acabou de falar o que pensei que ela disse?

Ela está grávida?

Meu coração acelerou quando peguei sua mão e a levei para fora do local. Eu precisava ouvir de novo sem distrações.

Demos a volta na esquina do prédio até ficarmos sozinhos, além de uns carros passando.

Minhas mãos tremeram quando segurei o rosto dela.

— Lala... fale de novo. O que acabou de falar lá dentro, para que eu saiba que não estou alucinando.

— Estou grávida, Holden.

— Tem certeza?

— Fiz inúmeros testes. E foi confirmado pelo médico. Era lá que eu estava quando você passou em casa e falou com minha mãe.

Esta notícia não deveria ser uma surpresa. Não tínhamos sido cuidadosos cem por cento do tempo, um risco que eu nunca tinha corrido com outra pessoa. Tinha seguido o fluxo.

Atordoado, perguntei:

— Há quanto tempo você sabe?

— Há umas duas semanas, percebi que o enjoo que eu tinha desde que fui embora de Nova York não estava passando. Pensei que fosse o nervosismo, mas então comecei a desconfiar que pudesse ser mais.

Assenti quando, finalmente, tudo começou a fazer sentido.

— Foi por isso que não falou mais comigo.

— Sim.

— Por que não me contou o que estava acontecendo, Lala? Eu poderia ter te apoiado.

Ela balançou a cabeça.

— Eu precisava ter absoluta certeza antes de jogar isso no seu colo.

Fechei os olhos, deixando tudo assentar.

Lala… estava carregando meu filho.

Nosso filho.

Eu seria pai.

O quê?

Puta merda.

Puta merda.

Puta merda.

Ela interrompeu meus pensamentos.

— Preciso te avisar, Holden, que resolvi seguir com a gravidez. Sei que é a pior hora possível, e você não está nada pronto para…

— Ei. Ei. Ei. — Recuei de repente. — Acha que um dia eu *pensaria* em não ter nosso filho? — Meu coração martelou. — Posso não estar *pronto* para ser pai, mas, Lala… — Ergui o queixo dela. — Olhe para mim. Olhe nos meus olhos. Preciso que entenda uma coisa.

Ela assentiu, suas lágrimas começando de novo quando me encarou.

— Esta notícia? É a melhor coisa que já me aconteceu. O fato de o meu filho estar agora crescendo dentro de você é mais importante do que a música. Mais importante do que *qualquer coisa*. É... — Pausei para refletir o que isso significava. — É tudo que eu nunca soube que queria.

Ela arregalou os olhos.

— Está feliz por isso?

Coloquei a mão trêmula em sua barriga.

— Estou feliz pra caralho, linda. Muito feliz.

— Estou tão aliviada. — Ela colocou a mão sobre a minha. — Estava preocupada que isso fosse te pegar de surpresa. Estava preparada para criá-lo sozinha, se precisasse.

— Se, por algum motivo, você não quisesse continuar com isto, seria sua escolha. Mas teria acabado comigo, Lala. Porque depois de apenas alguns minutos sabendo da existência dele, já amo este bebê. — Pausei para olhar nos olhos dela. — E amo muito *você*. Não estava sabendo como expressar. Tentei através daquela música, obviamente, mas falar isso pessoalmente já tinha passado da hora. — Tirei a mão da barriga dela e a coloquei em seu rosto. — Eu amo você, Lala. E juro que farei o que for preciso para fazer isso dar certo, para te dar a vida com a qual você sempre sonhou.

Os olhos dela brilharam.

— Qualquer vida com a qual sonhei antes de você não existe mais, Holden. Você é o meu sonho. — Ela secou os olhos. — Quando ouvi aquela música que cantou esta noite, me deu a confiança de, enfim, te contar o que estava havendo. Eu nunca iria querer que você dissesse que me amava pelos motivos errados. Saber que me amava antes de descobrir que estou grávida... Foi perfeito.

Acariciei sua bochecha com o polegar.

— Te amo há muito tempo, linda. Só não queria te assustar.

Ela recuou um pouco.

— Tenho que dizer uma coisa...

— Certo...

— Não quero que mude nada por causa dessa notícia. Eu nunca

conseguiria viver comigo mesma se você desistisse da carreira pela qual trabalhou tanto porque se sente obrigado a ficar em um lugar. Quero você conosco, claro, mas mesmo antes de descobrir que estava grávida, estava pensando muito sobre ajustar minhas expectativas para poder fazer isso dar certo. Se quero você na minha vida, preciso aceitar que talvez não esteja sempre fisicamente por perto.

Pisquei.

— Nem consigo pensar em música no momento. Isso tudo parece tão... sem importância comparado a isto. — Balancei a cabeça. — Posso te dizer uma coisa... Não vou ficar longe do nosso filho, ou de você, por muito tempo. Então, por mais que eu precise descobrir o que isso significa em termos da banda, não será esta noite. No momento, só quero curtir isso... porque, Lala... Nós vamos ter um filho. — Minha boca se curvou em um sorriso. — Não há nada mais importante do que isso. Estou assustado pra caralho... mas muito feliz.

Ela sorriu.

— Estou feliz e assustada também. Mas sei que você será o melhor pai para o nosso filho. Mesmo que nenhum de nós saiba o que estamos fazendo.

Nosso filho.

Parecia surreal do melhor jeito possível.

Um homem desgrenhado nos abordou.

— Tem um trocado?

— Cara, acabei de descobrir que vou ser pai. — Ergui os braços e repeti: — Vou ser pai!

O homem abriu um sorriso sem dentes.

— Bom, que ótimo, cara.

Enfiei a mão no bolso e entreguei a ele um bolo de dinheiro.

— Esta é a melhor noite da minha vida, e espero que isso melhore a *sua* noite.

O homem olhou para o dinheiro em sua mão e começou a chorar.

— Você não sabe o quanto isto significa.

Dei um tapinha no ombro dele.

— Cuide-se.

— Você também. E parabéns! — ele disse antes de sair mancando.

Depois que ele foi embora, o choque começou a passar, substituído por nada além de pura empolgação.

Gritei para a rua.

— Vou ser pai!

— *Vá se foder!* — alguém de um dos apartamentos do outro lado da rua gritou de volta.

Lala secou lágrimas de risada dos olhos.

Envolvi os braços nela e beijei sua testa.

— Vamos para casa.

Naquela noite, na cama de Lala, deitei a cabeça gentilmente na barriga dela. Estivera em tamanho estupor mais cedo que tinha me esquecido de perguntar de quanto tempo ela estava. Ela me contou que estava de umas seis semanas. A ideia de que sua barriga iria crescer a cada semana me trazia mais alegria do que se podia imaginar. O mais louco era que, em minhas fantasias mais selvagens, eu havia imaginado Lala grávida do meu filho. Mas nunca tinha ousado pensar que isso pudesse realmente acontecer.

— Quem mais sabe? — sussurrei no umbigo dela. — Quero dizer, além de metade da Filadélfia depois de eu gritar esta noite.

A barriga dela balançou conforme ela riu.

— Meus pais. Somente.

Uma onda de adrenalina bateu ao pensar no pai dela querendo me matar.

Me encolhi.

— Como seu pai reagiu?

— Ele ficou chocado, como eu. Mas acho que, quando souber como você reagiu, vai ficar bem. Ele sabe que amo você.

Me virei para olhar para ela.

— Ele sabe?

— Sim. Falei para ele. Conversamos bastante sobre você essas últimas semanas, mesmo antes de eu saber que estava grávida. — Ela massageou meu cabelo com os dedos. — Ele sabia como eu estava mal de estar longe de você. Não conseguia esconder de ninguém.

Saber que ela tinha contado ao pai que me amava me deu orgulho. Ninguém poderia discutir com isso.

— É melhor esperarmos, no mínimo, doze semanas para contar para todo mundo — ela disse.

Assenti.

— Ok... então acha que é cedo demais para contar até para os caras e Billie?

Guardar isso por mais seis semanas acabaria comigo. Eu não era conhecido por guardar segredos muito bem — exatamente o contrário.

Ela suspirou, parecendo em conflito.

— Bom, dizem para esperar doze semanas, mais ou menos, porque qualquer coisa pode acontecer antes disso. — Lala deve ter me visto fazendo beicinho. — Ok... só para os meninos e Billie. E seus pais. Mas ninguém mais.

Eu sorri.

— Legal.

Ela alisou a barriga.

— É só do tamanho de um feijão agora.

Meu coração afundou conforme o medo me preencheu. É pequeno pra caralho. Tão incrivelmente frágil. Pensar em qualquer coisa ruim acontecendo com nosso bebê me assustava pra caramba. Jurei não focar nisso e tentar acreditar que ficaria tudo bem.

— Está me fazendo querer te enrolar em plástico-bolha, Lala.

— Mas aí você não conseguiria ficar comigo. — Ela deu uma piscadinha.

— É. O que eu estava pensando? Esqueça. — Apertei sua lateral. — Quero que saiba de uma coisa...

— Ok...

— Mesmo que não tivesse me contado que está grávida... eu viria ver você antes de ir embora da Filadélfia e sugerir que fizéssemos o que fosse preciso. Porque as últimas semanas foram insuportáveis. Podemos não ter um plano bom de logística, mas somos uma equipe. E agora... Somos uma *família*. Não há absolutamente nada que eu não faria para garantir que isso dê certo.

Lala sorriu para mim.

— Obrigada.

— Eu que agradeço. — Voltei a atenção para sua barriga e falei baixinho. — Ei, feijãozinho. É o seu papai. Acho que ainda não consegue me ouvir, mas quero que saiba que estou torcendo por você. Vou começar a rezar muito para você continuar crescendo saudável. Não quero atrapalhar a paz aí dentro tão cedo, mas também quero que se prepare para música nos meses que virão. Porque vou cantar para você, independente e gostar ou não. Você vai sair um baterista daí.

Lala deu risada.

— E já quero me desculpar por minha falta de preparação para você — adicionei. — Provavelmente, sou o último cara que você escolheria para ser seu pai. Quase matei uma porquinha-da-índia com um Cheetos apimentado. Mas juro te amar o suficiente para compensar o fato de eu não ser perfeito.

No dia seguinte, eu tinha algumas horas para matar antes de, relutantemente, voltar para Nova York. Como Lala tinha concordado que eu poderia contar aos meus pais, eu os havia visitado naquela manhã e explicado que, não apenas estava apaixonado por Lala Ellison, como teríamos um bebê. Minha mãe quase desmaiou, enquanto meu pai só ficou rindo, sem acreditar. Apesar de ter modos engraçados de demonstrar, ambos ficaram superfelizes — principalmente porque sou filho único.

Eu já tinha planejado voltar para a Filadélfia no fim de semana seguinte para ver Lala de novo. No entanto, precisava fazer uma parada importante durante aquela viagem antes de ir embora da Pensilvânia. Simplesmente não poderia esperar. E precisava ir sozinho.

Estava nublado quando cheguei ao cemitério. Nas vezes em que ficava em casa por um período longo, eu visitava o túmulo de Ryan. Mas essa talvez fosse a visita mais importante de todas.

Ajoelhando-me, coloquei um sorvete de casquinha diante do seu túmulo. A maioria das pessoas levavam flores quando iam a um cemitério, mas eu sempre levava o sorvete preferido de Ryan de cookies e creme do Mickey.

Inspirando fundo, olhei para o céu.

— Só vou falar logo. — Voltei meu olhar para o túmulo e expirei. — Engravidei sua irmã, Ry.

Pausei para a reação bruta que imaginei que ele estivesse tendo no paraíso... Alguns palavrões lançados para mim e talvez um *"Como pôde fazer isso comigo?"*.

— Já sonhou que um dia eu diria isso? — continuei. — Ou talvez você tenha sonhado, e era seu maior pesadelo. — Balancei a cabeça. — De qualquer forma, nunca imaginei que teria que admitir isso para você.

Então me lembrei da minha conversa com a mãe de Lala. Talvez eu estivesse exagerando na reação imaginada de Ryan.

— Quero acreditar no que sua mãe me contou que você falou para ela, que aprovaria isto na condição de eu ter mudado. Mas é difícil saber se você acharia que mudei o *suficiente*.

Puxei uns matinhos.

— Estou aqui para te dizer que acredito que mudei. Não sei se alguém além de Lala poderia ter me feito *querer* mudar, Ryan. Mas acho que o amor faz isso. A hora nunca foi certa, há todos esses anos, quando você percebeu como eu costumava olhar para ela. Eu não era o homem certo para ela na época.

Um avião voou no céu.

— A questão é... Não sei se um dia serei o homem que ela merece. Mas sei que vou amá-la e amar nosso bebê mais do que já amei alguém. Preciso que *você* saiba disso. E preciso que confie em mim. Eu cuido dela, irmão. Cuido mesmo. Não vou te decepcionar. — Dei risada. — Ah! E, se por algum motivo, você teve qualquer coisa a ver com aquele nerd do Warren conseguir um emprego na Califórnia, obrigado.

Tinha jurado para mim mesmo que não iria chorar, mas meus olhos lacrimejaram quando pensei no quanto a vida era injusta.

— Deveria ter sido você, Ryan. Você era o único, de todos nós, que sempre soube que queria uma família um dia. Acaba comigo, todos os dias, pensar que você não vai viver isso. Devo a você não estragar tudo porque você nunca terá a chance de ser pai. Meu filho é sua sobrinha ou sobrinho, o que é muito legal, se quiser saber. E se parecer com Lala, isso significa que também vai ter sua cara. — Balancei a cabeça. — Ok, é estranho pra caralho eu ter percebido só agora que estou apaixonado por alguém que se parece com *você*. Não analise muito essa, ok?

Sequei os olhos.

— Enfim, espero que não me odeie. Quero dizer, vamos falar sério, se você consegue ver *tudo* que acontece aqui embaixo, estou só perdendo tempo aqui.

Dando um tapinha na lápide, eu disse:

— Amo você, cara. Sempre vou amar. E meu filho sempre vai saber o cara incrível que foi seu tio. Mal posso esperar para contar a ele todas as histórias da nossa infância. Juro não falar só sobre o que perdemos... mas sobre o que vivemos quando você estava aqui. Porque, Ryan, você foi muito mais do que sua doença. E vou me certificar mesmo que não seja por isso que você é lembrado. Você era a ligação que nos conectava. E qualquer um de nós trocaria de lugar com você, se fosse para te manter aqui. Te amo muito.

Agora minhas lágrimas estavam caindo de novo. *Caramba, ainda bem que vim sozinho.* Me levantei.

— Enfim, cuide-se, irmão. Volto logo, juro.

Conforme andava até meu carro, uma rajada de vento tirou da minha cabeça o boné do Eagles que estava usando. Voou tão longe que eu teria que correr para pegar. Em vez disso, sorri e escolhi deixar ir. Esse era o boné preferido de Ryan. Ele sempre tentara roubar de mim.

Parece que, finalmente, roubou.

CAPÍTULO 33

Lala

Lambi os lábios.

Sério. Gostoso. Pra caramba.

Holden terminou de secar o suor da testa e deixou a barra da camiseta voltar para o lugar. Ele olhou para onde eu estava sentada quando pegou a marreta de novo. Mas, quando viu minha cara, a baixou de volta.

— De novo?

Mordi o lábio e dei de ombros.

— Não consigo evitar. São os hormônios da gravidez. E seus músculos estão saltados, seu abdome está brilhando de suor e você está preparando o ninho. É extremamente sexy.

Ele uniu as sobrancelhas.

— Preparando o ninho?

— Preparando para o bebê. Há algo muito sedutor em um homem fazendo força física para se preparar para a chegada do seu filho. Seria estranho se eu pedisse para você tirar a camisa, bater no peito e falar *"Eu, Tarzan. Você, Jane"*?

Holden tirou as luvas de trabalho.

— O que acha de eu bater outra coisa?

Dei risada. Ultimamente, eu estava insaciável. Não conseguia ter o suficiente desse homem, principalmente desde que ele começara a quebrar a parede entre seu apartamento e o meu antigo na última semana, após, enfim, me mudar para Nova York em definitivo. Era muito excitante vê-lo usando marreta e serra pela parede buscando abrir espaço para nossa família crescente. Quem diria?

Holden se aproximou de mim e envolveu os braços na minha cintura.

— Você percebeu que vou ter que te manter grávida, já que é meio ninfo quando tem meu bebê na barriga.

— Tudo bem. Quero ter muitos filhos seus.

— Vamos ter que ser rápidos desta vez. Preciso tomar banho para me limpar antes de tocar em você e, então, temos sua consulta de doze semanas com o obstetra.

— Tomar banho antes de você me tocar? Nem pensar. Quero você suado.

Holden deu risada. Ele se abaixou e me pegou no colo.

— Seu desejo é uma ordem, linda.

No quarto, tiramos nossas roupas e caímos na cama, envolvidos por um beijo. Tínhamos começado nosso dia com lento e doce, pela manhã, e queria forte e rápido agora. Então, saí de debaixo dele e fiquei de quatro. Holden não precisou de nenhuma preparação. Ajoelhou-se atrás de mim e se esticou entre minhas pernas para testar as águas. Me encontrando pronta, ele gemeu.

— Amo como você fica molhada antes sequer de eu encostar em você.

— Não há tempo para preliminares. — Suspirei. — Preciso de você dentro de mim agora.

Não importava o quanto eu ficava molhada e pronta, Holden sempre tinha dificuldade para entrar. Ele inseriu a cabeça do pau, e meus músculos internos envolveram cada centímetro glorioso dele conforme entrava. Quando seus quadris estavam contra minha bunda, seu corpo começou a tremer. Ele tirou pela metade com outro gemido.

— Amo ver sua expressão quando estou dentro de você. Mas esta vista é bem espetacular também. — Ele saiu mais alguns centímetros e voltou para dentro, dolorosamente devagar. — Nossa, eu poderia assistir a isso para sempre.

Holden encontrou seu ritmo, deslizando para dentro e para fora primeiro, então acelerando e se afundando com força. Ele dobrou seu corpo acima das minhas costas e se esticou para massagear meu clitóris.

— Goze para mim, linda, para eu poder preencher sua boceta gostosa.

A mistura de safadeza e doçura explodiu o clímax que estivera se formando, e o orgasmo tomou conta de mim. Gemi a cada segundo. Depois, me senti uma geleia, e foi difícil segurar meu peso conforme Holden finalmente teve sua vez. Seus dedos apertaram meus ombros, e seus quadris me bombearam com um longo alívio. Senti a pulsação secundária através dos nossos corpos unidos por um longo tempo quando ele acabou. Ambos exaustos, ele nos virou para que deitássemos de lado em vez de de bruços. Eu sorri para mim mesma, sabendo que isso era Holden sendo protetor do bebê.

Ele beijou meu ombro por trás.

— Tenho uma pergunta idiota, para a qual, provavelmente, eu devesse saber a resposta.

— Qual?

— Por quanto tempo meus nadadores podem viver dentro de você?

Me virei para encará-lo.

— Esperma pode sobreviver no sistema reprodutor feminino até mais de cinco dias. Por que pergunta?

Ele sorriu.

— Sabe quantas vezes te preenchi nos últimos cinco dias? Estou pensando se a técnica de ultrassom vai achar que está olhando para um aquário cheio quando fizer seu exame.

Dei risada.

— Seus nadadores provaram ser poderosos, mas tenho praticamente certeza de que ainda são microscópicos. Mas, falando em ultrassom, é melhor você entrar no chuveiro para não nos atrasarmos. Vou depois de você.

— Por que não economizamos tempo e tomamos juntos?

— Porque nunca sairemos daqui.

— Posso ser bonzinho. Quero dizer, já transamos três vezes hoje. Provavelmente, consigo conter minhas mãos por uma ou duas horas.

Empurrei Holden da cama.

— Eu não estava preocupada com *você*.

Quarenta minutos depois, estávamos no consultório da obstetra. A dra. Resnick fez um exame rápido e, então, entrou uma técnica, arrastando uma máquina com ela. De repente, fiquei tão nervosa quanto empolgada. Ela arrumou tudo, então colocou uma camisinha no transdutor e passou gel na minha barriga.

Holden estava em pé ao meu lado, segurando minha mão com bastante força. Ele parecia tão nervoso quanto eu.

A técnica rolou o transdutor, e uma batida alta de coração ecoou pela sala. Ela mexeu em alguns botões.

— Batida forte do coração. Cento e quarenta e oito batidas por minuto.

Holden apertou minha mão.

— Está tudo bem?

— Só vou tirar umas medidas, e já faço o tour de anatomia para vocês. Mas, até agora, está tudo perfeito.

— Obrigada por falar isso — eu disse. — Porque acho que vou perder a circulação dos meus dedos. — Olhei para Holden, que demorou um minuto para perceber o que eu queria dizer. Quando entendeu, afrouxou a mão.

— Merda. Desculpe.

A técnica de ultrassom e eu compartilhamos um sorriso.

Ela passou alguns minutos escaneando minha barriga e, então, apertou um pouco mais forte enquanto apontava para a tela com a outra mão.

— Olhos, nariz, boca. Queixinho.

Me inclinei para a frente, maravilhada por como estava claro.

— Uau, parece uma pessoa de verdade.

Ela mexeu o transdutor de novo e uma mão com cinco dedos estava na tela, clara como o dia.

— Acho que ele está acenando.

— Ele? — Holden disse. — É um menino?

— Não, desculpe. — A técnica balançou a cabeça. — Escapou. Na verdade, não sei dizer se é ele ou ela. Normalmente, não conseguimos enxergar o sexo no exame de doze semanas. — Ela nos mostrou coluna, joelhos e pés. Era o mais legal. Sabia que estava grávida, claro, mas ver um ser humano real dentro de mim na tela era maravilhoso.

De repente, a técnica arfou e ergueu o transdutor da minha barriga.

— Qual é o problema?

— Ai, meu Deus. Nada. Desculpe de novo. Não quis assustar vocês. Eu estava passando pelos órgãos reprodutores. Como falei, normalmente, não consigo ver o sexo com doze semanas. Mas, definitivamente, consigo com este bebê.

Arregalei os olhos.

— Sério?

A técnica deu risada.

— Acho que este amendoinzinho vai entrar para o livro dos recordes como a maior exibição de revelação do sexo já vista. As pernas estavam bem abertas, mostrando seus órgãos sexuais.

Holden e eu nos olhamos.

— É seu filho *sem dúvidas* — eu disse.

— Falei órgãos, não órgão. — Ela olhou entre nós. — Mas vocês querem saber?

Falei "não" exatamente ao mesmo tempo que Holden falou "sim".

A mulher sorriu.

— Posso contar só para um de vocês, se quiserem.

Balancei a cabeça.

— Nem pensar. Contar a ele seria como contar para mim. O pai deste bebê é o pior guardador de segredo do mundo. Seis semanas antes, concordamos em contar para um pequeno grupo de amigos e esperar até o segundo trimestre para contar ao restante. Todos os dias há estranhos no prédio em que moramos subindo e me parabenizando.

Holden deu de ombros.

— O que posso dizer? Estou feliz. Quero contar para o mundo inteiro que você vai ter um bebê.

Eu sabia que ele falava sério, e era por isso que era impossível ficar brava com ele por tagarelar. A técnica de ultrassom terminou o exame. Ela recolheu o transdutor e me deu um monte de papel-toalha para limpar o gel da minha barriga. Saiu uma fileira de fotos impressas da máquina, e a técnica entregou essas para mim.

— Nenhuma dessas mostra o sexo. Vou deixar vocês dois conversarem por alguns minutos. Se decidirem descobrir, é só falar para a recepcionista me avisar.

— Obrigada.

Observei as imagens conforme ela terminava de arrumar a máquina. Olhando para cada uma delas, eu sorri. Era surreal segurar as primeiras fotos do nosso filho. Cada foto era um quadrado preto com uma borda fina branca em volta. Na parte de baixo, havia letrinhas e números minúsculos dentro de caixas de texto brancas. Pensei que pudesse identificar o que eram, mas deveria estar enganada, deveria estar imaginando o que tinha lá. Então coloquei a fileira de fotos perto do rosto para analisar melhor.

Não pode ser.

A técnica já estava quase na porta.

— Espere! — gritei.

Ela parou.

Virei as imagens do ultrassom para ela e apontei para a parte inferior.

— O que são essas letras aqui embaixo? É seu nome?

Ela se abaixou e semicerrou os olhos.

— Ah, não. Esse é o nome do método. Está abreviado.

Pisquei algumas vezes.

— Sério?

— Sim, por quê?

— Acho que só nunca vi abreviado assim. Obrigada.

— Sem problema.

Quando ela fechou a porta, me virei para Holden.

— Você nunca vai acreditar nisto...

— No quê?

Segurei as fotos para ele.

— Olhe aqui.

Os olhos de Holden saltaram quando ele viu o que vi.

— Qual é o nome do método mesmo?

— Resnick, Yanez e Nussbaum.

RYAN estava impresso na parte inferior de cada página.

— Puta merda — Holden disse. — Acho que ele não vê problema nisso, afinal.

Meus olhos se encheram de lágrimas.

— E acho que temos o nome do nosso bebê, se for menino.

EPÍLOGO

Holden

Seis meses depois

O cheiro estéril de hospital me atingiu na sala de estar. Eu tinha acabado de sair do quarto de Lala quando vi Colby se aproximando. Ele estava com o bebê em um canguru. E, seguindo-o, estava toda a sua família.

Ergui a mão.

— Ei, Lennons. E aí?

Eu sabia que Colby e os caras planejavam visitar esta noite, porém fiquei surpreso ao ver Billie, Saylor e o bebê.

Billie se esticou para me abraçar.

— Não tínhamos babá, mas eu precisava vir mesmo assim.

— Estou feliz por ter vindo. — Eu a beijei na bochecha.

— Como está Lala? — Colby perguntou.

— Ela está bem. — Olhei para trás, para a porta do seu quarto. — Mas estão dormindo.

— Ah, não. — O sorriso de Billie desapareceu. — Então é uma hora ruim?

— Tenho praticamente certeza de que acordarão logo se não se importarem de esperar um pouco.

— Podemos esperar! — Saylor disse ao saltitar empolgada. — Quero ver o bebê!

— Legal. — Baguncei seu cabelo. — Parece que foi ontem que *você* era o bebê.

Todos fomos para a sala de espera, e os atualizei sobre o trabalho de parto demorado, que tinha durado mais de vinte e quatro horas até ela dar à luz naquela manhã.

Brayden apareceu alguns minutos mais tarde.

Me virei para ele.

— Ei.

Batemos as mãos em cumprimento.

— Como estão todos? — ele perguntou.

— Ótimos. Mas estão dormindo.

Eu não tinha dormido muito nos últimos dois dias. Mas não importava. Estava nas nuvens e não queria perder um só instante da minha vida no momento.

— Por que não pego um café? — Brayden deu um tapinha no ombro. — Pode ser útil para você.

— Valeu, cara. Definitivamente, é bom tomar um.

Depois que Brayden saiu, Owen saiu do elevador e veio na minha direção.

— Parabéns, papai! — Ele sorriu. — Por que está todo mundo sentado aqui fora?

— Lala e o bebê estão dormindo. Vou ver como eles estão em um minuto e se estão acordados.

Owen assentiu e expirou. Sua gravata estava desalinhada, e seu cabelo, bagunçado. Ele parecia meio exausto. Imaginei se tinha algo a ver com as coisas do prédio. Quando Lala entrou em trabalho de parto, não tive escolha a não ser colocá-lo no comando das coisas.

— Obrigado por me substituir, aliás — eu disse.

— Você esqueceu de me contar sobre o show de fumaça no 410.

— Show de fumaça? — Dei risada. — Da mulher de meia-idade com os filhos loucos que te deixam doido?

— Não. — Ele balançou a cabeça. — Da mulher que atendeu a porta com seus vinte e poucos anos.

Cocei o queixo, confuso. Tínhamos um monte de ocorrências com os adolescentes que apelidamos de Frick e Frack. Estava pensando em ir lá e emitir um alerta para eles depois de outra série de perturbações e outra falta de pagamento de aluguel logo antes de Lala começar a ter contrações. Owen tinha se oferecido para cuidar disso para mim quando fôssemos para o hospital.

— Não mora ninguém de vinte e poucos anos lá, Owen. É só aquela mulher, Maureen, e os filhos. Tem certeza de que não foi ao apartamento errado?

— Sim, porque Frick e Frack estavam lá. — Ele suspirou. — Ela é linda e tem uma boca e tanto... bem explosiva. Não consigo parar de pensar nela. — Ele deu risada. — Principalmente depois de ela bater a porta na minha cara.

— Uau. — Dei risada. — Então ela deixou uma impressão. Não te via reagir assim a uma mulher desde... Nem consigo me lembrar.

Ele balançou a cabeça.

— Você não entende. Achava que nunca mais a veria de novo.

Estreitei os olhos.

— De novo?

Owen olhou para trás do ombro, então baixou a voz.

— Algumas noites atrás, tive um dia difícil no trabalho. Não conseguia relaxar, então fui para aquele bar de baixo da rua. Eu a conheci lá. Nós dois bebemos demais. Eu não tinha desejado ninguém assim em muito tempo. Ela não falava o nome dela, o que eu achava meio estranho, mas segui. Acabamos no hotel ao lado do lugar e... — Ele suspirou. — O melhor sexo da minha vida. Mas ela foi embora antes de eu conseguir convencê-la a me dar seu nome e número.

Fiquei boquiaberto.

— Não brinca?

— Então pode imaginar meu choque quando ela abriu a porta do 410 hoje. — Ele expirou. — Enfim, ela me chutou de lá antes de eu ter a oportunidade de descobrir quem ela é ou por que, aparentemente, está morando lá.

— Sobre o que vocês estão cochichando? — Brayden apareceu, segurando dois copinhos de café.

Owen olhou desafiadoramente para mim. Presumi que Brayden não soubesse da história, e ele não estava no clima do nosso amigo encher seu saco agora.

— Do mistério da mulher do 410 — respondi sucintamente.

Ele me entregou um copo.

— Ah... a gostosa?

Owen arregalou os olhos.

— Você a conhece?

— Não, mas já a vi.

Owen se inclinou com grande interesse.

— Quem é ela?

Brayden tirou o canto da tampa de plástico do seu café.

— Não sei se ela é hóspede ou não. Ou talvez seja babá deles. Mas já a vi entrando e saindo do prédio algumas vezes.

— Aqueles garotos não são velhos demais para terem uma babá? — perguntei.

— Acredite em mim, eles precisam de *mais* do que uma babá. São tiranos — Owen disse.

— Tenho certeza de que não são piores do que a gente quando tinha a idade deles. — Dei risada.

— Enfim, eu a vi carregando um monte de sacolas de supermercado outro dia — Brayden explicou. — Me ofereci para ajudá-la, mas ela não me deixou.

Owen arqueou uma sobrancelha.

— *Aposto* que ofereceu ajuda a ela.

Brayden deu de ombros.

— Pode me culpar?

Olhei entre eles.

— Não vou ter que apartar uma briga entre vocês dois por causa dessa nova garota no pedaço, vou?

— Sr. Catalano? — Uma enfermeira tirou minha atenção da conversa.

Me virei.

— Sim?

— Acabei de verificar os sinais vitais da sua esposa. Ela está acordada e procurando o senhor.

Minha esposa. Só que ela não era minha esposa... ainda.

— Obrigado. — Assenti. — Já vou voltar — disse à equipe antes de ir embora.

A voz de Lala estava sonolenta quando entrei no quarto.

— Ei.

Ela segurava o bebê em seu seio. Seu cabelo cacheado estava bagunçado, mas ela nunca pareceu mais linda, deitada ali amamentando nossa criança.

— Todo mundo está aqui para ver vocês — eu disse, colocando meu café na mesa.

— Sério? — Ela se ergueu. — Fale para eles entrarem.

— Bom, você acabou de acordar. Imaginei que fosse bom te avisar.

Minha filha linda estava perfeitamente encaixada no seio dela, mamando. Ela tinha pegado o jeito bem rapidamente, e passei meu polegar na pele de pêssego na lateral da sua bochechinha macia.

— Ela é tão boazinha — sussurrei.

— Ama comer. Estava tão preocupada que teria dificuldade.

Sua mãozinha se fechou em punho no peito de Lala. Gentilmente, deslizei os dedos em sua pulseira do hospital e sorri com o nome escrito nela. *Hope Ryann Catalano.* Tínhamos decidido manter Ryan como uma opção de primeiro nome se acabássemos tendo um menino um dia.

— Aliás, a enfermeira te chamou de minha esposa. Precisamos fazer isso acontecer de verdade.

Ela sorriu.

— Eu sei. Me sinto excluída. Minhas duas pessoas preferidas do mundo são Catalano. Também quero ser uma.

Lala e eu tínhamos decidido fazer um casamento enorme num futuro próximo e começaríamos a planejar assim que tudo se acalmasse e nos acostumássemos com nossa vida nova como pais. Tudo estava no ar do melhor jeito. Lala tiraria um tempo de folga entre os projetos de pesquisa para ficar em casa com Hope e não tinha totalmente certeza do que faria a alguns meses dali. Quanto a mim? Minha carreira musical também ainda estava no ar.

A banda não tinha recebido nenhuma proposta da Califórnia, o que me dava um pouco de tempo de ter que me preocupar com decepcionar os caras. Mas, desde o instante em que minha filha nasceu, eu sabia que não conseguiria lidar com perder um único segundo do seu crescimento. Isso significava que, se a banda acabasse indo para a estrada, eles teriam que encontrar outro baterista, porque, mais do que provavelmente, eu iria sair. Particularmente, não via isso como um fracasso. Seria minha escolha. Eu sabia que Lala nunca me pediria para sair da banda, porém não importava. Só havia um lugar em que eu *queria* estar, e era com a minha família. Música sempre faria parte da minha vida. Só não *seria* mais a minha vida.

— Me avise se estiver pronta para a tempestade dos nossos amigos — eu disse.

Ela cobriu um pouco o seio.

— Estou pronta.

Um minuto depois, saí no corredor e falei que todos poderiam entrar.

Colby havia tirado seu filho do canguru. O pequeno Maverick tinha uma quantidade enorme de cabelo escuro para um bebê que só tinha alguns meses. Parecia que ele estava usando peruca.

— Olhe para o cabelo na cabeça de Mav! — Dei risada.

Billie o afofou.

— Então? De onde veio, não é?

O grupo entrou no quarto e passou os minutos seguintes admirando e babando na bebê Hope. Era loucura perceber que agora havia três crianças no nosso grupo.

Olhei para minha filha e apontei para o filho de Colby.

— Sabe, esses dois vão crescer juntos. É melhor ele não ter nenhuma ideia.

— Acho que, na verdade, pode ser que Ryan ache isso bem engraçado. — Brayden deu risada.

Owen assentiu.

— É. Ele se vingaria de Holden tendo que proteger sua filha do filho de Colby... já que ele não conseguiu proteger Lala de você. Doce vingança, sabe?

Lala olhou para cima.

— Bem, felizmente, temos tempo até precisarmos nos preocupar com essa história de amor.

— Mas sabe para o que não temos muito tempo? — Colby perguntou.

Ergui uma sobrancelha.

— Para quê?

— No minuto em que a bebê Hope conseguir identificar roedores, é melhor acreditar que seu tio Colby vai presenteá-la com um. Talvez dois ou três.

Billie se intrometeu.

— Ah, você sabe.

— Justo — cedi.

Nossos amigos não ficaram muito tempo. Acho que eles puderam ver como Lala e eu estávamos cansados. Eu estava ansioso para ir para casa no dia seguinte. Minha mãe e a mãe de Lala estavam ficando em um apartamento livre no prédio e, certamente, ficariam ali por um tempo. Com certeza, não tinha falta de amor e apoio para nós.

Lala ligou *Jeopardy!* conforme Hope dormia em seus braços. Me sentei ao lado da cama e alternava entre olhar para a TV e admirar o rosto da minha filhinha. Ela se parecia muito com a Lala. Me perguntei se ela teria os mesmos cachos rebeldes. Tinha pensado que amava Lala mais do que poderia amar alguém. Mas então conheci Hope. Se eu pudesse embrulhá-la em plástico-bolha para protegê-la, eu o faria. Eu planejava dirigir muito devagar ao sair de lá.

— Hoje foi o melhor dia da minha vida — eu disse.

— O meu também — Lala respondeu ao se virar para mim. — Adivinhe qual foi o melhor segundo dia?

— Bom, uma vez, você me falou que o melhor dia da sua vida foi quando propus a você para subir no telhado dos seus pais.

— Bingo. — Ela deu uma piscadinha.

Estávamos visitando nossos pais na Pensilvânia um fim de semana. Lala tinha ido ao mercado, e eu subi no telhado dos Ellison para que, quando ela virasse a rua, me visse parado ali segurando uma placa enorme escrito CASA COMIGO?

— Sabe... — eu disse. — Queria você lá em cima comigo quando propus, mas fiquei com muito medo de você escorregar e machucar o bebê.

— Se tivesse me pedido para subir lá, eu teria desconfiado de alguma coisa. Então foi perfeito como foi. Nunca desconfiei.

— Algumas das melhores coisas da vida são aquelas que não

prevemos, né? — Sorri para Hope. — É. Estou falando de você, menininha. A surpresa da minha vida.

Nossa filha resmungou e olhou para mim.

— Ela tem os olhos do Ryan — falei.

— Eu sei. Genética é incrível, não é?

Franzi o cenho.

— Senti muito a falta dele quando todo mundo estava aqui hoje.

— Eu também — Lala murmurou.

Voltamos nossa atenção para *Jeopardy!*. Alguns minutos depois, uma das categorias foi Daytime TV.

A pergunta era: *Novela da ABC gravada em Washington Heights.*

Um dos competidores apertou o botão e respondeu:

— Qual é a esperança de Ryan?[2]

Lala e eu olhamos um para o outro.

Ele sempre se certificava de nos avisar que estava lá.

2 No original, "What is Ryan's Hope?". (N.E.)

AGRADECIMENTOS

Obrigada a todos vocês, incríveis blogueiros, bookstagrammers e BookTokers que ajudaram a divulgar este livro. Sua empolgação nos mantém seguindo em frente, e somos eternamente gratas por todo o apoio.

A nossas rochas: Julie, Luna e Cheri. Obrigada por sua amizade e por poderem sempre estar lá no dia a dia.

A Jessica. Obrigada por garantir que Lala e Holden estivessem prontos para o mundo. Temos sorte de ter você como nossa editora.

A Elaine. Uma editora, preparadora, formatadora e amiga incrível. Agradecemos tudo o que sempre faz.

A Julia. Obrigada por ser nosso olho de águia e por lapidar muito bem nossos manuscritos.

A nossa incrível agente, Kimberly Brower. Obrigada para ajudar a espalhar nossos livros nas mãos de leitores internacionais. Estamos ansiosos para ver onde Holden e Lala pousam.

A Kylie e Jo, de Give me Books Promotions… Nossos lançamentos seriam simplesmente impossíveis sem seu trabalho duro e dedicação para ajudar a promovê-los.

A Sommer. Obrigada por trazer Holden à vida na capa. Falamos isso com frequência, mas esta deve ser a nossa capa preferida até agora.

A Brooke. Obrigada por organizar este lançamento e por tirar a carga de nossas listas de afazeres infinita todos os dias.

Por último, mas não menos importante, aos nossos leitores. Continuamos escrevendo por causa da sua fome por nossas histórias.

Estamos muito empolgadas para nossa próxima aventura com Holden e Lala! Obrigada, como sempre, por seu entusiasmo, amor e lealdade. Amamos e agradecemos vocês!

Com muito amor,

Vi e Penelope

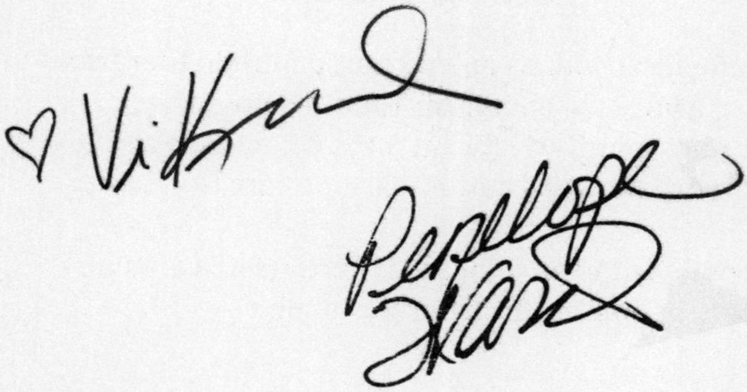